KB253342

높은 곳에 오르다
登高
바람 세고 하늘 높은데 원숭이 울음소리 애절하고
강가 물 맑고 모래 흰데 새 맴돌며 난다
끝없이 나무들에서 낙엽이 우수수 떨어지고
그치지 않는 장강은 출렁출렁 밀려온다
風急天高猿嘯哀
渚清沙白鳥飛廻
無邊落木蕭蕭下
不盡長江滾滾來

長江水路寨
장강수로채
Fantastic Oriental Heroes
長江

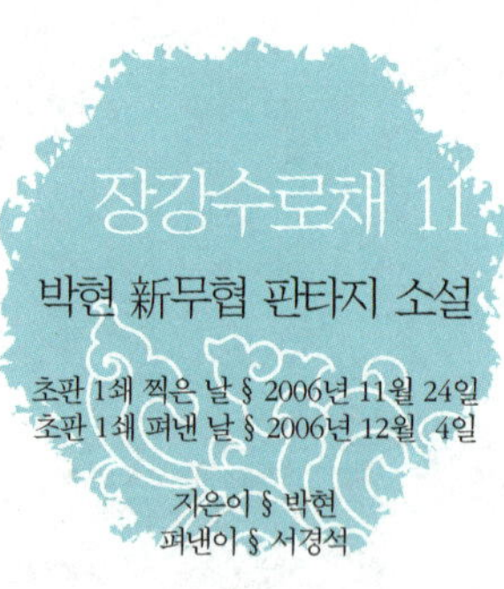

장강수로채 11

박현 新무협 판타지 소설

초판 1쇄 찍은 날 § 2006년 11월 24일
초판 1쇄 펴낸 날 § 2006년 12월 4일

지은이 § 박현
펴낸이 § 서경석

편집장 § 문혜영
편집 § 서지현 · 심재영

펴낸곳 § 도서출판 청어람
등록번호 § 제1081-1-89호
등록일자 § 1999. 5. 31
어람번호 § 제2-1069호

주소 § 경기도 부천시 원미구 심곡1동 350-1 남성B/D 3F (우) 420-011
전화 § 032-656-4452 팩스 § 032-656-4453
http://www.chungeoram.com
E-mail § eoram99@chollian.net

ⓒ 박현, 2004

ISBN 89-251-0417-2 04810
ISBN 89-5831-303-X (SET)

박현 新무협 판타지 소설

長江水路寨

장강수로채

Fantastic Oriental Heroes

長江

11 완결
수룡왕

도서출판
청어람

목차

제100장
무자비한 손길

우우우웅…….

전신을 압박해 오는 무시무시한 살기.

종리군은 심장이 덜컥 내려앉는 기분이었다.

이글거리는 곽무한의 눈빛. 그 눈빛을 보자 온몸에 소름이 돋고 등에 식은 땀이 흘렀다.

'도대체 왜?'

지금 상황에서 화를 내야 할 사람은 바로 자신이다. 그런데 왜 놈이 저런 눈빛으로 살기를 흘리고 있단 말인가?

'이놈! 대체 무슨 헛소리를 하는 것이냐?'

종리군은 그렇게 소리치며 곽무한을 공박해 보려 했다. 그러나 곽무한과 눈이 정면으로 마주치는 순간, 아무런 말도 아무런 생각도 떠오르지 않았다. 그저 거미줄에 걸린 먹잇감처럼 오금만 덜덜 떨려왔다.

종리군은 울컥 자존심이 상했다.

고수 간의 대결은 기세가 승부를 좌우하는 법인데 상대의 눈빛에 질려 오금을 떠는 자신이라니?

평소 강호십대고수도 두렵지 않다며 큰소리치던 자신이 어쩌다 이런 꼴이 되어버렸단 말인가.

'으드득!'

놈이 공격해 들어오기 전에 얼른 정신을 차려야 한다. 그렇지 않으면 이대로 당해 버리고 만다.

종리군은 이를 악물며 검극을 세워 들었다.

그러나 전신을 짓눌러 오는 살기로 인해 숨 쉬기조차 힘들었다.

엄습하는 위기감.

'이대론 승산이 없다.'

머리카락 한 올만 한 틈만 있어도 어떻게 해볼 수 있을 것 같은데.

'어떻게… 방법이 없을까?'

종리군은 메마른 입술을 핥으며 연신 눈알을 굴렸다. 바로 그때 갑판 한구석에 서 있던 면사 차림의 소녀가 눈에 들어왔다. 종리군의 눈빛이 일순간 번뜩였다.

'혹시 저 계집을 이용하면 무슨 수가 나지 않을까?'

평소 같으면 도저히 떠올릴 수 없는 생각이었다. 하지만 상황이 상황이다 보니 이것저것 따질 겨를이 없었다.

스웃!

종리군의 발끝이 소리없이 움직였다.

그러나 종리군이 한 가지 놓치고 있는 게 있었다.

지금 그가 상대하고 있는 사람은 예전에 그가 상대하곤 했던 일반 강호인이 아니었다. 이미 어린 시절부터 숱한 고난을 겪어 눈치라면 타의 추종을 불허하는 곽무한이었다.

'후후. 결국 자진해서 지옥문으로 들어가겠단 말이지?'

바쁘게 움직이는 종리군의 눈동자를 보며 곽무한은 싸늘한 미소를 지었다. 뒤이어 종리군의 신형이 설아를 향하는 순간, 곽무한에게서 서릿발 같은 광채가 번쩍였다.

쉬이이이익!

섬뜩한 음향을 동반한 벼락같은 도세.

"헉?"

종리군은 심장이 목구멍 밖으로 튀어나오는 기분이었다. 그러나 놀랄 사이도 없이 들이닥치는 무시무시한 기운.

종리군은 황급히 몸을 틀었다. 순간, '콰지직!' 하는 폭음과 함께 발밑이 산산조각 부서져 나갔다.

'휴우우……'

종리군은 내심 가슴을 쓸어내렸다.

만약 자신이 저 자리에 서 있었다면 어떤 꼴이 되었을까?

종리군은 긴장한 표정으로 좌우를 살폈다.

이리저리 날아다니는 판자 조각들과 시야를 방해하는 먼지.

그 사이로 뭔가 희끗한 것이 보였다. 아니, 보였다고 느낀 순간 이미 망막을 꽉 채워오고 있었다.

쐐애애액!

시간과 공간의 경계를 단번에 허물어 버리는 상상을 초월하는 속도.

망설이고 자시고 할 시간이 없었다.

"이놈!"

종리군은 괴성을 지르며 발작적으로 검을 뿌렸다. 비록 부지불식간에 펼친 초식이었지만, 이제껏 단 한 번도 실패한 적이 없는 전광석화 같은 초식이었다.

쩌어엉!

그러나 결과는 허무하기 짝이 없었다.

마치 철벽을 후려치기라도 한 듯 검신을 타고 엄청난 충격이 전해져 왔다. 그 여파로 인해 손목이 뒤틀리고 내부가 진탕돼 난간 가까이 밀려나고 말았지만 종리군은 난간에 부딪친 그 탄력을 이용해 재차 검을 뿌렸다.

쐐쐐쐐쐐액!

그 기세는 이전과 달랐다. 좀 전의 열세를 이 한 수로 만회하려는 듯 찰나 간에 방원 일 장여를 휩쓸어 버리는 무시무시한 공세였다. 그 안에서 제 형체를 간직할 수 있는 건 아무것도 없을 듯했고, 그런 결과를 예상한 듯 종리군의 얼굴에 희색이 어렸다.

'끝장이다, 놈!'

명가의 솜씨란 바로 이런 것이다. 얼핏 보기엔 열세인 듯해도 찰나 간에 승부를 뒤집어 버린다.

검신을 통해 느껴지는 묵직한 감촉.

종리군은 내심 쾌재를 지르며 검을 더 깊이 찔러 넣으려 했다.

그런데 이상했다. 검이 어딘가에 끼이기라도 한 듯 꼼짝을 않았다. 그리고 그 이유를 미처 깨닫기도 전에,

스읏!

신경을 자극하는 낯선 소음과 함께 목젖 부위에서 섬뜩한 기운이 느껴졌다.

"헉? 이, 이, 이게… 이게 어떻게……."

종리군은 어찌나 놀랐는지 말조차 제대로 잇지 못했다.

자신은 분명 놈을 찔렀는데. 그리고 그 느낌까지 생생하게 기억하고 있는데 도대체 이게 어찌 된 일이란 말인가?

자신의 검에 꿰여 축 늘어져 있어야 할 놈이 왜 저런 눈빛으로 자신을 노

려보고 있으며, 놈의 심장에 틀어박혀 있어야 할 검이 왜 놈의 겨드랑이 사이에 끼어 있단 말인가?

그리고 자신의 목젖을 누르고 있는 이 붉은 칼날은 도대체 어디서 튀어나왔으며 어떻게 여기까지 이를 수 있었단 말인가?

종리군은 멍한 표정으로 곽무한과 자신의 검을 번갈아 쳐다봤다.

하지만 그런다고 해서 상황이 뒤바뀔 리는 없고, 결국 자신의 처지를 뒤늦게 깨달은 종리군은 긴 한숨을 내쉬며 어깨를 늘어뜨렸다.

아마도 자식놈 때문에 자신이 너무 흥분한 모양이다. 그렇지 않았더라면 이렇게 일방적으로 당할 리 없었을 텐데…….

그렇게 스스로를 달래며 종리군은 마지못한 표정으로 입을 열었다.

"자네가… 이겼네…….."

그 말과 함께 뺨을 씰룩이던 종리군은 짐짓 허탈하다는 표정으로 검을 놓은 뒤, 한 손을 들어 자기 목젖을 누르고 있는 혈뢰도의 끝 부분을 잡고 조심스레 옆으로 밀었다. 그리고는 곽무한의 눈치를 살피며 슬그머니 뒤돌아섰는데, 이미 패배를 선언한 자신에게, 더구나 병장기까지 놓아버린 자신에게 설마 실수까지야 쓰겠느냐 싶어 얼른 이 자리를 벗어나려는 의도였다.

그러나 종리군은 곽무한을 너무 모르고 있었다.

재차 하는 말이지만, 곽무한은 이제껏 그가 상대했던 일반 강호인이 아니었다. 그러다 보니 상대에 대한 예우와 배려 등에는 전혀 관심이 없었다.

더구나 곽무한에게 있어 종리군은, 자신과 수하들을 죽음의 구렁텅이로 밀어 넣은 공범 중의 한 사람이었고, 또 방금 전까지만 해도 설아를 볼모로 삼아 자신의 위기를 벗어나려고 한, 곽무한이 가장 싫어하는 부류의 인간이었다.

그러니 평소 같으면 솔직하게 패배를 인정하는 모습에 껄껄 웃으며 술이라도 건넬 곽무한이었지만, 이미 미운 털이 박히다 못해 가슴에 화인처럼 새

겨진 종리군이다 보니, 비록 종리군은 천연덕스런 표정으로 이 자리를 벗어
나려고 하지만 그에게 돌아갈 결과라고는 오직 한 가지뿐이었다.

"잠깐만 서보시지!"

싸늘하게 울려 퍼지는 곽무한의 음성.

종리군의 어깨가 움찔 떨렸다.

"허허… 무슨 가르침이라도?"

노련한 강호인답게 태연을 가장하는 종리군.

그러나 냉막한 표정으로 다가온 곽무한이 그의 어깨를 잡고 와락! 돌려 버
리자 종리군의 안색은 그만 흙빛이 되어버렸다.

"왜, 왜 이러시나?"

종리군은 놀란 표정으로 곽무한을 봤다.

그런 그의 귓전으로 싸늘한 곽무한의 음성이 들려왔다.

"후후후. 여기까지 와서 아무 일도 없었다는 듯이 그냥 가시겠다고? 그렇
다면 그건 나를 너무 무시하는 처사지."

그 말에 종리군의 안색이 딱딱하게 굳어갔다. 그러나 애써 온화한 표정을
지으며 짐짓 의뭉을 떨었다.

"허허. 그게 무슨 소린가? 나이가 들다 보니 귀가 어두워 무슨 말을 하는
지 잘 못 알아듣겠네. 그러니 알아듣기 쉽게 차근차근 이야기해 보게."

순간 곽무한의 얼굴에 싸늘한 비웃음이 어렸다.

"후후. 능구렁이 같은 영감이군. 좋아! 알아듣기 쉽게 설명해 주지. 방금
전까지만 해도 그대는 내게 납득할 만한 해명을 해보라며 검을 들이밀지 않
았던가? 그런데 그에 대한 대답도 듣지 않고 이대로 떠나시겠단 말인가?"

이 말은 노골적인 비아냥거림이나 다름없었다. 하지만 종리군은 내심 안
도했다.

'과연 예상대로 자식놈 일을 따지는군. 하긴 저 많은 군중들 앞에서 감히

날 어쩌겠어?

그렇게 지레짐작하며 종리군은 너털웃음을 터뜨렸다.

"허허허. 걱정 마시게. 그 일은 이미 다 잊었네. 벌써 패배를 자인한 마당에 지난 일을 가지고 왈가왈부한다는 건 있을 수 없지. 자네도 알다시피 강호는 힘이 우선이잖나? 그러니 걱정 마시게. 다 잊었네. 벌써 다 잊었구말구. 하하하."

종리군은 과장된 웃음을 터뜨리며 다시 뒤돌아서려 했다.

그때 모골을 송연하게 만드는 낮고 거친 음성이 들려오자 그는 더 이상 웃지도, 움직이지도 못했다.

"당신은 괜찮을지 몰라도 난 아냐."

그 말과 함께 뭔가가 쉭 날아왔다.

콰직!

"컥?"

종리군은 순간적으로 멍한 표정을 지었다. 그리고 곧 얼굴 전체가 산산이 부서져 나가는 듯한 통증이 엄습해 오자 뒤늦게 비명을 질렀다.

"끄아아악!"

그때부터 본격적인 매타작이 시작되었다.

쉬익! 빠칵!

이미 도의 손잡이 끝, 도환 부분의 둥근 쇳덩이로 종리군의 광대뼈를 부숴 버린 곽무한. 이번에는 종리군의 정강이를 두 쪽으로 부러뜨려 버렸다.

"끄아아악!"

그 통증이 어찌나 지독하던지 종리군은 한쪽 무릎을 잡고 겅중겅중 뛰었다.

그러나 종리군은 마음 놓고 뜀을 뛸 수도 없었다. 둔중한 바람 소리를 내며 쇠망치 같은 주먹이 복부에 꽂힌 때문이었다.

쉬이익, 퍼억!

“꾸웨액!”

순간적으로 호흡이 끊기고 사지가 뒤틀리는 듯한 느낌.

종리군은 새우처럼 허리를 접으며 울컥울컥 피를 토했다. 그 바람에 부러진 정강이 쪽으로 힘이 쏠려 또 한 번 고통을 겪어야 했지만 마음대로 비명을 지를 수도, 쓰러질 수도 없었다. 속사포처럼 쏟아지는 무자비한 손길 때문이었다.

부와앙, 콰지직!

섬뜩한 음향과 함께 코뼈가 내려앉고,

쉬익, 팍삭!

사발 깨지는 소리와 함께 턱뼈가 부서져 나간다. 뒤이어 철퇴로 내려찍힌 듯 한쪽 어깨가 힘없이 으스러져 버린다.

번갯불이 전신을 관통하고, 송곳이 머릿속을 헤집으며, 수천만 마리의 개미 떼가 신경을 마구 물어뜯는 듯한 고통.

“끄아아아아아……”

그 통증이 어찌나 지독하던지 종리군은 여기가 어디고 자신이 왜 얻어맞는지도 모른 채 그저 비명만 질러댔다.

그러나 곽무한은 인정사정없었다. 종리군이야 비명을 지르든 말든 마구잡이로 그를 짓이겨 나갔다.

쉴 새 없이 퍼부어지는 폭력.

종리군의 눈동자가 서서히 풀려갔다.

차라리 무인답게 죽으면 그나마 할 말이나 있지, 이렇게 죽어서는 조상님들을 뵈올 면목이 없다.

비몽사몽 중에 그런 생각이 떠오르자 가슴 저 밑바닥 속에 숨어 있던 공포란 감정이 서서히 고개를 내밀기 시작했다.

그때부터 종리군의 눈동자에 초점이 흐려지고, 얼마 지나지 않아 그에게서 울음이 터져 나왔다.

"그만! 제발 그만 때려! 크흑흑……."

날벼락처럼 날아들던 통증은 그제야 겨우 멈췄다.

종리군은 눈물 콧물이 뒤범벅된 얼굴로 소리쳤다.

"엉엉. 이 악귀 같은 놈아! 도대체 나와 무슨 원수가 졌다고 이러는 것이냐? 이러고도 네놈이 무사할 수 있을 것 같으냐?"

물론 턱이 망가져 제대로 알아듣기 힘든 발음이었지만, 표정으로 미뤄 대충 그런 뜻이라는 걸 알아차린 곽무한은 차갑게 입꼬리를 말아 올렸다.

"후후후. 나와 무슨 원수가 졌냐고?"

말이 끝나기 무섭게 곽무한의 전신에서 폭풍 같은 살기가 일어났다. 동시에 유부에서 흘러나오는 듯한 목소리가 종리군의 귓전을 파고들었다.

"이제 보니 나이가 들어 귀만 어두워진 게 아니라 기억력까지 형편없어지셨군. 수룡채… 그새 잊어버렸나?"

"수, 수룡채?"

종리군의 목소리가 콱 잠겨 나왔다. 동시에 그의 안색이 파리하게 굳어갔다.

수룡채.

그 이름을 어찌 잊을 수 있을까?

그때는 몰랐다, 놈들이 얼마나 무서운 놈들이었는지를.

그래서 마음 편히 회의에 참석했고, 마음 편히 놈들의 본거지를 파악했다. 그리고 놈들의 사상자를 확인할 때도, 놈들의 생존자 추적할 때도, 단 한 번도 마음에 거리낌이 들지 않았다.

그런데 그들이 재기했다는 소식이 들려왔다. 거기다 웅풍산장을 무너뜨리고 사천당가까지 무릎 꿇려 버렸다고 했다.

그 소식을 듣고 얼마나 공포에 떨었던가? 그래서 놈들의 소식을 전해 들을 때마다 악몽에 시달렸는데, 그 후환이 끝내 자신에게도 들이닥쳐 버렸단 말인가?

종리군은 멍한 표정으로 곽무한을 쳐다봤다.

그런 그의 망막으로 느릿하게 도를 치켜드는 곽무한의 모습이 들어왔다.

종리군은 두려움과 공포가 뒤범벅되어 정신없이 뒤로 물러났다. 그러다가 바닥을 짚어나가던 손이 이전에 떨어뜨린 자신의 검에 닿는 순간, 그만 이성을 잃어버리고 말았다.

"으아아, 이 악귀 같은 놈아! 과거 따위가 뭐라고! 고작 수적 주제에 뭐가 그리 원통해서 여기까지 쫓아왔단 말이냐? 으아아아아아!"

어디서 그런 힘이 났을까?

종리군은 괴성을 지르며 미친 듯이 검을 휘둘렀다.

그러나 채 두어 번도 휘두르기 전에,

"훗. 가지가지 하는군."

갑자기 눈앞에서 섬광이 번쩍였다. 동시에 손목 부근이 화끈하더니 전신 세포가 올올이 곤두섰다.

'무슨 일이지? 도대체 무슨 일이 벌어진 거야?'

난생처음 겪는 느낌.

종리군은 멍한 눈길로 자기 손을 내려다봤다. 그리고는 찢어질 듯한 비명을 지르며 미친 듯이 바닥을 굴렀다.

"끄으아아아! 내 손! 내 손! 으아아아!"

종리군은 거의 넋 나간 사람처럼 울부짖었다. 그도 그럴 것이 자기 목숨보다 더 소중하게 여겨왔던 손이 하얀 뼈마디만 남은 채 흉물스럽게 덜렁거리고 있었기 때문이다.

"으아아! 이 잔인한 놈아! 이 악랄한 놈아! 어디 있느냐? 어디에 숨었느냐?

으아아아!"

종리군은 눈을 하얗게 까뒤집으며 미친 듯이 울부짖었다.

곽무한은 그런 종리군을 내려다보며 싸늘한 목소리로 말했다.

"한심한 인간. 내 형제들은 비명조차 못 지르고 죽어갔는데 겨우 그 정도 상처에 난리를 쳐?"

그 말과 함께 곽무한이 다시 도를 치켜들자 종리군은 거의 자지러질 듯한 표정이 되어버렸다.

"으으. 지, 지금 뭐 하려는 것이냐? 설마 이 상태에서 또?"

불행하게도 그 설마가 사실이었다.

"난 다른 건 다 용서해도 당신처럼 뒤에서 암계나 꾸며대는 무리들은 절대 용서 안 해!"

그 말과 함께 혈뢰도가 번쩍이더니 종리군의 단전을 찔러 버렸다.

피시시……

그로 인해 풍선에 바람 빠지듯 산산이 흩어져 버리는 내공.

"끄으아아아아악!"

종리군은 그 충격을 이기지 못해 또 한 번 비명을 지르며 사지를 푸들푸들 떨었다.

이젠 폐인이 되어버렸다. 그것도 재기불능의…….

그러나 곽무한은 그런 사정도 감안해 주지 않았다.

콰직, 콰직, 콱, 콱!

"끄아아아악!"

또다시 애절한 비명성이 흘러나왔다. 곽무한이 도의 손잡이로 종리군의 입 안을 마구 부숴 버린 것이다.

"쿠우우우!"

그 통증이 어찌나 끔찍하던지 종리군은 자기도 모르게 비명을 질렀다. 그러나 턱이 부서져 나가고 광대뼈가 함몰된 상태에서, 거기다가 이빨까지 몽땅 부러져 나간 상태에서 비명을 질렀으니 그 결과가 어떻겠는가?

"꼬르륵……."

종리군은 비명을 지르다가 되돌아온 통증 탓에 그만 눈을 까뒤집으며 기절하고 말았다.

"쯧쯧. 허우대는 멀쩡한 양반이……."

곽무한이 그 모습을 보며 나직이 혀를 차자 갑판 한구석에서 그 광경을 지켜보고 있던 곽패가 어깨를 움츠리며 질린 표정을 지었다.

지금 눈앞에 쓰러져 있는 종리군의 모습은 처참하다 못해 가련할 정도였다. 얼굴은 부서지고 함몰돼 제 모습을 찾아보기 어려웠고, 어깨는 탈골되고 으스러져 힘없이 늘어져 있는 가운데, 어디를 어떻게 맞았는지 굴신(屈伸)조차 못할 허리에 팔뚝이 역으로 꺾여 부러져 있었다. 또한 손바닥은 살점 하나 없이 하얀 뼈만 남아 있고, 그 와중에 허벅지와 정강이까지 보기 흉한 모습으로 부러져 있으니 저 상태에서 기절하지 않을 사람이 과연 몇이나 되겠는가?

평소 같으면 제아무리 흉악한 적일지라도 단칼에 죽음을 선사하던 곽무한인데, 오늘따라 왜 이리 잔인하게 구는 것일까?

그렇게 생각에 잠겨 있는데 뭔가가 눈앞으로 휙 날아왔다.

엉겁결에 받아보니 종리군의 몸뚱이였다.

곽패는 무슨 뜻인가 하여 곽무한을 쳐다봤다.

"그놈, 몇 대 더 후려 팬 뒤에 놈들에게 던져 줘버려!"

그 말과 함께 곽무한이 눈짓으로 선착장을 가리켜 보인다.

그를 따라 시선을 돌려보니 선착장 쪽에선 이미 난리가 나 있었다.

종리세가들이 흥분한 표정으로 고래고래 고함을 지르고 있었고, 그런 그들을 추단이 위압적인 자세로 막아서고 있었다.

곽패는 그제야 곽무한의 의도를 알아차렸다.

"흐흐흐. 왠지 평소와 달리 손이 거칠다 싶었습니다. 그런데 알고 보니 놈들의 공포심을 자극하기 위해서였군요. 알겠습니다. 놈들이 싸울 엄두를 내지 못하도록 복날 개 잡듯이 패주지요."

곽패는 진득한 미소를 흘리며 도끼자루를 집어 들었다. 그리고는 예의 그 무지막지한 힘으로 종리군을 짓이겨 나가기 시작했다.

쿵, 쩍, 쿵, 쩍.

강변 가득 울려 퍼지는 섬뜩한 메아리 소리.

그 소리는 많은 사람들에게 엄청난 충격을 안겨주었다. 그중에서도 특히 종리세가들이 받은 충격은 상상을 초월했다.

"으으! 저 흉악한 놈이?!"

이제까지는 상황을 낙관하며 그저 바라만 보고 있던 그들이었다.

그런데 상황이 점점 이상하게 흘러가더니 급기야 가주의 목숨이 풍전등화의 위기에 처하고, 이제는 이 많은 구경꾼들 앞에서 저런 모욕을 당하고 있다.

무인에게는 죽음을 줄지언정 수치는 주지 않는 법인데, 저런 흉악한 짓거리라니?

"가자! 가서 놈들을 찢어 죽이자!"

"옳소! 저따위 놈들에게는 강호 도의를 논할 필요가 없소. 가서 놈들을 죽이고 가주님을 구합시다!"

종리세가들은 비분강개한 표정으로 검을 뽑아 들었다. 그리고는 일부는 추단을 향해, 나머지는 곽무한이 타고 있는 배를 향해 신형을 날렸다.

파파팟!

장포 자락을 휘날리며 석양 속으로 뛰어드는 그들.

그 모습이 한 폭의 그림처럼 보였을까?

구경꾼들 사이에서 '와!' 하는 탄성이 터져 나왔다.

그러나 정작 탄성을 터뜨려야 할 종리혁만은 울상이 되어 안절부절못하고 있었다.

"으으, 안 되는데… 저러면 떼죽음당하고 마는데……."

다른 사람은 몰라도 종리혁은 안다, 곽무한이 얼마나 무서운 사람인지.

그는 다른 것도 아닌 눈빛만으로 자신과 동료들을 몽땅 제압해 버린 사내다. 그런 고수를 상대로 고만고만한 수준에 불과한 가문의 무인들이 부친을 구해내겠다고?

어림도 없는 소리다.

그러나 부친이 맞아 죽게 된 상황이니 말릴 수도 없고…….

종리혁은 이러지도 못하고 저러지도 못한 채 애만 태우고 있다가 무슨 생각이 들었는지 퍼뜩 고개를 돌렸다.

종리혁의 시선이 향한 곳, 그곳에는 굳은 표정으로 선착장 쪽을 바라보고 있는 영호운형과 화진걸이 있었다.

종리혁은 두 사람을 보며 다급히 애원했다.

"숙부님들, 도와주십시오. 저희 힘만으로는 도저히 상대가 안 되는 고수입니다."

"음……."

종리혁의 간청에 두 사람은 난감한 표정으로 서로를 쳐다봤다.

비록 드러내 놓고 말한 적은 없지만 두 사람은 종리군이 얼마만한 고수인지 그 누구보다 잘 알고 있다. 과거, 호북 친선 비무대회가 끝난 뒤 여흥 삼아 겨룬 세 사람 간의 논검비무(論劍比武) 때문이었다.

알다시피 논검비무란 직접 무공을 겨루는 대신 구술(口述)로 겨뤄 서로 간의 무위를 가늠해 보는 것.

그때 두 사람은 깜짝 놀라고 말았다.

종리군의 입을 통해 펼쳐진 수많은 무공 초식들. 어느 것 하나 절묘하지 않은 게 없었다. 더욱이 놀라운 것은 그 모든 초식들이 상식과 고정관념의 틀을 깬 예상치 못한 초식들이란 사실이었다.

물론 그보다 좋기로야 평범한 초식으로 절초(絶招)를 상대하는 것이라지만 그건 초절정고수들이나 가능한 상상 속의 경지.

그들로서는 순간순간 튀어나오는 종리군의 기공괴초(奇功怪招)만 해도 감당이 불감당이었다.

그때부터는 종리군을 자신들보다 반 수 정도 위의 고수로 인정하고 있었다.

그런데 그런 종리군을 단 이 초(二招) 만에 폐인으로 만들어 버린 사내를, 그런 고수를 자신들이 무슨 수로 상대할 수 있단 말인가?

설령 그를 상대할 수 있다고 해도 문제는 마찬가지다.

그를 상대하자면 자신들만으로는 안 되고 휘하의 무인들과 함께 합공을 펼쳐야 하는데, 그러자니 주위의 시선이 마음에 걸렸다.

왜냐하면 곽무한 일행은 한낱 수적패로 알려져 있으니, 고작 네 명밖에 안 되는 수적들을 상대로 자신들이 수하들과 연합해서 합공을 펼쳤다가는 나중에 무슨 구설수에 휘말릴지 모른다.

더구나 그렇게 한다고 해도 필승의 자신이 없고, 또 그렇다고 이대로 물러서기도 애매하니 실로 진퇴양난이 아닐 수 없다.

'도대체 저런 놈이 왜 수적 따위나 하고 있는 거야?'

두 사람이 그렇게 투덜거리고 있을 때였다.

"으아아악!"

갑자기 귀에 익은 비명 소리가 들려왔다.

두 사람은 무슨 일인가 하여 고개를 돌리다가 자기도 모르게 눈을 부릅떴다.

"맙소사!"

"세, 세상에, 저런 짓을……."

비명 소리의 주인공은 다름 아닌 종리군이었다.

그동안 얼마나 두들겨 맞았는지 만신창이가 되다 못해 묵사발이 되어버린 종리군이 애절한 비명을 지르며 허공을 날고 있었다.

보아하니 종리세가들이 갑자기 자신을 공격해 오자 덜컥 겁이 난 코끼리 같은 덩치가 얼떨결에 그를 집어 던져 버린 모양이었는데, 힘이 어찌나 좋던지, 막 자신을 향해 검을 날려오는 종리세가들의 머리를 넘어 이곳 선착장 쪽으로 종리군을 집어 던져 버린 것이다. 그리고 그보다 더 기가 막힌 일은, 네 활개를 벌린 채 날아오고 있는 종리군을 그만 추단이 가로채 버렸다는 사실이었다.

"와하하! 이게 웬 떡이냐?"

안 그래도 떼거리로 달려드는 종리세가들 때문에 힘에 부치던 추단이었다. 그런데 때맞춰 든든한 방패막이가 날아오자 한껏 신이 나, 종리군의 다리를 잡고 마구잡이로 놈들을 공격하기 시작했다. 그러자 혹시라도 가주의 존체가 상할까 봐 놈들은 전전긍긍한 표정으로 공격도 수비도 하지 못한 채 일방적으로 얻어맞기만 했다.

상황은 곽패를 공격하던 놈들도 마찬가지였다.

만사 젖혀놓고 일단 가주의 신병(身柄)부터 확보하려고 곽패를 덮쳐 가던 그들, 그러나 가주의 존체가 엉뚱한 사람에게 넘어가 버리자 그만 허탈한 기분이 들어 자기도 모르게 신형을 멈춰 세우고 말았다. 그 바람에 뒤에서 날아오던 동료들과 부딪쳐 전열이 엉망진창이 되어버렸다.

상황이 그렇게 꼬여 버리자 놈들은 당황한 눈빛으로 서로를 봤다.

이대로 계속 곽패를 공격해야 할지, 아니면 방향을 틀어 추단을 공격해야 할지 순간적으로 헷갈린 것이다.

그러나 고민도 잠시.

"이놈! 손을 멈춰라!"

놈들은 일제히 방향을 틀어 추단을 공격해 갔다.

그러나 그런 그들을 약 올리기라도 하듯 추단은 종리군을 다시 곽패 쪽으로 던져 버렸다.

또다시 애절한 비명을 지르며 허공을 나는 종리군.

"으아아! 이 빌어먹을 놈!"

종리세가들은 그 모습을 보고 복장이 뒤집어져 버렸다.

그러나 어쩌랴?

울분이 치솟든 말든 우선 가주부터 구해야 한다.

놈들은 이를 박박 갈며 다시 곽패 쪽으로 향했다.

그러나 약아빠진 추단이 그들을 그냥 보내줄 리가 없다.

"와하하! 이놈들!"

평소에도 독한 손속을 자랑하는 추단, 가공할 경력으로 종리세가들의 뒤를 급습해 버렸다.

"으아악!"

"크아악!"

의표를 찌른 추단의 기습에 수많은 종리세가들이 비명을 지르며 강물 아래로 추락했다. 그러자 그 광경을 지켜보고 있던 영호운형과 화진걸이 치를 떨었다.

"저, 저런 천인공노할 놈들!"

두 사람의 상식으로는 도저히 있을 수 없는 일이었다.

자기가 살자고 생사람을 던져 버리고, 또 등을 돌린 상대에게 기습을 가하다니?

"으드득! 우리가 저놈들에게 강호의 정의가 살아 있음을 보여줍시다!"

두 사람은 서로를 마주 본 뒤 약속이나 한 듯 수하들을 돌아봤다.

어차피 아들놈들 때문에 물러서기도 난감했는데 마침 명분이 생겼다. 놈들이 종리군을 공놀이하듯 갖고 놀아버려 이젠 군중들도 흥분한 상태다. 따라서 더 이상 합공을 망설일 필요가 없다.

"제자들은 들으라! 우리가 가문을 떠나 여기까지 온 이유가 무엇이더냐? 바로 저들 같은 사마외도를 척결해 강호의 평화를 지키기 위해서가 아니었더냐? 가라! 가서 저들에게 강호의 정의가 무엇인지 똑똑히 보여주어라!"

"제자들은 무엇 하느냐? 어서 가서 종리가주를 구해, 화씨세가의 위엄을 만천하에 증명해 보여라!"

각자 이야기는 달랐지만 말하고자 하는 바는 똑같았다.

보다시피 저런 놈들이니 망설이지 말고 합공을 펼치라는 것.

그러자 양 가문의 무인들이 '와!' 하며 함성을 질렀다. 그에 고무된 두 사람은 검을 뽑아 들고 앞장서서 신형을 뽑아 올렸다. 그러자 근 이백 명에 달하는 무인들이 그 뒤를 따랐다.

그들은 예상외로 일사불란하게 움직였다.

통솔자 없이 중구난방으로 뛰어든 종리세가들을 보고 나름대로 생각한 바가 있었는지, 인근에 있던 배부터 장악해 차근차근 곽무한 일행을 포위했다. 그러자 걱정이 되었는지 추단이 얼른 배 위로 돌아왔다.

'음…….'

곽무한은 영호세가와 화씨세가들을 보며 천천히 고개를 끄덕였다.

역시 정파들은 다르다.

저들에게선 잘 벼려진 검의 냄새가 난다.

그러나 자신들처럼 거친 세파를 누빈 게 아니어서 두렵다는 느낌은 들지 않는다. 왜냐하면 저들은 아직 죽음이 뭔지, 그 고통이 어떻다는 것을 모르고 있으니.

따라서 저들이 아무리 떼거리로 달려든다고 해도 두려움은커녕 코웃음만

난다. 토끼들이 아무리 떼거리로 달려든다 한들 늑대 한 마리를 못 당하는 법
이니.

'그건 그렇고……'

곽무한은 천천히 시선을 돌려 추단과 곽패를 돌아봤다.

자신과 눈이 마주치자마자 얼른 고개를 숙여 버리는 두 사람.

곽무한은 두 사람을 보며 긴 한숨을 내쉬었다.

'끙… 저놈들을 죽일 수도 없고 살릴 수도 없고……'

곽무한이 두 사람을 보며 한숨을 내쉬는 이유는 구겨진 짐짝처럼 저 한쪽
구석에 처박혀 있는 종리군 때문이었다.

애초에 곽무한이 종리군을 넘겨준 이유는, 자신이 어느 정도 놈들의 기를
죽여놨으니 곽패 선에서 알아서 마무리 지으라는 뜻이었다.

그런데 그런 의도를 알고 있으면서도 제 기분에 젖어 그를 엉뚱한 곳으로
던져 버린 곽패나, 그 장단에 맞춰 공놀이를 하듯 종리군을 갖고 놀아버린 추
단 때문에 모든 일이 엉망진창이 되어버린 것이다.

그러나 어쩌랴?

이미 일은 벌어졌고, 이 모든 게 두 놈을 데려온 자기 탓인 것을.

곽무한은 한숨을 푹푹 쉬며 손짓으로 곽패를 불렀다.

상황이 약간 꼬여 버리긴 했지만 여기서 일을 마무리 지어야 한다.

그렇지 않으면 정말 피를 봐야 할지도 모른다.

곽패는 계면쩍은 표정으로 머리를 긁적이며 다가왔다. 곽무한은 우선 곽
패의 머리통을 몇 대 쥐어박아 준 뒤 종리군을 돌려주라고 했다. 그러사 불룩
솟은 혹을 쓰다듬으며 종리군을 일으켜 세운 곽패, 갑자기 그의 뺨을 철썩철
썩 후려치기 시작했다.

"뭐 하는 짓이야?"

어이가 없어 소리치자, 돌아온 대답이 가관이었다.

"이왕 돌려줄 바에야 정신이라도 차리게 해서 돌려보내 주려구요."
"아이고, 머리야. 됐어! 그냥 던져 줘버려!"
곽무한이 빽 소리치자 곽패는 허둥지둥 종리군을 집어 던졌다.
그런데 맙소사!
그냥 얌전히 돌려주면 될 걸, 종리군의 머리카락을 잡고 빙빙 돌리다가 무슨 쓰레기 자루 버리듯 휙! 던져 버린다. 그러니 그 광경을 본 종리세가들의 심정이 어떻겠는가?
'아이고, 이 밥통아……'
곽무한은 차마 말은 못하고 속으로 머리를 쥐어뜯었다. 저 무지막지한 녀석 때문에 놈들의 분노가 한계를 넘어버렸으니, 이제 무슨 수로 저들을 달랜단 말인가?
한숨이 절로 나왔다.

"으으. 저런 흉악한 놈들! 사람을 어찌 이 지경으로 만들어놓을 수 있단 말인가?"

영호운형은 과장된 표정으로 주먹을 부르르 움켜쥐었다.

지금 눈앞에서 간헐적인 숨만 내쉬고 있는 종리군의 상태는 처참하기 짝이 없었다. 목불인견이란 말이 바로 그를 위해 만들어진 듯, 전신에 멀쩡한 곳이 하나 없어 차마 눈 뜨고는 보지 못할 지경이었다.

그런데도 용케 목숨만은 붙어 있으니, 새삼 두려운 기분이 들었다.

종리군이 그렇게 처참하게 당하는 걸 봤는데도 그의 목숨이 붙어 있다는 말은 놈들의 손속이 그만큼 냉정하다는 말.

그런 사실을 깨닫고 나니 괜히 끼어든 게 아닌가 싶어 내심 후회가 되었다. 그러나 이 많은 수하들 앞에서 그런 내색을 할 수 없어 일부러 고함을 질렀는데, 엉뚱하게도 수하들이 존경스런 눈빛으로 자신을 쳐다본다.

그 눈길을 받기가 민망해진 영호운형은 고개를 돌려 곽무한 일행을 쳐다봤다.

"음······."

더할 것도 뺄 것도 없는 숫자, 네 명이다.

그것도 가녀려 보이는 면사소녀까지 포함해서.

반면 자신들 쪽은 종리세가들까지 합쳐 삼백 명도 넘는다. 거기다가 저 뒤에 있는 군웅들까지 합치면······.

영호운형의 안색이 서서히 밝아졌다.

죽은 공명보다는 산 중달이 낫다고, 어쨌든 인질(?)도 무사히 돌아온 데다 종리군의 상태를 본 종리세가들의 복수심도 극에 달해 있으니, 이런 분위기를 잘만 활용하면 놈들을 의외로 쉽게 처리할 수 있을지도 모른다.

놈들이 제아무리 고수라 할지라도 저렇게 좁은 배 안에서는 제 기량을 십분 발휘하지 못할 것이니.

영호운형은 천천히 어깨를 펴며 뱃머리로 나아갔다.

이리 재보고 저리 재봐도 승산이 충분한 듯하자, 이 기회에 자신의 위엄을 보여주는 것도 괜찮겠다 싶어서였다.

영호운형은 곽무한 일행을 노려보며 목청을 높였다.

"거기 있는 흉한들은 들어라! 나는 영호세가를 이끌고 있는 사람으로, 그 명호를 진천검(震天劍)이라 한다. 가히 유명하진 않으나 그렇다고 어디 가도 꿇릴 이름은 아니니 네놈들도 귀가 있다면 한 번쯤 들어보았으리라. 본 가주가 영호세가의 이름으로 권하노니, 그대들은 무기를 버리고 자진하여 죄를 청하라! 그리하면 이전의 일을 모두 불문에 붙인다고 약속할 수는 없으나 목숨만은 살려줄 수 있다고 장담하겠다! 그러니 어찌하겠느냐? 반 각(刻)의 여유를 줄 테니 잘 생각해 보고 결정하도록. 만약 거부하겠다면 이후에 일어날 일이 어떨 것인가는 네놈들 상상에 맡기겠다!"

저 강변에까지 들리도록 전신내공을 끌어올린 영호운형은 말을 마치자마자 수하들을 향해 시간을 재라고 했다. 그러자 휘하 무인들뿐만 아니라 종리 세가들까지 감격스런 눈빛으로 그를 쳐다본다.

물론 곽무한은 뉘 집 개가 짓냐는 듯 피식 냉소를 흘렸다.

안 그래도 놈들을 어찌 다독일까 고민 중이었는데, 딱 답이 나왔다.

저놈처럼 남 눈치 볼 게 뭐 있나?

종리군도 말하지 않았던가? 강호는 힘이 곧 법이라고.

여기까지 와서 손에 피 한 방울 안 묻히려 한 것 자체가 잘못이었다.

놈들은 놈들 방식대로, 자신은 자신의 방식대로 움직이면 된다.

곽무한은 천천히 입을 열었다.

“어이, 거기, 남의 배를 무단으로 점거한 주제에 꽤나 거창하게 떠들어대던 양반. 그대는 싸움을 입으로 하나? 싸우고 싶으면 그냥 싸우면 되지 반 각이니 일각이니 그딴 게 뭐 필요해? 그러나 생목숨 잡기 싫어 한마디 하지. 지금부터 제 죽을 줄 모르고 설쳐 대는 놈은 인정사정 봐주지 않는다! 난 두말하기 싫어하는 사람이니, 생목숨 잃고 싶지 않으면 괜한 짓거리 벌이지 말고 물러가. 그렇지 않고 꼭 몸으로 확인해 보겠다면, 흥. 명년 오늘이 그놈 제삿날이 될 거야.”

곽무한은 그 말과 함께 혈뢰도를 툭툭 쳐 보였다. 그러자 졸지에 남의 배나 강탈하는 하오배가 되어버린 영호운형, 울컥한 표정으로 목에 핏대를 세웠다.

“뭣이라? 이 오만방자한 놈! 보아하니 알량한 실력으로 하늘 높은 줄 모르고 까부는 모양인데, 이 철부지한 놈아! 네놈에게도 눈이 있다면 주변을 한번 똑똑히 둘러보거라! 이곳이 과연 네 집 안방 같아 보이느냐?”

곽무한은 강변을 돌아보는 대신 피식 코웃음을 흘렸다.

강변 쪽 상황은 보지 않아도 알고 있다.

강변에 있는 군중 대다수가 암흑마교와 싸우기 위해 이곳으로 달려온 정

파인들이다. 그들을 믿고 큰소리치는 모양인데,

'사람 잘못 봤지.'

곽무한은 싸늘한 미소로 곽패를 돌아봤다.

"어떠냐? 숫자만 믿고 까부는 놈들인데, 손 좀 봐줄 테냐?"

곽패가 희색으로 눈을 빛냈다.

"흐흐흐. 좋지요. 안 그래도 손이 근질근질했는데 놈들이 제 원을 풀어주는군요."

이전의 실수를 만회하려는 듯 흉광을 번뜩이는 곽패를 보며 곽무한은 부드럽게 말했다.

"보아하니 배짱도 용기도 없는 놈들이야. 너무 거칠게는 말고 적당히 해."

"흐흐흐. 알겠습니다."

곽패는 괴소를 흘리며 닻줄을 말아 쥐었다. 그리고는 맞은편에 있는 영호세가들을 향해 큰 소리로 외쳤다.

"자! 친구들. 지금부터 우리 신명나게 놀아보자구!"

그 말과 함께 곽패는 강물 속에 잠겨 있던 닻을 끌어올렸다.

갈고리 모양의 거대한 닻이었다.

영호세가들은 그 모습을 보고 일제히 비웃음을 흘렸다.

곽패가 들어올린 닻은 한눈에 봐도 보통이 아니었다. 시커먼 쇠로 된, 눈대중으로 봐도 오백 근 이상은 족히 나갈 듯했다.

그 무거운 걸로 뭘 어쩌겠다고?

그러나 영호세가들은 곧 낯빛을 굳혀야 했다.

부웅! 부웅! 부웅!

무시무시한 바람 소리를 일으키며 곽패가 머리 위로 닻을 돌리기 시작한 것이었다.

그러나 이때까지만 해도 그 육중한 닻이 자기들에게까지 날아올 것이라고 생각한 사람은 아무도 없었다. 그저 곽패의 신력에 놀라 눈을 휘둥그레 뜰 뿐이었다.

그러나 방심의 대가는 컸다.

"타핫!"

쩌렁쩌렁한 기합성과 함께 곽패가 닻을 놓아버리자,

와지끈! 콰콰쾅!

요란한 굉음과 함께 앞쪽에 있던 배 한 척이 마치 포탄에 얻어맞기라도 한 듯 뱃머리가 산산이 부서져 나갔고, 그 여파로 인해 수많은 영호세가들이 중상을 입거나 강물 아래로 추락해 버렸다.

"으으으… 저럴 수가?!"

"저런 무지막지한 방법이?"

그 광경을 본 영호세가들은 어찌나 놀랐는지 벌린 입을 다물지 못했다. 곽패가 던진 닻 하나로 인해 수십 명이 전투 불능이 되어버린 것이다.

그리고 그 한 방이 끝이 아니었다. 알다시피 닻은 닻줄에 매여 있다. 그러니 그 줄을 잡아당기면 또다시 써먹을 수 있다.

부와앙! 콰지끈!

닻이 또 한 번 날았고, 폭음과 비명 소리가 또다시 흘러나왔다.

놈들의 눈빛이 그제야 달라지기 시작했다. 특히 영호운형의 눈빛은 벌겋게 충혈되어 있었다.

제대로 한번 붙어보기도 전에 근 오십 명에 달하는 수하들이 나가떨어지고 말았으니 영호운형은 치솟는 화를 삭이지 못해 고래고래 고함을 질렀다.

"모두 뭣들 하느냐? 고작 네 명이다! 그냥 두고 볼 참이냐?"

그 말이 신호라도 되었는지 세 가문의 무인들이 일제히 날아올랐다.

그러나 그들이 놓치고 있는 게 한 가지 있었다.

"와하하, 이놈들!"

곽패의 닻은 아직 무사했다.

부와앙! 퍼퍼퍽!

"으아악!"

"끄아아……."

비명 소리가 또 한 번 메아리쳤다.

그 모습을 본 누군가가 소리쳤다.

"이런 바보들! 닻줄, 닻줄을 끊어버려!"

그러나 곽패가 바본가?

놈들이 닻줄을 자르려 하자 닻을 강물 속으로 냉큼 집어넣어 버렸다. 그러자 닻은 제 할 일을 마친 뒤 유유히 강물 속으로 잠겨갔고, 마침내 살 떨리던 흉기가 사라지자 놈들은 기세등등한 표정으로 곽패에게 달려들었다.

"으드득! 이제 뭘로 대항할 테냐, 이놈!"

그러나 곽패의 주무기는 닻이 아니다.

어느 틈에 도끼를 꺼내 든 곽패. 으스스한 눈빛으로 놈들과 맞부딪쳐 나갔다.

콰지끈! 땡그랑!

"헉?"

"이, 이런!"

단순한 힘만으로 따진다면 곽무한과 자웅을 겨룰 사람이 바로 곽패였다. 그러니 곽패와 맞부딪친 놈들마다 부러져 나간 검을 보며 멍한 표정을 지었다. 그러나 싸움이 장난이 아니니 곽패가 그들을 그냥 둘 리 없다.

서걱!

콰지직!

"크헉!"

"끅!"

아마 곽무한의 당부가 아니었다면 모두 황천길 직행이었으리라.

그러나 도끼 자체가 워낙 중병기이다 보니 사정을 봐준다 해도 중상만은 면하기 어려웠다.

아무튼 곽패는 좌충우돌, 원없이 싸웠다.

"뭐 이래? 죄다 시시한 놈뿐이잖아? 좀 더 강한 놈 없어?"

가끔가다 이런 소리를 내뱉을 정도였다. 그러나 상대가 워낙 많았다. 더구나 진법까지 활용해 가며 빈틈을 노려오니 제아무리 천생신력을 타고난 곽패라 할지라도 서서히 숨소리가 거칠어지기 시작했다.

그러자 그때부터 추단이 끼어들었다.

그런데 추단의 손에 들린 병기는 일월쌍환이 아니었다. 양손을 쫙 펼쳐 거머쥔 것. 돛을 묶을 때 쓰는 밧줄이었다.

혹시 풀잎이라도 고수의 손에 들리면 명검이 된다는 말을 듣고 그 흉내를 내는 것일까?

아니었다. 워낙 손이 매운 추단이다 보니 곽무한이 가급적이면 일월쌍환을 사용하지 말라고 했기 때문이었다.

추단은 밧줄만으로도 펄펄 날았다.

휘리릭! 풍덩, 풍덩!

추단이 밧줄을 날릴 때마다 강물에 하얀 포말이 일었다. 놈들의 발목을 감아 강물에 빠뜨려 버린 것이다. 그러자 놈들이 추단에게도 달려들었다. 그러나 그들의 뒤통수에는 눈이 달려 있지 않았다. 어느새 곽패가 그들의 등을 후려쳐 그들 역시 풍덩!

시간이 갈수록 강물 속으로 빠져드는 수하들의 숫자가 늘어가자 영호운형과 화진걸은 기가 막혔다.

아무리 수적이라지만 어찌 배 위에서 더 힘을 낸단 말인가?

"허둥거리지 말고 차륜전을 써! 차륜전으로 집중 공격하란 말이야!"

호북을 울리는 고수답게 두 사람은 정확히 맥을 짚을 줄 알았다. 그러자 그때부터 놈들의 합공이 먹히기 시작했다.

숫자에서 밀리고 진법에 휘둘리고.

"이익! 안 되겠다."

결국 추단마저 무기를 집어 들었다.

그때부터 싸움은 전혀 다른 양상으로 전개됐다.

"야아압!"

채채챙!

"끄아악!"

아무래도 병장기끼리 마주치다 보니 점점 피바람이 흐르기 시작했다. 특히 추단이나 곽패가 수적으로 열세이다 보니 힘 조절이 전혀 되지 않았다.

점점 지쳐 가는 두 사람.

그럼에도 불구하고 곽무한은 도와줄 생각을 않았다. 두 사람 역시 전혀 물러설 생각이 없어 보였고. 오히려 정파무인들과의 싸움에 신이 났는지 연신 괴성을 지르고 있었다.

"이익!"

고작 두 놈을 못 당해 저리 시간을 끌다니?

영호운형과 화진걸은 창피해서 견딜 수가 없었다.

저런 머저리들을 데리고 무슨 큰일을 할 수 있단 말인가?

사람들이 자신들을 오대세가 축에도 못 끼는 걸로 여기는 이유를 오늘에서야 비로소 알 수 있을 것 같았다.

"바보 같은 놈들. 저리 비켜!"

결국 두 사람이 나섰다.

그러자 곽무한의 눈빛이 착 가라앉기 시작했다.

"좋아! 아주 끝장을 보잔 말이지?"

이전까지만 해도 차분히 냉정을 유지하던 곽무한이었으나 두 사람이 직접 추단과 곽패를 상대하자 그때부터 표정을 무섭게 굳히기 시작했다.

곽무한은 거침없이 앞으로 나아갔다.

오연한 눈빛. 더불어 전신에선 무시무시한 기파가 흘러나왔다.

그 눈빛과 기파에 질려 앞을 막아서던 영호세가들이 멍하니 얼어붙고 말았다.

곽무한은 조무래기들은 쳐다보지도 않고 추단과 곽패를 불렀다.

"이제 그만! 내 차례야."

두 사람은 불퉁하니 입을 내밀었지만, 착 가라앉은 곽무한의 눈빛을 보고 황급히 물러났다.

곽무한은 천천히 도를 세워 들었다. 그러자 곽무한을 중심으로 기이한 강풍이 휘몰아치기 시작했다. 동시에 도극에서 핏빛 강기가 쭉 뻗어 나오더니 웅웅 기음을 터뜨렸다.

"도, 도강?!"

영호운형과 화진걸은 심장이 툭 떨어져 내리는 기분이었다.

세상에, 도강이라니?

초절정고수들이나 가능하다는, 그것도 강호십대고수쯤 되어야 가능하다는 강기를 한낱 수적패 따위가 재현할 줄이야…….

'맙소사…….'

무려 일 장에 달하는 강기. 그와 더불어 전신을 짓눌러 오는 무시무시한 기파.

기가 질려 말조차 안 나온다.

종리군을 쓰러뜨릴 때부터 그의 무위가 대단하다는 것은 짐작했지만 설마 저 정도일 줄이야.

영호운형은 급히 화진걸을 돌아봤다.

마침 화진걸도 그를 돌아보던 중이었다.

느끼지 않으려 해도 저절로 느껴지는 곽무한의 기도.

'혼자로는 안 된다!'

챙!

두 사람은 동시에 검을 뽑아 들었다.

여기까지 온 이상 물러난다는 건 있을 수 없다.

가문의 명예가 걸렸고 스스로의 명예가 걸렸다. 그러니 동귀어진하는 한이 있더라도 싸울 수밖에.

두 사람은 서로를 보며 고개를 끄덕였다. 뒤이어 힘찬 기합성을 터뜨리며 곽무한을 향해 검을 뿌려 나갔다.

"이노오오옴!"

두 사람이 일전불사의 각오로 몸을 날리자 주위에 있던 영호세가들 역시 덩달아 검을 날려왔다.

"결국 지옥을 보고 싶단 말이지?"

곽무한의 눈빛이 싸늘한 광망을 토했다. 동시에 혈뢰도가 느릿하게 원을 그렸다.

콰아아아아아아!

폭풍이었다.

혈뢰도가 만든 가공할 기의 폭풍이었다.

"모두 피해—!"

영호운형은 부지불식간에 소리치며 체면불구하고 바닥을 굴렀다.

콰아아아아…….

무시무시한 기파가 머리 위를 지나갔다.

영호운형은 순간적으로 멍한 표정을 지었다.

제자리에 서 있었어도 머리카락만 스치고 지나갈 도세였다.

'왜?'

문득 그런 의문이 들었다.

'설마… 그가 사정을 봐준 것일까?'

그러나 영호운형은 곧 안색을 굳힐 수밖에 없었다.

쿠콰콰콰콰쾅!

귀를 먹먹하게 만드는 폭음.

삼 장 밖.

자신이 방금 전까지 머물렀던 배가 산산조각 부서져 나갔다. 그 광경을 보자 영호운형은 순간적으로 사지가 얼어붙는 기분이었다.

그때 곽무한과 눈이 마주쳤다.

곽무한의 눈이 희미하게 웃고 있었다.

마치 '잘 가' 라고 말하는 것 같았다.

'뭐, 뭐지?'

갑자기 알 수 없는 한기가 휘몰아쳤다.

바로 그때,

타라라락!

무슨 소리가 귀를 간질여 왔다.

마치 물레가 돌아가는 듯한 낮고 가는 소리.

무심코 발아래를 쳐다봤다.

처음엔 뱀인 줄 알았다.

그러나 아니었다.

빠른 속도로 자신의 발목을 휘감아가는 것, 돛폭에 매여 있던 밧줄이었다.

"아뿔싸!"

그제야 보게 되었다. 곽무한의 도세에 휘말려 아득한 허공으로 치솟아오르는 물체. 그 물체를 보자 영호운형은 자신이 지금 어떤 상황에 처해 있는지 깨달았다. 그러나 발을 빼기는 이미 늦어버렸다.

타라라라라라락!

"으아아아아!"

영호운형은 곽무한의 도세에 휘말려 아득한 허공으로 날아가는 돛대, 그 돛폭에 매여 있던 밧줄에 묶여 까마득한 허공으로 날아가 버렸다.

고오오오오!

무시무시한 해일이 일어나는 순간 화진걸은 벼락같이 뒤로 물러났다. 그러나 그보다 더 무서운 속도로 날아오는 강기.

어쩔 수 없었다. 정말 그러고 싶진 않았지만, 화진걸은 뒤로 물러나느라고 재차 몸을 띄우는 바람에 날아오는 강기를 정면으로 맞받아칠 수밖에 없었다.

"으아아!"

그러나 검을 완전히 뻗어내기도 전에,

짜자자자작!

검이 유리 조각처럼 부서져 나갔다. 뒤이어 옷자락이 미친 듯이 떨리더니 쫙쫙 소리를 내며 찢겨져 나갔다. 그뿐만이 아니었다. 뺨이 바람에 날려 밀가루 반죽처럼 늘어지며 얼굴을 때려왔다. 그리고,

번쩍!

시뻘건 섬광이 망막을 가득 채우더니 더 이상 아무 생각이 나지 않았다.

번쩍! 콰콰쾅!

아련히 기억에 남는 건 거대한 쇳덩이와 정면으로 충돌한 듯한 먹먹한 통증뿐…….

주변에 일순 정적이 흘렀다.

어느 누구도 감히 움직일 생각을 못한 채 멍하니 굳어 있었다.

설아는 내심 안도의 한숨을 쉬었다.

마지막 순간 곽무한이 자비를 베푼 때문이었다.

물론 자비를 베풀었다고 해서 모두가 무탈했다는 말은 아니었다.

영호운형과 화진걸에 이어 덩달아 곽무한을 공격해 들어갔던 휘하 무인들만 그나마 무탈한 편에 속했을 뿐, 영호운형과 화진걸의 상태는 차마 눈 뜨고 보기 힘들 정도였다.

밧줄에 묶여 아득한 허공으로 휘말려 올라간 영호운형은 추락 속도를 줄여준 돛폭으로 인해 즉사만은 면했지만 수면과 부딪친 충격으로 인해 팔다리, 허리가 부러지고 내부가 뒤틀려 반병신이 되고 말았다.

화진걸의 상태는 그보다 좀 더 심각했다.

도강과 정면으로 부딪친 충격도 충격이었지만, 그보다는 군중들이 모두 지켜보고 있는 가운데 알몸이 되어버렸다는 사실이 더 큰 충격이었다.

그 충격으로 인해 말을 잃은 상태로 망연자실하게 앉아 있던 화진걸은 갑자기 비명처럼 고함을 질렀다.

"으아아아! 오색화탄, 오색화탄을 쏴라!"

무인의 성품은 대개 그가 익힌 무공에서 기인하는 바가 많다.

화진걸이 익힌 무공은 조화를 중시하는 조화검.

그로 인해 평소에는 호북군자라 불리던 화진걸이었으나 이 순간만은 마치 실성한 사람처럼 독살스러운 눈빛으로 곽무한을 노려보더니 수하들을 향해 마구 괴성을 질러대기 시작했다.

"가, 가주님……."

수하들이 울상으로 쳐다봤지만 화진걸은 그에 아랑곳하지 않았다.

"내가 이 꼴이 되었다고 네놈들이 감히 명을 어기려 하느냐? 어서 쏴라! 오색화탄을 쏘란 말이다!!"

"조, 존명!"

오색화탄은 말 그대로 다섯 가지 색깔을 지닌 화탄이었다.

그러나 단순한 화탄이 아니라 신출귀몰하는 흑룡방, 즉 암흑마교를 상대하기 위해 만든 특수 신호였다.

알다시피 강변엔 많은 군중들이 모여 있다. 그리고 그 숫자는 시간이 갈수록 늘어나고 있다. 강변에서 싸움이 벌어졌다는 소문을 듣고 뒤늦게 달려오는 사람들 때문이다.

그런데 그런 상황에서 오색화탄을 터뜨린다고 생각해 보라.

이 일대가 삽시간에 난장판으로 변해 버리고 만다.

오색화탄이 터졌으니 모두 흑룡방이 나타난 줄 알고 떼거리로 몰려올 것이고, 뒤늦게 달려와 영문을 모르는 사람들은 곽무한 일행이 암흑마교인 줄 알고 미친 듯이 달려들 것이다.

설마 그런 결과를 노린 것일까?

화진걸은 곽무한을 노려보며 말했다.

"이놈! 네놈은 오늘 일을 평생 후회하게 될 것이다. 왜냐구? 네놈은 감히 건드리지 말아야 할 사람을 건드렸어. 그게 누구냐고? 바로 나야. 크하하! 내가 바로 신호탄 관리를 맡고 있거든. 그 신호탄이 뭐냐고? 이따 한번 겪어봐. 푸하하하하!"

그 말이 끝나기 무섭게 오색 불꽃이 허공을 수놓았다.

슈우웃! 퍼펑!

화진걸은 작열하는 섬광을 보며 발작적으로 소리쳤다.

"이제 조금만 기다리면 지원군이 온다! 제자들은 모두 놈의 퇴로를 봉쇄하는 데 만전을 기하라!"

*   *   *

　동정호가 한눈에 내려다보이는 언덕, 측백나무 우거진 숲 속에 낡은 누각이 한 채 서 있었다.

　지난 세월의 풍상에 닳아 이곳저곳 허물어지고 빛이 바랜 누각.

　그러나 한 자락 예스러운 멋은 잃지 않고 있는 누각 안에는 흐르는 세월만큼이나 머리 희끗한 노인들이 모여 있었다.

　각자 편한 자세로 앉아 석양을 바라보는 노인들.

　그들의 풍모는 실로 대단했다. 그저 식은 찻잔을 든 채 말없이 석양만 바라보고 있는데도 감히 범할 수 없는 위엄이 흘러나오고 있었다.

　만약 이 자리에 눈 밝은 사람이 있어 이들의 정체를 알아본다면 너무 놀라 벌린 입을 다물지 못하리라.

　그도 그럴 것이 이들 중 가장 가볍게 여겨지는 이름만 해도 당금 구대문파의 하나인 형산파의 장로, 절검자(折劍子) 운학(雲鶴) 도장이었으니 다른 이들이야 말해 무엇 하랴?

　그러나 이해를 돕기 위해 그 면면을 소개하자면, 당금 강호에서 논외의 고수라 불리는 십대고수, 그중 쌍검(雙劍)의 한 사람으로 현 무당파 장문인의 사형이 되는 청송(靑松) 진인과 역시 십대고수 중 삼봉(三峰)의 한 사람으로 편격괴이한 무공으로는 따를 자가 없다 하여 괴봉(魁峯)이라 불리는 전대(前代) 백마산장주 탈명괴검 나소추. 그리고 현 청성파의 장문인이자 사천무림맹의 맹주 직을 맡고 있는 만상(萬象) 진인과 점창파 장문인인 곡현(谷賢) 진인, 그리고 호북제일인이라 불리는 표가장 장주 절세독안 표무봉 등이 자리하고 있었다.

　이들은 모두 당금 강호를 울리는 최고 배분의 명숙들로, 그 신분의 존귀함으로 미뤄 이런 궁벽한 곳에 모여 있다는 사실이 도무지 믿어지지 않을 정도였다.

그런데 어찌 된 연유로 이런 누추한 곳에 모여 있단 말인가?

그 이유는 아득한 수평선이 하늘에 닿고 구름 안은 산봉우리들이 끝없이 늘어서 있는 곳, 그리하여 수많은 시인묵객들의 시심을 자아내는 팔백 리 동정(洞庭). 그곳에 내려앉는 석양 때문이었다.

불타는 저녁놀은 눈부시다 못해 감동적이었다.

하늘빛과 물빛을 온통 황금빛으로 물들여 버리는 석양.

그 장엄한 빛을 보면서 인생의 무상함을 떠올리기라도 하는지 노인들은 모두 고요하고 적막한 신색을 하고 있었다.

그러던 중 백마산장의 태상장주, 탈명괴검 나소추가 불쑥 말했다.

"좋군! 정말 좋아. 그 말 외에는 다른 아무런 말도 떠오르질 않네그려."

나소추가 감탄한 기색으로 말하자 절세독안 표무봉이 고개를 끄덕였다.

"그러네. 나 역시도 저토록 아름다운 석양은 평생 본 적이 없네."

그러자 잠자코 수염만 어루만지고 있던 청송 진인까지 끼어들었다.

"나 역시 동감이오. 육 대협을 따라 여기 오길 잘했다는 생각이 드는구려. 정말 장관이오, 보기 드문 장관!"

나이가 들면 진정한 아름다움이 뭔지 알게 되는 것일까?

노인들은 황혼에 물든 호수와 그 호수에 비친 하늘을 보며 저마다 고개를 끄덕였다.

진정한 아름다움은 꾸미지 않는 가운데 자연스레 우러나는 것.

자신들은 어떤가?

과연 저 노을처럼 멋진 황혼을 보내고 있는가?

식은 찻잔을 든 채 다시 말을 잃은 그들의 눈은 동정의 황홀한 저녁놀을 보는지, 아니면 지나온 삶을 돌이켜 보는지 다시 고요하게 침잠해 들어갔다.

그런데 바로 그때, 언덕 위로 오색 신호탄이 번쩍였다.

"저게 무슨 신호가?"

　노인들이 의아한 표정으로 고개를 갸웃거리자, 청성파 장문인인 만상 진인이 경계를 서고 있던 문하제자를 불러 연유를 물으려 했다. 그때 언덕 아래에서 한 사람이 달려왔다.

　행색으로 미루어 그 역시 청성파 제자였다.

　노인들의 시선이 그에게 집중되자 만상 진인은 겸연쩍은 표정으로 양해를 구한 뒤 전음으로 보고를 받았다.

　"뭐라고? 분명 수룡채라 하더냐?"

　사내의 보고에 만상 진인의 표정이 급격히 굳어갔다.

　점창 장문인인 곡현 진인의 표정 역시 마찬가지였다.

　노인들은 의아한 표정으로 그 두 사람을 쳐다봤다.

　수룡채란 이름으로 미루어 수적패 같은데, 그들이 누구기에 일문의 수장들이 정색을 한단 말인가?

　만상 진인은 잠시 생각에 잠겨 있다가 천천히 고개를 돌려 모두의 양해를 구했다.

　"저 아래쪽에 급한 일이 생겨 빈도 먼저 자리를 떠야겠소이다."

　"나도 같이 갑시다."

　만상 진인과 곡현 진인이 서둘러 자리를 뜨자 노인들은 고개를 갸웃거렸다.

　"허허. 저 친구가?"

　"무슨 전쟁이라도 났나?"

　"도대체 모를 일이군."

　그때 누군가가 불쑥 누각 안으로 들어왔다.

　"어? 무슨 일이라도 났나? 표정들이 왜 그래?"

　"아니, 이게 누구야? 어디 갔다 이제 오나?"

　"하하하. 육가 놈 때문에 촉도에 다녀오는 길이네."

노인들의 환대에 히죽거리는 사람, 그는 다름 아닌 호호신타였다.

호호신타가 다 해어진 누더기 차림에 술 호로를 들고 나타나자 누각 안의 분위기는 금방 화기애애해졌다.

"어서 오게. 마침 자네가 좋아하는 금존청이 있다네."

"오! 금존청! 좋지. 어서 한잔 주게."

호호신타는 너스레를 떨며 자리에 앉았다. 그런데 뭔가 분위기가 어색한 듯해 주위를 돌아보니 빈 찻잔이 몇 개 놓여 있다.

"이 사람들은 어디 갔나?"

호호신타의 질문에 표무봉이 술잔을 건네며 대답했다.

"무슨 일이 있는지 선착장 쪽으로 몰려갔네."

"선착장? 무슨 일로?"

"글쎄. 뭐라더라? 수룡챈가 뭔가 중얼거리던데."

"뭐라구? 방금 수룡채라고 했나?"

"그렇다고 들었네만……?"

"아이고, 이놈이 벌써 사고를 쳤구나!"

호호신타는 파랗게 질린 표정으로 자리에서 벌떡 일어났다.

노고수들이 의아하다는 표정으로 그를 쳐다봤지만 호호신타는 모두의 표정엔 아랑곳 않고 불쑥 표무봉에게 물었다.

"육 늙은이는 어디 갔나?"

"매운탕 거리를 장만하겠다고 낚시하러 갔네."

"빌어먹을!"

곽무한을 말리려면 사해어옹이 있어야 하는데 낚시를 하러 갔다니 이 넓은 동정호에서 무슨 수로 그를 찾는단 말인가?

"어쩔 수 없군. 자네들, 날 따라오게."

그 말과 함께 호호신타가 휭 하니 몸을 날렸다.

“아니, 저 친구가?”

노인들은 어이없어하면서도 하나둘 자리에서 일어났다.

노인들 특유의 호기심이 발동한 때문이었다.

같은 시각.

동정호 남쪽 기슭에 위치한 넓은 장원.

그곳에 수많은 녹포인들이 모여 있었다.

그들은 모두 정광이 번쩍이는 눈에 두툼한 장갑을 끼고 있었는데, 그 분위기가 어찌나 살벌하던지 그들 주변엔 괴괴한 정적만 흘렀다.

이들은 모두 사천당가의 인물들로, 용독(用毒)에 관한 한 최고의 고수들만 모여 있다는 암무령 소속 무인들과 폭약과 화기의 달인이라는 벽력당 소속 무인들, 그리고 정탐과 순찰 등을 담당하고 있는 운각 소속의 무인들이었다.

그중 가끔 어둠과 동화된 듯, 복면을 쓰고 있는 흑포인들도 볼 수 있었는데, 그들은 사천당가 최고의 살인병기라 불리는 혈우단들이었다.

이들이 사천당가가 아닌 이곳에 모여 있는 이유는 당장명 때문이었다. 그의 생사를 확인하기 위해 이곳에 머물면서 한구 주변을 수색하고 있던 중이었다.

오늘도 평소와 마찬가지로 허탕을 치고 돌아와 삼삼오오 휴식을 취하고 있는데, 갑자기 하늘에서 오색 섬광이 번쩍였다.

“놈들이다!”

누군가의 외침에 당중환은 자리에서 벌떡 일어났다.

오색 섬광을 확인한 다른 무인들 역시 마찬가지였다.

당중환은 망막을 가득 채우는 오색섬광을 보며 급히 묵빛 활을 집어 들었다.

“암무령! 지금 즉시 출발이다!”

그 말이 떨어지기 무섭게 암무령들이 몸을 날렸다.

암무령들이 벼락처럼 장원을 떠나자마자 음침한 목소리가 흘러나왔다.

"드디어 놈들이 모습을 드러냈단 말이지? 흐흐흐. 뭣들 하느냐? 피와 죽음의 대명사라 불리는 혈우단이 언제부터 암무령에게 앞을 내주었더란 말이냐?"

그 소리가 울려 퍼지자마자 혈우단들 역시 장원을 떠났다.

잠시 후, 벽력당과 운각 소속 무인들마저 떠나고 나자 그 넓은 장원에는 비릿한 독향(毒香)만 담담히 흐르고 있었다.

같은 시각. 아미승들도 신호를 봤다.

신호를 보자마자 경혜 사태는 찻잔 대신 선장을 집어 들었다.

"감히 여기가 어디라고!"

경혜 사태가 사발 깨지는 듯한 목소리로 장문인을 쳐다봤다.

"장문사자, 놈들이 간이 배 밖에 나온 모양입니다. 소매가 가서 놈들을 박살 내고 돌아오겠으니 허락해 주십시오."

그러나 경료 사태는 의외로 고개를 가로저었다.

"아니. 경혜 대신 사자께서 다녀와 주세요."

그 말과 함께 경진 사태를 본다.

"자, 장문사자?"

경혜 사태가 휘둥그레진 눈으로 쳐다봤지만 경료 사태는 단호했다.

"저번에는 경혜가 수고했으니 이번에는 사자께서 가서서 본 파의 위명을 드높여 줬으면 합니다."

말은 부드럽지만 그 속에 담긴 뜻을 누가 모를까?

상대가 상대이니만치 경혜보다는 경진 사태가 미덥다는 말.

"알겠습니다. 장문사매의 심려를 끼치는 일이 없도록 최선을 다해보지요."

경진 사태가 장문인에게 예를 취하는 모습을 보면서 경혜 사태는 잔뜩 인상을 구겼다.

그런 경혜 사태를 보며 묘운과 묘진은 희미한 미소를 지었고, 경료 사태는 살짝 한숨을 내쉬었다. 그리고 경진 사태가 자리에서 일어서자 아미승들도 모두 자리에서 일어났다.

그녀들은 곧 오색섬광이 피어오르는 쪽을 향해 신형을 날렸다.

*   *   *

이미 인산인해가 되어버린 선착장.

설아는 구름처럼 모여든 군중들을 보며 잔뜩 긴장하고 있었다.

군중들 사이에서 뭔가 심상치 않은 변화를 느낀 때문이었다.

맨 처음 신호가 터졌을 땐 약간의 술렁임만 보이던 군중들. 그러나 몇몇 무인들이 흉흉한 기색으로 뛰쳐나오고, 뒤이어 많은 이들이 합류하는 걸 보면서부터 점점 흥분하기 시작하더니 급기야는 자신들을 더러운 벌레 쳐다보듯 한다.

'도대체 그 신호가 뭐기에?'

설아는 걱정 어린 눈으로 군중들을 봤다.

두 겹, 세 겹, 네 겹…….

갈수록 늘어나는 포위망.

한숨이 절로 나왔다.

저들은 아직 곽무한의 무위에 대해 잘 모르고 있다. 그래서 저렇게 토끼몰이 하듯 포위망을 늘려가는지는 몰라도 설아가 볼 땐 오히려 저들이 덫에 물린 토끼 신세 같았다.

이미 단신으로 사천당가를 무너뜨려 버린 곽무한이다. 저들쯤이야 마음만

먹으면 언제든지 처치할 수 있다.

'제발 이쯤에서 물러나 주면 좋으련만……..'

하지만 상황으로 보아 그렇게 되긴 힘들 것 같다. 명분만 있으면 물불 가리지 않는 게 바로 정파인들의 생리니. 거기다 수적 우위까지 확보하고 있는 상황에서 호락호락 물러날 리가 없다.

'차라리 아까 말릴걸…….'

하지만 자신이 따라온 이유는 곽무한을 간섭하기 위해서가 아니라 그 어떤 어려움도 함께 헤쳐 나가기 위해서다.

설아는 천천히 곽무한을 돌아봤다.

곽무한은 별다른 표정의 변화가 없었다. 그저 무심한 눈빛으로 군중들이 하는 양을 지켜만 보고 있었다.

설아는 그 모습이 오히려 겁이 났다.

곽무한이 저런 모습을 보일 때는 화가 굉장히 많이 났다는 뜻.

저기서 더 자극을 받으면 폭발하고 마는데, 안타깝게도 포위망은 갈수록 늘어나기만 한다.

'가가, 제발 참아주시길…….'

그러나 세상일은 언제나 그렇다.

중요한 순간이 되면 항상 원치 않는 방향으로 흘러가 버린다.

지금도 마찬가지였다.

건드리면 꽝 하고 터질 것 같은 팽팽한 긴장의 순간.

그 일촉즉발의 상황에서 겁없이 불을 질러대는 사람들이 있었다.

하얀 도복 차림에 정광이 흐르는 눈빛. 거기다 번쩍이는 검을 빼어 든 점창파와 청성파의 무인들이 저 강변 끝에서 날아와 포위망 안으로 뛰어들고 있었다.

'아…….'

다른 곳도 아닌 구대문파가 나타났다.

설아는 잠시 눈을 감았다.

다른 사람은 몰라도 설아는 안다, 구대문파가 얼마나 강한 곳인지를.

그리고 또 안다, 그들이 일반 강호인들에게 얼마나 많은 영향력을 미치는지.

이제 상황은 새로운 국면으로 접어들었다.

당금 강호의 기둥, 구대문파 중 두 곳이 포위망에 합류하자 군중들의 마음이 급속히 화씨세가들 쪽으로 기울어갔다.

그 모습을 보며 설아는 내심 절망했다.

가뜩이나 정파인들에게 한이 맺혀 있던 곽무한이다. 그러나 사부와 모친의 얼굴을 생각해, 그리고 뒤따라올 수하들과 강호의 파란을 생각해 겨우겨우 인내하고 있는 중인데, 지금 상황에서 저들의 등장은 곽무한의 마음속 깊이 잠들어 있던 복수심을 마구 흔들어 깨우는 결과만 초래하고 말았다.

"후후후. 일이 점점 재미있게 돌아가는군."

우려처럼 살기 띤 곽무한의 음성이 들려왔다.

결국 일이 이렇게 흘러가 버리고 마는 것인가?

설아는 안타까운 표정으로 곽무한을 쳐다봤다. 그러나 표정과 달리 설아의 소맷자락 역시 팽팽히 부풀어 오르고 있었다, 일이 벌어지면 언제라도 출수할 수 있도록.

제102장
혼비백산

강변엔 또 한 번 정적이 흘렀다.

누구라도 손만 까닥이면 금방 혈전이 벌어질 순간.

군중들은 긴장한 표정으로 침을 꿀꺽 삼켰다.

곽무한이 먼저냐, 정파가 먼저냐?

그렇게 모두가 촉각을 곤두세우고 있을 때였다.

"제자들은 잠시 뒤로 물렀거라!"

창노한 음성과 함께 저 언덕 위에서 몇 사람의 신형이 나타났다.

그들은 메아리 소리가 채 울려 퍼지기도 전에 뱃전으로 내려섰는데, 그들이 나타나자 점창파와 청성파의 무인들이 일제히 고개를 숙였다.

"장문인을 뵈옵니다!"

강변 가득 울려 퍼지는 음성.

군중들은 일제히 경악한 표정을 지었다.

"맙소사! 청성파 장문인께서?"

"세상에! 점창파 장문인께서도 오셨어!"

놀란 것은 군중들뿐만이 아니었다. 포위망을 구축하고 있던 영호세가와 화씨세가 등도 놀란 표정으로 열렬히 환호성을 질렀다.

평생 가야 얼굴 한 번 마주치기 힘들다는 구대문파다.

그런데 그 장문인들의 존안까지 보게 될 줄이야.

두 장문인은 조용히 손을 들어 뭇 군웅들의 환호에 화답했다. 그리고는 천천히 등을 돌려 곽무한을 정면으로 마주 봤다. 순간, 두 장문인의 눈에 이채가 어렸다. 그중 청성파 장문인 만상 진인이 앞으로 나서며 조용히 입을 열었다.

"무량수불. 처음 뵙겠소이다, 시주. 빈도는 청성을 맡고 있는 만상이라 하오이다. 근자에 일이 있어 잠시 이곳에 머물고 있던 중인데, 갑자기 수룡채 채주께서 왕림하였다기에 선걸음에 달려오는 길이오만… 과연 그대가 그 장본인이 맞으신지?"

만상이 조심스럽게 묻는 이유가 있었다.

예상과 달리 곽무한의 기도가 워낙 막강해 보인 때문이었다.

게다가 곽무한 곁에 서 있는 설아의 기도도 장난이 아니다 보니 절로 조심스러워질 수밖에 없었다.

하지만 곽무한은 오만했다. 자신을 낮추며 상대를 높이는 만상 진인의 말투에도 불구하고 냉랭한 표정으로 고개만 까닥여 보였다.

"으음……."

만상 진인의 얼굴이 벌겋게 달아올랐다.

그러나 그는 치솟는 화를 삼키며 주변을 둘러봤다.

난장판이 따로 없었다. 이미 몇 척의 배가 부서진 가운데 수많은 무인들이 이리저리 널브러져 있었다.

뿐인가?

종리군과 영호운형 등, 호북을 대표한다는 고수들마저 폐인이 되거나 반병신이 되어 끙끙거리고 있었다.

"모두 그대의 솜씬가?"

만상 진인이 인상을 굳히며 묻자 곽무한은 여전히 고개만 까닥였다.

"허허. 광오한 시주로고……."

만상 진인은 눈살을 찌푸리며 곽무한을 노려봤다.

곽무한은 그 눈길을 정면으로 맞받으며 싸늘한 목소리로 입을 열었다.

"이봐! 싸우러 왔으면 이리저리 말 돌리지 말고 그냥 검이나 뽑아. 그게 아니라면 제자들과 함께 저 뒤로 물러나 있고. 괜히 그렇게 앞을 막고 있으면 싸우는 데 방해가 돼."

순간 만상 진인의 표정이 하얗게 질려갔다. 예의없이 쏘아대는 곽무한의 말투도 말투였지만, 그보다는 곽무한과 눈이 마주치자 갑자기 망막이 터져 나갈 듯 쑤셔온 때문이었다.

'이, 이런 공력이?

만상 진인은 일순간 말을 잇지 못했다. 그러자 옆에 있던 곡현 진인이 냉랭한 표정으로 끼어들었다.

"보아하니 개전(改悛)의 여지가 전혀 없는 놈이군. 이보시오, 만상. 더 이상 두고 볼 것도 없소."

그 말과 함께 곡현 진인은 휙! 소리나게 등을 돌렸다. 곽무한의 눈빛을 보니 회유의 가능성이 전혀 없어 보였기 때문이다.

"제자들은 뭣들 하느냐? 어서 이놈을 포박하지 않고!"

곡현 진인이 그렇게 제자들을 돌아볼 때였다.

"잠시 손을 멈추시오!"

쩌렁쩌렁한 고함 소리와 함께 또다시 한 무리의 신형이 나타났다.

짙은 녹포 차림에 음산한 눈빛. 전신에 독기를 줄줄 흘리며 사천당가의 무인들이 등장한 것이다.

"오! 당가에서?"

만상 진인의 안색이 눈에 띄게 밝아졌다.

일 수(手)에 천하를 녹인다는 사천당가가 나타났으니, 저들의 협조를 받는다면 별다른 희생 없이 놈을 잡을 수 있으리라.

그러나 상황은 괴이하게 돌아갔다.

"암무령이 대공자를 뵈오!"

"혈우단이 대공자를 뵈오!"

"벽력당이 대공자를……."

갑자기 사천당가들이 곽무한을 향해 예를 취하는 게 아닌가? 그것도 주변의 시선을 아랑곳하지 않는 극공의 예를.

만상 진인은 기가 막혀 저도 모르게 버럭 고함을 질렀다.

"아니? 이 무슨 망동이오? 사천제일의 가문이 한낱 수적 따위에게 고개를 숙이다니? 모두 정신이 나가기라도 한 게요?"

그러자 사천당가들 중에서 가장 선두에 있던 흑포인이 암갈색 눈을 번뜩이며 대답했다.

"본 가는 사천당가요! 당가의 무인들은 그 어떤 상황에서도 냉정을 잃지 않소. 우리가 이분께 예를 취한 이유는 이분께서 본 가의 최고 귀빈이시기 때문이오. 또 그런 이유로 권해 드리건대, 대공자님과 무슨 사연이 있는지는 모르겠지만 본 가의 체면을 보아 이만 물러나 주길 바라오."

"뭐, 뭐라고?"

만상 진인은 어이가 없어 말을 잇지 못했다.

도대체 저놈들이 제정신인가?

자기들 가문을 엉망으로 만들어 버린 놈을 최고의 귀빈이라니?

그리고 그놈을 보호하기 위해 자신들더러 물러나 달라니?

만상 진인은 흑포인의 말이 도저히 이해가 되지 않아, 저들이 방금 자신이 한 말에 기분이 나빠 일부러 저러는 건가, 라는 생각까지 들었다. 그만큼 흑포인의 말투는 위압적이었고, 여차하면 실력행사까지 불사하겠다는 태도를 내비치고 있었다.

"그대는 누군가?"

만상 진인은 불쾌한 감정을 그대로 드러내며 물었다. 그러자 흑포인이 무뚝뚝한 음성으로 대답해 왔다.

"혈우단주요."

"혈… 우단?"

만상 진인의 낯빛이 순간적으로 일그러졌다.

혈우단.

명이 떨어지면 혈육조차 돌아보지 않는다는 저주받은 살귀들.

'그런데 이들이 왜?'

도저히 이해가 되지 않았다. 오히려 놈을 죽이겠다고 길길이 날뛰어야 정상일 놈들이 그를 감싸고돌다니?

만상 진인은 고개를 갸웃하며 재차 물었다.

"자네가 혈우단의 책임자라니 내 하나만 물어봄세. 자네는 도대체 저놈이 누군지나 알고 그러는 것인가? 저놈은 과거 사천 땅을 횡행하던 흉악한 수적일 뿐만 아니라 얼마 전 자네들 가문을……."

그러나 만상 진인의 말은 끝까지 이어지지 못했다.

"갈! 아무리 구대문파의 장문인이라 하나 언사가 너무 지나치시오! 좀 전에 말씀드렸다시피 이분은 본 가의 최고 귀빈이오. 그러니 언행에 각별한 주의를 부탁드리겠소. 그렇지 않을 때에는… 죄송하게도 본 가 전체를 모욕한 것으로 여기겠소!"

순간, 만상 진인은 멍한 기분이 들었다.

저놈들이 정말 단체로 돌아버린 것일까? 저깟 수적 따위가 뭐라고 대청성 파의 장문인에게 훈계를 해?

하도 어이가 없다 보니 호통 소리마저 나오지 않았다.

그러나 멀쩡한 정신이었더라도 차마 고함까지 지르진 못했으리라.

그 이유는 자신들이 사천당가에 마음의 빚을 지고 있기 때문이었다. 그것 도 보통 빚이 아닌 목숨 빚을.

얼마 전 양자호 전투 때 적을 얕보고 덤빈 자신들의 실수로 인해 스스로를 희생해야 했던 당장명. 그 마음의 빚이 치솟는 울화를 가라앉게 만든 것이다.

'아무래도 저놈들이 생사협 때문에 제정신이 아닌 모양이다.'

만상 진인은 애써 그렇게 생각하기로 했다.

곡현 진인 역시 마찬가지 생각인 듯 안색을 붉히면서도 참는 기색이 역력 해 보였다.

'그건 그렇고……'

지금 상황에서는 화를 내고 말고가 중요한 게 아니었다. 놈이 달아나기 전 에 어서 잡아들여야 하는데, 갑자기 사천당가가 끼어들려 하니 별 뾰족한 방 법이 떠오르지 않는다.

이 많은 군중들 앞에서 저들과 입씨름을 할 수도 없고, 그렇다고 저들의 체면을 세워주기 위해 자신들이 물러날 수도 없고.

그렇게 만상 진인이 골머리를 앓고 있을 때였다.

"아미타불. 모두 여기에 모여 계셨군요."

낭랑한 불호성과 함께 저 선착장 끝에서 또 한 무리의 신형이 나타났다. 경진 사태를 선두로 한 아미파였다.

아미파를 보자 만상 진인의 얼굴에 또다시 화색이 돌았다.

"오! 경진 사태, 어서 오시오. 이리로, 얼른 이리로 좀 와보시오."

만상 진인이 평소와 달리 경진 사태를 극진히 반긴 이유는, 마침 그녀가 이 상황을 해결할 수 있는 적임자였기 때문이다.

만상 진인이 알기로, 아미파와 사천당가는 최근 들어 매우 돈독한 우의를 나누고 있었다. 사실 이전까지만 해도 서로 앙숙지간이나 다름없던 두 문파였지만, 얼마 전 양자호 혈전 때 가장 먼저 전장을 빠져나온 자신들과 달리, 아미파는 마지막까지 전장에 남아 사천당가와 함께 암흑마교와 피 튀는 혈전을 벌였다. 그 이후에도 아미파는 당장명의 생사를 확인하기 위해 최전방 경계를 자청해 사천당가로부터 많은 신망을 얻고 있는 중이었다.

거기다 경진 사태가 누군가?

당가의 최고 어른인 당무운과 함께 사절의 한 사람으로 추앙받고 있는 원로 고수가 아니던가?

그러니 경진 사태가 나서서 자신들을 거들어주면 저들도 마냥 뻗댈 수만은 없을 것이다.

놈이 무슨 사연으로 저들의 환심을 샀는지는 모르겠지만, 자기들 가문을 박살 내버린 수적 따위를 편드느라 아미파와 등을 돌릴 만큼 어리석진 않을 테니까.

그렇게 만상 진인이 상상의 나래를 펴고 있을 때였다.

"사부님!"

갑자기 웬 소녀의 음성이 들려왔다.

'사… 부님?

만상 진인은 이게 무슨 소린가 하여 좌우를 둘러보다가 그만 눈을 휘둥그레 뜨고 말았다.

곽무한 곁에 있던 소녀가 갑자기 면사를 걷어 올리더니 경진 사태에게 예를 취해 보이는 게 아닌가?

"오! 설아로구나. 언제 왔느냐? 왔으면 이 사부에게 기별이라도 하지 않고?"

"제자도 그러려고 했는데 상황이……."

상황은 또 한 번 엉뚱하게 흘러갔다.

마치 헤어진 딸아이를 대하는 듯한 경진 사태와, 그런 경진 사태를 눈물 그렁한 얼굴로 쳐다보는 설아.

만상 진인은 갑자기 머릿속이 뒤죽박죽이 되는 기분이었다.

자신이 알기로 경진 사태의 제자는 오직 세 사람뿐이다.

두 사람은 이미 경진 사태 곁에 서 있는 묘운과 묘진이고, 다른 한 사람은……?

'그래! 아미제일인이라 불리던 아이! 그럼 저 아이가 바로?'

하지만 뭔가 아귀가 맞지 않는다.

아미파의 제자가 왜 수적 따위와 동행하고 있단 말인가?

그리고 눈치를 보아하니 경진 사태도 저놈을 알고 있는 듯한데…

그때 경진 사태의 음성이 들려왔다.

"도대체 이게 무슨 일이냐? 갑자기 암흑마교가 나타났대서 급히 달려왔는데, 놈들은 모두 어디 가고 엉뚱한 네가 왜 포위망 속에 갇혀 있단 말인가?"

그 말에 퍼뜩 고개를 돌려보니 경진 사태가 매서운 눈빛으로 자신을 쏘아보고 있다.

만상 진인은 갑자기 머릿속이 복잡해 화진걸을 가리키며 대충 둘러댔다.

"암흑마교 놈들이 어디 갔는지는 저도 잘 모르겠소이다. 저 역시 신호를 받고 온지라……."

그 말과 함께 만상 진인은 얼른 눈을 감아버렸다. 도대체 이 상황을 어떻게 풀어나가야 할지 나름대로 정리를 하기 위해서였다.

그러자 모두의 시선이 자연스럽게 화진걸을 향했다.

화진걸은 등에 식은땀을 흘리며 마지못한 표정으로 입을 열었다.

"저, 그게… 저놈들이 저희 자식놈들을… 그래서 저희가……."

그러나 화진걸은 점점 대답할 말이 궁색해지는 것을 느꼈다.

곽무한과 자신들 사이에 벌어진 일을, 그리고 자신들이 겪은 공포를 어찌 몇 마디 말로 다 설명할 수 있단 말인가?

그렇다고 대충 설명하자니 너무 억울한 기분이 들고……

속으로 이런저런 궁리를 해봤지만 별 뾰족한 방법이 있을 리 없다.

결국 화진걸은 대답하다 말고 우물쭈물 뒷말을 삼키고 말았다.

결과는 뻔했다.

"쯧쯧. 도대체 이 무슨 경우 없는 짓이란 말이오? 그래, 고작 자식놈들 때문에 오색화탄을 썼단 말이오?"

한심하다는 표정으로 혀를 차는 경진 사태.

화진걸은 뭐라 변명할 말이 없어 고개를 푹 숙이고 말았다.

그때 곡현 진인이 손사래를 치며 끼어들었다.

"잠시만요. 뭔가 상황이 이상하게 돌아가는 듯하외다. 우선 상황 정리부터 좀 하지요. 일단 정황으로 보아 암흑마교가 나타난 건 아닌 듯하니 오색화탄에 대한 추궁은 이만 멈추고, 당면한 현안, 목전의 일부터 논의하지요."

"목전의 일이라니요?"

"예. 보아하니 화 가주가 화탄을 터뜨린 이유가 바로 저자 때문인 듯하니, 저자에 대한 처리부터 결정하는 게 옳을 듯합니다. 그래서… 말 나온 김에 빈도가 사태께 정식으로 부탁을 드리겠습니다. 저희들과 사천당가 사이에 중재를 맡아주시지요."

"귀 파와 사천당가 사이의 중재라니요?"

"저기 귀 파의 제자와 함께 있는 저 수적 때문에 생긴 일입니다. 사태께서도 곰곰이 기억을 되살려보면 아실 테지만, 저놈은 예전에 맹에서 공안(公案)으로 다루었던 흉악하기 짝이 없는 수적입니다. 그런데 갑자기 사천당가에서 저자를 옹호하려고 이 일에 끼어들겠다는 겁니다."

"음……."

경진 사태는 잠시 곽무한을 쳐다보다가 천천히 고개를 돌렸다. 그리고는 미소 띤 얼굴로 곡현 진인을 보며 말했다.

"예상대로 곽 채주 때문에 생긴 일이었군요. 그러나 안타깝게도 본 파 역시 사천당가와 같은 입장이 될 수밖에 없을 것 같습니다."

곡현 진인과 만상 진인이 깜짝 놀란 얼굴로 경진 사태를 쳐다봤다.

그런 두 사람을 보며 경진 사태가 말했다.

"빈니가 알기로 곽 채주에 대한 일은 이미 과거에 일단락된 걸로 압니다. 또한 본 파가 그 일에 간여하고 싶어도 옛일은 묻어두라는 장문인의 분부가 계셨고, 또 이번 암흑마교와의 일전에서 곽 채주가 맡은 부분이 있는 걸로 아니, 이만 넘어가도록 하지요."

곡현 진인은 그게 무슨 소리냐는 듯 단호하게 고개를 저었다.

"죄송하지만 그렇게는 못하겠소이다."

만상 진인 역시 마찬가지였다.

"그렇소. 저자가 무슨 수로 귀 파의 환심을 샀는지는 모르겠지만 본 파는 저자를 용납할 수 없소이다. 더구나 저자가 암흑마교와의 일전에서 모종의 역할을 담당하고 있다는 말은 들은 적도 없거니와, 인정하고 싶지도 않소."

예상과 달리 두 장문인이 완강하게 반대하고 나오자 경진 사태의 안색이 살짝 찌푸려졌다.

"음… 말씀이 너무 지나치시군요. 본 파는 누가 숙이고 들어온다고 해서 생각없이 받아주는 곳이 아닙니다. 그리고 재차 말씀드리지만, 곽 채주에 대한 일은 이미 불문(不問)에 붙이라는 장문인의 분부가 계셨고, 또 이 자리에서 다 말씀드릴 순 없지만 곽 채주는 이번 암흑마교와의 일전에서 많은 도움을 줄 것입니다. 그런데도 기어이 일을 진행하셔야겠습니까?"

두 사람은 적잖이 당황했다.

도대체 저놈이 뭐라고 아미파까지 놈을 감싸고돈단 말인가?

이미 곽무한이 아미파에 들렀다 왔다는 사실을, 그리고 거기서 철담마후와 비무까지 나눴다는 사실을 전혀 모르고 있는 두 사람으로서는 도대체 아미파가 왜 곽무한을 옹호하는지 이해가 되지 않아 그저 고개만 갸웃거릴 뿐이었다.

그러나 아미파와 사천당가가 어찌 나오든, 두 사람은 이번 일만은 절대 양보할 수 없었다.

이미 곽무한과 자신들은 악연으로 얽혀 버린 사이다. 그러니 지금도 이렇게 골치가 아픈데 행여나 놈이 더 커버리기라도 한다면 그 후환을 어찌 감당한단 말인가?

만상 진인은 곡현 진인과 은밀히 눈빛을 나눈 뒤 냉랭한 표정으로 목청을 돋웠다.

"본도가 사천무림맹을 대표하여 이 자리에 계신 동도들께 고하오. 저자는 이미 수년 전, 본 파 등이 소속된 사천무림맹에 의해 강호공적(江湖公敵)으로 등재되었소. 하여 본 파 등이 그 징계 절차를 밟으려고 하니, 여러분들께서는 이런 사정을 감안하여 경거망동을 삼가주시기 바라오."

그 말과 함께 만상 진인은 청운적하검(靑雲赤霞劍)을 뽑아 들었다.

청운적하검은 청성파의 신물인 동시에 사천무림맹의 신물.

만상 진인이 맹주령을 뽑아 들자 경진 사태의 표정이 급격히 굳어갔다.

"장문인, 부디 재고해 주시길 바라오!"

"허허. 그렇겐 못하겠다니까요."

"장문인!"

경진 사태의 외침에도 불구하고 만상 진인은 냉정하게 등을 돌렸다. 그리고는 제자들을 향해 목소리를 높였다.

"제자들은 듣거라! 본 장문인이 역대 조사님들의 유명을 이어받아……."

바로 그때였다.

만상 진인이 검을 치켜들고 일장연설을 하려는 찰나,

"보자 보자 하니까 본 가를 너무 무시하는군."

그 말과 함께 선착장 쪽에서 뭔가가 쉭! 날아왔다.

타타탁!

잇따른 소음과 함께 뱃전에 박히는 물체.

묵빛 화살이었다.

그 화살을 보자마자 만상 진인뿐만 아니라 배에 타고 있던 군웅들이 대경실색했다.

"헉! 독이다!"

"당가, 당가가 감히?"

모두들 혼비백산했지만 알고 보니 독이 없는 일반 화살이었다.

"저, 저놈이?"

만상 진인이 화살을 뽑아 들고 노기 어린 표정을 짓자 흑포인이 재차 말했다.

"좀 전엔 단순한 경고로 그쳤지만, 계속 대공자님께 위해를 가하려 하신다면……."

흑포인은 잠시 말을 끊고 눈짓으로 수하들을 가리켜 보였다.

이미 사천당가들은 일제히 하독 도구를 꺼내 들고 있었다.

"이, 이, 이……."

만상 진인은 격노한 표정으로 뺨을 씰룩였다.

이 많은 사람들 앞에서 정말 싸우겠단 말인가?

그러나 알다시피 독심의 당가다.

더구나 선두에 있는 자들은 피도 눈물도 없다는 혈우단이다.

결국 만상 진인은 이러지도 저러지도 못한 채 안색만 붉히고 있었다.

그때 곡현 진인이 나섰다.

"감히 사천당가 따위가 구대문파를 능멸하려 하느냐?"

그 말과 함께 곡현 진인이 손을 번쩍 치켜들자 일단의 무인들이 유령처럼 앞쪽으로 나섰다.

그 광경을 보고 몇 사람이 외쳤다.

"맙소사! 점창 이십사검이다!"

화산에 매화이십사수(梅花二十四秀)가 있다면 점창에는 은창이십사검(銀蒼二十四劍), 다른 말로는 점창 이십사검이 있다.

그들이 앞을 막고 있는 한 빗물조차 스며들지 못하리라.

만상 진인은 군중들이 점창 이십사검을 보고 놀라는 틈을 놓치지 않았다.

"제자들은 뭣들 하느냐? 당장 놈을 추살하지 않고!"

"뭣이라?"

이번에는 경진 사태가 폭발했다.

"빈니가 그렇게도 권고했건만 정녕 일을 감행하시겠단 말이지?"

카랑카랑한 호통성과 함께 경진 사태가 주먹을 내뻗자 옆에 있던 배 한 척이 '펑!' 소리를 내며 산산이 부서져 버렸다.

만상 진인은 그 광경을 보고 버쩍 얼어버렸다.

"사, 사태?"

설마 경진 사태가 이런 식으로 나올 줄이야?

맹주령을 치켜들면 속으로야 어떨진 몰라도 겉으로는 못 이기는 척하며 고개를 숙일 줄 알았다. 그런데 곧바로 실력행사라니?

'으으… 도대체 저놈이 뭐기에……?'

놀라긴 곡현 진인 역시 마찬가지였다.

다른 사람은 몰라도 곡현 진인은 안다. 경진 사태가 화나면 어떤 일이 벌어지는지.

과거 아미파에서 열린 친선 비무대회 때, 애제자가 갑자기 사라져 버리자 그 울화를 다스리지 못해 남들이 보든 말든 산문을 박살 내버리고, 뒤이어 남궁가의 후계자마저 초주검 상태로 만들어 버리던 그 무시무시한 광경을 바로 곁에서 지켜본 때문이었다.

그래서 곡현 진인은 감히 경진 사태에게 말 한마디 못 건네고 사지만 벌벌 떨고 있었다.

그러나 만상 진인은 그런 성질도 모르고 경진 사태에게 고함을 질렀다.

"사태! 이성을 되찾으시오! 저자에 대한 일은 이미 사천 세 개 문파, 여섯 개 가문이 합의한 사안이오. 동도들이 모두 지켜보는 가운데 천지신명께 약속한 것이 고작 아녀자의 감정으로 인해 파기될 정도로 그렇게 가치없는 것이었소?"

순간 경진 사태의 뺨이 부르르 떨렸다.

"그래요? 제 행동이 고작 아녀자의 투정으로 보였단 말이지요? 좋습니다. 정 그렇다면, 본 파가 맹을 탈퇴할밖에."

그 말과 함께 소맷자락을 단숨에 찢어버린 경진 사태는 누가 말릴 새도 없이 곧바로 곽무한이 타고 있는 배로 날아가 버렸다. 그러자 묘운과 묘진이 허둥지둥 그 뒤를 따랐고, 그 광경을 보면서 만상 진인은 멍한 표정을 지었다.

결국 곽무한을 막아서고 있는 경진 사태 때문에 이러지도 못하고 저러지도 못하는 제자들.

"사태! 정말 이러기요?"

만상 진인은 경진 사태를 노려보며 호통을 질렀다. 그런데 그때, 대기를 웅웅 울리는 낮고 거친 음성이 들려왔다.

"후후후. 정말 놀고들 있군."

목소리의 주인공은 곽무한이었다.

곽무한이 서늘한 미소를 띠며 천천히 뱃머리로 나아왔다.

"가만히 지켜보자니 역겨워서 견딜 수가 없군. 이제 모두 비켜주시오. 도움은 고맙지만 이 싸움은 내 싸움이오!"

그 말과 함께 곽무한은 경진 사태와 묘운 등을 밀치며 앞으로 나섰다. 그리고는 정파 무인들을 노려보며 천천히 도를 움켜쥐었다.

저들은 예나 지금이나 변한 게 없다.

상대가 강하면 고개를 숙이고, 그렇지 않으면 떼거리로 달려든다.

저런 자들에게 무얼 기대할 게 있다고 여기까지 왔단 말인가?

가슴 저 깊은 곳에서 심화가 끓어올랐다. 그러자 혈뢰도를 중심으로 서서히 강풍이 휘몰아치기 시작했다. 그 여파에 휘말려 돛폭이 펄럭이고 강물이 출렁거렸다.

군중들은 그 광경에 놀라 눈을 부릅떴다.

경진 사태 역시 마찬가지였다.

불같이 일어나는 곽무한의 기세.

도저히 말릴 엄두가 나지 않는다.

설아 역시 마찬가지였다.

지금 상황은 곽무한의 자존심이 폭발한 것이다. 그러니 설아라 할지라도 감히 말릴 수가 없었다.

반면, 만상 진인은 쾌재를 질렀다.

안 그래도 경진 사태 때문에 망신살이 뻗치던 상황이었는데, 놈이 제 발로 나서주니 이보다 반가울 수 없다.

'그러나 기특하다고 해서 봐줄 순 없지.'

기회가 있을 때 밟아버려야 한다.

"모두 들으셨지요? 놈이 제 죄를 인정했소이다. 여기서 더 끼어드는 사람은 강호공적으로 선포하겠소이다!"

"진인!"

"도대체?"

몇 사람이 만상 진인을 말리려 했지만 만상 진인의 귀엔 아무 소리도 들리지 않았다.

"그만! 더 이상의 항의는 받지 않겠소. 제자들은 뭣 하느냐? 어서 저놈을 추살하지 않고!"

그러나 그 말이 끝나기도 전이었다.

"아니, 수고스럽게 오고 자시고 할 필요 없어. 내가 단번에 끝내줄 테니까!"

그 말과 함께 곽무한의 전신에서 무시무시한 기파가 뿜어져 나왔다. 그리고 두 눈동자에서도 번갯불 같은 안광이 번쩍였다.

평소와 달리 공력을 극한까지 끌어올린 것이다.

그때부터 상황이 급변하기 시작했다.

곽무한과 눈이 마주친 사람마다 피가 콸콸 흘러내리는 눈알을 잡고 마구 비명을 지르기 시작했고, 나름대로 일가를 이룬 자들은 곽무한의 전신에서 뿜어져 나오는 폭풍 같은 기도에 질려 일제히 굳어버리고 말았다.

감히 상상조차 안 되는 곽무한의 기도.

그 위용에 질린 사람은 강심에 있던 사람들뿐만이 아니었다. 선착장이 한눈에 내려다보이는 언덕 위, 늙은 소나무 가지 아래 모여 있던 노인들 역시 마찬가지였다.

그들은 조금 전까지만 해도 느긋한 표정으로 뒷짐까지 지고 있었지만 지금은 모두 놀란 표정으로 서로를 마주 보고 있었다.

"맙소사! 대단한 기돈데?"

"저 나이에 벌써 무형의 기운을 유형화시키는 이기생형(以氣生形)의 경지라니! 실로 무시무시한 놈이군."

노인들은 강호를 울리는 초절정고수들답게 곽무한의 기도를 단번에 알아봤다. 그러나 자존심 때문인지, 대부분 '저 정도는 나도 가능해!' 라는 표정으로 입꼬리를 말아 올리고 있었다.

하지만 청송 진인은 달랐다.

그는 안색을 잔뜩 찌푸린 채 심각한 표정으로 곽무한을 주시하고 있었다. 그런 청송 진인을 보자 노고수들의 표정도 서서히 심각해지기 시작했다.

청송 진인이 누구던가?

지금은 비록 강호십대고수 가운데 두 번째 자리를 차지하고 있지만, 그는 당대의 무당제일검(武當第一劒)이다.

무당제일검.

송문고검으로 대표되는 무당파 제일고수.

무당제일검은 세인들이 생각하는 그런 정도의 의미가 아니었다.

흔히들 밤하늘의 별보다 많고 강가의 모래알보다 많은 게 바로 고수들이라고 하지만, 현 강호에서 천하제일고수가 누구냐고 물어본다면 강호인들 중 십중팔구는 무당제일검을 꼽는다. 그 이유는 바로 지나온 강호의 역사가 증명하기 때문이다.

어렸을 때부터 검로에 입문해 삼재(三才)와 오행(五行), 칠성(七星)과 구궁검(九宮劒) 등을 익혀 기본 검로와 그 변화를 익힌 뒤에 소청(少淸), 태청(太淸), 유운(流雲), 귀운(歸雲), 청운검(淸雲劒) 등을 익혀 검의 오의를 체득하고, 대라(大羅), 대환(大幻), 선풍(旋風), 현천검(玄天劒) 등을 통해 자기만의 검로를 세운다. 이후 양의(兩意), 삼절(三絶), 사상검(四象劒) 등을 궁구하여 천지자연의 이치를 깨닫고, 종국에는 궁극의 검이라 불리는 태극혜검(太極慧劒)을 완성하여, 그 지난바 무공과 인품을 장문인과 장로들에게 인정받고 난 뒤에야 강호에 출도하는, 그야말로 무당파가 그 이름을 걸고 보증하는 절대고수. 그가 바로 무당제일검이다.

그래서 가끔 강호에 혼란이 있거나 하면 무림맹주 직위로 가장 먼저 거론

되는 사람이 바로 무당제일검이었으니, 그 이름 앞에 고개를 숙이지 않을 자 뉘 있으랴?

더구나 청송 진인은 현 장문인의 사형이기까지 했으니.

그럼에도 불구하고 그가 강호십대고수의 맨 윗자리를 차지하지 못하고 쌍검 중의 한 사람으로 꼽히는 이유는, 그가 이제껏 강호에 나와 단 한 번도 검을 뽑은 적이 없기 때문이다.

하지만 노고수들은 안다, 그의 무위가 어느 정도인지를.

그런데 그런 청송 진인이 곽무한을 보고 잔뜩 긴장하고 있으니 노인들의 안색도 덩달아 굳어질밖에.

그때 호호신타가 넌지시 청송 진인 곁으로 다가가 귀엣말로 물었다.

"어떤가, 청송? 자신있는가?"

그 말에 노인들이 눈살을 찌푸렸다.

모두들 물어볼 걸 물어야지, 하는 표정들이었다.

하지만 곽무한의 무위를 알고 있는 호호신타는 기대 어린 눈빛으로 청송 진인을 쳐다봤다. 그러자 여전히 곽무한에게 시선을 고정하고 있던 청송 진인이 흐린 목소리로 대답했다.

"글쎄……."

그 말에 모두가 깜짝 놀랐다.

"글쎄라니? 자네가 글쎄라니!"

청송 진인은 그제야 곽무한에게서 시선을 뗐다. 그리고는 자기 입술만 뚫어져라 쳐다보고 있는 노고수들을 보고 어이없다는 표정을 지었다.

"참나! 어린애처럼 왜들 이러시나? 보다시피 저 아이와 난 궤가 달라."

"궤가 다르다니?"

"휴… 누가 호기심 많은 늙은이들 아니랄까 봐……."

청송 진인은 나직이 한숨을 쉬며 재차 입을 열었다.

"방금 내가 말한 궤가 다르단 말은 조금만 생각해 보면 알 일이네. 보아하니 저 아이는 패도(覇道)를 추구하는 것 같고, 내 검은 아시다시피 무중생유(無中生有), 무검(無劍)을 추구하지 않나."

"그래서?"

답변에도 불구하고 모두 뭔가 재미난 일을 발견한 악동들처럼 눈을 반짝인다.

"그래서라니? 방금 말했지 않은가? 저 아이와 내가 싸우면 승부가 나질 않아. 저 아이는 금강역사처럼 싸우려 할 테고, 난 바람처럼 싸우려고 할 테니 서로 맞부딪치려야 맞부딪칠 수가 없고, 따라서 승부가 나지 않을 것 같다네."

"맙소사! 그 정도야?"

"글쎄. 아직 저 아이의 무위를 직접 겪어보지 못했으니 뭐라 말하긴 힘들지만 대략 그렇지 않을까 생각 중이네."

"끙… 도대체 저 녀석이 누구기에?"

"그러게 말이야."

모두 믿기지 않는다는 표정으로 고개를 절레절레 내젓자 호호신타가 입술을 삐죽이며 불쑥 말했다.

"누구긴 누구야? 존장도 몰라보는 무식한 수적 놈이지!"

순간 모두의 시선이 호호신타를 향했다.

"아는 아인가?"

"알지. 그것도 너무 잘 알아서 탈이지."

"그래? 누군데?"

"글쎄. 누굴까?"

호호신타가 어깨를 으쓱이며 의뭉을 떨자 표무봉이 버럭 고함을 질렀다.

"아, 누구냐니깐?"

　호호신타는 콧구멍을 후비며 심드렁하니 대답했다.

　"혹시 수룡채라고 들어봤나? 그곳에서 채주 행세를 하고 있는 녀석이야."

　순간 모두의 얼굴에 실망이 스쳤다.

　표무봉 역시 마찬가지였다.

　"수룡채? 정말 수적 나부랭이란 말인가?"

　목소리에 은은한 살기가 배어 있다.

　'성질머리 하고는. 누가 표독한 표가 아니랄까 봐…….'

　호호신타는 천천히 고개를 내저었다.

　"단순한 수적이 아냐. 잘하면 우리에게 큰 도움을 줄 녀석이야."

　"큰 도움? 고작 수적 따위가?"

　여전한 코웃음.

　그때 청송 진인이 끼어들었다.

　"어쩌면 가능할지도 모르겠네. 저 아이가 들고 있는 도가 정말 혈뢰도가 맞다면."

　"혈뢰도?"

　노고수들의 눈이 휘둥그레졌다.

　호호신타 역시 마찬가지였다.

　'맞아! 혈뢰도! 천추제일영웅이라 불리던 벽라대제의 신물. 내가 왜 그 생각을 못했지?'

　호호신타는 새삼스레 곽무한을 쳐다봤다. 곽무한이 들고 있는 도가 정말 벽라대제의 상징인 혈뢰도가 맞는가 싶어서.

　그런 그의 귓전으로 표무봉의 냉소성이 들려왔다.

　"흥! 그럼 저 녀석이 벽라대제의 후인이라도 된단 말인가?"

　호호신타는 생각에 잠겨 무심결에 대답했다.

"글쎄… 그건 잘 모르겠지만, 어쨌든 사해어옹의 제자인 것만은 확실하지."

그러자 노고수들이 깜짝 놀란 표정으로 자신을 쳐다본다.

"뭐라고? 사해어옹의 제자?"

'아차! 좀 더 애가 달도록 만들어줘야 하는데, 이런 빌어먹을 주둥아리!'

호호신타는 경솔한 자기 입을 원망하며 연신 주먹으로 제 입술을 후려쳤다.

나소추는 그 모습을 보며 수염을 만지작거렸다.

"흠. 정파 불멸의 영웅이라는 벽라대제의 후인일지도 모르는 아이가, 그리고 육 늙은이의 제자인 것이 확실해 보이는 아이가 일개 수적 집단의 우두머리란 말이지? 재미있군, 정말 재미있어."

호호신타는 그 말을 듣고 고개를 홱! 돌렸다.

"재밌긴 뭐가 재밌어? 잘못하다간 난리가 날 판인데."

"난리?"

빽 소리 지르는 호호신타의 말에 나소추는 더욱 호기심이 일었다. 그래서 호호신타의 코앞에 얼굴을 들이밀며 재차 물었다.

"도대체 무슨 난리가 난단 말인가? 우리들이 여기 있는데?"

호호신타는 대답 대신 고개를 돌렸다. 그리고는 곽무한을 보며 속으로 발을 동동 굴렀다.

'이놈아, 제발 참아라. 네 사부가 올 때까지만이라도 제발……'

그러나 그의 소원은 이루어지지 않았다.

정파인들을 향해 이미 살계를 열기로 작심한 곽무한.

남들의 반응 따위엔 신경 쓰지 않고 오로지 마음을 집중해 도를 치켜들었다. 그러자 주인의 심정을 알아차린 듯 혈뢰도가 괴음을 토하며 무려 오 장도 넘는 무시무시한 서기를 뿜어내기 시작했다.

고오오오오……

마치 천신의 칼인 듯 무시무시한 강기를 뿜어 올리는 도.

그리고 그 도를 치켜든 채 불꽃같은 눈으로 정면을 노려보고 있는 곽무한의 모습은 전신에서 뿜어져 나오는 폭풍 같은 기도와 어울려 구주팔황(九州八荒)을 눈 아래로 내려다보는 전설의 신장(神將) 같아 보였다.

그 위용에 질려 만상 진인과 곡현 진인의 안색이 파리하게 굳어갔다.

알다시피 두 사람은 천하가 인정하는 초절정고수들.

그런 두 사람마저도 저런 엄청난 강기는 상상해 본 적이 없었다.

만약 저 강기가 자신을 향해 날아온다면 어떻게 대처해야 할까?

아무 생각도 나지 않았다.

하지만 그렇다고 해서 이렇게 넋 놓고 있을 수만은 없는 일.

"뒤로 물러나! 모두 뒤로 물러나서 기회를 살펴!"

만상 진인이 제자들을 향해 목이 터져라 소리쳤지만 한발 늦고 말았다. 만상 진인이 소리칠 때쯤에는 이미 혈뢰도가 바람을 가르고 있었다.

스스스스스……

귓전을 울리는 나직한 음향.

처음엔 저게 뭐야? 싶었다.

그만큼 곽무한이 펼친 초식은 단순해 보였다.

횡소천군(橫掃千軍)처럼, 그저 도를 옆으로 슥 휘두르는 도법이었다.

그러나 그 도법이 펼쳐지는 순간, 도저히 믿을 수 없는 엄청난 광경이 벌어졌다.

쿠쿠쿠쿠쿠쿠쿠!

혈뢰도가 궤적을 이어나가는 동안, 뱃머리 앞쪽에서부터 시퍼런 강물이 연이어 치솟더니 어느새 하늘에 닿을 듯한 거대한 해일로 변해 버렸다. 뒤이어 그 물결이 도극을 따라 앞으로 나아가자 그때부터 또 한 번 경악할 일이 벌어졌다.

콰아아아아아아아!

보는 이의 시야를 온통 시퍼런 물결로 뒤덮어 버린 노도 같은 물살.

그에 의해 배들이 까마득한 허공으로 치솟아오르더니 곧 물결 아래로 곤두박질치며 산산조각 부서져 버렸다. 그리고 그 조각들은 뒤이어 들이닥친 강기에 의해 흔적조차 없이 사라지고 말았다.

"마… 맙소사……!"

도저히 인간의 힘이라고는 볼 수 없는 미증유의 거력.

군중들은 모두 말을 잃어버렸다.

만상 진인과 곡현 진인 역시 마찬가지였고, 저 언덕 위에 있던 노고수들도 마찬가지였다. 뭐라고 고함이라도 질러보려 했지만 모두 목구멍이 막혀 버린 듯 아무 소리도 나오지 않았다.

그런 그들의 귓전으로 비명 같은 고함 소리가 들려왔다.

"으아아, 피해!"

"휘말리면 끝장이야! 모두 사력을 다해!"

목소리의 주인공은 저 앞쪽에 있던 청성파 제자들이었다.

곽무한을 공격하려다가 기세에 질려 주춤주춤 뒤로 물러나고 있던 그들 뒤로 노도 같은 물살이 들이닥치고 있는 중이었다.

만상 진인은 그 광경을 보고 자기도 모르게 비명을 질렀다.

"아… 아… 안 돼애애애애애!"

그러나 그 목소리는 귀를 먹먹하게 만드는 굉음 같은 물소리에 의해 곧 흔적없이 사라져 버렸다. 동시에 제자들의 모습도 사라져 버렸고, 사방에서 흘러나오던 절규성들마저 흔적없이 사라져 버렸다. 성난 물살이 그들을 몽땅 집어삼켜 버린 것이다.

"말도 안 돼… 이건… 이건 꿈이야……."

만상 진인은 온몸에 힘이 쭉 빠져나가는 기분이었다.

저들이 누군가?

눈에 넣어도 아프지 않을 제자들, 청성의 내일을 짊어진 동량들이 아닌가?

그런 그들이 눈앞에서 모두 사라져 버리다니?

만상 진인은 망연자실한 표정으로 바닥에 털썩 주저앉고 말았다.

"맙소사!"

군중들 역시 망연자실한 표정이었다. 그들은 곧 보게 될 목불인견의 참상을 생각하며 눈을 질끈 감고 말았다.

설아도 마찬가지였고, 호호신타 등도 마찬가지였다.

말리기엔 이미 너무 늦어버렸다.

그렇게 모두 포기하고 있을 무렵,

"이제 그만……."

멀리서 메아리 같은 음성이 들려왔다.

"유, 육합전성(六合傳聲)?"

누군가가 소리쳤다.

그 소리에 놀란 군중들은 일제히 허공을 쳐다봤다.

육합전성이란 내공이 화경에 이르지 못하면 시전할 엄두조차 내지 못하는 극상승의 음공.

군중들은 아득한 허공에서 까만 점 하나가 생겨나더니 무서운 속도로 다가오는 것을 보고 자기도 모르게 탄성을 터뜨렸다.

"아!"

노도 같은 물살에 휘말린 무인들이 언제 어육덩어리로 변할지 모르는 상황에서, 더구나 저 어마어마한 해일이 덮치면 자신들 역시 어떻게 될지도 모르는 위험천만한 상황에서 무슨 기적이라도 바라는 것일까? 모두의 시선은 유성처럼 날아오고 있는 한 사람을 향했다.

모든 이의 시선을 단숨에 사로잡으며 곽무한이 타고 있는 배 쪽으로 다가오는 노인.

그는 눈처럼 하얀 백발에 배꼽 아래까지 늘어지는 긴 수염을 가진 대춧빛 안색의 노인이었다.

그를 보자 곽무한은 얼어붙은 듯 도를 멈췄고, 그 순간 노도처럼 몰아치던 해일이 순식간에 가라앉아 버렸다. 그러자 해일을 뒤따라가며 모든 것을 소멸시켜 버리던 강기 역시 부드러운 미풍으로 변해 강심에 잔물결만을 일으켰다.

곽무한은 한동안 노인을 쳐다봤다. 그리고는 천천히 노인에게 예를 취했다.

"사… 부."

"사부?"

군중들은 의아한 표정으로 곽무한과 노인을 번갈아가며 쳐다봤다.

그때 누군가가 노인을 알아봤다.

"아! 사해어옹이시다."

"뭐라고? 저분이 사해어옹이시라고?"

장내에 일순간 격동이 휘몰아쳤다.

사해어옹은 말 그대로 사해에 명망이 높은 원로 고수였다. 더구나 그는 현 강호에서 가장 신망이 깊은 사람이었다.

군중들은 서로를 반기는 두 사람을 보고 긴 안도의 한숨을 내쉬었다. 반면, 만상 진인 등은 불신 어린 표정으로 사해어옹을 쳐다봤다.

"설마… 육 선배께서 저자의 사부?"

그러나 조금 전까지만 해도 그렇게 오만불손하던 저 괴물이 사해어옹을 보고 저렇게 공손히 예를 취하는 것을 보니 그 설마가 사실인 것 같았다.

"말도 안 돼……."

저 흉악한 놈이 사해어옹의 제자라니?

그럼 놈을 추살하라고 명을 내린 자기 체면은 뭐가 된단 말인가?

만상 진인은 곤혹스런 표정으로 입꼬리만 씰룩이고 있었다.

제103장
천뢰신검

정파연합의 임시 처소는 동정호의 괴물을 물리치기 위해 만들었다는 자씨탑(慈氏塔) 근처에 마련되어 있었다. 그러나 시간이 없어서인지, 아니면 몰려드는 군웅들을 맞이할 넓은 장소를 찾지 못해서인지 그 규모나 시설은 예상외로 초라한 편이었다.

그중 악양루가 저 너머로 보이는 한 목조 건물.

그곳에 뭇 군웅들의 시선이 쏠렸다. 방금 강변에서 엄청난 무위를 선보였던 곽무한이 거기에 머물고 있는 까닭이었다.

그러나 제아무리 담력이 강한 사람이라도 감히 그곳에는 접근할 엄두를 내지 못했다. 왜냐하면 사천당가와 백마산장의 고수들이 전각 주위를 철통같이 경계하고 있었기 때문이다.

어느새 석양이 지고 어둠이 깃드는 시각.

전각 안에는 많은 사람들이 모여 있었다. 그중에서도 현 강호에서 가장 배분이 높다는 노고수들이 자리를 같이하고 있었다.

전각 안의 분위기는 화기애애했다.

모처럼 동년배끼리 모여서인지 노고수들 사이에선 간간이 웃음소리가 흘러나와 나름대로 긴장했던 사람들은 저마다 안도의 한숨을 내쉬었다.

그중에서도 장내의 분위기를 한껏 주도하고 있는 사람은 호호신타였다. 그가 입을 열 때마다 사방에서 폭소가 터져 나오고 고함 소리가 난무했다. 술호로를 입에 댄 채 좌충우돌 떠들어대는 호호신타를 보며 모두 즐겁다는 표정이었다.

술이 돌고 취기가 흐르고…

그렇게 웃음꽃이 만발하는 분위기 가운데서도 곽무한은 조용히 사해어옹의 시중만 들고 있었다. 설아 역시 곽무한 곁에 앉아 경진 사태의 시중을 들고 있었고.

그런 사제지간이 부러웠을까?

나소추와 농지거리를 나누고 있던 호호신타가 불쑥 한마디를 던졌다.

"난 사태의 성질이 그렇게 괄괄하다는 것을 오늘 처음 알았소."

그 말에 조용히 차를 음미하고 있던 경진 사태가 노안을 붉혔다.

"빈니도 그렇게까지 할 생각은 없었습니다. 그러나 만상 진인이 하는 꼴을 보니… 휴우……."

경진 사태가 뒷말을 삼키며 나직이 한숨을 내쉬자 옆에 있던 청송 진인이 동의한다는 표정으로 고개를 끄덕였다.

"빈도 역시 만상 진인이 그렇게까지 나오리라곤 생각지 못했소."

"그러게나 말일세."

노고수들은 모두 고개를 끄덕이며 한숨을 내쉬었다.

만약 그때 사해어옹이 오지 않았더라면 상황이 어떻게 흘러갔을까?

생각할수록 끔찍해 노고수들은 자기도 모르게 곽무한을 훔쳐봤다.

이미 사해어옹을 통해 소개받긴 했지만, 곽무한의 무위를 떠올리니 왠지

만만하게 여겨지지 않아서였다.

그런 분위기를 느껴서일까? 청송 진인이 자연스럽게 화제를 돌렸다.

"이 아이가 바로 사태께서 그렇게 칭찬하시던 아미제일인이오?"

그 말에 경진 사태가 웃으며 설아를 돌아봤다.

"그렇습니다. 설아야, 아까는 경황 중이라 제대로 인사를 못 드렸지? 이 기회에 다시 인사드리렴. 무당파의 제일 웃어른인 청송 진인이시란다."

설아는 뺨을 붉히며 다소곳이 인사를 했다.

"처음 뵙겠습니다, 어르신. 설아라 하옵니다. 소녀를 어여삐 봐주셔서 몸 둘 바를 모르겠지만, 본 파에는 소녀보다 훨씬 뛰어난 사자매들이 많답니다. 그러니 아미제일인이란 말씀은 거두어주시길……."

감히 우러러 뵙기도 어려운 분이 자신을 아미제일인이라 부르니 설아는 민망하기 짝이 없었다.

하지만 노고수들은 설아를 보며 뜻 모를 시선들을 나누었다.

이전까지만 해도 먼발치로 본 것이라 확신하지 못했지만, 지금은 분명히 느끼고 있었다. 설아의 기도가 얼마나 대단한지를. 모르긴 몰라도 절대 곽무한의 아래는 아닐 것이다.

"음……."

그러나 청송 진인은 설아를 쳐다보며 말없이 고개만 끄덕였다.

순간 설아의 눈에 이채가 어렸다.

과연 고수들은 다르다. 자신의 안색만 보고도 상태를 짐작해 낸다.

그런 예측을 확인시켜 주듯 청송 진인이 혼잣말처럼 중얼거렸다.

"안타깝구나. 너무 일찍 피어 일찍 시들어 버리는 한 송이 매화로고……."

순간 곽무한의 안색이 미미하게 찌푸려졌다.

가뜩이나 설아가 걱정되어 마음 한구석이 불편한 곽무한이다. 그런데 제삼자가 나서서 그런 사실을 다시 환기시키니 괜히 울컥해진 것이다.

평소 같으면 벌써 주먹을 날려도 벌써 날렸겠지만, 사부가 계신 자리니만큼 차마 발작하진 못하고 '그게 무슨 소리요?' 하는 표정으로 인상만 썼다. 그러나 그마저도 사해어옹의 질책에 의해 곧 사그라지고 말았다.

"존장께서 걱정이 되어 하시는 말씀이다. 그러니 인상을 펴거라."

"…예."

그런데 경진 사태가 갑자기 뜻 모를 말을 던져 왔다.

"우리 설아에게는 본 파의 혼령들께서 돌봐주시는 특별한 연(緣)이 있답니다. 그러니 곽 채주께선 그렇게 걱정을 않으셔도 될 것 같습니다."

그 말에 곽무한은 숙였던 고개를 다시 들며 경진 사태를 쳐다봤다.

표정은 부드럽지만 말투 속에 왠지 모를 가시가 숨어 있다는 것을 느낀 때문이었다. 그러자 설아가 조용히 손을 잡더니 전음을 보내온다.

"사부님께서 제 걱정을 하시다 보니 속이 상하신 모양이에요. 그러니 마음 편히 받아들여 주세요."

그러나 그 말은 반은 맞고 반은 틀린 말이었다.

경진 사태는 언젠가부터 곽무한이 꺼려졌다. 그 이유는 곽무한에 대한 연정으로 인해 설아의 태청현단공이 깨어져 버렸다는 사실을 알아차린 때문이었다.

태청현단공이 어떤 무공이던가?

아미파의 숙원이 담긴 비전 중의 비전으로, 오욕칠정을 죽이고 무념무상무욕해야지만 대성할 수 있는 전설의 신공이다.

그런데 곽무한으로 인해 저리 허망하게 깨져 버리자 살아생전에 설아가 태청현단공을 완성하는 것을 보기를 소원하는 경진 사태로서는 속이 상할 수밖에 없었다. 때문에 두 사람이 같이 있는 모습을 보면 하늘이 내린 한 쌍이라 싶어 마음 흐뭇하다가도 돌이켜 사문을 생각해 보면 곽무한이 원망스러워 견딜 수 없었다. 그러다 보니 곽무한을 대하는 태도가 절로 까다로워진 것인데, 그런 속내를 가장 먼저 알아차린 사람은 경진 사태 바로 맞은편에 앉아 있던 호호신타였다.

'아니, 저 할망구가 갑자기 노망이 들었나? 굴러 들어온 복덩이를 걷어차도 분수가 있지, 저놈을 사윗감 삼고자 침 흘리고 있는 사람이 얼마나 많은데…….'

호호신타는 경진 사태를 보며 내심 혀를 차다가 분위기가 갑자기 어색해진 것을 깨닫고 등 뒤를 향해 버럭 고함을 질렀다.

"아, 매운탕 거리를 장만해 온다던 놈들은 다 어디 간 게야? 이놈들이 강가에 고기를 잡으러 갔나, 왜 이리 늦어?"

그러자 그 말을 기다리기라도 한 듯 푸짐한 매운탕이 나왔다.

호호신타는 그걸 보며 재차 고함을 질렀다.

"이게 뭐야? 이걸 누구 코에 바르라고 가져온 게야?"

물론 괜한 트집이었다. 지금 눈앞에 차려져 있는 음식만 해도 족히 오십 명은 먹고도 남을 정도다. 그런데도 일부러 고함을 지르는 것은 어색해진 분위기를 바꾸기 위해서다.

그런 마음을 알아차렸는지 사해어옹이 빙그레 웃으며 한마디를 거들었다.

"방주께서는 체통을 지키시게. 보시다시피 여기 계신 분들은 육식을 안 하지 않는가?"

그 말에 청송 진인이 분위기를 맞춘다.

"누가 그래? 이 맛있는 걸 누가 안 먹는다고?"

"허허. 벌써 마음의 굴레를 벗으셨으니 우화등선이 멀지 않으셨도다."

"글쎄. 그렇게만 되면 오죽 좋겠소?"

"호! 육식을 하면 굴레를 벗는 것이었소? 그럼 어디, 나도……."

"아니, 이 사람들이?"

"하하하!"

　다시 웃음소리가 흘러나오고 잔이 돌았다.

　그렇게 분위기가 무르익자 이리저리 옮겨 다니며 잔을 비워대던 호호신타가 갑자기 혀 꼬부라진 음성으로 사해어옹에게 질문을 던졌다.

　"이놈의 늙은이! 아까는 대체 어디 갔었던 게야? 마침 때맞춰 왔기에 망정이지 그렇지 않았더라면 큰일 날 뻔했잖아!"

　순간 장내가 조용해졌다.

　겨우 잊어버리려 했던 이야기를 다시 꺼낸 때문이었다.

　물론 호호신타 딴엔 사해어옹을 핑계 삼아 곽무한에게 해명할 기회를 주기 위함이었지만, 그런 속내를 알지 못하는 노고수들로서는 다시금 안색을 굳힐 수밖에 없었다.

　그로 인해 쥐 죽은 듯 조용한 장내.

　모두가 사해어옹과 곽무한만 쳐다보고 있을 때, 불쑥 한 사람이 끼어들었다.

　"저 아이에게도 그렇게밖에 할 수 없는 사연이 있었겠지."

　목소리의 주인공은 의외로 나소추였다.

　나소추는 곽무한에게 잔을 건네며 재차 말했다.

　"자네 사연이 어떤 건지는 모르겠지만, 예까지 왔으니 내 잔 한잔 받게나."

　순간 좌중의 분위기가 뜨악해졌다.

　나소추가 어떤 사람인가?

　당금 강호의 사파를 양분하고 있는 거두 중의 한 사람으로서, 그 자존심이 하늘을 찌르는 사람이다. 그래서인지 웬만한 강호명숙들에겐 말조차도 안 건네는 사람인데 먼저 잔을 건네다니?

　하지만 나소추는 그런 시선들을 무시한 채 곽무한을 쳐다봤다. 그리고 곽무한이 공손한 태도로 잔을 받자 흐뭇한 표정으로 고개를 끄덕였다.

"그래, 그래야지."

나소추가 갑자기 곽무한에게 술을 건넨 이유는 곽무한에게서 왠지 모를 호감을 느낀 때문이었다.

뭐랄까? 마치 과거의 자신을 보는 기분이랄까?

강변에서 수많은 정파인들에게 둘러싸여 있음에도 당당한 태도로 그에 맞서는 곽무한을 보며 나소추는 지금은 잃어버린 과거의 자신을 떠올렸다. 그리고 이곳에 와서도 제 사부를 대하는 공손한 태도나, 장내 분위기가 어색하게 흘러감에도 불구하고 표정의 변화를 거의 보이지 않는 묵직한 모습을 보고 자기도 모르게 기분이 좋아진 것이다.

모름지기 남아는 저래야 한다.

홀로 도산검림(刀山劍林)을 헤치더라도, 그래서 목에 칼이 틀어박히는 한이 있더라도 스스로를 무너뜨리지 않는 의연함이 있어야 한다.

자신이 사파의 거두라서 하는 말이 아니라, 사파인이 아니면 절대 알지 못하는 사실이 하나 있다.

사파인들이 왜 사파의 길을 걷게 됐는지.

물론 그렇지 않은 사람들도 있겠지만, 대부분의 사파인들은 그가 살아온 환경이 너무 비참하고 처절해서 사파의 길로 들어서게 된 경우가 많았다.

자신만 해도 그랬다.

마적단에 의해 눈앞에서 가족들을 몽땅 잃어버렸던 어린 시절. 그로 인해 꿈 많던 동심은 어느새 사라지고 냉혹한 현실과 마주해야만 했다.

혹독한 굶주림과 추위, 그리고 멸시 어린 시선들.

그러고도 살아야만 하는 현실 속에서 헐벗고 굶주린 배를 움켜쥔 채 얼마나 처절한 몸부림을 쳤었던가?

그 누구도 도와주는 사람은 없었다. 그래서 자립해야 했고 힘을 길러야 했다. 그리고 결국 그 힘으로 원수를 갚는 데 성공했다.

하지만 그 대가로 돌아온 것은 사파라는 오명뿐.

억울했다.

그 짐승 같은 놈들에게는 그런 최후가 마땅했다.

그런데도 잔인독랄하다니? 손에 일말의 정(情)도 없다니?

내 앞에서 자비를 말하고 용서를 말하는 자, 직접 겪어보고 난 뒤에 이야기하라……!

그런 과거를 겪은 나소추이다 보니, 또 곽무한이 자신의 둘도 없는 친우의 제자이기까지 하니, 그가 남처럼 여겨지지 않은 것이다. 그러다 보니 곽무한의 가슴속에 잠들어 있는 분노의 불길을 자연스레 읽게 되었다.

그래서일까?

나소추는 공손히 잔을 되돌려주는 곽무한을 보며 재차 말을 건넸다.

"수하들이 많다고 들었는데, 그들은 어쩌고 혼자 왔느냐?"

남같이 여겨지지 않다 보니 말투 역시 편하게 나왔다. 그러자 저 뒤쪽에 앉아 있던 추단과 이탁이 '저희도 같이 왔는데요?' 라며 불만스런 표정을 지었다.

하지만 나소추는 그들에게는 눈길조차 주지 않은 채 그저 곽무한의 두 눈만 쳐다봤다.

곽무한은 잠시 대답을 망설였다. 하지만 자신을 바라보는 나소추의 눈빛엔 악의가 전혀 없어 보였다. 그래서 선선히 대답했다.

"아무래도 수하들과 같이 오면 시끄러워질 것 같아서 떼놓고 오는 길입니다."

그 말에 나소추는 고개를 끄덕였다.

"그렇군. 잘 생각했다. 수장 된 자는 생각이 깊어야 하지."

그러면서 나소추는 혼잣말을 하듯 낮은 목소리로 말했다.

"사람들은 흔히 수하들이 많으면 행복할 것이라고 생각하지만, 사실 그보다 더 괴로운 자리도 없다. 혼자 몸이 아니다 보니 사소한 언행에도 신경을 써야 하고 하고 싶은 일도 마음대로 못하고… 그러나 쉽게 생각하면 의외로 쉬운 자리가 또한 그 자리다. 내가 하고 있는 일이 과연 나 스스로에게 한 점 부끄러움이 없는가. 그런 생각만 잊지 않고 있으면 만사가 자유롭지."

그 말을 듣는 순간 곽무한의 얼굴에 미미한 경련이 일어났다.

'나는 과연 내가 하고 있는 일에 한 점 부끄러움도 없는가?'

좋은 말이었다. 이제껏 스스로를 괴롭혀 왔던 수많은 질문에 대한 답을 단번에 보여주는 가슴 찡한 말이었다. 그래선지 곽무한은 마음속의 고마움을 담아 이례적으로 읍(揖)을 보냈다.

"감사합니다. 주신 옥언(玉言)을 평생 명심하겠습니다."

그 말에 나소추는 재차 흐뭇한 표정을 지었다.

'역시 멋진 놈이군. 조언을 진심으로 받아들일 줄 아는 녀석이야.'

그렇게 혼자 고개를 끄덕이던 나소추는 문득 한 가지 생각이 떠올라 눈짓으로 혈뢰도를 가리키며 물었다.

"예의가 아닌 줄은 알지만 워낙 궁금해서 그러니 한 가지만 물어보마. 네가 가진 칼, 그 칼의 유래를 좀 알면 안 되겠나?"

순간, 모두의 시선이 혈뢰도를 향했다.

곽무한은 이번에도 선선히 대답했다.

"혈뢰도라 합니다."

그 말이 떨어지자마자 장내에 경악이 어렸다.

"저, 정말 혈뢰도란 말인가?"

놀라긴 사해어옹도 마찬가지였다.

그는 눈을 휘둥그레 뜨며 재차 확인을 해왔다.

"혈뢰도? 정녕 그 칼이 혈뢰도란 말이냐?"

"그렇습니다."

대답과 함께 곽무한은 혈뢰도를 얻게 된 경위에 대해 간략히 설명했다. 그러자 노고수들의 얼굴에 경탄이 어렸다.

"오! 그런 기연이!"

흥분하기는 나소추 역시 마찬가지였다.

그는 놀란 눈으로 혈뢰도를 살피다가 불쑥 한마디를 던졌다.

"혹시 그 칼을 잠시만 빌려줄 수 있겠나?"

그 말에 좌중은 또 한 번 놀랐다.

아무리 배분 높은 어른이라지만, 무인에게 있어 생명이나 다름없는 병장기를 빌려달라니?

그러나 곽무한은 선선히 칼을 건넨다.

'역시……!'

좌중들이 모두 놀라는 가운데 나소추는 천천히 혈뢰도를 살폈다.

"과연 벽라대제의 유품이구나! 혈뢰도가 분명해!"

경탄을 터뜨리며 나소추는 조심스레 도의 손잡이를 잡았다. 그리고는 전신을 활활 달구는 열기를 참으며 내공을 끌어올렸다. 그러자 혈뢰도가 우우웅! 하는 기음을 터뜨리며 무려 일 장에 달하는 강기를 뿜어 올렸다.

"맙소사! 저런 강기라니?"

그 광경을 보고 모두 경악했다.

비록 좀 전의 곽무한만큼은 아니지만 그래도 일 장에 이르는 강기를 뿜어낸다는 게 어찌 말처럼 그리 쉬운 일일까?

나소추 역시 놀라기는 마찬가지였다.

평소 그의 강기는 다섯 치에 불과했다.

그 정도만 해도 경악할 일이지만, 혈뢰도를 손에 쥐자마자 순식간에 일 장에 이르는 강기라니?

나소추는 갑자기 허탈해지는 기분이었다.

이렇게 쉬운 것을, 병장기 하나만으로도 강기를 더 높일 수 있는데 뭣 때문에 그 많은 세월, 한 치의 강기라도 더 높여보려고 그리 아등바등했더란 말인가?

그동안 업보처럼 드리웠던 벽을 깨고 보니 문득 스스로가 한심하게 느껴졌다.

결국 진정한 무위란 강기를 얼마나 높이 뿜어낼 수 있느냐 하는 것이 아니다. 내 마음이 얼마나 무념무욕하고 지극순수한가 하는 것이다.

검을 처음 잡던 그때처럼 모든 해답의 근원은 기본에 있다.

그렇게 깨닫고 나자 전신에 기이한 잠력이 휘몰아치고 뇌리에 찬란한 빛이 쏟아져 들어왔다. 이제껏 눈앞을 가로막고 있던 마장(魔障)을 뛰어넘자 새로운 세계가 열린 것이다.

나소추는 넋 잃은 사람처럼 한동안 서 있었다.

노고수들은 그 모습을 보며 한없이 부러운 표정을 지었다.

깨달음이란 본시 평생 걸릴 수도 있고 일순간에 찾아오기도 한다지만, 눈앞에서 동년배의 고수가 탈각하는 모습을 보자 왠지 부러울 수밖에 없었다.

이윽고 나소추가 찰나 같기도 하고 억겁 같기도 한 황홀경에서 깨어나자 호호신타가 득달같이 달려가 혈뢰도를 넘겨받으려 했다.

그러나 웬걸.

"내 칼에서 악취가 나는 건 싫소."

그 말과 함께 곽무한이 도를 회수해 버렸고, 장내엔 폭소가 터져 나왔다.

"끙! 이 빌어먹을 놈아! 왜 나만 그리도 미워하는 게냐?"

호호신타의 푸념 아닌 푸념을 들으며 모두 즐거워했지만, 한편으론 놀랍기도 했다.

이미 일면식이 있었다지만 호호신타가 이놈저놈 해도 가만히 있고, 또 무인에게 있어 목숨이나 다름없는 병장기도 스스럼없이 건네고.

보기보다 트여 있지 않은가?

그때부터 곽무한을 보는 시각들이 달라지기 시작했다.

보는 눈들이 달라지니 곽무한의 표정 역시 달라졌다.

이전과 달리 자신을 꺼리거나 경계하는 눈빛들이 아니라 정감있고 경탄 어린 눈빛들이어서였다. 또한 그런 자신을 보며 사부의 어깨가 으쓱 올라가기까지 하니 동정호에 처음 발을 디딜 때와 달리 기분이 좋아졌다.

그렇게 곽무한과 정파고수들 사이가 좋아지자 설아는 남몰래 눈물을 글썽였다. 이제까지 곽무한이 받아왔던 설움이 모두 해결되는 것 같아서였다.

추단과 곽패 역시 싱글벙글이었다.

자신들로서는 감히 우러러보지도 못할 노고수들과 술을 나누고 담소를 나누는 곽무한. 그 모습을 보고 있자니 괜히 신이 나는 것이다.

더구나 혈뢰도를 통해 급격히 가까워진 백마산장의 노장주가 곽무한을 끼고 돌다시피 하니 입이 쫙 찢어지는 기분이었다. 그도 그럴 것이 백마산장이 어떤 곳인가? 수라성과 함께 사파를 양분하고 있는 초거대 방파가 아닌가?

그런 방파의 태상장주와 자신들의 총채주가 격의없이 마음을 나누게 됐으니 앞으로 수룡채의 앞날은 탄탄대로가 아니겠는가?

왜냐하면 자그마치 사파의 양대 산맥 중 하나인 백마산장이다. 그러니 그 소요되는 물동량이 얼마겠는가? 더구나 그 정도 위치의 방파와 교분을 트게 됐으니, 앞으로 사파와의 시비도 없어지게 될 것이고, 따라서 수룡채의 자금원인 수룡상단의 앞길에는 황금 덩어리들만 쭉 늘어서 있을 게 아닌가?

'흐흐흐. 총채주께서 드디어 봉을 잡으셨도다! 덩달아 우리 팔자도 활짝 펴지게 생겼도다!'

두 사람은 그렇게 희희낙락하며 곤드레만드레가 되어갔다.

하지만 기뻐하는 사람이 있으면 슬퍼하는 사람도 있는 게 세상사.

만상 진인과 곡현 진인은 맞은편 전각에서 들려오는 소식을 전해 들으며 점점 울상이 되어갔다.

강변에서 자신들에게 망신을 준 곽무한이 사해어옹의 제자라는 사실 하나만 해도 억장이 무너질 판인데, 듣자 하니 이젠 그놈이 정파 불멸의 영웅인 벽라대제의 후인이라는 게 아닌가?

더구나 사파의 거두인 나소추가 놈에게 무슨 도움을 받았는지 갑자기 그의 후견인을 자처했다 하니, 두 사람은 그저 망연자실할 수밖에 없었다.

거기다가 술자리에서 무슨 결의들을 했는지, 사천당가와 아미파가 공식적으로 맹을 탈퇴하겠다고 선언해 오니 두 사람은 그만 울고 싶어졌다. 강변에서의 망신에 이어, 뭇 군웅들에게 체면이 서지 않게 된 것이다. 그래서 두 사람은 궁리 끝에 자신들과 함께 곽무한에게 망신을 당한 호북 세 가문의 수장들을 불렀다. 그리고 서로 머리를 맞대 곽무한을 견제하기 위한 묘안을 짜냈다.

그리하여 얻게 된 결론.

일단은 참자.

이단은 남궁세가를 이용하자.

삼단은 놈을 회의에서 톡톡히 망신을 주자, 등이었다.

그들이 그런 결론을 내릴 수밖에 없는 이유는 이미 겪었다시피 곽무한의 무위가 워낙 무시무시한 때문이었다. 그리고 어차피 곽무한은 수적패의 우두머리에 불과하니 사해어옹의 제자란 사실은 어쩔 수 없이 인정을 해도, 벽라대제의 후인이란 사실만큼은 철저히 무시하도록 여론을 선동해 보자, 그래서 남궁세가와 싸움을 붙여보고, 그 결과를 지켜본 뒤에 나머지 행동을 결정하자, 란 의견이 우세했기 때문이다.

아무튼 중지(衆志)가 대충 모이자 만상 진인은 곽무한에게 전언을 보냈다. 며칠 후에 회의가 있을 예정이니 웬만하면 꼭 참석해 달라고. 뒤이어 남궁세가에도 전언을 보냈다. 이곳에 그대들의 철천지원수가 있으니 어서 와서 처리하라라고…….

*　　　*　　　*

정파연합 회의가 있는 날.

군웅들은 아침부터 들떠 있었다.

암흑마교가 그렇게 난리를 쳐도 이제껏 침묵만 지키고 있던 소림사가 드디어 움직이기 시작했다는 소문 때문이었다.

게다가 오늘, 소림사의 전대 장문인인 운봉 선사가 회의에 참석한다는 소식까지 전해지자 군웅들은 이제야 명실상부한 정파연합의 면모를 갖추게 되었다며 기뻐하고 있었다.

그렇게 떠들썩한 분위기 속에서 곽무한은 길을 걷고 있었다. 회의에 참석하기 위해서였다. 이미 노고수들은 어제저녁부터 회의장 근처에 가 있었기에 곽무한 홀로 회의장을 찾아가는 길이었다. 물론 설아가 따라오려 했지만 회의 끝나길 기다리는 것만큼 지루한 일이 어디 있겠는가? 그래서 설아를 설득해 혼자 길을 나선 것이었다.

지금 시각은 사시 초.

아직 회의까지는 얼마간의 여유가 있었다. 그래서 눈 아래로 보이는 동정호의 풍광을 감상하며 느릿하게 걷고 있었다.

중추절(仲秋節)이 가까워져선지, 선선하던 바람엔 간혹 찬바람이 섞여 있었다. 그리고 하늘은 비라도 뿌리려는지 우중충한 먹구름을 드리우고 있었다.

곽무한은 저 멀리 보이는 하늘색을 보며 살짝 눈살을 찌푸렸다.

"어째 올 여름엔 장마가 없다 싶더니, 뒤늦게 올 모양이구나."

이미 물길과 함께한 지 십 년이 넘었다. 그러다 보니 하늘색만 보고도 며칠 안쪽의 날씨는 대충 짐작하는 곽무한이었다.

그런데 올 여름엔 장마가 거의 없었다. 아무리 적게 잡아도 일 년에 두어 번은 꼭 들이닥치는 장마인데.

곽무한은 시선을 강변 쪽으로 향했다.

강변에는 회의 소식을 들은 때문인지 병장기를 둘러멘 무인들이 많이 보였다. 그러나 눈에 차는 무인들의 수는 그렇게 많지 않았다.

곽무한은 나직이 혀를 차며 다시 걸음을 옮겼다.

자씨탑 근처에 이르니 거기에도 많은 무인들이 모여 있었다.

그들은 방금 전에 봤던 무인들이나, 얼마 전에 부딪친 삼대세가 등에 비해 그 기도가 남달라 보였다. 다들 정기가 있고 왠지 모를 여유로움이 전신 가득 흘러나오고 있었다.

어디 쪽 무인들인가 싶어 안력을 모아보니, 대부분 구대문파였다.

곽무한은 고개를 끄덕였다.

하나만 봐도 열을 안다고, 구대문파가 왜 구대문파인지를 여실히 느끼게 해주는 장면이었다.

'그러나 약해……'

진정한 강자는 여유로움 속에 범접하지 못할 위엄까지 같이 흘러나와야 하는 법.

아쉬운 마음으로 눈길을 돌리니 또 다른 무리가 눈에 들어왔다.

그들은 대부분 이십대 후반으로, 몸에 이런저런 부상들을 입고 있었다. 그런데도 그들에게서 흘러나오는 기도는 대단했다. 차분한 가운데서도 은은한 살기를 흘리고 있었다.

곽무한은 그들을 보며 내심 고개를 끄덕였다. 저들의 눈빛이 왜 저리 변했는지 알 수 있을 것 같았기 때문이다.

그런 생각을 확인시켜 주듯 지나가던 사람들이 수군거렸다.

“저분들은 지난번 전투 때 선봉에 섰던 분들이야. 각파의 이, 삼대 제자들이지.”

“그렇군! 어쩐지 남달라 보이더라니! 바로 저런 사람들이 있어 강호의 정의가 유지되는 게지. 그러니 우리들도 강호의 정의를 위해…….”

예상대로였다.

온실 속에 있던 화초가 비바람을 맞아 야성을 알게 되었다.

아마도 수하들이 정파와 정면 격돌을 벌이게 된다면 저들의 검이 가장 부담스러우리라. 명가의 가르침을 받은 데다 생사의 경계를 넘어봤으니.

그들을 끝으로 더 이상 눈에 띄는 무인은 나타나지 않았다.

곽무한은 무겁게 한숨을 내쉬었다.

호호신타의 말이 맞았다. 이들이 이 정도 잠재력을 갖고도 암흑마교에게 계속 밀리는 이유는 손에 정을 남기기 때문이다. 어설픈 인정이 그들의 검에서 살기를 앗아가 버렸다.

그렇게 탄식하며 이런저런 생각을 하는 동안 어느새 회의장이 눈앞에 들어왔다.

목조로 된 삼층 높이의 전각이었다.

곽무한은 천천히 회의장 입구로 향했다.

경계무인들의 눈빛이 자신을 향하자 곽무한은 배첩을 꺼내 들었다.

바로 그때,

“놈! 여긴 너 따위가 올 곳이 아니다!”

느닷없는 호통 소리와 함께 누군가가 앞을 막아왔다.

그는 구레나룻을 기른 사십대의 장한으로, 칼날 같은 기도에 청룡 문양이 새겨진 검을 들고 있었다. 그리고 그가 곽무한을 막아서자마자 백의무복에 하늘색 영웅건 차림을 한 무인들이 줄줄이 나타났다.

주변에 있던 무인들이 그들을 보고 놀란 표정으로 소리쳤다.

“남궁세가, 남궁세가다!”

“뭐라고? 남궁세가라고?”

그 소리에 군중들이 구름 떼같이 몰려왔다.

강호 누대의 명문이자 오대세가의 수장이라 불리는 남궁세가.

그러나 암흑마교에 의해 본가를 잃고, 호북의 임시 거처로 옮겨 다시금 암흑마교와 치열한 격전을 벌이고 있다던 남궁세가가 갑자기 이곳에 나타나자 모두 호기심이 동한 것이다.

‘남궁세가라…….’

곽무한은 잠시 눈을 감았다.

남궁세가들을 보자 가슴 저 깊은 곳에서 찡한 통증이 느껴진 때문이었다.

그날, 그 끔찍하던 폭우…

그리고 그 폭우 속에 쓰러져 간 수많은 형제들.

그들의 비명 소리가 옛 기억을 되살리며 찡한 통증을 안겨온 것이다.

툭, 툭, 후두둑…….

그리고 운명처럼, 갑자기 비가 쏟아져 내리기 시작했다.

마치 비를 맞으며 그날의 기억을 떠올려 보라는 듯.

곽무한은 쏟아져 내리는 비를 맞으며 잠시 상념에 잠겼다.

아련한 기억 속에 그날의 영상이 떠올랐다.

‘남궁세가… 짐승만도 못한 놈들…….’

그랬다.

구대문파도 잔인하긴 했지만 그래도 그들의 손엔 일말의 인정이라도 있었다. 하지만 놈들은 굶주린 늑대마냥 수하들을 무자비하게 살육해 나갔다.

저들에 의해 편은극이 내장을 쏟으며 죽어갔고, 악중광이 전신이 난자되어 죽어갔다. 왕패는 이마를 뻥 뚫려 죽었고, 무견은 애절한 목소리로 자신을 부르다 죽어갔다.

그리고 지렁이…

지렁이는 양팔이 잘리고 눈이 퀭하니 뚫린 채 죽어갔다. 그런 상태에서도 그는 자신에게 애원을 했다, 제발 도망치라고…….

곽무한은 뺨을 푸들푸들 떨었다.

그날의 기억이 생생하게 떠오르자 팔뚝에 힘줄이 돋고 눈에 핏발이 섰다. 그 상태로 곽무한은 하늘을 올려다봤다.

쏟아지는 비구름 속에 그들이 한목소리로 외치고 있다.

'무한아… 도망쳐… 제발……!'

그날처럼, 그들은 지금도 그렇게 소리치고 있었다.

곽무한은 그들을 향해 씩 웃어 보였다.

'아니! 이젠 도망치지 않아도 돼.'

곽무한은 속으로 중얼거리며 천천히 남궁세가들을 노려봤다.

군중들은 어리둥절한 표정으로 양쪽을 번갈아가며 쳐다봤다.

조금 있으면 소림사의 전대 장문인인 운봉 선사가 올 것이다. 뒤이어 각 문파의 장문인들과 강호명숙들이 올 것인데 왜들 저러고 있나 싶어서였다.

그때 몇 사람이 곽무한을 알아봤다.

"아! 저 사람은 며칠 전에 강변을 발칵 뒤집어놓은 바로 그 사람이 아닌가?"

"뭐라고? 그럼 저 친구가 그 폭풍신화의 주인공이란 말인가? 그런데 저들이 왜 저리 살벌한 기세로 서로 맞서고 있단 말인가?"

누군가가 묻자 다른 누군가가 풍문으로 전해 들은 이야기를 떠벌렸다.

"저 친구가 예전에 남궁세가의 후계자를 죽였다나 봐."

"뭐라고? 그럼 몇 년 전에 죽은 남궁 소협의 일이 바로 저자 때문이었단 말인가?"

"그렇다는군."

군중들의 목소리가 점점 커지기 시작하자 남궁세가들이 불쾌한 표정으로 군중들을 노려봤다. 그러자 군중들이 움찔한 표정으로 몇 걸음 뒤로 물러났다. 그러나 모두 자리를 떠나지 않고 호기심 어린 눈빛으로 상황을 예의주시했다.

한쪽은 단신으로 호북 세 가문을 박살 내버리고 뒤이어 점창파와 청성파의 합공까지 격퇴시켜 버린 신화의 주인공이고, 다른 한쪽은 지금은 비록 세가 꺾였다지만 강호 누대의 명문가인 남궁세가니 이들이 맞붙으면 과연 어떤 결과가 나올까 싶어서였다.

곽무한은 주변 상황이 어떻게 돌아가든 개의치 않았다. 그저 남궁세가들을 노려보며 생각에 잠겨 있었다.

'저들을 그냥 베어버릴까? 아니면 좀 더 상황을 지켜볼까? 태도를 보아하니 누군가를 기다리고 있는 것 같은데……'

아무리 원수 같은 놈들이라지만, 일초지적도 안 되는 자들을 상대로 칼을 뽑자니 왠지 내키지 않았다. 그렇다고 이대로 마냥 서 있을 수도 없고.

"이봐! 난 누가 내 앞을 막아서는 걸 별로 좋아하지 않아. 그러니 어서 검을 뽑아 들던가, 아니라면 곱게 뒤로 물러나."

곽무한이 짜증 섞인 목소리로 말하자 사내의 눈빛이 크게 흔들렸다.

곽무한이 입을 열자마자 수만 개의 범종이 한꺼번에 울려오는 듯한 기분이 들어서였다. 그 때문에 사내는 알 수 없는 위기감을 느끼며 급히 뒤로 물러났다. 하지만 수하들이 어리둥절한 눈빛으로 자신을 쳐다보자 사내는 일순간 얼굴을 붉혔다.

아무래도 놈이 자신에게만 기파를 쏘아 보낸 것 같다.

"이익!"

사내는 자존심이 상해 검을 뽑으려 했다. 그러나 보이지 않는 힘이 검을 꽉 움켜쥐기라도 한 듯 아무리 용을 써도 검이 뽑혀지지 않았다.

사내는 또 한 번 얼굴이 화끈거리는 것을 느꼈다.

모두가 보고 있는 가운데 바보가 된 기분이었다.

사내는 내심 이를 갈며 재차 용을 썼다. 순간, 예상을 뒤엎고 검이 확 뽑혀나왔다.

"어이쿠!"

사내는 그 힘을 주체치 못해 그만 엉덩방아를 찧고 말았다. 그러자 군중들 사이에서 와! 하는 폭소가 터져 나왔다. 수하들 역시 벌게진 얼굴로 뺨을 씰룩이고 있었다.

"으으… 이놈! 도대체 무슨 사술을 쓴 것이냐?"

사내는 수치심을 이기지 못해 버럭 고함을 질렀다. 순간, 싸늘한 눈빛이 망막을 쏘아왔다.

"헉!"

사내는 자기도 모르게 눈을 감쌌다. 그러나 손가락 사이로 뜨거운 액체가 줄줄 흘러나왔다.

군중들은 그 광경을 보고 아연실색했다.

"맙소사! 어기상인(御氣傷人), 어기상인의 경지다!"

어기상인이란 말 그대로 기를 이용해 사람을 해치는 경지.

사내는 그 말을 듣는 순간 오금이 떨려 바닥에 주저앉을 뻔했다.

놈은 눈빛만으로 사람을 해친다는 초절정고수.

자신이나 수하들로는 도저히 놈을 감당할 수가 없다.

하지만 명이 지엄하니 이대로 철수할 수도 없고…….

사내가 끙끙거리며 고민하고 있을 때였다.

"모두 뒤로 물렀거라!"

저 뒤쪽에서 장내를 뒤흔드는 폭갈이 터져 나왔다. 그러자 사내는 물론이고 사내 뒤쪽에 서 있던 남궁가의 무인들이 일제히 허리를 숙이며 양쪽으로 물러섰다. 뒤이어 일진광풍이 휘몰아치더니 몇 사람이 장내에 도착했다.

그들은 대부분 오십대 이상의 초로인들로 하나같이 중후한 기도를 흘리고 있었다.

"맙소사! 천뢰신검! 천뢰신검께서 오셨다!"

"뭐라고? 남궁세가의 가주께서 직접 나서셨단 말인가?"

군중들 중 몇 사람이 천뢰신검을 알아보자 장내는 곧 흥분의 도가니에 빠져들었다. 그도 그럴 것이, 천뢰신검은 당금 남궁세가의 가주이자 강호십대 고수 중의 한 사람이다. 그것도 청송 진인과 함께 쌍검으로 추앙받는, 다시 말해서 천외천을 제외하면 현 강호에서 세 손가락 안에 드는 초절정고수다. 그러니 모두 경악한 표정으로 천뢰신검을 훔쳐볼밖에.

천뢰신검은 은발은염(銀髮銀髥)에 호랑이 같은 눈을 지녔다.

그는 군중들의 시선을 받으며 천천히 앞으로 나아왔다.

"네가… 곽무한이냐?"

천뢰신검이 입을 열자 천둥처럼 이명(耳鳴)이 웅웅 울렸다.

곽무한은 살짝 눈살을 찌푸리며 그를 마주 봤다.

곽무한이 말없이 자신을 응시하자 천뢰신검은 눈썹을 꿈틀거렸다.

그는 잠시 곽무한을 노려보다가 재차 입을 열었다.

"내가 왜 왔는지는 알고 있으렷다?"

곽무한은 여전히 침묵으로 일관했다.

천뢰신검은 재차 눈썹을 꿈틀거리다가 이내 냉정을 회복했다.

"대답이 없는 걸 보니 알고 있다는 뜻. 검을 뽑아라!"

순간, 천뢰신검 뒤쪽에서 놀란 목소리들이 흘러나왔다.

"가주! 가주께서 어찌 직접 손을 쓰려 하십니까?"

그 말과 함께 몇 사람이 나아와 천뢰신검을 막아섰다.

그중에는 곽무한이 아는 사람도 끼어 있었다.

넓적한 얼굴에 처진 눈매.

그를 보자마자 곽무한은 단번에 그가 남궁명임을 알아봤다.

남궁명 역시 곽무한을 알아봤다.

남궁명은 주변의 눈치를 살피며 곽무한에게 전음을 보내왔다.

"소형제. 오랜만에 만나서 이런 부탁을 해서 미안하네만, 형님과의 비무를 피해주시게."

남궁명은 이미 곽무한의 무위가 얼마나 대단한지를 잘 알고 있었다. 그래서 체면불구하고 애원을 보낸 것이었다.

하지만 곽무한은 냉막한 표정으로 고개를 가로저었다.

천뢰신검 남궁유는 좌우를 돌아보며 호통을 질렀다.

"모두 왜들 이러는가? 이미 얘기했듯이 이 싸움은 나와 저 아이, 둘만의 대결이다. 그러니 모두 물러나거라!"

호랑이 같은 음성. 활활 타오르는 눈빛.

남궁명은 어쩔 수 없다는 듯 고개를 절레절레 흔들다가 곽무한을 향해 재차 전음을 보냈다.

"부탁이네. 형님은 이미 모든 걸 다 잃은 분이시네. 마지막 남은 게 있다면 명예 하나뿐이네. 그러니 제발 승부를 피해주게. 만약 그게 어렵다면… 손속에 정이라도 남겨주게."

곽무한은 대답 대신 무심한 표정으로 남궁명을 쳐다봤다.

자신에게 거듭 애원을 보내고 있는 저 사람…

그 역시 남궁가의 사람이다.

그런데도 그는 자신을 대신해서 어머니를 돌봐줬다. 반면, 다른 남궁가들은 형제들을 비참하게 짓밟았다. 그러니 자신더러 어찌하라고?

그 하나 때문에 모두 용서해 달라고?

그렇게 고개를 가로저으려는데, 문득 또 다른 생각이 떠올랐다.

그럼 이 자리에 있는 남궁가들은 모두 그때의 혈겁에 동참했었던가?

그건 아닐 것이다.

그럼 남궁하진 하나 때문에 이들을 모두를 죽여야 하는가?

그렇다면 자신이 저들과 다를 게 뭔가?

곽무한이 그렇게 고민에 빠져 있을 때였다.

"지금 뭐 하는 짓들이오?"

노성과 함께 몇 사람이 나타났다.

각파의 장문인들과 노고수들이었다.

그들은 회의를 준비하기 위해 모처에 모여 있다가 곽무한과 남궁세가가 결투를 벌이려 한다는 소식을 듣고 급히 달려온 것이었다.

그러나 장내에 도착해 보니 어떻게 중재할 수 있는 방법이 없다.

천뢰신검은 곽무한에게 아들을 잃었고, 곽무한은 남궁세가에 의해 수하들을 잃었다. 그러니 도저히 타협의 여지가 없는 것이다.

물론 억지로 말리고자 한다면 말릴 수도 있겠지만, 강호에는 서로 간의 은원 문제에 있어서만큼은 직접적인 이해 당사자가 아닌 한 참견을 말아야 한다는 불문율이 있다.

그 이유는 서로 간의 이해관계가 가장 첨예하게 대립하는 게 바로 은원 문제이다 보니 섣불리 끼어들었다가는 자신뿐만 아니라 자신이 속한 가문이나 사문에까지 피해를 입히는 경우가 비일비재하기 때문이다. 그러다 보니 그런 예기치 못한 불상사를 방지하기 위해 강호인들끼리 묵시적으로 동의하게 된 것이 바로 남의 은원 문제에는 절대 끼어들지 않는다는 것이었다.

결국 노고수들은 안타까운 표정으로 곽무한을 지켜볼 수밖에 없었다. 반면 만상 진인이나 곡현 진인 등은 내심 쾌재를 질렀다.

'흐흐흐. 이놈! 어디 망신 좀 당해보거라. 이 많은 사람들 앞에선 네놈이 이겨도 손해, 져도 손해다.'

그들이 그렇게 득의만만해하는 이유가 있었다.

지금 곽무한과 대치하고 있는 천뢰신검은 단순한 강호인이 아니었다. 그가 남궁세가의 가주라거나 십대고수 중의 한 사람이란 사실은 차치하고라도, 그는 암흑마교와의 싸움에 있어 상징적인 존재나 마찬가지였다. 왜냐하면 그의 가문이 무너짐으로 인해 사천무림맹이 창설되었고, 이후에 정파연합까지 만들어졌으니 일반 강호인들이 볼 때 남궁유는 강호의 정의를 위해 모든 것을 다 바친 사람이었다. 때문에 남궁유는 일반 강호인들에게 마음속의 우상이나 마찬가지였다.

그런 이유로 곽무한이 그를 이긴다 해도 군웅들의 분노를 피할 수 없을 것이고, 만약 지기라도 하는 날이면 그들에게는 손 안 대고 코 푸는 것과 마찬가지 결과가 된다. 이제껏 지켜봤지만, 천뢰신검 앞에서 목숨을 부지한 사람은 본 적이 없으니.

그러나 만상 진인 등은 곧 인상을 구겨야 했다.

남궁유가 자신들의 의도와 달리 곽무한과의 승부를 공개적인 비무로 선언해 버린 때문이었다.

강호에서 공개적인 비무에는 보복이 금지되어 있다. 그러니 만약 곽무한이 이긴다면 군중들을 선동해 그를 처치할 방법이 없게 된다.

'그러나 그렇게 된다 하더라도 더 이상 이곳에 남아 있을 순 없지.'

두 사람은 애써 스스로를 위안하며 곽무한을 노려봤다.

반면 사해어옹 등은 안타까운 표정으로 곽무한과 남궁유를 지켜봤다.

제104장
정파연합

남궁유가 말했다.

"자! 방금 들었다시피 너와 나, 둘만의 비무다. 그러니 이런저런 걱정 말고 검을 뽑아라!"

곽무한은 무심한 표정으로 그 말을 받았다.

"난 검 대신 도를 쓰오."

남궁유가 눈썹을 찌푸렸다.

"지금… 말장난을 하자는 게냐?"

"말장난이 아니라 내 칼은 한 번 뽑히면 끝이오. 그러니 먼저 검을 뽑으시오."

남궁유는 지그시 곽무한을 쏘아봤다.

"놈… 무인이 검을 뽑을 때는 이미 생사를 염두에 두지 않는 법이다. 그러니 도가 됐든 검이 됐든 먼저 뽑아라!"

곽무한은 천천히 남궁유를 쳐다봤다.

왠지 이 사람은 다르다는 생각이 들었다.

자기 아들을 죽인 불공대천의 원수를 대하면서도 공평한 기회를 주려 하다니…….

곽무한은 잠시 남궁유를 쳐다보다가 천천히 도를 꺼내 들었다.

"으음… 벽라대제의 후인이라더니……."

남궁유는 붉게 달아오르는 혈뢰도를 보며 바짝 긴장했다. 그리고 어느 순간 자세를 취하더니 곽무한을 향해 서서히 공세를 펼치기 시작했다.

그러나 곽무한은 왠지 흥이 나지 않았다.

남궁명이 한 말이 뇌리에 남아서일까, 아니면 그의 기풍이 남달라서일까?

귓전으로는 수하들의 비명 소리가 들려오고, 눈앞에선 남궁유의 공세가 전신을 뒤덮어왔지만 웬일인지 전혀 싸울 기분이 나지 않았다.

그럼에도 불구하고 저 상상치 못할 몸놀림으로 남궁유의 공세를 가볍게 받아넘기며 가공할 반격을 펼치고 있는 저 사람은 도대체 누구란 말인가?

그가 도를 휘두를 때마다 지축이 흔들리고 대기가 소용돌이친다.

마치 몸과 마음이 따로 노는 것 같은 기분을 느끼며 곽무한은 서서히 무아지경에 빠져 갔다.

그 무아지경은 예전에 겪었던 이 천지간에 오직 나 혼자뿐인 그런 무아지경이 아니었다.

무념무상무욕한 가운데 모든 것이 또렷이 보이는, 티끌의 움직임뿐만 아니라 대기의 흐름까지도 낱낱이 보이는 그런 무아의 경지였다.

그리고 시간이 지날수록 보이는 것이 점점 많아져 어느새 삼라만상의 모든 것이 또렷이 눈에 들어왔다. 그리고 그것들은 무서운 속도로 해체되고 분해되어 내면의 알 수 없는 곳에 차곡차곡 쌓여갔다.

그러던 어느 순간, 몸이 형체조차 없이 사라지는 느낌이 들더니 어느새 자신의 몸이 온 천지에 가득 퍼져 갔다.

스치는 바람에도, 내리는 빗방울에도, 발을 딛고 선 흙 알갱이에도 자신이 녹아 있었다.

그건 매우 신비로운 체험이었다.

갑자기 천지의 운행 질서와 계절의 변화, 바람의 형체 등, 모든 것을 알 수 있을 것 같았다.

곽무한은 천천히 시선을 돌려 남궁유를 봤다.

왠지 곧은 사람이라는 느낌이 들었다.

그에게선 사악한 기운이 전혀 느껴지지 않았다. 탐욕도 없고, 질시도 없고, 사특함도 없는, 오로지 광명정대한 느낌뿐이었다.

그의 검도 마찬가지였다.

간간이 고집이 엿보이긴 했지만 전체적으로 우직하면서도 충후했다.

한 치의 속임수도, 간계도 없었다.

비록 원한에 사로잡혀 검을 뿌리고 있을망정 그의 검은, 그의 눈은 꾸밈이 없고 솔직했다.

곽무한은 문득 하늘을 우러러봤다.

'형제들이여… 어찌할까?'

동시에 도극에서 엄청난 도풍이 일었다.

"크흑!"

남궁유가 도풍에 휘말려 크게 비틀거렸다. 그러나 그는 활활 타오르는 눈빛으로 다시 검을 날려왔다.

'형제들이여, 이 사람을 보라……'

슈우우욱!

혈뢰도가 갑자기 커졌다. 그에 부딪쳐 남궁유의 검이 한 치 정도 날아가 버렸다. 그러나 그는 입술을 짓씹으며 재차 검을 찔러왔다.

곽무한은 그 검을 가볍게 튕겨내며 그의 목을 쓸어갔다.

콰아아아아아!

남궁유는 감히 막을 엄두를 못 내고 자세를 낮췄다. 그 바람에 그의 머리카락이 뭉텅 잘려 나갔다. 하지만 남궁유는 아래에서 위로, 다시 검을 날려왔다.

'이 사람은… 힘이 부대낌을 알면서도 술수를 부리지 않아. 이렇게 일방적으로 당하고 있음에도 말이야.'

카카카칵!

곽무한의 무릎 쪽에서 또 한 번 쇳소리가 터져 나왔다.

남궁유의 검은 이제 절반밖에 남지 않았다. 그러나 그는 무모하리만치 몸을 띄우며 사선(斜線)으로 검을 그어왔다. 그의 눈빛은 여전히 불타오르고 있었다.

'그런데도 내가 그의 목을 거두길 바라는가?'

쉬이이익!

혈뢰도가 지면에서 허공으로, 찬연한 빛을 뿜었다.

"크흑!"

피가 튀고 비명이 흘러나왔다.

남궁유가 잘려 나간 팔을 움켜쥐며 뺨을 부르르 떨었다.

'이렇게… 그의 팔을 날려 버렸는데도, 그의 눈을 보라. 여전히 열정적이지 않은가?'

곽무한이 잠깐 망설이는 사이, 남궁유가 재차 허공으로 몸을 날렸다. 그리고는 신검합일의 기세로 검을 날려왔다.

쐐애애애액!

동귀어진을 각오한 필살의 기세.

곽무한은 나직이 탄식했다. 그리고는 손짓하듯 천천히 도를 뻗었다.

순간, 등 뒤에서 울부짖는 듯한 고함 소리가 터져 나왔다.

“안— 돼!”

“가주!”

그와 동시에 몇 사람이 배후에서 검을 날려왔다.

곽무한은 무심히 고개를 돌렸다. 그리고는 뻗었던 도를 뒤로 돌리며 파리를 쫓듯 가볍게 원을 그렸다.

퍼퍼펑!

서로 부딪치지도 않았는데 엄청난 폭음이 터져 나왔다. 뒤이어 남궁세가들이 한꺼번에 뒤로 튕겨났다.

“크헉!”

“끄으으……”

바닥에 쓰러져 울컥울컥 피를 토하는 남궁세가들의 신음 소리를 들으며 곽무한은 다시 신형을 돌렸다.

남궁유는 어느새 지면에 착지해 있었다.

곽무한이 몸을 트는 바람에 애꿎은 공간만 가르고 만 것이다.

그런데 이상한 것은 남궁유의 얼굴에 한줄기 참담한 미소가 어려 있다는 사실이었다.

곽무한은 그 심정을 알 수 있을 것 같았다.

그는 지금 자신과의 비무에 끼어든 수하들 때문에 분노하고 있는 중이었다.

곽무한은 그런 남궁유를 보며 나직이 한숨을 내쉬었다.

‘우습지 않은가, 형제들이여? 정파 중에도, 우리 원수들 중에도 이런 사람이 있었구나……’

곽무한은 천천히 공간을 좁혀갔다. 그리고는 참담한 표정으로 어깨를 떨고 있는 남궁유를 향해 도를 뿌렸다.

콰아아앙!

붉은 광채와 함께 거대한 폭음이 터져 나왔다.

남궁유는 비명조차 지르지 못한 채 실 끊어진 연처럼 붕 날아갔다.

"가주!"

"가, 가주!"

비통한 고함 소리와 함께 남궁세가들이 급히 남궁유에게 달려갔다.

그러나 남궁유는 그들의 손을 뿌리치며 안간힘으로 다시 일어서려 하고 있었다.

곽무한은 무심한 눈빛으로 그를 쳐다보다가 천천히 그에게 다가갔다.

남궁유는 피를 울컥울컥 토하면서도 자세를 바로잡으려고 애를 썼다. 그 순간 혈뢰도가 날았다. 남궁유 역시 허물어지듯 검을 뿌려왔다.

쉭!

콰자자작!

"끄흑!"

뭔가 부서지는 소리와 함께 묵직한 비명성이 흘러나왔다.

이젠 항거 불능의 상태.

남궁유의 검이 산산이 부서져 버렸다.

남궁유는 더 이상 버틸 힘이 없는 듯 망연자실한 표정으로 바닥에 쓰러져 있었다.

곽무한은 묵묵히 그를 내려다보다가 다시 도를 날렸다.

쉭!

이번엔 남궁유의 심장을 향해서였다.

"헉?"

"안 돼!"

"가주!"

혼비백산한 고함 소리가 동시에 터져 나왔다.

"흐으으……."

남궁유는 뺨을 푸들푸들 떨며 억눌린 신음성을 흘렸다.

곽무한은 우울한 눈빛으로 그를 보다가 천천히 도를 회수했다.

남궁유의 왼쪽 가슴은 보기 흉하게 갈라져 있었다. 그러나 거기에서 흘러나오는 피는 그리 많지 않았다. 심장을 찌르기 직전, 곽무한이 도를 회수해 버린 때문이었다.

남궁유의 표정은 찰나 간에 수십 번 변했다. 뒤이어 그의 얼굴에 비장한 신색이 감돌더니 갑자기 주변에 떨어져 있던 검을 잡고 스스로의 목을 베어 갔다.

"안 돼!"

"가주님, 제발!"

절규성과 함께 몇 사람이 몸을 날렸다.

곽무한은 하늘을 우러러보며 탄식했다.

'형제들이여, 대답하라! 내가 어찌하면 좋겠는가?

파팟!

모두가 말을 잃었다.

남궁유도, 남궁명도, 지켜보고 있던 군중들도…….

모두 멍한 표정으로 곽무한만 쳐다보고 있었다.

곽무한이 벼락같은 신법으로 날아와 남궁유의 검을 잡아버린 때문이었다. 그것도 공력을 일으키지 않은 맨손으로.

곽무한의 손아귀에선 핏물이 뚝뚝 흘러내리고 있었다. 그런 상태로 곽무한은 남궁유를 보며 말했다.

"당신은 이미 죽었소. 가문도 잃고, 아들도 잃고, 이젠 명예까지 잃어버렸소. 그러니 이미 죽은 거나 마찬가진데 또 죽어야 되겠소?"

순간, 남궁유의 얼굴에 경련이 일어났다.

곽무한은 그의 표정을 무시한 채 말을 이어나갔다.

"당신이 가문을 잃었을 때 나는 내 형제들을 잃었소. 당신이 자식을 잃었을 때, 나는 내가 가진 모든 것을 다 잃어버렸소. 당신이 명예를 잃었을 때, 나는 나 자신까지 잃어버려야만 했소. 그러나 나는 죽지 않았고 앞으로도 죽지 않을 것이오. 내가 잃어버린 모든 것을 되찾고 난 뒤에, 아니, 그 이상으로 가지고 난 뒤에 웃으면서 죽을 것이오. 그래서 하는 말인데… 수장 된 자는 생각이 깊어야 한다더군요. 딸린 식구가 많으면 많을수록."

그 말과 함께 곽무한은 검을 놓고 천천히 뒤돌아섰다.

남궁유는 한동안 벼락을 맞은 듯 멍하니 앉아 있었다. 그러다가 얼마간의 시간이 흐른 후, 남궁유는 천천히 자리에서 일어났다.

그는 만감이 깃든 눈으로 하늘을 한 번 쳐다봤다. 그리고는 긴 탄식성을 흘리며 수하들을 돌아봤다.

"본 가는……."

그 말이 떨어지기 무섭게 수하들이 번쩍 고개를 치켜들었다.

그 때문일까? 남궁유는 쉽게 말을 잇지 못했다. 그 바람에 장내엔 한동안 긴장이 흘렀다.

남궁유는 잠시 호흡을 골랐다. 그리고는 입술을 깨물며 재차 입을 열었다.

"본 가는 당분간 봉문에 들어간다!"

꽈꽝!

마른하늘에 날벼락 같은 소리였다.

"가주!"

"가주! 안 됩니다!"

"가주님, 제발 재고를……."

비통한 목소리들이 동시에 튀어나왔다.

남궁세가들은 절절한 표정으로 이마를 쿵쿵 찧었다.

하지만 남궁유는 천천히 고개를 가로저었다.

"모두들 저 친구가 한 말을 듣지 않았던가? 난 이미 죽은 몸이네. 아니, 남궁세가 전체가 이미 죽은 몸이네."

"아닙니다! 저희들이 있지 않습니까?"

"그렇습니다! 저희들이 있습니다, 가주. 제발 재고해 주십시오!"

수하들의 절규에도 불구하고 남궁유는 고집을 꺾지 않았다.

"아네. 그대들의 충정을 내 어찌 모르겠나? 그러나 우리, 인정할 건 인정하세. 본 가는 이미 죽었네. 적도들에게 본가를 잃은 그 순간부터 죽었었네. 그런데 그것도 모르고 사방팔방 큰소리치며 돌아다니다가 본 가의 후계자까지 잃고 말았네. 이런 상황에서 살아 있다고 목소리를 높여본들 어느 누가 인정하겠는가?"

"가주……."

"다 내 잘못일세. 내가 너무 경솔했네. 본 가가 이미 죽은 줄도 모르고 서두르기만 했네……."

"크흐흑! 가주……."

"그러나 이것 하나만은 약속하겠네. 본 가가 봉문하는 이유는 다시 일어서기 위함일세. 그래서 다시는 무너지지 않는 천화제일세가(天華第一世家)를 만들기 위해 봉문하는 것이네. 그러니 다들 그리 알고 결정을 따라주길 바라네."

"크흐흐흐흑."

남궁세가들은 비분에 찬 울음을 터뜨렸다. 그리고 그 와중에 누군가가 울음 섞인 목소리로 물었다.

"가주, 그럼 복수는… 복수는 어찌 되는 겁니까?"

남궁유는 잠시 침묵을 지켰다. 그러다가 나직한 목소리로, 그러나 힘있는 목소리로 대답했다.

"복수는 힘을 기르고 난 뒤에 할 것이네! 본 가의 후예들이 창궁무애검법으로, 천풍제왕검법으로 저 푸른 하늘을 마음껏 가로지를 때, 그때 본 가는 다시 일어설 것이네."

"가주……."

"이만들 일어서게나. 우리가 아무리 몰락한 가문이라지만, 명색이 천화제일 남궁세가네. 남들 앞에서 추한 꼴을 더 이상 보여주긴 싫네."

그 말과 함께 남궁유는 천천히 뒤돌아섰다. 그리고는 뭐라 형용할 수 없는 눈빛으로 곽무한을 쳐다봤다.

"본 가는 천화제일 남궁세가. 부러질지언정 휘지 않는 가문일세. 그러나 그대의 조언으로 인해 오늘의 굴욕을 감수하네. 이 빚은… 언젠가 본 가의 후예가 그대를 방문하는 것으로 되갚고자 하니, 그때 못다 한 회포를 푸세나."

그 말과 함께 남궁유는 곽무한에게 정중히 포권을 보냈다. 그러자 남궁세가들 역시 머뭇거리는 표정으로 곽무한에게 포권을 보내왔다. 그리고 그들은 곧 장내를 빠져나갔다.

곽무한은 무심한 눈빛으로 그들을 바라보다가 천천히 포권을 취했다.

군중들은 떠나가는 남궁세가들을 보며 뒤늦은 한숨을 내쉬었다. 그중 몇 사람은 안타까운 표정으로 제자들에게 귀엣말을 건네기도 했다.

"보았느냐? 강호란 바로 이런 곳이다. 힘이 없으면 제아무리 명문이라 할지라도 단번에 쓰러지고 마는 곳. 그러니 한눈팔지 말고 부지런히 수련에 매진해야 하느니라."

그러면서 덧붙이는 말.

"그나저나 저자는 정말 대단하구나. 일개 수적답지 않은 배포와 무공을 지녔어."

그 말에 주변에 있던 사람들이 고개를 끄덕였다.

지금 이 순간 두 사람의 결투를 지켜본 사람이라면 누구나 그 말에 공감할 수밖에 없었다. 조금 전 곽무한이 보여준 무위와 언행은 정파의 어느 대협 못지않은 장중함과 의연함이 배어 있었기 때문이다.

사해어옹은 군중들의 반응에 눈시울을 붉혔다.

그동안 정파에 홀대당하는 곽무한과, 그런 정파들을 사갈시하는 곽무한 때문에 얼마나 노심초사했던가?

그러나 오늘 의젓한 곽무한의 행동과, 그런 곽무한에게 감탄하는 군중들의 반응을 보니 그동안 고민했던 세월을 단번에 보상받는 기분이었다.

그래서일까?

사해어옹은 자신에게 다가와 예를 올리는 곽무한의 등을 두드리며 한동안 눈시울을 적셨다.

*　　　　　*　　　　　*

회의실 분위기는 왠지 어색했다.

창가엔 따스한 햇볕이 스며들고, 고풍스런 탁자에 은은한 휘장. 거기다 향긋한 차까지 놓여 있었지만 다들 굳은 표정으로 찻잔만 만지작거리거나 옆 사람과 귀엣말을 나누며 힐끔힐끔 곽무한을 쳐다보고 있었다.

회의실 분위기가 이렇게 되어버린 이유는 방금 전에 끝난 곽무한과 남궁유 간의 결투 때문이었다. 아니, 보다 정확히 말하자면 곽무한과 결투가 끝난 뒤 봉문을 선언해 버린 남궁유 때문이었다.

갑작스런 남궁세가의 봉문.

강호에서 힘이 약하면 어떻게 되는가를 극명히 보여주면서 쓸쓸한 표정으로 장내를 떠나가는 남궁세가를 보며 군웅들이야 그저 안타까운 표정으로 그들의 뒷모습을 바라볼 뿐이었지만, 그동안 크고 작은 인연으로 남궁세가와 교분을 나누고 있던 각 문파의 수장들로서는 그 감회가 남다를 수밖에 없었다. 더구나 암흑마교와의 결전을 코앞에 두고 있는 상황에서 오대세가의 수장 격인 남궁세가가 빠져버리자 모두 정신적인 충격이 남다를 수밖에 없었고, 또 그러다 보니 회의실 한쪽 구석에 앉아 있는 곽무한이 달가워 보일 리 없었던 것이다.

그런 이유로 다들 곽무한을 외면한 채 자기들끼리만 대화를 나누고 있었던 것인데, 의외로 곽무한은 덤덤한 표정이었다.

사해어옹이나 호호신타 등이 장문인들의 행태를 보고 민망한 표정으로 눈살을 찌푸릴 때도 곽무한은 남들이야 어떻게 보든 무심한 표정으로 생각에 잠겨 있었다. 그리고 그렇게 어색하던 분위기는 운봉 선사가 등장하면서부터 그나마 나아졌다.

그는 갑자기 내린 비 때문에 조금 늦게 도착했는데, 다른 곳도 아닌 소림사, 그것도 전대 방장이 직접 회의에 참석하자 다들 어색한 표정을 풀고 인사를 나누기에 바빴던 것이다.

운봉 선사의 첫인상은 매우 후덕해 보였다.

그는 포대화상처럼 살집 두툼한 얼굴에 배가 나왔는데, 특히 팔이 유난히 커 남들 허벅지만큼 되어 보였다.

듣기로는 강호십대고수 중 장봉(掌峯)이라 불리며 소림 칠십이절예 중 대력금강장(大力金剛掌)에 달통했다고 하는데, 곽무한이 볼 땐 오히려 백보신권 류(類)의 권력(拳力)이 그의 절예가 아닐까 싶었다. 그만큼 주먹 마디마디가 불룩했고 단련되어 있었다.

그리고 그는 소림사의 최고 고수들이라는 사대금강(四大金剛)과 함께 왔는데, 그들의 눈빛은 부드러운 가운데 금석을 꿰뚫는 강렬함이 있어 보는 이로 하여금 경외감을 느끼게 했다.

회의는 지루했다.

다들 대안도 없는 탁상공론에 뜬구름 잡는 이야기만 나누고 있었다. 그래서 그런지 회의가 진행될수록 사해어옹이나 운봉 선사, 청송 진인 등의 표정이 서서히 찌푸려지기 시작했다.

그러나 아직 정식으로 연맹한 것이 아니어서 누가 회의를 주재하는 대신 돌아가면서 안건을 내는 방식을 취했기에, 다들 자기 순서만 돌아오기를 기다리고 있었다.

하지만 호호신타는 복장이 터져 견딜 수가 없었다.

자신이 곽무한에게 몰매를 얻어맞으면서까지 그를 데려온 이유가 무엇이었던가? 도저히 수전(水戰)에는 승산이 없어서가 아니었던가?

그래서 애원하다시피 하며 곽무한을 데려왔는데 왜 쓸데없는 이야기로 시간만 죽이고 있단 말인가?

'이러다 놈이 자리를 박차고 떠나 버리기라도 한다면 그 결과는 누가 책임진단 말인가?

호호신타는 조바심을 이기지 못해 자리에서 벌떡 일어났다.

"도대체 지금 뭐 하는 건가? 우리가 여기 모인 이유가 한가하게 강호 정세나 논하기 위함이었던가? 이미 놈들이 어디까지 진출했는지는 삼척동자들도 다 아네! 그러니 지금 논의해야 할 사안은 놈들을 어떻게 유인하고 어떻게 쳐부술까 하는 그런 이야기가 아니던가?"

호호신타의 고함 소리에 좌중이 일순간 조용해졌다. 그러자 졸지에 말이 끊겨 버린 만상 진인이 불만 어린 표정으로 반박을 했다.

"물론 방주님 말씀이 옳습니다. 그러나 병법에도 나와 있듯이 적을 알고 나를 알아야 백전불패가 아니겠습니까? 비록 방주님이 보시기엔 하찮게 들릴지 모르는 이야기들이 바로 그런 것들입니다."

만상 진인은 뭘 알고나 지껄이라는 표정으로 계속 말을 이었다.

"그리고, 지금 논의하고 있는 것들은 곡현 진인께서 내신 안건입니다. 방주께서 건의하고 싶으신 안건이 있다면 차례를 기다려 주시지요."

"뭐, 뭣이라?"

만상 진인이 그 말을 하고 냉큼 자리에 앉아버리자 호호신타는 치미는 울화를 참지 못해 탁자를 움켜잡았다. 그러자 탁자가 치익 소리를 내며 타 들어갔다.

만상 진인은 그 광경을 보고 또 한마디를 쏘아붙였다.

"방주, 지금은 회의 시간이지 힘자랑하실 시간이 아닙니다."

"이익!"

호호신타가 재차 발작하려 했으나 사해어옹이 조용히 그의 팔을 잡았다.

"조금만 더 기다려 보세나. 다들 각파의 수장이시니 나름대로 생각이 있으시겠지."

사해어옹이 눈짓으로 운봉 선사와 청송 진인을 가리키자 호호신타는 할 수 없이 입을 다물었다. 그러면서 힐끔 곽무한을 훔쳐보니 도대체 무슨 생각을 하고 있는지 알 수가 없다.

'녀석이 점점 진중해져 가는군. 처음 볼 때만 해도 제 성질을 이기지 못하는 천둥벌거숭이였는데…….'

그렇게 또 반 시진이 흘렀다. 그리고 드디어 사해어옹 차례가 왔다.

사해어옹은 천천히 자리에서 일어나 장내를 한 번 둘러봤다. 그리고는 나직하지만 힘있는 목소리로 입을 열었다.

"불원천리 마다하고 이 자리에 참석해 주신 여러분들께 진심으로 감사를 드립니다. 외람되게도 제가 여러분들께 정파연합 회의에 참석해 주십사 부탁드린 이유는 아시다시피 작금의 사태 때문입니다. 이미 나누신 이야기들을 통해 사태가 얼마나 심각한지 아셨겠지만, 저들은 벌써 안휘와 절강, 강서, 산동 등을 장악했고, 이제 호북과 호남, 하남 등 중원의 심장부를 노리는 지경에 이르렀습니다. 이에 여러 협의지사들과 마음을 모아 양자호에서 저들을 저지하려고 했으나 안타깝게도 피해만 입고 말았습니다. 그로 인해 당가의 전대 가주께서 행방불명이 되어버리셨고 그 외에도 많은 군웅들이 유명을 달리했습니다. 하지만 그런 희생에도 불구하고 적의 기세는 등등하기만 하니, 그들의 저력이 어디까지인지 헤아릴 길이 없습니다.”

사해어옹은 뒤늦게 합류한 사람들을 위해 먼저 상황부터 정리했다. 그리고는 차분한 목소리로 나름대로의 대안을 제시했다.

“그래서 본인이 지인들과 논의해 본 결과, 이대로 주장(主將)도 없이 그때그때 대처하는 방식으로는 도저히 상황을 역전시킬 수 없다고 판단했습니다. 하여 강호의 양대 산맥인 소림과 무당의 원로들을 모셨고, 그에 더하여 각파의 장문인들을 모신 것입니다. 이 기회에 우리 모두를 이끌어주실 대표를 뽑아 그분을 중심으로 이 난국을 극복해 나가자는 뜻입니다.”

그러면서 사해어옹은 곽무한을 가리켰다.

“그리고 저번 전투에 참가해 보신 분들은 뼈저리게 느끼셨겠지만 우린 수전에 대해 아는 바가 전혀 없습니다. 그러다 보니 육로에서 아무리 놈들을 쳐봐야 수로를 통해 금방 충원이 되고, 또 이동 속도나 보급 등에서도 도저히 놈들을 따라잡을 수 없었습니다. 그래서 고심하던 차에 미욱하나마 제 제자 아이와 연락이 닿았습니다. 아시는 분은 다 아시겠지만, 저 아이는 이미 사천의 물길을 장악한 데 이어 귀주와 운남 등의 오지까지 통솔하고 있습니다. 그러니 수전에 대한 저 아이의 견해를 듣고 그를 참작해 다가올 결전에 대비하려고 합니다.”

그 말이 끝나자마자 누군가가 비아냥거리는 목소리로 조소를 보내왔다.

“말씀은 좋은 말씀이오나… 문제가 있군요. 우리가 언제부터 수적들의 조언을 구하게 되었는지요?”

목소리의 주인공은 만상 진인이었다.

사해어옹은 만상 진인의 말에 살짝 눈살을 찌푸렸으나 이내 평온을 되찾았다.

"목전의 싸움은 그 어느 때보다 흉험할 것이오. 우리가 여기 모여 있다는 걸 아니 놈들이 모든 전력을 다 쏟아 부을 것입니다. 그에 대한 대비가 필요합니다. 이미 말씀드렸다시피 저 아이는 제 제자 아닙니다. 또한 아는 분은 아시겠지만 벽라대제의 후인이기도 하지요. 그런데도 저 아이의 출신을 문제 삼아 다가올 적의 공격에 대비하지 않으시려는 겁니까?"

그 말에 좌중들이 깜짝 놀랐다. 특히 늦게 온 사람들은 더 놀란 표정을 지었다. 그중에는 운봉 선사나 사대금강 등도 포함되어 있었다.

"방금 하신 말씀, 정말입니까? 정말 벽라대제의 후인이란 말입니까?"

운봉 선사의 질문에 아미 장문인인 경료 사태가 대신 대답했다.

"그렇습니다. 며칠 전에 확인했지요. 그리고 곽 채주에 대해서는 본 파의 귀빈이신 천외천께서도 그의 신원을 보증하셨습니다."

"그럴 리가?"

"저희 당가에서도 대공자님의 신원을 보증하오!"

"당가에서도?"

장내의 분위기는 한순간에 역전되고 말았다.

그러나 만상 진인은 자신의 의견을 끝내 철회하지 않았다.

"모든 분이 다 찬성한다 해도 저희는 그렇게 못하겠소이다. 저자에게 도움을 받을 바에야 차라리 동정용왕의 조언을 듣겠소이다."

그 말에 백마산장의 노장주인 탈명괴검 나소추가 코웃음을 쳤다.

"동정용왕은 그럴 만한 그릇이 못 되네!"

"그게 무슨 말씀이십니까? 설마 하니 동정용왕이 저자보다 못하다는······."

만상 진인은 그 말에 반박하려다가 자기도 모르게 아차! 했다. 예전에 들기로 동정용왕은 백마산장의 사위가 아니던가?

그 사실을 뒤늦게 깨달은 만상 진인이 우물쭈물 말을 얼버무리자 나소추가 재차 목청을 높였다.

"내, 이 자리에 계신 당가 분들께 죄송해서 차마 말을 안 하려 했지만, 놈이 오죽 못났으면 사천당가에 겁을 먹고 정략결혼까지 추진했겠소?"

그 말에 좌중이 폭소를 터뜨렸다.

"그, 그럼 한수채라도……."

차라리 만상 진인은 입을 다물고 있는 게 나을 뻔했다.

"훙! 그놈은 오히려 더 못난 놈이지. 고작 주색잡기가 취미인 사위 녀석 하나 못 당해 온갖 떼거리를 다 불러 모으는 놈인데. 게다가 그놈은 인신매매까지 하는 놈이라던데, 설마 하니 청성 장문인께서는 그런 자가 오히려 마음에 드신단 말인가?"

"그, 그게 아니라……."

만상 진인은 결국 입을 다물 수밖에 없었다. 그러나 그의 표정으로 미뤄 곽무한만큼은 절대로 받아들일 수 없다는 의지가 역력해 보였다. 그리고 몇몇 문파도 그에 동조하고 있었고.

사해어옹은 난감한 표정으로 한숨을 내쉬었다.

그때 곡현 진인이 끼어들었다.

"보아하니 육 대협께서 내신 안건 중 한 가지에는 다들 동의하시는군요. 그러니 다들 주장을 어떻게 뽑을 것인가에 대해 먼저 논의하고 나머지 부분은 차후에 논의하는 게 어떨까요?"

그 말에 사해어옹 등이 눈살을 찌푸렸지만, 대부분의 장문인들은 그 말에 동의했다.

그때부터 회의가 다시 장황하게 흘러갔다.

각자 누가 대표를 맡는 게 좋겠다는 둥 설왕설래하다가 급기야는 고성까지 튀어나왔다.

　모두들 암흑마교의 공세에 어떻게 대비해야 할지, 그리고 당장명의 생사 확인은 어떻게 해야 할지 등에는 아무런 관심도 없고, 그저 자파의 이익에 도움이 되는 사람을 추천하느라 혈안이 되어 있었다.

　그 모습을 보며 곽무한은 천천히 자리에서 일어났다.

　'결국 이게 이들의 한계로군.'

　자신이 수룡채를 떠나 이 자리까지 온 이유는 사부의 간곡한 부탁이 있었기 때문이다. 그래서 수전에 대해 나름대로 도움을 주려 했는데, 다들 감투 싸움에만 관심을 기울이니 더 앉아 있을 필요성을 느끼지 못했다. 그래서 막 회의장을 빠져나가려는데,

　"아니, 벌써 가시려고?"

　누군가의 목소리가 발목을 잡아왔다.

　고개를 돌려보니 운봉 선사가 자애로운 표정으로 자신을 쳐다보고 있었다.

　곽무한은 씁쓸한 표정으로 그에게 고개를 숙여 보였다.

　"죄송합니다. 회의가 끝날 때까지 앉아 있는 게 예의인 줄은 알지만, 아쉽게도 이곳에서는 제가 할 일을 찾지 못하겠군요. 그래서 더 앉아 있을 필요성을 느끼지 못하겠습니다."

　그 말과 함께 다시 돌아서려는데,

　"사해어옹께서 다른 건 몰라도 제자 하나만큼은 참 자알 가르치셨군."

　누군가가 비아냥거렸다.

　만상 진인이었다. 얼마 전 곽무한에게 망신당한 일도 있고 하여 무슨 꼬투리가 잡히기만 기다리고 있었는데, 마침 곽무한이 명숙들 앞에서 먼저 자리를 뜨는 모습을 보이자 옳다구나 하고 입방정을 떤 것이었다. 물론 평소 같으면 곽무한의 무위가 두려워 감히 그런 말을 못했겠지만, 운봉 선사도 있고, 사해어옹도 있고, 또 청송 진인을 위시해 각파의 명숙들이 모두 모인 자리다

보니 그들을 믿고 조롱을 건넨 것이었다.

그러나 그는 곽무한을 잘못 봐도 한참 잘못 봤다.

곽무한이 누가 옆에 있다고 해서 남 눈치를 볼 사람이었던가?

더구나 만상 진인이 은근슬쩍 조롱한 대상이 하늘 같은 사부임에랴?

팟!

곽무한의 신형이 갑자기 사라졌다.

순간 장문인들의 눈에 경악이 스쳤다.

눈앞에서 사라져 버린 곽무한의 모습이 어느새 회의실 탁자 위에 서 있는 걸 발견한 때문이었다. 그리고 그보다 더 놀라운 일이 벌어졌다.

"켁! 켁! 사, 사람 살려……."

비명 소리와 함께 곽무한의 손아귀에 목줄을 틀어 잡힌 만상 진인이 파리한 얼굴로 발버둥을 치고 있는 게 아닌가?

"이, 이, 이보게!"

"아이고, 이놈아! 지금 뭐 하는 짓이냐?"

여러 사람의 목소리가 동시에 터져 나왔다.

모두의 목소리에는 말할 수 없는 경악이 어려 있었다.

그도 그럴 것이 지금 이 자리에 있는 이들이 누군가?

다들 강호에서 둘째가라면 서러운 초절정고수들이 아닌가?

그런데 모두의 이목을 피해 단숨에 만상 진인을 움켜쥐어 버리다니?

모두 어찌나 놀랐는지 일시지간 무엇을 어떻게 해야 할지 판단이 서질 않아 그저 고함만 질러댔다.

그때 운봉 선사가 부드럽게 손짓을 했다.

"허허. 마음 급한 시주로고!"

휘류류류!

목소리만큼이나 부드러운 장력.

그러나 그 속엔 태산을 허물어 뜨릴 만한 힘이 숨어 있었다.

곽무한은 그 힘을 피하지 않았다.

퍼퍼퍼펑!

"욱!"

폭음이 터지고 답답한 신음성이 흘러나왔다.

뜻밖에도 신음 소리의 주인공은 운봉 선사였다.

운봉 선사는 놀란 얼굴로 곽무한을 쳐다봤다.

곽무한은 의자에 앉은 채 뒤로 주르륵 밀려나 있는 운봉 선사를 향해 정중히 고개를 숙여 보였다.

"어르신들껜 죄송하오나, 이자가 사부님을 모욕했기에 도저히 참을 수 없군요. 마음 같아선 당장 목을 베어버리고 싶지만, 사부님의 체면도 있고 하니……."

휙! 쿠당탕!

"아이고……."

곽무한이 손을 떨치자 만상 진인이 볼썽사나운 모습으로 바닥에 처박혔다.

"이 정도로만 하고 떠나겠습니다."

곽무한은 울상이 되어 널브러진 만상 진인을 잠깐 노려보고는 좌우를 향해 포권을 해 보였다.

좌중은 멍한 표정으로 곽무한의 뒷모습만 쳐다봤다.

그때 사대금강이 격노한 표정으로 자리를 박찼다.

"놈! 아무리 그래도 존장에 대한 예의가 아니로다!"

호통 소리와 함께 사대금강이 일시에 장력을 뿌렸다. 그러나 곽무한은 묘하게 몸을 틀어 날아오는 장세를 피해 버렸다. 그리고는 차가운 눈빛으로 사대금강을 노려봤다.

"정히 저자를 편들어 나를 나무라시겠다면 밖으로 나오시지요."

그 말에 좌중이 발칵 뒤집어졌다.

"저, 저, 저놈이? 저 불한당 같은 놈이?"

명숙들은 분기탱천한 표정으로 곽무한을 노려봤다. 사대금강 역시 마찬가지였다. 그러자 만상 진인이 기회다 하고 고래고래 고함을 질렀다.

"이 인의도 예덕도 모르는 후안무치한 놈아! 네놈이 보기엔 네 사부만 옳은 것 같지? 그러나 이놈아! 우리라고 생각이 없어서 이러고 있는 줄 아느냐? 놈들의 세가 워낙 막강하기에 움직임에 신중을 기하려는 것이다!"

그러나 그 말은 오히려 많은 사람들의 눈살을 찌푸리게 만들었다.

"장문인! 지금 상황에서 그 말씀은 적절치 않아 보입니다. 존장이면 존장답게 언행에 본을 보여야 하지 않겠습니까?"

"그렇소이다. 우리 생각이 틀린 건 아니지만 그렇다고 해서 육 대협의 고견 역시 틀린 게 아니라오."

그렇게 몇 사람이 점잖게 자신을 나무라자 만상 진인은 그만 꼭지가 돌아 버렸다.

"아니, 도우들께선 제가 저놈에게 무슨 망신을 당했는지 눈으로 보고도 그러시오? 저놈은 존장도 몰라보는 인간말종이란 말이오!"

그 말에 이젠 사해어옹까지 열받아 버렸다.

"뭐라고? 이보게, 만상! 자네 방금 한 말, 내 제자에게 한 소린가? 당장 취소하지 못하겠나?"

만상 진인은 순간적으로 가슴이 덜컥했다.

자신이 아무리 청성 장문인이라지만 사해어옹은 당대의 거물이다.

그것도 보통 거물이 아니라 강호의 노고수들이 너나없이 좋아하는 일세의 노옹이다. 그러니 사해어옹을 화나게 하면 노고수들이 화를 내게 되고, 노고수들이 화를 내게 되면 그 제자들이 화를 내게 된다. 그렇게 되면 결국 강호의 인심이 자신에게서 등을 돌리게 된다.

믿기지 않는 말 같지만, 현 강호에서 그만한 영향력을 갖고 있는 사람이 바로 사해어옹이었다. 그런 이유로 그가 정파연합 회의를 주창하게 된 것이니, 아무리 홧김이라도 그의 제자에게 인간말종이라고 한 건 돌이킬 수 없는 실수였다.

"죄, 죄송하게 됐습니다, 육 선배……."

만상 진인이 결국 꼬리를 내리자 사해어옹의 눈빛이 그제야 가라앉았다.

'휴우…….'

만상 진인은 내심 안도의 한숨을 쉬었으나, 그에겐 넘어야 할 산이 또 하나 남아 있었다.

"이봐! 사부님께선 그댈 용서하셨을지 몰라도 난 아냐! 내가 인간말종이라면 우리 어머니가 얼마나 슬퍼하시겠나? 이리 나와! 나와서 나랑 끝장을 보자구!"

'아이고! 저, 저놈이…….'

이 순간, 만상 진인은 왜 많은 사람들이 모든 화의 근원은 입이라고 말하는지 그 이유를 알게 됐다. 그러나 그렇다고 해서 여기서 꼬리를 내리게 되면 정말 체면이 말이 아니게 된다.

'그래도 제 사부가 있으니 설마 날 죽이기야 하겠어?'

"오냐, 이놈! 안 그래도 벼르고 있었다!"

만상 진인은 짐짓 큰소리를 치며 앞으로 나섰다. 그러나 후들후들 떨리는 다리만큼은 어쩔 수 없었다.

곽무한은 그런 만상 진인을 보며 피식 실소를 흘렸다. 하지만 추호도 봐주고 싶은 생각은 없었다.

보아하니 지금 이 자리에서 사부의 말에 가장 반기를 드는 사람이 바로 만상 진인 일파다. 그러니 저들에게 사부를 얕보면 어찌 된다는 것을 똑똑히 보여줄 필요가 있었다. 그래야 사부 말에 군소리를 못하게 된다. 그게 바로 강호 제일의 법칙, 힘이 모든 걸 우선한다는 논리다.

아무튼 상황이 갑자기 곽무한과 만상 진인 간의 비무 비슷하게 흘러가자 각 문파 장문인들은 곤혹스러워졌다. 애초엔 곽무한의 방자함을 나무라려고 했던 일이 어찌 이렇게 되어버렸단 말인가?

그러나 말리기엔 이미 늦어버렸으니 구경이나 할밖에.

"자, 자! 이럴 게 아니라 모처럼 청성 장문인의 신공절학이 어떤지 감상이나 해봅시다."

"그럽시다. 거기다 사해어옹의 제자이자 벽라대제의 후인이 과연 얼마만 한 무공을 갖고 있는지 어디, 눈여겨봅시다."

만상 진인은 그 말에 왈칵 눈물이 났다.

'끄아아. 미치고 환장하겠네. 다들 말릴 생각은 않고 왜 저래? 내가 정말 저 무식한 놈의 칼을 받아야 한다는 거야?'

만상 진인은 초장부터 기가 팍 죽고 들어갔다. 그러다 보니 곽무한의 가슴께를 겨눈 그의 검극이 춤추듯 떨기 시작한다.

그런데도 장문인들은 연신 탄성을 질러댄다.

"오오! 만상 진인께서 새로운 검법을 창안하신 모양이오!"

"그러게 말이오. 새로운 환검(幻劍)의 세계를 보여주실 모양인데……."

누가 그랬던가?

때리는 시어미보다 말리는 시누이가 더 밉다고.

지금 이 순간, 만상 진인은 자기 속내를 그 누구보다 잘 알고 있으면서도 옆에서 연신 추임새를 넣고 있는 곡현 진인이 곽무한보다 더 얄미워 보였다.

그리고,

우우우우웅…….

눈앞에서 무려 오 장여나 치솟는 무시무시한 도강.

"으아악!"

만상 진인은 비명을 지르며 풀썩 주저앉고 말았다.

허공을 향해 시뻘건 불길을 토하는 곽무한의 도강을 보자 며칠 전의 광경이 떠올라 그만 공포에 질려 버린 것이다.

곽무한은 그 광경을 보고 어이가 없어 피식 실소를 흘렸고, 각파의 장문인들은 곽무한과 만상 진인을 번갈아 보며 일시지간 말을 잃어버렸다.

그렇게 모두가 어색한 표정으로 서로를 쳐다볼 때였다.

"와아아아!"

갑자기 엄청난 함성이 들려왔다.

가만히 서 있어도 땅이 웅웅 울릴 정도의 함성이었다.

"아니, 이게 무슨 소리야?"

장문인들은 혹시 암흑마교가 쳐들어온 게 아닐까 하여 놀란 표정으로 강변 쪽을 쳐다봤다. 그리고 그들은 곧 대경실색하고 말았다.

"와아아아아아!"

천지를 뒤흔드는 함성과 함께 동정호를 새까맣게 메우고 있는 이들.

바로 이탁을 비롯한 수룡채들이었다.

제105장
일파만파

강변엔 이미 난리가 나 있었다.

천지를 뒤흔드는 함성과 함께 나타난 수룡채들 때문이었다.

처음엔 그저 함성 소리에 놀라 강변으로 모여든 사람들.

그러나 수룡채들의 배가 끝도 없이 이어져 들어오자 모두 경악한 표정으로 입을 딱 벌렸다.

열 척, 스무 척…

백 척, 이백 척…….

꼬리에 꼬리를 물며 어느새 동정호를 꽉 메워 버린 선단.

그로 인해 강변은 이미 하선한 수룡채들로 인해 발 디딜 틈조차 찾기 힘들어졌고, 선착장 역시 몰려드는 배로 인해 더 이상 정박할 자리가 없어져 버렸다. 그 바람에 주변에 있던 고깃배들이 혼비백산해 달아나고, 관군들은 무슨 난린가 하여 중무장한 상태로 나와 보는 등 사방이 온통 수룡채로 인해 난리가 났다. 예전에 고두관이 말한 것처럼 동정호가 일시에 마비되어 버린 것이다.

하지만 상황은 곽무한이 나타나면서부터 달라졌다.

"총채주를 뵈오!"

곽무한을 발견하자마자 한목소리로 예를 취한 수룡채들.

그때부터 강물 위에 떠 있는 배들이나 이미 하선한 수룡채들이 질서정연하게 도열했다. 그로 인해 다시 물길이 열리는 광경을 보며 군웅들은 이제 할 말을 잃어버렸다.

곽무한은 사해어옹 등과 함께 천천히 배에 올랐다.

"녀석들. 늦진 않았군."

곽무한이 배에 오르니 이미 설아와 추단 등이 이탁과 정겨운 해후를 나누고 있었다.

곽무한은 먼저 수하들에게 사부와 호호신타, 나소추 등을 소개했다.

그러자 그때마다 우렁찬 함성이 터져 나왔고, 그 박력 넘치는 환대에 사해어옹 등은 연신 흐뭇한 표정을 지었다.

'으으… 이런 놈들이?

물론 만상 진인 등은 내심 기겁을 했다.

좌우를 둘러봐도 온통 철탑 같은 사내들뿐이니 도대체 이들의 숫자가 얼마나 된단 말인가?

만상 진인은 눈대중으로 대충 헤아려 봤다.

'백, 오백, 이천, 사천, 팔천… 아이고, 눈이야…….'

그러나 만상 진인은 얼마 못 가 그만 눈을 감아버리고 말았다.

놈들의 숫자가 워낙 많아야지, 도저히 눈이 아파 헤아릴 수가 없었다.

하지만 호기심을 참지 못한 만상 진인, 은근슬쩍 제자를 시켜 곽무한에게 수하들의 숫자를 물어봤다. 그리고 되돌아온 대답에 그만 기절초풍하고 말았다.

"대략 삼만 명쯤 된다던데요."

"꽥? 삼, 삼만?"

이제껏 수룡채, 수룡채 하기에 그저 그러려니 했는데 눈으로 보고 귀로 확인하니 그야말로 놀라 나자빠질 정도다.

당금 강호에서 어느 누가 삼만 명이나 되는 휘하를 거느리고 있을까? 머릿수로 따져 천하제일이라는 개방을 제외하면 바로 이들이 아닐까 싶었다.

그런데 그에 덧붙여 했다는 말이 기가 막혔다.

"각 수채가 텅 비어버릴까 봐 일부는 남겨두고 왔는데, 보고를 듣자하니 오천 명 정도가 더 합류하게 된다더군요."

"맙소사……."

만상 진인은 더 놀랄 힘도 없었다.

그러나 그는 최후 기력을 짜내어 또 한 번 놀랄 수밖에 없었다.

"누가 오나 했더니 바로 저놈들이었군."

웃음기 어린 곽무한의 목소리에 이어,

"총채주를 뵈오!"

또 한 번 강변을 쩌렁쩌렁 울리는 놈들.

저 수평선 끝머리에 휘날리는 깃발을 보니 다름 아닌 파양수채가 아닌가?

비록 본채 인원 중 오천 명만 차출했다지만, 동정수채와 함께 강호이대수채의 한자리를 차지하고 있는 파양수채의 명성을 그 누가 모를까?

그런데 그들조차 곽무한에게 총채주라고 부르다니?

"서, 설마 자네. 파양수채까지 휘하에 거느리고 있나?"

"예."

"맙소사……."

만상 진인인 뿐만 아니라 각 장문인들도 더 이상 놀랄 기력이 없었다. 백문이 불여일견이라고, 수룡채의 어마어마한 위용을 보고 모두 질려 버린 것이다.

그때부터 만상 진인 등은 슬금슬금 곽무한의 눈을 피하기 시작했다.

행여 곽무한의 비위를 잘못 건드렸다가는 무슨 일이 벌어질지 상상이 되지 않았기 때문이다.

그렇게 만상 진인 등이 곽무한을 피해 슬그머니 뒤로 물러날 때쯤, 운봉 선사와 청송 진인 등이 곽무한에게 말을 건넸다.

"정말 대단한 위용이네. 그런데 저만한 인원이 머물 장소가 없으니 이 일을 어찌하면 좋겠나?"

곽무한은 덤덤하게 받아넘겼다.

"배가 곧 집인 놈들입니다."

"허허. 그래도 너무 미안하잖나?"

"괜찮습니다."

"그럼 머물 곳이야 그렇다 치고… 먹을 게 부족할 듯싶은데……."

"다 준비되어 있습니다."

그 말과 함께 곽무한이 어딘가를 가리켰다.

"허!"

모두 입만 쩍 벌릴 뿐 더 이상 말을 잇지 못했다.

곽무한이 눈으로 가리킨 곳, 그곳에는 식량을 가득 실은 배들이 끝없이 늘어서 있었다.

그날 이후 동정호에는 광풍 같은 소문이 번져 갔다.

며칠 전 혜성같이 나타나 정파들을 망신시켜 버린 곽무한이 암흑마교와의 결전을 위해 수하들을 몽땅 동정호로 불러들였다는 소문이었다.

그 소문이 번지자 장강수채 대회합 때문에 동정호에 모인 말단 수적들은 연일 곽무한에 대한 이야기를 나누느라 정신이 없었다.

"이봐! 소문 들었어?"

"무슨 소문? 혹시 수룡채 총채주에 관한 이야긴가?"

"어? 자네도 벌써 알고 있었군?"

"아무렴! 그날 그 결투, 정말 대단했지!"

"그렇지! 정말 대단했어! 그가 천뢰신검을 쓰러뜨릴 때 난 어찌나 기분이 좋던지 마구 환호성을 질렀다네!"

"흐흐흐. 나도 마찬가지야. 정말 속이 다 후련하더군."

"그래서 하는 말인데… 혹시 그가 전설로 전해지던 장강의 절대자가 아닐까?"

"글쎄, 그럴지도 모르지. 아니, 틀림없이 그럴 거야. 왜냐하면 그의 출신이 바로 전설에서 말하던 장강삼협이 아닌가? 그리고 이제껏 우리 수중호걸들 중에 그런 엄청난 무공을 지닌 사람이 있었던가? 없었지. 암, 아무도 없었고 말고!"

"그럼 우리도 모르는 사이에 벌써 용문협에 회오리가 치솟았단 말인가?"

"그렇겠지. 아마 틀림없이 그랬을 거야."

용문협에 회오리가 솟으면 장강의 절대자가 탄생한다는 전설.

원래는 아득한 옛날, 바닷물이 하늘로 치솟아오르는 용오름 현상을 보고 누군가가 장난삼아 중얼거린 말이었지만, 세월이 흐르면서 그 말이 장강의 절대자를 기원하는 모든 수적들의 바람이 되어버렸다.

그런데 오늘날에 이르러 도저히 믿기지 않는 무위로 정파들과 맞서는 곽무한을 보고, 또 그 엄청난 수룡채의 위용을 보고 말단 수적들은 너나없이 장강의 전설을 떠올리기 시작했다.

그렇게 곽무한의 인기가 급속도로 치솟자 각 수채의 채주들이 바짝 긴장하기 시작했다.

그 이유는 다름 아닌 장강수채 대회합 때문이었다.

몇백 년 만에 처음으로 장강의 지배자가 탄생하게 되는, 다시 말해 각 수채의 명운이 달린 중차대한 회합이다. 그러다 보니 다들 자신의 역량을 헤아리기에 앞서, 가능하다면 혹은 운이 닿는다면 하고 암암리에 욕심을 내고 있던 중이었다.

그런데 갑자기 강력한 도전자가 나타나니, 그것도 보통 도전자가 아니라 믿기지 않는 무위와 두둑한 배짱, 그리고 삼만 오천이나 되는 엄청난 수하들까지 거느린 곽무한이 등장하자 모두 고민이 된 것이다.

한수채주 역시 마찬가지였다.

'끙… 이거 잘못하다간 죽 쒀서 개 주게 생겼구나.'

한수채주는 야심이 하늘을 찌르는 사람이었다.

비록 스스로의 역량은 조금 모자랄지언정 그 누구보다 잘 돌아가는 머리가 있었다. 그래서 평소부터 많은 채주들에게 돈과 계집으로 인심을 베풀어 왔었는데, 갑자기 강력한 도전자가 나타나자 고민이 된 것이다. 더구나 믿었던 청강채까지 놈의 휘하에 붙어버리고, 또 자기 수하들마저 곽무한에게 열광하고 있었으니, 그저 한숨만 나올 뿐이었다.

'그러나 이대로 주저앉을 순 없지. 정 안 되면 수로연합 이인자 자리라도…….'

한수채주는 한참 고민하다가 모종의 복안을 마련한 뒤 어딘가로 향했다.

*　　　*　　　*

동정용왕은 최근 들어 머리가 아팠다.

그 이유는 곽무한이 자신의 텃밭을 마치 제집 안방처럼 휘젓고 다니고 있어서였다. 그 일로 인해 수하들의 항의가 연일 빗발치고 있었지만 아무런 대책을 세울 수가 없었다.

‘끙… 천뢰신검을 능가하는 무위에다 삼만 오천에 달하는 수하들이라니…….’

동정용왕은 곽무한이 이렇게까지 클 줄은 몰랐다. 만약 곽무한이 이렇게까지 클 줄 알았더라면 무슨 수를 써서라도 딸아이를 그에게 시집보내고 말았으리라. 그러나 이젠 그를 붙잡기도, 품에 안기도 너무 부담스러웠다. 자칫 잘못하다간 그에게 먹혀 버리는 수가 있으니…….

그런데 이런 사정도 모르고 수하들은 놈에게 본때를 보여주잔다.

자신이라고 왜 안 그러고 싶겠는가?

하지만 놈에게 혼쭐을 내주려 해도 오히려 망신을 당하게 될까 봐 겁이 난다. 그리고 자신이 직접 장강수채 대회합을 주최한지라 놈에게 돌아가란 소리도 못하게 됐다. 따라서 이래저래 곽무한에 대한 처리 문제로 골머리를 앓고 있을 때, 한수채주가 접견을 요청해 왔다.

동정용왕은 한수채주를 별로 좋아하지 않았다. 아니, 좋아하지 않는 정도가 아니라 언젠가는 반드시 손을 봐줘야 할 놈으로 생각하고 있었다. 그런데 곽무한 문제가 중간에 끼게 되자 나름대로 이야기 상대는 될 듯해 그의 방문을 허락했다.

그러나 한수채주의 얼굴을 보자마자 다시 기분이 나빠졌다.

“어이구, 안녕하시오, 채주. 오랜만에 뵙겠소이다.”

놈은 항상 저런 식으로 자신과 맞먹으려고 든다. 놈과 자기 사이에는 얼마나 많은 경륜의 차이가 있는데…….

‘괘씸한 놈…….’

동정용왕은 뚱한 표정으로 말없이 자리를 가리켰다. 그리고는 자기 앞에서 거만하게 다리를 꼬는 한수채주를 보며 잔뜩 눈살을 찌푸릴 때,

“보아하니 채주께서도 고민이 많으시겠습니다.”

한수채주가 능글맞은 표정으로 말을 걸어왔다.

"…무슨 소리야?"

불퉁한 동정용왕의 말에 한수채주가 씨익 웃으며 대답했다.

"곽무한인가 개나발인가 하는 그놈 때문에 말입니다."

"흠… 고작 그 이야길 하러 온 겐가?"

동정용왕은 별것 아니란 투로 의자 깊숙이 몸을 묻었다. 그러자 한수채주가 기이한 미소를 띠며 몸을 바짝 붙여왔다. 그리고는 속삭이듯 말했다.

"제가 도와드릴 테니, 당분간 힘을 합치는 게 어떻겠습니까?"

"힘을… 합쳐?"

동정용왕이 슬며시 눈을 치뜨자 한수채주가 재빨리 말을 이었다.

"이미 놈의 무위는 상상을 초월합니다. 천하의 남궁가주를 일방적으로 몰아붙인 데다가 도강이 무려 오 장이나 치솟았다더군요."

"도대체 무슨 이야기를 하고 싶은 겐가?"

동정용왕이 허벅지만 한 팔뚝에 불끈 힘줄을 돋우자 한수채주가 화들짝 놀란 표정으로 간교한 미소를 지었다.

"큭큭. 놈 때문에 자존심 상해하실 필요 없습니다. 듣자 하니 놈의 도가 전설의 신병이라더군요. 혈뢰돈가 뭔가 하는. 아무튼 그건 그렇다 치고, 채주께서는 곽가 그놈과 일 대 일로 싸워 이길 자신이 있으십니까?"

"음……."

워낙 단도직입적인 질문이라 동정용왕은 묵직한 침음성을 흘렸다.

한수채주는 기회를 놓칠세라 재빨리 말을 이었다.

"저 역시 마찬가집니다. 놈의 그 무시무시한 도강을 생각하니 도저히 맞설 용기가 생기지 않더군요. 그래서 말입니다……."

"그래서……?"

"놈과 일 대 일로는 자신이 없어도 그 휘하라면?"

"휘하?"

“그렇습니다. 우리 채나 귀 채는 실력과 명망을 겸비한 관록있는 수채. 그러니 대회합 때 수하들의 무위로 승부를 내자고 하면?”

“음…….”

“만약 채주께서 승낙해 주신다면 놈은 제가 구워삶겠습니다.”

동정용왕은 마뜩찮은 표정으로 고개를 외로 꼬았다.

“그놈 수하들도 만만치 않다던데?”

한수채주는 피식 코웃음을 쳤다.

“끽해봐야 가룡채 밑에 있던 놈들이거나 산적 출신입니다. 채주님 휘하의 흑경단주나 백경단주라면 승산이 충분할 텐데요?”

“음…….”

동정용왕은 잠시 고민하다가 즉답을 미룬 채 한수채주를 떠나보냈다. 그리고는 하루 종일 생각에 잠겼다.

수하들 간의 무위를 비교하면 자신 쪽이 우세한 게 사실이다. 그러나 그렇게 하자니 왠지 자존심이 허락지 않는다. 그래도 동정용왕이란 소릴 들으며 이 바닥에서 신처럼 군림하던 자신인데…….

동정용왕은 밤새 고민하다가 아내를 찾았다. 그녀의 의견을 들어보기 위해서였다.

“어찌 생각하오?”

“글쎄요…….”

비도요화 나지경이라고 별 뾰족한 대안이 있을 리 없다.

곽무한의 무위가 어지간해야 붙어보라고 하지.

“이럴 때 마후라도 계셨으면…….”

동정용왕은 괜히 철담마후를 떠올려 봤다. 만약 그녀가 있다면 기상천외한 묘수를 알려줘 놈을 단번에 거꾸러뜨릴 수 있을 것 같은데.

“지금 상황에서 없는 분을 찾아봐야 뭐 해요? 아무튼 상황을 좀 더 지켜보세요. 한수채주가 말한 대로만 된다면 모든 게 일사천리. 누워서 떡 먹기니까요.”

그 말과 함께 나지경이 자리에서 일어났다.

“아니, 이야기하다 말고 어딜 가오?”

“아버님을 좀 뵈어야겠어요. 마침 이곳에 오셨다고 하니…….”

동정용왕은 아! 하는 표정을 지었다.

“그렇지. 장인어른께서도 오셨다고 했지. 내가 요즘 대회합 때문에 신경을 곤두세우느라…….”

“됐어요. 굳이 변명하실 필요 없어요. 아버님이나 당신이나 서로 만나봐야 싸움밖에 더 해요?”

“그, 그건 그렇지만… 장인어른께서 나를 너무 홀대하시니 나도 모르게…….”

“됐어요. 그러게 바람 좀 작작 피우지 그러셨어요.”

나지경이 도끼눈을 뜨며 자신을 노려보자 동정용왕은 슬그머니 눈을 내리깔았다.

“그게 언제 적 일인데 아직까지…….”

“뭐라고욧? 나는 아직까지도 화월이 년을 생각하면 자다가도 피가 거꾸로 쏟는데 이 양반이?”

“아이고. 미안, 미안하오. 제발 할퀴지 좀 마시오. 으갸갸갸.”

두 사람의 대화는 그렇게 때 아닌 부부 싸움으로 변해갔다.

*   *   *

수룡채들은 연신 싱글벙글했다.

비록 강물 위에서라지만 수룡채의 깃발 아래 모두 한자리에 모였을 뿐만 아니라 이곳에 와서 듣게 된 총채주의 무용담과, 또한 동정호 인근에 퍼진 총채주에 대한 여러 가지 소문들을 듣고 얼마나 신이 나던지 대부분 코가 비뚤어지도록 술을 마셔댔다.

이제는 더 이상 정파인들을 두려워하지 않아도 된다. 그리고 자신들의 총채주는 장강의 모든 수중호걸들이 기다려 왔던 전설의 주인공이다.

그런 생각으로 모두 가슴이 벅찼다. 그러다 보니 각 배마다 홍겨운 노랫소리가 흘러나오고 즐거운 웃음소리가 끊이지 않았다.

그 모습을 보고 인근에 있던 수적들은 저마다 혀를 찼다. 저게 삼류 장돌뱅이들 모임이지 무슨 수중호걸들이냐고.

하지만 곽무한은 수하들의 모습에 만족했다.

싸울 때는 싸우고 놀 때는 놀고.

그게 수룡채들의 삶의 방식이었다.

곧 있으면 암흑마교와 생사를 건 전투가 벌어지니 쉴 동안에는 마음 편히 쉬어야 한다. 그래야 최상의 전력으로 싸울 수 있다. 그런데 고맙게도 수하들이 남의 수채에 와서도 전혀 기가 죽지 않으니 마음 든든한 것이다.

마음 같아서는 여자들이라도 붙여주고 싶은데, 그러자니 수하들의 수가 너무 많았다. 그러니 술이나 원없이 먹게 해줄밖에.

그때 탁대붕이 왔다.

"총채주, 뭐 하십니까? 같이 안 드시고?"

"어? 탁 채주, 어서 와."

곽무한이 양팔을 벌리며 자신을 맞자 탁대붕의 얼굴이 일순간 굳어갔다.

"아이고, 총채주. 갑자기 절 내치시려고 그러는 겁니까? 전 죽으나 사나 부채줍니다. 절대 채주 직에는 욕심이 없습니다."

곽무한은 자라목이 된 탁대붕을 보며 껄껄 웃었다.

"그래. 채주가 됐든 부채주가 됐든 그동안 고생 많았다. 자, 한 잔 받게."

“어이쿠. 제가 한 게 뭐가 있다고…….”

그러면서도 넙죽넙죽 잘만 받아먹는다.

“어때? 파양채는 잘 돌아가고 있지?”

곽무한이 되돌아온 잔을 비우며 묻자 탁대붕이 힘차게 고개를 끄덕였다.

“예. 다들 열심히 몸을 만들고 있습니다.”

“그래. 근데 잠자코 있으랬더니 왜 따라나왔어?”

“아유. 총채주께서 직접 싸움에 나서신다는데 제가 어찌 빠질 수 있겠습니까?”

“그래? 너, 안 본 사이에 아부가 많이 늘었다?”

그 말에 탁대붕이 놀란 얼굴로 바닥에 엎어졌다.

“어이쿠, 진심입니다요.”

탁대붕은 아직도 곽무한의 무서운 손길을 잊지 않고 있었다. 더구나 여기와서 곽무한의 무위를 또 한 번 절감하고 있었다. 그러니 곽무한이 농담처럼 던진 말에도 사색이 될 수밖에 없었다.

곽무한은 그런 탁대붕을 보며 잠시 실소를 흘렸다.

자신이 그만큼 무서운 사람이었던가 하는 생각이 든 때문이었다.

“그래. 그건 그렇고 전투함은 잘 보관하고 있겠지?”

“여부가 있겠습니까요. 구강 쪽 수초 지대에 고이 모셔두고 있습니다. 경계도 철통같이 하고 있구요.”

“흠. 그래? 그래도 신호가 떨어지면 언제라도 출동할 수 있도록 준비를 단단히 해둬.”

“알겠습니다.”

“좋아. 이제 복잡한 이야기는 집어치우고 술이나 마시자.”

“흐흐흐. 알겠습니다.”

그때부터 두 사람은 권커니 잣거니 대작을 했다.

곽무한이 그렇게 탁대붕과 회포를 풀고 있는 동안 이탁 등은 모종의 일을 논의하느라 바빴다.

"그래? 놈들이 감히 총채주께 불경을 저질렀단 말이지?"

이탁은 눈을 새파랗게 빛냈다.

호북 세 가문과 청성파 등이 곽무한을 공격했다는 이야기를 듣고 난 뒤부터였다.

"좋아! 겁없이 총채주님을 건드린 놈들, 수룡채가 왜 수룡채인지 한번 겪어보라지!"

이탁은 즉시 수하들을 불렀다.

"대지급 명령이다! 아이들에게 연락해서 점창과 청성, 화씨세가 등으로 가는 물자를 모조리 막아버리라고 해! 소금이고 비단이고 목재고, 놈들에게 가는 물건이라면 단 하나도 남김없이 모두 막아버려!"

"존명!"

"그리고 놈들과 거래하고 있는 상단들 물건을 모조리 매입해 들여. 그래서 놈들과 거래를 끊겠다는 각서를 받고 다시 풀어줘."

"존명!"

"그리고 보자… 놈들 친척이나 속가제자들이 운영하는 가게나 점포 등이 있으면 그곳과의 거래도 모두 끊어버리라고 해!"

"알겠습니다."

"마지막으로, 사천과 운남 전역에 있는 수채, 산채, 상단, 표국에 이 말을 전해! 만약 우리 몰래 놈들에게 물자를 대는 곳이 있다면 그날로 씨 몰살시켜버리겠다고."

"존명!"

이탁은 그제야 미소를 지었다. 그러면서 수하들에게 귀엣말로 건네는 말.

"총채주겐 비밀이야. 어기는 놈은… 알지?"

“알고말고요.”

수하들이 마주 미소를 보내온다. 모두 당연하다는 눈빛들이었다.

이탁은 수하들의 어깨를 툭툭 두드려 준 뒤 추단 등을 돌아보며 잔을 들었다.

“자! 놈들의 통곡을 위해!”

“그, 그래, 통곡을 위해……”

추단과 곽패는 이탁의 독랄한 일 처리에 감탄하며 마주 건배를 했다.

그때 문 두드리는 소리가 났다.

누군가 하여 고개를 돌려보니 설아였다.

“다들 여기 계셨네요.”

“어이쿠, 아가씨. 총채주는 어찌하고 이곳으로 오셨습니까?”

설아는 시무룩한 표정으로 자리에 앉았다.

“탁 채주와 대작을 하고 계세요.”

“탁 채주요? 그놈은 채주가 아니라 부채준데요. 그리고 총채주께서 왜 그놈과 술을 마신대요?”

곽패가 질투 어린 목소리로 묻자 설아가 힘없이 고개를 내저었다.

“모르겠어요. 그동안 고생했다고 위로를 해주겠대요. 그래서 쫓겨났어요.”

이번엔 추단이 발끈했다.

“아니, 총채주께서 정말 그리 말씀하셨단 말입니까?”

“네…….”

“그놈이 이제껏 한 게 뭐가 있다고? 고작 암흑마교가 두려워 방구석에 숨어 있던 놈을 위로해 준다고 아가씨를 내팽개쳐요? 말도 안 돼!”

추단이 탁자까지 후려치며 고함지르자 설아가 당황한 표정으로 얼른 변명을 했다.

“그, 그게… 내팽개친 것까진 아니구요, 전 쳐다보지도 않고 둘이서만 죽자고 마시는 거예요. 그래서 화가 나서 내려와 버렸어요.”

“그, 그랬습니까? 그래도 그렇지. 언감생심, 아가씨를 그리 박대하다니! 총채주께서 간이 배 밖에 나오신 거 아닙니까?”

“그러게요…….”

설아가 여기 와서 투정을 부리는 이유가 있었다.

얼마 전 남궁유와의 대결도 그렇고, 수하들이 오고 난 뒤에도 그렇고, 곽무한이 가끔 자신을 떼어두고 혼자 움직이자 속이 상한 것이다. 그래서 푸념도 할 겸 상의하러 왔는데, 추단이나 곽패 등이 같이 흥분해 주니 기분이 좋아졌다. 그래서 곽패 등이 따라주는 술을 족족 비워대며 설아는 미주알고주알 자기 불만을 이야기했다. 그러자 이미 술이 오를 대로 오른 두 사람, 입에 침까지 튀겨가며 맞장구를 친다.

“그렇죠. 무조건 총채주가 잘못했습니다. 아가씨를 놔두고 왜 혼자 다녀요?”

“그렇습니다. 뭔가 수상합니다! 그날 저희들도 회의에 데려가지 않았어요!”

“그쵸? 제 말이 맞죠? 이 남자, 뭔가 수상해…….”

“맞아요. 그 양반, 여기 와서 갑자기 바람이 난 게 틀림없어요!”

“바람이라? 그래, 말 잘했어! 뭔지는 몰라도 총채주 혼자 재미를 보려는 게 분명해!”

“난 몰라. 어떡해?”

“어떡하긴 뭘 어떡해요? 추궁을 해야죠, 추궁!”

“참나…….”

이탁은 그들의 대화를 가만히 듣고 있다가 속으로 혀를 찼다.

다들 술이 들어가서 그런지 발언이 위험수위를 넘고 있다.

'이러다가 만약 총채주께서 오시기라도 하면?'

이탁은 이대론 안 되겠다 싶어 슬며시 대화를 중단시키려 했다.

그런데 하필이면 그때 문이 벌컥 열리며 곽무한이 들어섰다.

"헉!"

"흡!"

곽무한이 나타나자 추단과 곽패는 급히 입을 다물었다.

그러나 두 사람은 한발 늦고 말았다. 곽무한은 이미 신나게 떠들어대던 두 사람의 말을 다 듣고 말았다.

"방금 나더러 뭐라고? 바람이 났다고? 오냐! 네놈들에게 그 바람이 어떤 바람인지 원없이 맛보게 해주마!"

퍼퍼퍽! 쿵, 쩍! 콰지직!

"아이고, 사람 살려!"

"꾸에에에엑! 자, 잘못했어요……."

결과는 언제나처럼 마찬가지였다.

속사포처럼 내리찍히는 곽무한의 주먹. 그리고 고통에 못 이긴 두 사람의 원초적인 몸부림.

설아와 이탁은 차마 그 모습을 보지 못해 눈을 감고 말았다.

그렇게 잠시 시간이 흐르고 곽무한이 자리에 앉았다.

설아는 조마조마한 표정으로 고개를 숙였다.

곽무한과 차마 눈을 마주치지 못해서였다.

곽무한은 그런 설아를 보며 피식 웃고 말았다.

설아의 투정이 이해가 되었기 때문이다.

오직 자신만 바라보고 천리만리 길을 따라온 그녀다. 그런데 여기 와서 혼자 있을 때가 많으니 쓸쓸한 기분이 들 만도 할 것이다.

곽무한은 설아를 보며 부드럽게 입을 열었다.

"당신이 여기 있는 줄도 모르고 한참을 찾았잖소."

그 말에 설아의 표정이 살짝 밝아졌다.

"절… 찾았다구요? 언제요? 어디서요?"

"탁 부채주와 술을 마신 뒤부터요. 벌써 한참 됐는데."

곽무한이 웃으며 말하자 설아가 짐짓 새침한 표정을 지었다.

"그랬어요? 근데 왜 찾았어요?"

곽무한은 빙긋 웃으며 대답했다.

"왜 찾긴 왜 찾았겠소? 계속 옆에 있다가 갑자기 사라져 버리니 걱정이 되어서 그랬지."

"정말요? 정말 제 걱정을 했어요?"

곽무한은 웃으며 고개를 끄덕였다.

"그렇소. 탁 부채주를 하도 오랜만에 보기도 했고, 또 그와 긴한 의논을 할 게 있어 대화를 나누던 참이었는데, 갑자기 당신이 보이지 않는 거요. 그래서 부랴부랴 당신을 찾아 헤맸지."

"어머? 난 그런 줄도 모르고……."

어느새 설아의 눈에 눈물이 글썽거린다.

곽무한은 속으로 실소를 흘리며 이탁과 추단 등을 돌아봤다.

"다들 알아서 잘 놀고 있더군. 그러나 아직 혈기 방장한 녀석들이니 시간 날 때마다 한 번씩 둘러봐."

"알겠습니다."

"그리고, 여기 와서 보니 정파인들, 전혀 성의들이 없어. 그러니 우리 애들을 풀어 놈들의 종적을 찾아봐. 당가 건(件)도 수소문해 보고."

"예. 안 그래도 회의를 소집하려던 참이었습니다."

"그래. 나머지 부분은 자네가 알아서 하고… 그런데 고 부채주는 어디 갔나?"

“이곳저곳 둘러보고 온다고 했으니 곧 올 겁니다.”

“흠… 안면있는 채주들을 만나보겠다더니 그 때문에 간 모양이군. 알았어. 다른 특별한 문제는 없나?”

이탁은 순간적으로 찔끔한 표정을 지었다.

청성파 문제가 마음에 걸린 때문이었다. 그러나 굳이 보고하기도 뭐해 시선을 피하다가 우연히 설아의 표정을 보게 됐다.

곽무한이 또 자신을 내버려 두고 수채 일에만 관심을 갖자 설아의 입술이 닷 발이나 튀어나와 있었다.

‘풋…….’

이탁은 속으로 웃음을 터뜨리며 곽무한에게 눈짓을 했다.

곽무한은 무슨 일인가 하여 고개를 돌리다가 일순간 당황했다.

설아의 표정이 샐쭉하게 변해 있었기 때문이다.

‘이크!’

곽무한은 얼른 화제를 돌렸다.

“참! 내가 아까부터 계속 당신을 계속 찾은 이유는…….”

뭔가 그럴듯한 이야기가 없나 싶어 생각을 굴리다가 문득 며칠 전의 일이 떠올랐다. 남궁유와 싸울 때 몸과 마음이 분리되던 기억.

곽무한은 옳다구나 싶어 그 이야기를 꺼냈다.

“얼마 전에 신기한 경험을 한 때문이오.”

“신기한 경험요?”

그제야 설아의 눈에 호기심이 인다.

‘휴… 이제 됐군.’

곽무한은 내심 안도의 한숨을 쉬며 자신이 겪은 체험을 이야기했다.

그런데 기뻐할 줄 알았던 설아의 표정이 의외로 우울해 보였다.

“왜, 별로 좋지 않은 현상이오?”

“아뇨……."

“그런데 왜 그런 표정을……?”

설아는 천천히 고개를 숙였다. 그리고는 슬픈 목소리로 말했다.

“그 경지는… 적멸입법(寂滅入法)의 경지… 예전에 가가께서 물으셨지요? 비움 이후에 오는 초월이 뭐냐고? 바로 그 경지예요. 비움 이후에 눈을 떠 삼라만상을 보게 되는 경지……."

“그럼 좋은 일 아니오?”

곽무한이 의아한 표정으로 묻자 설아가 숙였던 고개를 들었다.

설아의 눈엔 어느새 물기가 찰랑했다.

“좋기도 하지만 슬프기도 한 경지예요. 삼라만상에 눈을 뜨게 되면 마음속에 세상이 사라져 버려요. 세상 돌아가는 이치를 알게 되고 천하 만물이 생장, 소멸하는 이치를 알게 되니 세상일에 무슨 흥을 느끼겠어요? 그렇게 시간이 흐르다 보면… 정(情)마저 사라져 버리지요.”

“음……."

곽무한은 천천히 고개를 끄덕였다. 설아의 이야기를 듣고 보니 과연 좋은 일이기도 하지만 슬픈 일이기도 한 것 같았다.

만약 사람이 천하의 모든 것을 다 알게 된다면 그 사람의 인생은 얼마나 고독하고 쓸쓸할 것인가?

모든 것을 다 아니 매사에 기뻐할 수도, 슬퍼할 수도 없고, 또 모든 것을 다 아니 사람들과 어울려 살지 못할 뿐만 아니라 세상일에 아무런 흥이나 즐거움을 느끼지 못하게 된다. 그러니 그 사람만큼 불행한 사람이 어디 있겠는가?

곽무한은 그제야 설아의 수명이 짧아지게 된 이유를 완전히 이해할 수 있을 것 같았다.

그녀는 이미 모든 것을 다 아는 경지까지 가봤기에, 그 안에서 무한한 외로움을 맛보고 스스로의 마음을, 스스로의 무공을 깨뜨려 버린 것이다. 남들처럼 살기 위해서… 아니, 보다 정확히 말하자면 보옥이와 자신을 위해, 함께 모여 함께 웃고 함께 울기 위해 스스로의 무공을 깨뜨려 버린 것이다. 그 대가가 비록 죽음을 앞당기는 것이라 할지라도.

그런 사실을 알게 되자 곽무한은 그녀의 사부가 자신을 왜 그리 탐탁지 않게 생각하는지 알 수 있을 것 같았다. 또한 자신을 향한 그녀의 사랑이 얼마나 큰지도 알 수 있을 것 같았다.

곽무한은 천천히 설아를 끌어안았다.

추단과 곽패 등이 그런 자신을 보고 지금 노총각들 가슴에 불을 지르려 하느냐고 핀잔을 보내왔지만, 곽무한은 설아를 가슴 깊숙이 끌어안고 나직한 목소리로 말했다.

"당신이 뭘 걱정하는지 알겠소. 그러나 너무 걱정할 필요는 없소. 당신도 알다시피 난 이미 당신에게 영혼까지 몽땅 사로잡힌 몸이오. 그러니 추호라도 당신을 잊어버릴 일은 없을 게요. 게다가!"

곽무한은 잠시 말을 끊고 두 손으로 설아의 뺨을 감쌌다.

"당신도 마후께서 하신 이야기를 기억하고 있지 않소? 마음을 비우고 삶을 아끼고 즐기라던 이야기. 뭐든지 기쁘고 즐거운 마음으로 하면 생명력이 쌓여 하늘이라도 승복하며 우주의 운행 질서라 하더라도 막을 수 없다던 이야기. 그러니 나 때문에 걱정할 필요 없소. 우리의 미래에 대해서도 걱정할 필요가 없고. 그저 웃으며 하늘과 맞서는 거요. 운명과 맞서고 숙명과 맞서는 거요. 그럼 어떻게든 되지 않겠소?"

그 말과 함께 곽무한이 싱긋 미소를 보냈다. 그러자 설아가 잠시 침묵을 지키다가 눈물방울을 달고 헤 웃었다.

"요즘 정말 바람피우는 거 아닌가 몰라. 말을 너무 잘해요. 샘이 날 정도로……."

설아는 그 말과 함께 어리광을 부리듯 폭 안겨왔다.

곽무한은 부드럽게 그녀의 어깨를 다독여 주었다.

"쳇. 이거 임자 없는 사람 서러워서 살겠나?"

"그러게 말이야? 아무리 서로가 좋아도 그렇지, 수하들 앞에서 이게 뭐 하는 짓인가 몰라?"

녀석들이 이젠 볼멘소리를 해왔다.

곽무한은 피식 웃으며 설아의 어깨에서 손을 뗐다. 그러나 설아는 한사코 곽무한의 가슴에서 얼굴을 떼지 않았다.

추단과 곽패는 그 모습을 보고 질렸다는 듯 고개를 설레설레 내저었다.

곽무한은 웃으며 설아의 뺨을 쓰다듬었다.

그런데 바로 그때였다.

우우우우웅…….

갑자기 눈앞이 환해지나 싶더니 뭔가 흐릿한 영상이 떠오르기 시작했다.

거센 불길을 일렁이는 화로와 일월성신도가 그려진 대전.

그 중앙 태사의에 앉아 있는 어둡고 사악한 분위기의 중년인.

그가 누군가와 대화를 나누고 있다가 기이한 표정으로 자신을 쳐다보고 있었다.

'누구지?'

곽무한이 고개를 갸웃거리며 안력을 집중하려는 순간,

"가가! 보지 말아요!"

설아의 목소리가 쨍! 하고 울려 퍼졌다. 그로 인해 환영(幻影)이 꺼지듯 사라져 버렸고, 곽무한이 정신을 차렸다.

"음… 당신도 봤소?"

"네. 아주 강하고 사악한 사람이었어요. 그리고 굉장히 음산한 분위기였구요."

"음… 누구라고 생각하오?"

곽무한이 묻자 설아가 창백한 표정으로 대답했다.

"글쎄요. 이런 경우는 처음이라서……."

"그래요? 음……."

곽무한은 고개를 갸웃거리며 생각에 잠겼다.

그러자 설아가 곽무한의 팔짱을 끼며 분위기를 바꿨다.

"가가, 그 사람 생각은 그만 하고 우리 달 보러 가요."

"달?"

"예. 소상팔경(瀟湘八景) 중의 하나가 바로 동정추월(洞庭秋月)이라잖아
요."

그 말이 떨어지기 무섭게 추단과 곽패가 끼어들었다.

"저희도 따라가렵니다!"

곽무한은 어이가 없어 두 사람을 노려봤다.

"또 무슨 일을 벌이려고?"

그러자 곽패가 설아 목소리를 흉내 내며 말했다.

"우리도… 답답하단 말이에요."

곽무한은 기가 막혀 멍하니 곽패를 쳐다봤다. 퉁퉁 부어터진 얼굴로 애교
섞인 여자 목소리를 내니 왠지 징그러웠기 때문이다.

그러나 곽패는 계속 칭얼댔다.

"총채주, 이번이 아니면 언제 또 동정호의 가을 달을 보겠습니까? 그러니
저희도 데려가 주세요, 네?"

"으으… 총채주, 저 목소리를 언제까지 들어줘야 합니까?"

"글쎄… 저놈에게 물어봐!"

"이잉, 정말 가고 싶단 말이에요."

"으아악! 총채주. 그러지 마시고 그냥 데려가 버리시지요. 어차피 장강수

채 대회합 때문에 주변 상황이 복잡하니 아가씨 호위도 세울 겸 해서요.”

이탁이 귀를 막으며 소리치자 설아가 방긋 웃었다.

“그래요, 가가. 달 구경하다가 술 심부름이나 안주 심부름 시켜도 되잖아요.”

“아, 아가씨?”

“호호호. 괜찮아, 임마. 술이나 안주 따위는 미리 싸 짊어지고 가면 되잖아.”

결국 곽무한은 고개를 설레설레 흔들고 말았다.

잠시 후, 소풍 가는 아이들처럼 들뜬 표정으로 이것저것 준비하는 추단과 곽패에게 이탁이 뭔가를 건넸다.

“갈 때 이것도 가져가.”

“이게 뭐유?”

“신호탄.”

“아!”

“신호탄? 신호탄은 왜?”

곽무한이 의아한 표정으로 물어봤지만 세 놈은 기이한 미소만 띤 채 대답을 않았다. 아무튼 준비가 대충 끝나자 곽무한과 설아, 추단과 곽패 등은 작은 배로 갈아타고 동정호 기슭에 있는 작은 산으로 향했다.

*　　　*　　　*

장강을 눈 아래로 굽어보는 어느 언덕 위의 전각군.

그중 하늘을 향해 우뚝 치솟은 뽀족한 탑 안, 육중한 검은 문이 입구를 막아서고 있는 대전이 있었다.

대전에는 거센 불길을 일렁이는 화로가 놓여 있고, 일월성신도가 벽면과 천장을 가득 채우고 있다.

그 대전 중앙, 화려한 보좌 위에 사악해 보이는 한 중년인이 앉아 있었다. 그는 짙은 눈썹에 우뚝한 콧날을 지녔고, 눈자위에 검붉은 기광이 감도는 사내였다.

그의 정체는 암흑마교의 정통 후계자인 전륜암왕 초극패.

초극패는 수하들의 보고를 받다가 갑자기 고개를 갸웃했다.

"누구지? 아주 강한 놈인데?"

지루하게 이어지는 수하들의 보고에 진력이 나 잠시 명상에 잠겨 있던 참이었다. 그때 갑자기 한 사람의 영상이 뇌리에 떠오른 것이다.

"칠 척 장신에 착 가라앉은 눈빛이 무척 인상적인 놈이었는데……."

초극패는 혹시 천외천이 아닐까 하다가 이내 고개를 가로저었다.

'천외천이라고 보기엔 너무 젊어.'

그렇게 곽무한의 정체를 고민하며 상념에 빠져 있을 때 누군가의 목소리가 끼어들었다.

"그래서 수일 내에 전면 공세를 펼칠 생각입니다. 부디 윤허하여 주시옵소서!"

목소리의 주인공은 새카만 피부에 삐쩍 마른 해골 같은 노인.

초극패는 인상을 찌푸리며 버럭 고함을 질렀다.

"이봐, 백시! 도대체 장강을 집어삼키는 데 뭐 그리 공을 들이고 시간을 끄나? 윤허고 나발이고 얼른 박살 내버려!"

"조, 존명!"

초극패는 백시의 대답을 들으며 혹시 놈이 장강에 있는 게 아닐까 하는 생각이 들었다. 그러나 곰곰이 생각해 보니 놈은 바다 한가운데 배를 타고 있다는 데 생각이 미쳤다.

'다행이군. 그놈이 장강에 있었다면 대계에 차질을 빚을 뻔했어.'

그러나 이는 초극패의 착각이자 실수였다.

태어나자마자 암흑마교의 수련동에 파묻혀 지내다가, 강호에 나온 지 얼마 되지 않아 곧바로 안휘 땅 무호에 은둔하다시피 하고 있어 동정호가 얼마나 넓은지 몰랐던 것이다.

아무튼 초극패의 명이 떨어지자 백시가 대전을 빠져나갔다.

대전 바닥에는 아직도 십여 명이 엎드려 있었지만 아무 소리도 흘러나오지 않았다. 그저 일렁이는 화롯불 소리만 간간이 들릴 뿐 고요한 정적만이 흐르는 암흑마교의 대전이었다.

*   *   *

"와! 너무 멋있어요, 가가."

설아는 동정호 위로 떠오르는 은빛 달을 보며 마구 환호성을 질렀다. 곽무한 역시 감탄하긴 마찬가지였다.

"나와 보길 정말 잘했군."

어두운 창공 위에 두둥실 뜬 달.

그 은은한 빛이 수면 위에 내려앉아 만물을 다시 비춰준다. 거기다 향긋한 풀 내음과 시원한 바람까지 부니 그야말로 황홀하기 짝이 없는 풍경이었다.

그 광경이 어찌나 아름답던지 그토록 수다스럽던 추단과 곽패마저 잠시 말을 잊을 정도였다. 그리고 그들뿐만 아니었다. 어디서 몰려왔는지 많은 사람들이 달을 구경하고 있었다. 그중에는 최근 분위기 탓인지 강호인들도 많았는데, 그래도 쌍쌍이 나온 연인들이 가장 많았다.

그들은 연인과 포옹하며 나직한 시구를 읊조리기도 했고, 서로 입을 맞추며 밀어를 나누는 등 주위를 민망하게 만들기도 했다.

그러나 은은한 달빛 때문인지 누구도 나무라는 사람은 없었다. 추단과 곽패처럼 부러워하는 사람은 있었을망정.

"젠장! 지금 우리들 앞에서 염장 지르는 거야, 뭐야?"

"그러게 말이야. 제발 저런 몰지각한 청춘 남녀들 좀 안 봤으면 좋겠다."

그러나 웬걸?

고개를 돌려보니 어느새 곽무한과 설아도 그런 청춘 남녀 대열에 합류해 있었다.

"가가, 저 달처럼 우리 인생도 허무하게 사라지겠지요?"

"무슨 소리? 저 달은 은은히 세상을 비추다가 잠시 수면 아래로 내려가 잠을 잘 뿐이야. 그리고 어둠이 오면 다시 은은한 빛을 발하며 아낌없이 세상을 비춰주지."

"과연 그럴까요? 아침이 오면 다시 떠오를 수 있을까요?"

설아의 목소리는 어느새 촉촉하게 젖어 있었다.

곽무한은 그런 설아를 품속 깊이 끌어안고 부드럽게 머리카락을 쓸어주었다.

추단과 곽패는 그 모습을 보고 또 한 번 푸념을 했다.

"아… 우리가 왜 따라온다고 했을까?"

"그러게 말입니다. 수하들과 술이나 진탕 마실걸……."

"내 말이 그 말이야. 난 설마 총채주가 여기까지 와서 저렇게 노골적으로 나올진 몰랐다. 이건 배신이야. 아니, 배반이나 다름없어!"

"맞아요! 우우! 동네 사람들. 여기 좀 봐 봐요. 다 큰 사람들이 누구 입이 큰가 재보고 있대요!"

두 사람이 그렇게 떠들자 주변에서 폭소가 터져 나왔다.

상황이 그렇게 되자 천하의 곽무한이라도 얼굴이 붉어졌다.

"이, 이 녀석들이?"

곽무한은 설아를 떼어내고 두 놈의 머리통을 쥐어박았다.

하지만 그런다고 해서 이미 쏠린 시선들이 사라질 리는 만무하고.

재차 폭소가 터져 나왔다.

그 바람에 졸지에 웃음거리가 되어버리고 만 곽무한 일행. 할 수 없이 준비해 간 술과 안주로 가벼운 술자리를 벌였다.

하늘에는 은은한 달빛이 쏟아지고 땅에는 부드러운 솔 내음이 흐르는, 그야말로 환상적인 분위기.

그 때문인지 모두 주거니 받거니 하며 얼큰히 취해갔다.

술기운이 오르자 추단이 아! 하는 표정을 짓더니 갑자기 보따리를 풀기 시작했다. 그리고는 막대 같은 것을 몇 개 꺼내 들었다.

"아까 그 신호탄입니다. 이번에 새로 만든 건데, 한번 보시겠습니까?"

"그래? 그러지 뭐."

곽무한이 술잔을 기울이며 선선히 승낙하자 추단이 심지에 불을 붙였다.

쉬이익, 퍼퍼펑!

밤하늘에 노란 불꽃이 피었다.

그 불꽃을 보고 곽무한이 물었다.

"저게 뭐야?"

"저희 수채의 상징, 황룡입니다."

"와! 멋있다!"

설아가 반색하며 박수를 쳤지만 곽무한은 심드렁한 표정으로 코웃음을 쳤다.

"저게 네 눈엔 황룡으로 보여?"

"예! 그럴듯하지 않습니까?"

"에라이! 차라리 노란 지렁이라고 해라!"

"그, 그 정돕니까?"

추단이 머쓱한 표정으로 머리를 긁적이는 걸 보며 곽무한은 단숨에 잔을 비웠다. 찡한 마음을 숨기기 위해서였다.

녀석이 신호탄을 꺼낼 때부터 알았다.

녀석들이 자신과 설아에게 멋진 추억을 만들어주고자 신호탄을 챙겨왔다는 걸.

추단은 곽무한의 눈치를 살피며 계속 신호탄을 쏘아 올렸다.

"이번엔 좀 다를 겁니다. 아까는 총채주께서 왕림하셨다는 황룡이었고, 이번에는 총공격을 알리는 홍룡입니다."

슈우욱, 퍼퍼펑!

다시 찬란한 불꽃이 일었다.

우아한 곡선으로 퍼져 나가는 붉은 불꽃.

"와아! 아까보다 더 멋있어요!"

찬란한 불꽃을 쳐다보는 설아의 눈빛.

그녀의 얼굴은 어느새 감동에 젖어 있었다.

"흐흐. 아가씨께서 만족하셨다니 다행입니다. 이번에는 퇴각을 뜻하는 청룡입니다."

슈우욱, 퍼퍼펑!

"와! 정말 푸른 용이다!"

"이번엔 적이 나타났다는 흑룡입니다."

슈우욱, 퍼퍼펑!

"에계계? 뭐야? 불빛만 깜빡할 뿐 아무것도 안 보이잖아요."

"어이쿠, 이놈은 아직 미완성인 모양입니다."

"에라이, 미완성인 것도 모르고 마구 쏴댔어?"

"그게 아니라… 아이고, 왜 때려요? 아직 몇 발 더 남았어요."

"몇 발 더 남았든 말든, 흑룡을 제외하면 내 게 제일 초라하잖아?"

"그, 그게 총채주님 것도 아직 미완성인 모양… 아이고!"

그렇게 폭죽으로 인해 분위기가 더욱 훈훈해졌다.

하지만 시간이 흐를수록 구경꾼이 몰려 주변이 점차 인산인해로 변해갔다.

곽패는 그 모습을 보며 한참 인상을 찌푸리다가 갑자기 불퉁한 목소리로 말했다.

"아가씨, 앞으로 웬만하면 면사를 쓰고 다니슈."

"어머, 왜요?"

"왜요는 뭐가 왜요요? 괜히 기분이 나쁘니까 하는 소립니다."

"왜… 기분이 나쁘지요?"

설아가 주눅이 들어 모기만 한 음성으로 묻자 곽패가 눈짓으로 주변을 가리켰다.

"보십시오! 저놈들이 아가씨 얼굴을 보고 자꾸 침을 흘리잖아요!"

"어머?"

"에라이, 못난 놈아! 그게 그리도 속이 상하더냐?"

설아가 뺨을 붉히며 얼굴을 감싸자 곽무한이 웃으며 곽패의 머리통을 쥐어박았다. 그래도 곽패는 뚱한 표정을 풀지 않았다.

"전 저런 엉큼한 눈빛으로 아가씨를 훔쳐보는 놈들이 제일 싫습니다. 그렇다고 놈들 눈을 몽땅 빼버릴 순 없으니 아가씨께서 면사를 쓰십시오"

"힝. 사부님께선 면사를 벗고 다니시라던데……."

그랬다. 상상을 초월한 무공에 재색까지 겸비한 설아를 뭇 강호인들에게 자랑하고 싶어 안달이 난 경진 사태 때문에 설아는 얼마 전부터 면사를 벗고 있었다.

"가가, 어떡하죠?"

설아의 물음에 곽무한은 빙긋 웃으며 대답했다.

"당신 편할 대로 해요."

"네."

설아는 그제야 안심이 되었는지 노래 부르듯 대답했다.

그런데 바로 그때였다.

"어이구, 경치 좋구만. 경치 좋아!"

"얼씨구? 경치만 좋을 뿐 아니라 호박이 넝쿨째 굴러다니네?"

느물거리는 목소리와 함께 몇 놈이 건들건들 다가왔다.

이미 술에 취했는지 놈들의 눈빛은 확 풀려 있었다.

놈들이 설아를 쳐다보며 자기들끼리 말했다.

"어때, 형제들? 한번 덮쳐 볼까?"

"큭큭. 보는 사람이 너무 많지 않나?"

"까짓 거, 겁없이 나서는 놈이 있으면 배를 콱 쑤셔 버리면 되지 뭔 걱정이
야?"

놈들이 그렇게 흉소를 지을 때였다.

"그 자리에서 이승을 하직하고 싶지 않으면 조용히 이곳을 떠나라."

어디선가 서늘한 음성이 들려온다.

놈들은 어디서 나는 소린가 싶어 고개를 두리번거리다가 곽무한과 정면으
로 눈이 마주쳤다.

"헉!"

마치 심장을 관통하는 듯한 곽무한의 눈빛.

놈들은 등골이 오싹하여 그 자리에서 얼어붙고 말았다.

바로 그때,

"총채주! 여기 계셨습니까?"

저 멀리서 고두관이 나타났다.

"음? 여기 있다는 걸 어찌 알고?"

곽무한이 웃으며 그를 반기자 놈들이 사시나무 떨듯 몸을 떨었다.

현재 동정호 인근에서 총채주라고 불릴 사람은 오직 한 사람뿐이다.

　거기다 저장채의 공동 후인으로 알려진 고두관에게 저토록 극진한 인사를 받을 수 있는 사람 역시 단 한 사람뿐이다.

　'맙소사! 우리가 호랑이를 건드렸구나!'

　놈들은 제자리에서 버쩍 얼어버려 뭐라 말을 내뱉지도, 움직이지도 못했다. 하지만 곽무한이나 고두관이나 그들을 신경 쓰는 사람은 아무도 없었다.

　"지금 수하들이 사방팔방으로 총채주를 찾아다니고 있습니다. 저와 함께 가시지요."

　"왜? 무슨 일이 났어?"

　"한수채주가 급히 면담을 요청해 왔습니다. 대회합 때문이랍니다."

　"흠. 그래?"

　곽무한이 고개를 갸웃거리며 자리에서 일어설 때였다.

　갑자기 놈들이 달려오더니 허리를 구십 도로 꺾었다.

　"총채주! 죽여주십시오! 저희가 술에 취해 잠시 눈이 멀었습니다."

　"총채주! 죽으라면 죽겠으니 그저 목숨만……."

　녀석들이 횡설수설하며 고개를 숙이자 곽패가 픽 코웃음을 쳤다.

　"됐어. 앞으로 괜한 소란 피우지 말고 얌전히 놀아라."

　"옛! 명심하겠습니다."

　그러나 놈들은 자리를 떠나지 않고 미적거리고 있었다.

　"뭐야?"

　곽패가 노려보자 놈들이 흠칫하며 말했다.

　"저어… 죽으라면 죽겠으니 저희에게 총채주를 모실 수 있는 영광을 주십시오."

　놈들이 이마를 찧으며 앞 다퉈 소리치자 곽패가 재차 코웃음을 쳤다.

　"흥! 네놈들이 감히 총채주를 모시겠다고? 아서라. 말아라. 그러다 골로 가는 수가 있다."

하지만 곽무한은 의외로 고개를 끄덕였다.

"그래? 그렇다면 앞장을 서봐라."

"영광, 영광입니다, 총채주!"

놈들은 곽무한에게 구십 도로 허리를 꺾어 보이더니 극진한 태도로 길을 열기 시작했다.

"휘어이, 물렀거라! 장강의 전설이신 수룡왕께서 납신다!"

"휘어이, 물렀거라! 수룡채 총채주님의 행차시다!"

그 말에 곽무한이 어이없다는 표정으로 실소를 흘렸다.

"왕이라니? 내가 언제부터 왕이 됐지?"

"그러게 말입니다. 근데 저놈들, 누굽니까?"

"글쎄. 아마 물길에서 노는 놈들이겠지."

그러자 놈들이 제꺽 몸을 돌리더니 재차 허리를 꺾어왔다.

"아이고, 총채주. 저희가 심기를 어지럽혔습니까? 죄송합니다. 저희는 그저 총채주를 모시고 싶어서… 아참! 저희는 부두채(斧頭寨)에서 밥을 빌어먹고 있습니다. 꼬락서니는 이래도 오매불망 총채주님을 존경해 왔습니다."

그 말에 곽패가 성큼성큼 다가가 놈들의 뺨을 후려쳐 버렸다. 그리고는 그중 한 놈의 멱살을 잡고 일장연설을 했다.

"이놈들아! 네놈들이 총채주를 왕이라 부르든 황제라 부르든 아무 상관이 없다. 하지만 네놈들이 정말 총채주를 존경한다면 이곳저곳 들쑤시는 버릇만큼은 반드시 고쳐라! 총채주께선 네놈들 같은 망나니 짓거리를 그 누구보다 증오하는 분이시다!"

놈들은 그 말에 사색이 되어 재차 허리를 꺾었다.

"아이고, 명심, 또 명심하겠습니다. 앞으로는 술도 덜 마시고 힘자랑도 적게 하고… 에, 또… 욕설도 덜 하고, 아무튼 총채주님의 얼굴이 깎이지 않게 최선을 다하겠습니다."

곽무한이나 고두관 등은 또 한 번 어이없다는 표정을 지었다.

"너희들, 대체 왜 이러냐? 오늘 아침에 뭘 잘못 먹었기에 이래?"

고두관이 곽무한을 대신해 묻자 놈들이 황송하다는 표정으로 머리를 조아렸다.

"장강의 전설이신 총채주님을 그 누가 모르겠습니까? 이미 이 바닥에 소문이 짜합니다. 모두 총채주님의 존안을 뵙는 게 소원이라며 목을 길게 빼고 있습니다. 저희도 마찬가지지요. 총채주께서 명하시면 타는 불, 끓는 기름 가마, 어디든지 달려갈 각오가 되어 있습니다."

더 이상 할 말이 없었다.

놈들이 말한 것처럼 곽무한은 자신도 모르는 사이에 말단 수적들의 우상이 되어 있었다.

설아는 그 모습을 보며 우울한 표정을 지었다.

'빨라… 너무 빨라. 가가께선 벌써 기세로 사람을 움직이는 경지까지 이르렀어.'

그때 귓전으로 곽무한의 음성이 들려왔다.

"뭐, 팔자에도 없는 왕(王) 자가 붙으니 어쨌든 기분은 좋군. 그래, 무슨 채라고?"

"부두챕니다!"

"부두채라… 예전에 스치듯 그곳을 지난 적이 있었지. 그래, 자네들 채는 어때?"

"예. 공기 좋고 물 좋고, 정말 멋진 곳입니다. 총채주께서 언제 한번 들러주신다면 진수성찬으로 대접하겠습니다."

"진수성찬? 날 그리 대접하면 너네 채주가 기분이 상하잖아?"

"괜찮습니다. 이래 봬도 제가 부두채 소채줍니다."

"그래?"

놈들이야 자신을 떠받들든 말든 격의없이 말을 주고받는 곽무한.

설아는 그 모습을 보며 희미한 미소를 지었다.

'그래. 어쩌면 가가께선 가능하실지도 몰라. 가가께선 그 누구보다 저들의 삶을 이해하는 분이시니. 그리고 자신을 따르는 사람에 한해서는 그를 끝까지 돌봐주려는 분이시니 어쩌면 적멸입법의 경지를 금방 넘어서실지도 몰라.'

그렇게 설아가 상념에 빠져 있는 동안 지휘선이 가까워졌다.

제106장
장강수채 대회합

곽무한이 회의실로 들어설 쯤, 한수채주는 벌써 자리에 앉아 있었다.

그는 곽무한을 보고도 아무런 인사말도 건네지 않은 채 무료한 표정으로 사방을 훑어보고 있었다.

그 이유는 곽무한이 자신에게 먼저 인사를 보내오기를 기다린 것인데, 곽무한이 무심히 자리에 앉아버리자 인상이 확 구겨져 버렸다. 그 이후 두 사람 사이엔 잠시 침묵이 흘렀다. 둘 다 아무 말 없이 상대만 쳐다보고 있었기 때문이다.

그렇게 시간이 흐르자 한수채주가 오히려 답답해졌다.

그는 곽무한에게 필히 전해야 할 말이 있었다. 그것도 그럴듯한 말로 곽무한을 속여 넘겨 그의 동의를 받아야 할 말이 있었다.

"내가 누군지는 이미 알고 계실 터. 내가 온 이유는 귀 채에 몇 가지 통보할 게 있어서요."

결국 한수채주가 먼저 입을 열고 말았다.

"이 통보는 주요 수채의 채주들이 사전에 모여 회의를 나눈 결과요. 따라서 이 통보에 이의를 제기한다고 해도 별반 달라질 것은 없을 것이오."

그는 좀 전의 일로 자존심이 상했는지 딱딱 끊어지는 말투를 썼다.

곽무한은 그러거나 말거나 무심한 눈빛으로 듣고만 있었다.

"먼저 대회합 날짜가 결정되었소. 사흘 뒤요. 그리고 이번 회합에는 귀 수채까지 포함해 모두 일흔두 곳의 수채가 참가할 예정이오. 따라서 진행의 편리를 위해 몇 가지 규칙을 정했소. 그 규칙은 장강의 모든 수채들이 진심으로 앙복(仰伏)할, 명실상부한 총채주를 선출하기 위해 만들어진 것이니 반드시 이에 따라주길 바라오."

"……."

'빌어먹을…….'

이 정도까지 말을 꺼냈으면 뭐라고 대답을 해야 할 게 아닌가?

그런데도 곽무한이 계속 말을 않고 있으니 한수채주는 왠지 기가 꺾이는 기분이었다. 그러나 이를 악물고 계속 말을 이어나갔다.

"모두들 총채주는 능력보다 인품과 포용력이 중요하다고 생각했소. 그래서 후보들 간의 비무는 생략하기로 하고, 대신 휘하 부채주들과 말단 수하들의 무용(武勇)을 겨루기로 했소. 그러니 그렇게 알아주시면 고맙겠소."

한수채주가 내뱉듯 이야기했지만 곽무한은 여전히 침묵을 지켰다.

결국 답답하다 못해 속이 뒤집어진 한수채주는 두 손 두 발 다 들고 말았다.

"혹시 무슨 궁금하신 점이라도 있소? 있으면 말씀해 보시오. 성심성의껏 대답해 드리리다."

그제야 곽무한이 입을 열었다.

"경기 방식은?"

'젠장, 혀가 반 토막이 났나?'

한수채주는 속으로 투덜거리며 얼른 대답했다.

"부채주들 간의 무용을 겨루는 것은 각 채에서 세 명씩 나와 이 연승을 올리면 되오. 그렇게 예선을 갖고 난 뒤에, 예선 통과자들끼리 다시 붙소이다. 말단 수하들끼리는 단체 격전과 단체 경기를 치르오."

거기까지 단숨에 말한 한수채주는 차를 한 모금 마시고 계속 말을 이어나갔다.

"단체 격전은 각 수채당 오십 명씩, 상대 수채와 격전을 벌이오. 물론 화합을 위해 철제 병기는 사용 금지요. 단체 경기는 총채주 후보가 휘하들을 얼마나 잘 조련했나를 보기 위해 조정(漕艇) 경기를 치르기로 했소. 각 수채당 열 명씩 다섯 척이오."

곽무한은 피식 웃으며 가볍게 물었다.

"그게 다야? 부채주들 간의 비무와 수하들 간의 단체전?"

"그, 그렇소. 말씀드렸다시피 총채주는 개인 능력보다 수하들을 얼마나 잘 다스리나……."

마치 속을 훤히 들여다보는 듯한 곽무한의 눈빛에 놀라 한수채주는 곽무한이 자신에게 반말을 하고 있다는 사실도 의식하지 못한 채 급급히 변명을 해나갔다. 하지만 그의 말이 채 끝나기도 전에 곽무한이 간단히 대답했다.

"알았어. 마음대로 해."

순간, 한수채주의 표정이 잔뜩 일그러지고 말았다.

그는 그제야 곽무한이 계속 하대를 했고, 또 상황이 곽무한에게 대회합에 대한 통보를 하는 게 아니라 보고를 올리는 것처럼 되어버렸다는 사실을 깨달았다.

하지만 자신의 간계가 통해 곽무한과의 비무를 피할 수 있게 됐으니 자존심 상한 것쯤이야 가볍게 웃어넘길 수 있었다.

'흐흐. 철부지다 보니 생각이 짧군. 이제 이놈에 대한 건 한시름 놨고, 문

제는 우리 아이들이 동정수채와 싸워 어떻게 승리하느냐 하는 것인데…….’

한수채주는 나름대로 생각을 정리하기에 바빠 서둘러 자기 수채로 돌아갔다. 그리고는 수하들에게 대회합에 출전할 인원을 뽑아 이틀 동안 지옥 훈련을 시키라고 명한 뒤, 곧바로 동정용왕을 만나러 갔다.

“그놈이 선선히 승낙을 했다고?”

동정용왕은 한수채주의 말을 듣고 고개를 갸웃거렸다.

예전에 아들놈 문제로 곽무한과 가볍게 손을 섞어본 일도 있고, 또 강변에서의 소문을 들어봐도 그렇고, 곽무한은 절대 호락호락한 놈이 아니다. 그런데 스스로에게 불리해 보이는 조건을 아무 말 없이 받아들였다니?

‘뭔가 대안이 있단 말인가? 아니면 수하들에 대한 신뢰가 그만큼 두텁단 말인가?’

아무튼 이리저리 따져 봐도 자신에게 해가 될 건 없을 것 같았다.

“수고했네. 그럼 나 역시 그렇게 알고 준비하겠네.”

동정용왕은 한수채주를 돌려보낸 뒤 심복인 적발귀를 불렀다.

수룡채에 대한 자세한 보고를 듣기 위해서였는데, 보고를 듣고 나니 수룡채의 전력이 예상외로 만만치 않은 것 같았다.

“음… 놈들의 무위가 그 정도로 발전했다니, 이건 생각지도 못한 변순데?”

동정용왕이 고민하는 기색을 보이자 적발귀가 조심스런 표정으로 말을 이어나갔다.

“예. 그래서 부채주들 간의 비무는 대진표가 어떻게 짜여지느냐에 따라 승패가 갈릴 것 같습니다.”

“대진표에 따라서?”

“예. 놈들 중에선 그래도 벽력권 탁대붕이 최고 고수인 듯하니, 그가 첫 비무자로 나와 우리 측 최고 고수인 흑경단주와 맞서면 그나마 승산이 있습니다만, 만에 하나 그가 다른 순번으로 나오게 되면 승패를 장담할 수 없는 혼전이 예상됩니다."

"하긴, 탁대붕 그놈, 만만치 않지……."

"예. 그래서 제 생각에는 흑경단주님과 백경단주님, 그리고 저까지 모두 나서야 할 것 같습니다. 그래야 최악의 경우에라도 이 승은 올릴 수 있을 것 같습니다"

"음. 골치 아프게 됐군. 삼두점 이탁과 독심환 추단… 이놈들이 언제 이만큼 컸단 말인가?'

동정용왕은 고개를 설레설레 젓다가 재차 질문을 던졌다.

"그럼 단체전은 어찌 예상하고 있나?'

적발귀는 가벼운 한숨을 내쉬었다.

"역시 쉽지 않을 것 같습니다. 아시다시피 놈들은 삼협의 거센 물길에 단련이 될 대로 된 놈들이고, 또 웅풍산장을 무너뜨린 데 이어 사천당가와 정면으로 맞붙을 만큼 배짱이 있는 놈들입니다. 따라서 놈들을 물리치기 위해서는 몇 가지 방안을 강구해야 할 듯합니다."

"몇 가지 방안?"

"예. 먼저 조정 경기는 우리 아이들이 익히 잘 아는 물길, 그것도 암초가 교묘하게 숨어 있는 곳을 주 수로로 선정해야 하고, 단체 비무에는 흑경단과 백경단의 대주 급 이상과 휘하 수채의 당주 급 이상을 출전시켜야 할 것 같습니다."

"음… 단체 비무에 대주 급 이상을?'

"예. 아마 다른 수채들도 이런 편법을 쓸 것으로 예상됩니다. 그러니 저희 역시……."

"음……."

동정용왕은 잠시 침묵을 지키다가 무겁게 고개를 끄덕였다.

"좋아. 별로 내키진 않지만, 다른 것도 아닌 몇백 년 만에 처음 갖는 장강수채 대회합이니 명분과 체면 등을 따지다가 오히려 더 큰 걸 잃을 수 있지. 좋아. 그렇게 준비해."

"알겠습니다. 그럼 그렇게 알고 각 채주들께 공문을 보내겠습니다."

적발귀는 동정용왕에게 극공의 예를 보내고 돌아서다가 뭔가 잊어버린 게 있는 듯 다시 제자리로 돌아왔다.

"아참! 한 가지 빠뜨린 게 있습니다. 노장주께서 그자와 자주 어울려 지내신다더군요."

"음? 장인어른이 그자와?"

동정용왕의 눈에 순간적으로 기광이 어렸다.

그는 잠시 적발귀를 쳐다보다가 혼잣말을 중얼거렸다.

"놈이 사해어옹의 제자라더니……."

물론 탈명괴검 나소추가 그자와 어울려 다닌다고 해서 별문제될 건 없다. 하지만 괜히 기분이 찜찜했다.

'그 양반, 자존심이 강해 아무나 하고 어울려 다니실 분이 아닌데…….'

동정용왕은 한동안 고개를 갸웃거리다가 천천히 의자에 몸을 묻었다.

"장인어른이 놈과 친하게 지내든 말든 아무 상관이 없으니 더 이상 신경 쓸 필요 없어. 그보다는 대회합에 대한 준비나 철저히 하도록."

"존명."

적발귀가 떠나고 나자 동정용왕은 오랜만에 숙면을 취할 수 있었다.

한수채주가 떠나고 나자 곽무한 역시 회의를 주재하고 있었다.

대회합에 대한 모두의 의견을 들어보기 위해서였다.

그러나 회의 분위기는 의외로 산만하게 흘러갔다. 추단과 곽패 때문이었다. 두 사람은 정파와 몇 번 싸워본 전력이 있어서인지 기고만장한 표정으로 연신 콧방귀를 뀌어댔다.

"고작 부채주들 따위와 비무를 벌여요? 쳇! 너무 싱거워서 전 빠질랍니다."

"저두요. 싸울 놈과 싸워야 힘이 나지, 건드리면 톡 부러질 애들과 비무는 무슨 비무?"

그나마 이탁이 좀 나았다.

"보아하니 놈들이 총채주의 무위를 보고 기겁한 나머지 편법을 쓰는 모양인데, 그렇다면 우리도 나름대로 준비를 해야지."

하지만 추단과 곽패는 여전히 심드렁했다.

"쳇. 수수깡만도 못한 놈들을 상대로 준비는 뭔 준빕니까? 대충 아무나 내보내면 되지."

"이 녀석이? 그러다 그놈들에게 의외의 망신을 당하면 어쩔래? 네가 책임질래?"

이탁이 도끼눈을 떴지만 곽패는 여전히 콧방귀만 뀌었다.

"하이고? 고작 그놈들에게 망신을 당해요? 어디, 그런 놈 있으면 당장 여기서 쫓아내 버려요."

"이놈이? 여기서 너보다 짬밥 낮은 사람이 누가 있다고? 말을 골라가면서 해라."

"왜요? 저기 있잖아요."

곽패가 히죽거리며 탁대붕을 가리키자 탁대붕의 안색이 시뻘겋게 변해 버렸다.

"뭐야? 이 자식이? 내가 그리 만만해 보이냐? 왜 날 걸고 넘어져?"

탁대붕이 발끈했지만 곽패는 계속 히죽거리며 그를 놀렸다.

"왜 걸고 넘어지다니? 너, 기억도 안 나냐? 예전에 네가 본채에 왔을 때 내가 한판 붙자고 했잖아? 근데 다음날 아침에 줄행랑을 쳐버렸으니 네가 내

밑이지.”

“뭐야? 내가 언제?”

탁대붕이 씩씩댔지만 뭐라 변명할 말이 없었다.

분명 그때 줄행랑친 사실이 있기 때문이었다. 물론 곽패 때문에 도망간 게 아니라 살벌하기 짝이 없는 수룡채 분위기 때문에 도망친 것이었지만.

그때 고두관이 나섰다.

“다들 나가기 싫으시다면 제가 한번 나서보지요.”

“음? 자네가?”

모두의 시선이 고두관을 향했다. 그리고 약속이나 한 듯이 모두 고개를 끄덕였다.

“고 형 같으면 안심이지. 좋아. 한 사람은 결정됐고, 다음은 누구?”

그러자 회의실 한쪽 구석에 앉아 있던 청강채 채주, 혹사충권 이후박이 슬며시 손을 들었다.

“저도 한몫 거들겠습니다.”

순간 곽패가 버럭 고함을 질렀다.

“넌 빠져, 임마! 여기서 너보다 약한 놈이 저놈밖에 더 있어?”

곽패의 손가락이 다시 탁대붕을 향했다.

“뭐야? 이놈의 자식이 또?”

탁대붕이 의자를 박차려는 순간 곽무한이 그를 말렸다.

“아, 아, 됐어. 참아. 싸우면 너도 같은 놈이 돼.”

“아니, 총채주! 제가 어디가 어때서요?”

곽패가 씩씩대며 항의했지만 곽무한은 뉘 집 개가 짖나 하는 표정으로 고개를 휙 돌렸다.

“장난 그만 치고, 진짜 누가 나갈 거야?”

그 말이 떨어지는 순간 이후박의 고개가 확 꺾여 버렸다.

'흑흑. 내 무위가 그리 약하단 말인가?'

이후박 딴엔 이참에 공을 세워 서열을 좀 올려보고자 한 것인데, 곽무한까지 자신을 못 믿는 기색을 보이자 이후부터는 고개조차 제대로 들지 못했다.

그때 이탁이 나섰다.

"총채주, 이렇게 하지요. 고 형과 곽패, 그리고 추단이 나가는 걸로."

"엥? 제가요? 제가 나가면 상대방이 떡 되어버릴 텐데요."

"저도요. 제가 나가면 놈들을 피떡으로 만들어 버릴 텐데……."

두 놈이 마뜩찮은 표정을 지었다. 그러자 탁대붕이 어이없다는 표정으로 두 사람을 째려봤다.

"너무들 쉽게 생각하는 거 아냐? 흑경단주나 백경단주는 정말 만만치 않은 고수들이야. 특히 흑경단주의 경우 나랑 막상막하란 말이야!"

그러나 탁대붕은 또 한 번 자존심을 짓밟혀야 했다.

"에계? 고작 너랑 막상막하야? 그럼 걱정할 거 뭐 있어. 야! 흑산지 독산지 너, 네가 나가!"

순간 이후박이 환한 표정으로 고개를 번쩍 치켜들었고, 탁대붕은 괴성을 지르며 의자를 박찼다.

"어홍! 이놈! 정말 한번 해보자는 거야?"

"응. 한번 해보자. 정말이야, 응?"

"으아아! 총채주! 부탁입니다. 제발 저놈과 싸우게 해주십시오. 내 저놈의 코를 완전히 짓뭉개 버리고 말겠습니다!"

"아이고, 머리야. 정말 왜들 이래? 지금은 비무 시간이 아니고 회의 시간이야!"

곽무한이 버럭 고함을 지르자 두 사람은 그제야 자리에 앉았다. 하지만 둘 다 서로를 노려보며 이를 바드득 갈고 있었다. 곽무한은 그런 두 사람을 보며 잠시 머리를 흔들다가 이내 결정을 내렸다.

"모두 이탁 말대로 해. 이왕 할 바에야 최선을 다하는 게 나아. 그리고 청 강채주는 다음 기회를 노리도록 하고."

그 말에 이후박의 고개가 다시 한 번 꺾여 버렸다.

곽무한은 이후박에게 잠시 위로의 눈길을 보낸 후 계속 회의를 주재했다.

"그럼 부채주들 문제는 그렇게 알고 있도록 하고, 단체전은 어디 애들을 보낼까?"

그 말에 이탁이 대답했다.

"본채 애들을 보내지요."

곽무한은 고개를 갸웃거렸다.

"괜히 전력을 다 보여줄 필요 있을까?"

이탁이 고개를 끄덕였다.

"예, 그럴 필요가 있을 것 같습니다. 어차피 저희가 여기 온 이유가 뭡니까? 정파 놈들을 돕기 위한 것도 있지만 장강을 움켜쥐기 위해서가 아닙니까? 그러니 압도적인 무위로 모두의 기를 꺾어버리는 게 좋을 듯합니다."

"그래? 음… 그럼 그렇게 하지."

그러자 곽패가 볼멘 표정으로 입을 불쑥 내밀었다.

"쳇. 그냥 총채주께서 싸그리 쓸어버리면 될걸, 왜 이리 일을 복잡하게 만드는지 모르겠네."

추단이 그 말을 받았다.

"바보. 놈들이 총채주께 겁을 먹어서 그렇잖아."

"쳇. 치사한 놈들… 그런다고 해서 결과가 달라질 줄 아나 보지?"

분위기가 슬슬 늘어질 듯하자 곽무한이 모두의 주의를 환기시켰다.

"됐어. 대회합 문제는 이만 끝내기로 하고, 다들 수색 결과나 말해봐."

그제야 다들 긴장한 표정을 지었다.

추단이 먼저 보고했다.

"아무리 찾아봐도 놈들의 종적이 보이지 않습니다. 아무래도 깊숙이 숨은 모양입니다."

탁대붕이 그 말을 받았다.

"저희 역시 마찬가집니다. 개미새끼 하나 보이지 않습니다."

"음… 그럼 놈들이 무당과 형산 쪽으로 합류했단 말인가?"

"글쎄요… 그럴 가능성도 없진 않습니다만, 예전에 총채주께서 말씀하신 대로 놈들이 위위구조에 진화타겁계를 준비하고 있다면 조만간에 모습을 드러낼 듯합니다."

"음… 제발 그래 줬으면 좋겠는데… 아무튼 좀 더 신경들을 써봐. 우리가 먼저 놈들을 발견해야 희생을 줄일 수 있어."

"알겠습니다."

다들 복명하는 가운데 고두관이 말했다.

"이미 다른 수채들에도 협조를 요청해 뒀습니다."

"아니, 언제?"

모두 놀란 표정을 짓자 고두관이 웃으며 대답했다.

"요 며칠 동안 제가 다른 수채를 만난다고 하지 않았습니까? 바로 그 때문이었습니다."

"아! 그래서 그토록 바빴던 게군."

다들 고두관을 보며 감탄했다. 그는 언제나 세심한 것까지 알아서 챙기는 사내였다.

회의가 끝나자 곽무한은 선실로 향했다.

오랜만에 설아와 함께 오붓한 시간을 보내기 위해서였다. 하지만 상황이 도와주지 않았다.

"여! 총채주. 이 밤에 뭐 하고 계시나?"

막 설아와 입맞춤을 하려는 순간 눈치없는 늙은이, 호호신타가 벌컥 선실 문을 열고 들어섰다.

"어마?"

설아는 놀란 표정으로 뺨을 감쌌고 곽무한은 붉어진 얼굴로 호호신타를 노려봤다. 하지만 호호신타 뒤에 서 있는 사람들을 보고는 곧 표정을 누그러뜨릴 수밖에 없었다. 사부와 나소추, 표가장 장주 등이 웃는 얼굴로 자신을 보고 있었기 때문이다.

"이런! 좋은 시간을 방해했군. 난 그저 낚시나 하러 가자고……."

호호신타가 머쓱한 표정으로 뺨을 긁적였다.

곽무한은 내심 화를 삭이며 그에게 한마디 콕 쏘아주었다.

"참내, 여기 올 때는 목욕 좀 하고 오시라니까."

물론 겨우 그 정도 공세에 기가 죽을 호호신타가 아니다.

"이놈아! 거지가 깨끗하면 그게 거지냐? 그리고 내가 누구냐? 백만 개방의 제일 어른이 아니냐? 그러니 내가 씻고 다니면 백만 거지들 역시 날 따라 할 테고, 그렇게 되면 세상 거지들이 다 굶어 죽는다."

"풋!"

호호신타의 입심에 설아가 입을 가리고 웃었다.

그러자 호호신타는 할 말을 잃었다는 표정으로 멍하니 서 있는 곽무한은 제쳐 두고 설아에게 아양을 떨었다.

"아가야, 어떠냐? 비록 늙은 영감들이지만, 우리랑 밤낚시나 하러 갈 테냐?"

물론 설아의 대답은 들으나마나였다.

"네! 좋아요."

가뜩이나 달 구경으로 인해 동정호에 푹 빠진 그녀다. 그런데 달빛을 받으며 동정호에 낚싯대를 드리운다고 생각하니 마냥 신이 났다.

더구나 사해어옹이 함께 간다 하니 곽무한도 거절하진 못할 터.

설아는 곽무한과 어깨를 나란히 한 채 낚시할 생각을 하니 그저 하늘을 나는 기분이었다.

달빛이 너울거리는 호수.

그 위에 가느다란 줄이 바람결에 흔들리며 달빛을 반사한다.

곽무한은 반쯤 눈을 감은 채 상념에 잠겨 있었다.

설아는 곽무한에게 어깨를 기대어 낚싯대를 응시했다.

평화로운 저녁이었다.

옛 추억이 새록새록 떠오르는 가운데 귓전으로 노고수들의 대화 소리가 들려온다.

하나같이 깊이가 있는 대화였다.

서로가 마음이 통해서일까? 일상적인 대화를 나누고 있음에도 현기가 묻어났다.

화제는 다양했다.

강호 정세 이야기가 나오기도 하고 각자 살아가는 이야기가 나오기도 했다. 간혹 가정사가 나오기도 했으며 다정하게 어깨를 기대고 있는 곽무한과 설아를 보며 농담을 건네기도 했다. 그럴 때면 곽무한과 설아는 얼굴을 붉히며 잠시 서로 떨어져 있기도 했다.

아무튼 편안한 분위기였고 행복한 밤이었다. 그러다 이야기가 정파연합 쪽으로 흘러갔다.

긴 알력 끝에 드디어 정파연합이 결성되었고, 초대 맹주로는 운봉 선사를 옹위하기로 했다는 소식이었다.

'음… 운봉 선사께서 맹주가 되셨다고?'

큰 반감은 들지 않았다. 하지만 사부가 될 줄 알았는데…….

"혹시 저 때문에 그리된 것 아닙니까?"

곽무한이 조심스럽게 물어봤다.

노고수들은 웃으며 고개를 가로저었다.

"아니다. 너 때문에 오히려 분위기가 좋아졌단다. 원래 구대문파에서는 형산파 장로, 운학 도장을 밀고 있었거든. 그리고 네 사부께서는 원래 맹주 직을 극구 사양을 하셨단다."

"그렇군요……."

곽무한은 사부가 맹주 직을 사양한 이유를 알 수 있을 것 같았다.

'아무래도 구대문파에서 맹주가 나와야 전체가 움직이기 쉬울 것 같아 일부러 사양하셨겠지.'

또한 구대문파가 운학 도장을 옹위하려 한 이유 역시 알 수 있을 것 같았다. 아무래도 그의 배분이 낮으니 여차한 경우, 적당한 핑계를 대기 쉬울 것 같아서 그리 한 것이리라.

그러나 운봉 선사가 맹주 직을 맡게 됐으니 사부나 노고수들로서는 최선의 결과를 맞게 된 것이다. 그래선지 모두의 표정이 환해 보였다.

잠시 후, 이야기의 주제는 곽무한에게 향했다.

"며칠 뒤에 대회합이 있다고 들었다. 그래, 자신있느냐?"

사부의 물음에 곽무한은 조용히 미소를 지었다.

그 모습을 보고 나소추가 흐뭇한 미소를 지었다.

"자신있는 모양이군. 하긴 사천 물길의 제왕이자 전설의 주인공이니 어련할까."

벌써 동정호 인근에 떠도는 소문을 들은 모양이었다.

곽무한은 뭐라 변명하려다가 계면쩍은 표정으로 고개를 숙이고 말았다.

나소추는 그런 곽무한을 흐뭇한 눈길로 바라보다가 따스한 목소리로 말했다.

"이미 알고 있겠지만, 동정용왕이나 한수채주 등은 강호에서 닳고 닳은 이 무기들이다. 또한 앞에서 날아오는 검은 막을 수 있어도 뒤에서 날아오는 화살은 못 막는다 하였으니 마지막까지 최선을 다하도록 해라.”

“예.”

곽무한이 담담히 대답하는 모습을 보고 호호신타가 끼어들었다.

“이보게들, 어떻게 생각하나? 어차피 우린 할 일 없는 뒷방 늙은이 신세가 되고 말았으니, 저놈이 백마산장의 사위를 어떻게 눌러주나 구경하러들 안 갈 텐가?”

그 말에 나소추가 버럭 고함을 질렀다.

“난 그 주색잡기에 바쁜 한량을 사위로 인정한 적이 없네!”

그 말에 호호신타가 혀를 찼다.

“쯧쯧. 곧 있으면 땅속에 묻힐 사람이 왜 이리 옹고집인가? 듣자 하니 그 녀석이 주색잡기에 빠진 건 아득한 옛일이라더군. 그리고 말이 났으니 말이지, 사내 중에 한평생 바람 한 번 안 피우는 사람이 과연 몇이나 되겠나? 그러니 경아나 연아 얼굴을 봐서라도 이제 그만 용서하게.”

하지만 나소추는 인상을 찌푸리며 고개를 휙 돌렸다.

“일없네!”

“쯧쯧. 말은 이래도 그날 보면 아마 사위 편을 못 들어 안달이 날걸? 미우나 고우나 그래도 사위 아닌가?”

“이 친구가 정말?”

두 사람이 옥신각신하자 사해어옹이 나서 두 사람을 말렸다.

“허허허. 그만들 하시게. 이러다 정말 싸움 나겠네.”

“클클. 설마 하니 우리가 애들 앞에서 싸우겠나? 그저 장난삼아 인상 한번 써보는 거지.”

“참나. 내가 말을 말아야지. 큼, 큼.”

“그래. 그렇게 참고 용서하는 거야.”

"이 친구가 그래도 자꾸?"

"아, 아. 알겠네, 알겠어. 아무튼, 다들 구경 갈 거지?"

"그야 물론이지."

"아무렴."

그렇게 노고수들이 대회합을 구경하겠다고 나서자 곽무한은 어이가 없었다. 하지만 들뜬 표정으로 그날 뭘 싸갖고 갈까, 자리는 어딜 잡을까 떠들어대는 호호신타를 보니 뭐라고 면박 주기도 뭣해 잠자코 호수나 쳐다봤다. 그때 설아가 환호성을 질렀다.

"와! 찌가 움직여요!"

"어디, 어디?"

"어이쿠, 엄청 굵은 놈이네그려!"

"뜰채, 뜰채 어디 갔나?"

"이런 늙은이 하고는. 그냥 격공섭물을 써!"

설아가 잡은 잉어를 보며 호들갑을 떠는 노고수들.

그 모습을 보며 곽무한은 픽 웃고 말았다.

"고기 한 마리에 다들 어린애가 되어버리셨군."

밤낚시는 그렇게 웃고 떠들며 유쾌하게 이어졌다.

시간이 빠르게 흘렀다.

곽무한이 동정호에 온 지도 벌써 엿새가 흘러, 어느새 내일이면 장강수채 대회합이 열리게 된다.

하지만 수룡채에는 그 어떤 움직임도 없이 조용하기만 했다. 여전히 술 마실 사람은 마시고 잘 사람은 자고 놀 사람은 놀았다. 물론 암흑마교의 종적을 탐문하거나 당장명의 행방을 찾고 있는 사람들은 계속 수색에 열중하고 있었고.

곽무한도 수하들과 마찬가지로 여유로운 아침을 맞고 있었다.

그런데 갑자기 수하가 달려오더니 의외의 방문자가 있다고 했다.

회의실로 가보니 청성 장문인과 점창 장문인이 파랗게 질린 얼굴로 자리에서 벌떡 일어선다.

"어이구, 총채주. 이거, 아침부터 찾아와 면목이 없소이다."

곽무한은 의아한 표정으로 그들을 봤다.

이들이 자신에게 총채주라고 하다니?

뭔가 아침을 잘못 먹었나 싶었다.

"험, 험, 그동안 미안하게 됐소."

게다가 자존심을 접고 사과까지 해온다?

도저히 상황이 이해가 안 돼 슬며시 옆을 돌아보니 이탁이 웃음을 참느라 애를 먹고 있었다.

알고 보니 이탁의 명령으로 두 문파의 물자가 꽉 막혀 버려 한바탕 난리가 난 모양이었다. 그래서 다 굶어 죽게 됐다며 본파에서 연락이 와 허겁지겁 사과하러 온 것이었다.

그들로서는 수룡채의 힘이 이 정도였던가 싶어 새삼 두려운 기분이 든 것이었는데, 이들이 이렇게 저자세로 나온다고 해서 쉽게 용서해 준다면 수하들 보기에 낯이 안 선다. 그래서 곽무한은 두 사람을 노려보며 짐짓 엄포를 놓았다.

"앞으로 두고 보겠소, 당신들이 과연 얼마나 열심히 하는지."

그 말에 두 사람은 사색이 됐다.

"아, 알겠소. 앞으로 행동거지를 각별히 조심하겠으니 제발 기본 생필품만큼은 풀어주시오. 젊은 제자들이야 상관이 없지만 연로하신 장로들께 누가 될까 봐 심히 두렵소이다."

"쯧쯧. 그만한 문파에서 고작 이틀 동안 문제가 생겼다고 해서 벌써 앓는 소리를 하오?"

"그, 그게……."

"어째 도를 닦는다는 양반들이 더 참을성이 없나 그래. 아무튼 알겠소. 연로하신 분들께서 고생을 하신다니, 기본 생필품만큼은 열어주겠소."

"고맙소, 이 은혜는 절대 잊지 않겠소이다."

믿기지 않게도 만상 진인과 곡현 진인 등은 몇 번이나 허리를 숙였다. 그리고 그들이 나가고 나자 이탁 등은 한바탕 웃음을 터뜨렸다. 구대문파의 장문인들이 자신들에게 저자세를 보이자 속이 후련했던 것이다.

곽무한은 그런 수하들을 노려보다가 같이 웃고 말았다. 딱히 칭찬해 줄 일은 아니었지만 그렇다고 나무랄 일도 아니었기 때문이다.

그렇게 모두가 기분 좋게 웃고 있을 때 한수채에서 연락이 왔다.

드디어 장강수채 대회합 개회 시간이 정해진 것이다.

*　　　　　*　　　　　*

"와아!"

강변에 우렁찬 함성이 울려 퍼졌다.

사방에 꽃가루가 날리고 형형색색의 깃발이 펄럭이는 가운데, 마침내 장강수채 대회합이 시작된 것이다.

분위기는 엄청났다.

벌써 소문을 들었는지 강변 전체가 인산인해로 변해, 하남성 전체가 떠들썩하다는 단오절이 무색할 정도였다.

장강수채 대회합을 구경하러 온 사람은 강호인들 뿐만이 아니었다.

인근에 사는 주민들은 물론이고 원근각지에서 구경꾼이 몰렸다. 심지어는 관에서까지 구경하러 나와 강변은 물론이고 강 둔덕까지 빼곡히 차 발 디딜 틈조차 없었다.

그 사이를 오가며 장사치들은 목청을 높였고, 아낙네들은 호기심 어린 표정으로 연신 발뒤꿈치를 들었다.

"대단한 인파야!"

"그러게 말이야. 실로 장관이구먼, 장관!"

사해어옹 등은 강변 전체가 내려다보이는 언덕 위에 자리를 잡았다. 그들은 준비해 온 차와 술을 마시며 흥겨운 표정으로 대회합을 구경했다.

대회합은 먼저 공식 주최자인 동정용왕이 개회를 선언함으로서 그 열전의 막을 올렸다. 뒤이어 호남성 최고 관리인 포정사 나리가 환영사를 했고, 한수채주가 축사와 함께 각 채주들을 소개했다.

그때마다 군중들은 열띤 환호성을 터뜨렸다.

곽무한은 내빈석 맨 뒷줄에 앉아 있었다. 하지만 좌석이 계단식으로 되어 있는 데다가 키가 워낙 훤칠해, 채주들 중에서 가장 돋보였다.

더구나 황금 빛 용이 수놓아진 영웅건에 근육이 선명히 드러나 보이는 흑의. 거기다 붉은 전포 차림에 황금 빛 도를 맨 곽무한의 모습은 그 누가 봐도 감탄할 수밖에 없었다. 그러다 보니 한수채주가 장황한 소개말로 다른 채주들을 소개하는 동안에도 모두의 눈길은 곽무한에게 쏠려 있었다. 그러던 중에 드디어 곽무한에 대한 소개가 시작되었다.

"다음은 사천 인근에서 활동하고 있는 수룡채 채주십니다."

소개가 끝나기 무섭게 우레 같은 함성이 터져 나왔다.

"와아아아아아!"

그 함성은 강변을 에워싸고 있던 수룡채 선단에서부터 시작되었는데, 그 소리가 파도처럼 번져 가더니 급기야는 분위기에 휩쓸린 구경꾼들마저 흥분한 표정으로 마구 고함을 질러댔다.

원래는 이런 사태를 방지하기 위해 행사 장소를 군산에서 악양루 근처에 있는 강변 쪽으로 급히 바꾼 것인데, 그래도 삼만 오천이나 되는 수룡채들을 감당할 순 없었다. 그 바람에 각 채주들은 자존심 상한 표정으로 곽무한을 쳐다봤고, 곽무한은 미안한 표정으로 고개를 숙여 보였다. 아무튼 이런저런 환호성 속에 각 채주들에 대한 소개가 끝나고, 뒤이어 행사 진행 순서와 함께 비무 규칙이 발표되었다.

그때부터 각 수채들은 바짝 긴장하기 시작했고, 마침내 웅장한 북소리와 함께 장강수채 대회합이 시작되었다.

장강수채 대회합의 서전은 용선 경기였다.

둥둥둥둥둥!

"와아아아!"

가슴을 울리는 북소리와 함께 등장한 수백 척의 용선.

배의 앞뒤로 용의 형상을 조각해 놓은 배들이 오색 장식을 휘날리며 나아오자 군중들은 수백 마리의 용이 강물을 헤치고 나아오는 것 같은 기분에 빠져 또 한 번 환호성을 질러댔다.

그 살아 꿈틀거리는 듯한 배 안에는 형형색색의 옷을 입은 십여 명의 사내들이 두 줄로 앉아 신호를 기다리고 있었는데, 그들은 각각 노잡이, 북잡이, 키잡이, 징잡이 등으로 구별되어 있었다.

"준비… 출발!"

저 멀리서 신호가 올랐다.

수백 척의 용선이 일제히 노를 저었다.

금색, 청색, 홍색 등 오색 화려한 배들이 경쾌하게 물살을 갈라가는 모습은 일대 장관이었다.

둥둥둥둥, 쾅쾅, 둥둥둥!

더구나 신명을 돋워내는 북소리와 어깨춤이 절로 나오는 징소리까지 흘러나오자 강변은 금방 축제 분위기로 변했다.

"와아아! 잘한다!"

"아이고… 저러다 뒤집어지겠다!"

"더 빨리, 더 빨리! 에고, 저렇게도 노를 못 젓나 그래……."

군중들은 어린아이처럼 흥분하며 저마다 소리를 질렀다.

그런데 이상했다.

다른 배들은 벌써 한참을 나아갔는데도 한 무리의 배는 출발을 않고 있었다.

군중들은 의아한 표정으로 그들을 봤다.

모두 황어 깃발을 단 배였다.

"뭐야? 벌써 포기한 건가?"

"무슨 일이지? 다들 배탈이 났나?"

그렇게 군중들이 고개를 갸웃거릴 때였다.

촤아악!

뒤늦게 그들이 출발했다.

둥둥둥, 쾅쾅, 둥둥둥!

북소리와 징소리가 규칙적으로 흘러나왔다. 그리고 어느 순간부터 그 소리가 빨라지기 시작했다. 그와 동시에 군중들의 눈이 경악으로 물들어갔다.

"엇? 저, 저, 저……."

"맙소사! 저게 뭐야? 배가 물 위를 막 날아다니잖아?"

군중들이 경악할 만도 했다.

남들이 다 출발할 때까지도 건들건들 놀고만 있던 수룡채들, 그들이 막상 노를 젓기 시작하자 배가 무서운 속도로 강물을 헤쳐 나가기 시작한 것이다.

그 광경을 보자 군중들은 흥분하기 시작했다.

“와아! 저러다 다 따라잡겠다!”

“어이쿠! 선두는 벌써 좌초되고 말았어!”

“강물 밑에 암초가 있나 봐!”

앞서 달려나가던 배들은 대부분 암초에 부딪쳐 나자빠지고, 뒤늦게 출발한 수룡채들은 무서운 속도로 그들을 젖혀 나가고.

상황이 극적인 반전을 이루자 군중들은 저마다 흥분한 표정으로 고래고래 고함을 지르거나 발을 동동 굴렀다.

이윽고 승부가 결정났다.

“수룡채 승리!”

“와아아아아!”

“세상에, 저럴 수가…….”

군중들은 믿기지 않는다는 표정으로 감탄사를 연발했고, 한수채주를 비롯한 다른 수채의 채주들은 망연자실한 표정으로 한숨만 내쉬었다.

하지만 곽무한이나 수룡채들은 당연한 결과라는 듯 덤덤한 표정으로 박수만 칠 뿐이었다.

상황은 집단 비무 역시 마찬가지였다.

“준비, 시작!”

신호가 울리기 무섭게 마구잡이로 병장기를 휘두르는 수채들.

그에 비해 수룡채들은 귀찮다는 표정으로 방어에만 주력했다. 그러다가 어느 정도 시간이 지나자 그때부터 슬슬 반격하기 시작했는데, 수룡채들이 한 번 손을 쓸 때마다 상대편 수적들은 부러져 나간 팔다리를 붙잡고 엉금엉금 기었다.

결과는 이번에도 마찬가지였다.

“수룡채, 승리!”

"와아아!"

그때부터 군중들은 열광적으로 수룡채를 응원하기 시작했다. 반면, 한수채주는 그때부터 표정이 일그러지기 시작했다.

'뭐야? 일이 왜 이렇게 돌아가?

한수채주는 장강수로채의 총채주가 되는 게 평생 소원이었다.

하지만 곽무한을 보고 난 뒤 힘이 부족함을 알고 장강수로채의 이인자나 되자 싶어 한발 뒤로 물러났다. 그렇지만 마음 한 켠에 숨어 있던 미련을 뿌리치지 못해 단체 격전에 자신의 수신호위들을 비롯해서 만약을 위해 고용한 특급 낭인들까지 집어넣었다. 그런데도 저렇게 허무하게 박살 나버리다니?

'무슨 놈의 말단이 하나같이 전귀(戰鬼) 수준이란 말인가?

한수채주가 치를 떨 만도 했다.

수룡채들이 본격적인 공세를 펼칠 때, 그들은 하나같이 생사를 도외시한 수법을 썼다. 그러니 낭인 아니라 낭인 할아버지라도 기가 질릴밖에.

이제 믿을 건 동정수채밖에 없다.

보아하니 동정수채들 중에 몇몇 낯익은 놈들이 보인다.

그들은 모두 중간 간부 이상의 고수들.

동정용왕이 의외로 초강수를 준비했다.

그렇다면 승부는 예측불가.

하지만 한수채주의 표정은 금방 일그러지고 말았다.

"이게, 이게 아닌데……."

놈들의 전법은 이전과 마찬가지였다.

줄곧 수비에만 전력하다가 마지못한 표정으로 공세에 나서는…

동정수채의 공세 역시 자신들과 마찬가지였다.

살기등등한 표정으로 마구 휘몰아치는. 그리고 결과 역시 마찬가지였다.

놈들이 본격적으로 공세를 펼치자, 그토록 대단한 고수들이 포함되었음에도 불구하고 엉금엉금 바닥을 기는 동정수채들.

"수룡채 승리!"

"와아아아!"

그리고 또 한 번 터져 나오는 환호성.

한수채주의 표정이 잔뜩 일그러졌다.

결국 단체 격전은 수룡채의 승리로 끝났다.

이제부터는 부채주들 간의 비무.

'으드득! 이번엔 반드시…….'

다행히 전체 배점은 부채주들 간의 비무가 월등히 높다. 그러니 여기서 자기 휘하나 동정수채가 반드시 우승해야 한다. 그래야만 수룡채를 뒤로 밀어낼 수 있다.

하지만 왠지 불안했다.

먼발치로 본 놈의 표정이 너무 여유만만해 보였다.

'으음…….'

동정용왕은 불쾌한 표정으로 인상을 잔뜩 찌푸리고 있었다.

몇몇 채주들이 위로를 보내왔지만 오히려 기분만 상했다.

다른 건 몰라도 텃밭이나 마찬가지인 곳에서 이런 망신을 당할 줄이야?

놈들은 보기보다 용의주도했다.

강물 속에 암초가 있다는 사실을 어찌 알고 뒤늦게 출발했을까? 그리고 단체 격전에서 휘하 고수들을 출전시켰다는 사실을 어찌 알고 그에 버금가는 고수들로만 진용을 짰을까?

물론 수룡채들 딴엔 뻔한 경기라 싶어 뒤늦게 출발한 것이었고, 또 특별히 강한 고수들만 골라서 내보낸 게 아니라 몸이 근질거려 못살겠다는 놈들만 추려 내보낸 것이었는데, 속사정을 모르는 동정용왕으로서는 그저 울화가 치밀 수밖에 없었다.

이제 남은 것은 부채주들 간의 비무.

동정용왕은 긴장한 표정으로 출전자를 훑었다.

그런데 놈들의 모습을 훑어보니 탁대붕의 모습이 보이지 않는다.

'휴… 하늘이 도우셨구나.'

동정용왕은 안도한 표정으로 가슴을 쓸어내렸다.

놈들 중 최고 고수인 탁대붕이 출전하지 않아 이번에는 승산이 있겠다 싶어서였다.

그러나 웬걸?

'이럴 수는 없어… 정말 이럴 수는 없어……!'

동정용왕은 수룡채의 첫 출전자, 곽패의 무위를 보고 그저 망연자실한 표정을 지을 수밖에 없었다.

코끼리 같은 덩치임에도 불구하고 민첩하기 짝이 없는 몸놀림으로 상대 수채 도전자의 공세를 요리조리 피해 나가다가, 도저히 한 손으로는 못 휘두를 것 같은 육중한 나무 도끼로 상대의 사지를 마구잡이로 찍어가더니, 혼절한 상대의 멱살을 잡고 저 강물까지 집어 던져 버리는 곽패의 괴력.

자신과 비교해도 그리 처지지 않는 곽패의 무위에 질려 동정용왕은 하염없이 입만 벌렸다.

하지만 추단은 그에 한술 더 떴다.

제비가 물을 차듯, 독사가 먹이를 노리듯, 보는 이로 하여금 경탄을 금치 못하게 만들면서 상대방을 잘근잘근 짓이겨가는 모습이라니?

추단에게 걸린 도전자들의 대부분은 생사가 불명한 가운데 들것에 실려 나갔다. 그중에서 상태가 가장 나은 사람이 사지가 부러지고 척추가 나간 가운데, 코뼈가 내려앉은 것이었으니 더 이상 말해 무엇 하랴?

그나마 셋 중에서 제일 양반이 저장채의 공동 후인 고두관이었다.

그러나 그마저도 일반 수적들이 잘 쓰지 않는 도끼로 명성을 얻었고, 또 예전부터 곽무한의 인정을 받았을 정도이니 결과는 보지 않아도 뻔했다.

결국 부채주들 간의 비무에서도 수룡채가 우승해 버렸다.

그들이 우승하기까지의 세세한 과정을 다 생략해 버리고 마지막 결승전만 간단히 서술해 보자면, 동정수채 최고의 고수라던 흑경단주 수라교(修羅鮫) 정휘는 곽패와 백여 초를 겨룬 뒤에 반신불수가 되어버렸고, 예전에 곽무한이 기억을 잃었을 때 은화준을 수행하느라 곽무한과 직접 손속을 겨룬 적이 있던 백경단주는 추단과 오십 초를 겨룬 뒤, 이제까지의 도전자 중 가장 처참한 모습으로 실려 나갔다.

추단과 곽패, 고두관 등이 그렇게 일방적인 시합으로 끝내 버리자 관중들은 너나없이 환호성을 질렀고, 수룡채들은 그에 호응하듯 승리를 자축하는 폭죽을 터뜨렸다.

그 모습을 보며 동정용왕은 또 한 번 망연자실한 표정을 지었다.

그러나 그보다 더 충격을 받은 사람이 있었다.

'이게 아닌데, 일이 이렇게 될 수는 없는 건데……'

나름대로 장강수로채의 이인자 자리를 기대하고 있던 한수채주. 그는 환호하는 수룡채들을 보며 멍한 표정을 짓고 있었다.

이제 총채주 확정 선포만 내리면 장강수채 대회합이 끝난다.

원래는 이삼 일 정도 걸릴 예정이었지만, 수룡채들이 워낙 폭풍처럼 휩쓸어 버리는 바람에, 그래서 수룡채들과 맞붙는 수채마다 온전한 사람이 한 사람도 없었으니 시간이 획기적으로 단축되어 버린 것이다.

비무가 끝나자 관중들의 시선이 한수채주를 향했다.

그가 대회 진행을 맡고 있었기에 곽무한의 총채주 등극 사실 역시 그의 입을 통해 선포되어야 하기 때문이다.

'으으… 어떡하지? 무슨 방법이 없을까?'

한수채주는 군중들의 시선을 받으며 필사적으로 머리를 굴렸다.

일이 이렇게 끝나 버리면 자신의 설 자리가 없어지게 된다.

어떻게라도 핑계를 대어 시간을 끌어야 할 텐데…….

그러다가 번쩍 한 가지 생각이 떠올랐다. 불만스런 표정으로 앉아 있는 각 수채 채주들을 보고 난 뒤에 떠오른 생각이었다.

'조금 비겁하긴 하지만 상황이 이러니…….'

한수채주는 천천히 자리에서 일어났다. 그리고는 곽무한에게 정중히 포권을 취해 보인 뒤, 빙글 돌아서서 모두에게 들으라는 듯 말했다.

"여러분, 어떻습니까? 정말 대단한 경기에, 대단한 비무였지 않습니까? 자, 다들 수고한 호걸 분들께 박수 한번 보내주시지요."

"와아아!"

사람들은 영문도 모르고 박수를 쳤다.

일단 분위기를 자기 쪽으로 끌어온 한수채주는 재차 소리를 높였다.

"다들 보셨다시피 이렇게 많은 호걸들이 피를 흘리며 싸웠소이다. 그런데 정작 총채주 되실 분이 제 자리에 앉아서 날름 그 직위만 차지한다면 이야말로 창피막심한 노릇 아니겠소?"

"뭐야? 무슨 소리야?"

"옳소! 총채주는 총채주다워야지!"

"다 끝난 시합에 뭔 수작이야?"

"놔둬봐. 무슨 이야길 하려는지 들어보자구!"

군중들 사이에 분분한 고함이 터져 나왔다.

한수채주는 그런 반응을 기다리기라도 한 듯 사방을 둘러보며 목청을 높였다.

"자, 자! 제 뜻을 오해하지 마시고 잘 들어주십시오. 여기 계신 수룡채 채주께서는 이미 사천을 제패한 분이십니다. 또 얼마 전에는 천뢰신검 대협을 꺾으신 전력이 있지요. 그래서 드리는 말씀입니다. 모두 총채주의 무위를 봐야 하지 않겠습니까?"

"와아아! 봅시다! 한번 보여줘요!"

"옳소! 그 양반 말 한번 시원하게 잘한다!"

사방에서 환호성이 터지자 한수채주는 그 기세를 빌어 빠르게 말했다.

"자! 장강의 호걸들이 한마음으로 받드는 총채주 자립니다. 공짜로 가질 순 없죠. 그 자리는 비싸고도 비싼 자리니까요. 값을 치러주십시오. 각 채주들을 상대로 십 연승만 거두시면 저부터 먼저 진심으로 승복하겠습니다."

그 말과 함께 한수채주는 곽무한에게 깊숙한 읍을 보냈다.

"뭐야? 십 연승이라니?"

"그럼 혼자서 열 명의 채주들을 이겨야 한다는 소리야?"

군중들이 일부 술렁거렸다. 그러나 그 소리는 대부분의 환호성에 묻혀 금방 사라져 버렸다.

곽무한은 피식 실소를 흘렸다. 한수채주의 언변과 그의 잔머리가 감탄스러워서였다.

수룡채들 역시 곽무한과 마찬가지로 웃고 있었다. 곽무한과 약간 다른 점이 있다면, 대부분 한수채주의 말에 박수를 치며 반겼다는 사실이었다. 모두 오랜만에 곽무한의 무위를 구경하고 싶었기 때문이다.

각 채주들 역시 한수채주의 말에 솔깃 하는 분위기였다.

그러나 선뜻 나서는 사람이 없었다.

다들 곽무한에 대한 소문을 떠올리며 망설이고만 있었다. 그때 동정용왕 휘하에 있던 상강채의 채주가 자리에서 벌떡 일어났다.

"제가 먼저 총채주와 붙어보겠소"

그가 먼저 나선 이유는 조금이라도 곽무한의 힘을 빼놓기 위해서였다. 어차피 마지막 순번쯤에 동정용왕이 나설 테니, 그동안 놈의 힘을 최대한 빼 동정용왕에게 승리를 안기려는 충정이었다.

곽무한은 사양하지 않았다.

모두가 쳐다보는 가운데 천천히 비무대에 올랐다.

군중들은 흥분한 표정으로 곽무한을 주시했다.

그가 과연 어떤 신공을 보여줄까 싶어서였다.

하지만 기대가 크면 실망도 큰 법일까?

퍼퍼펑!

"꾸웨애액!"

상강채주는 허무하게 날아갔다.

서로 포권으로 예를 나누고, 한수채주가 시합 시작을 알릴 때까지만 해도 사람들은 뭔가 그럴듯한 장면을 상상했다.

그러나 곽무한이 저벅저벅 걸어갈 때까지도 얼어붙은 듯 멍하니 서 있는 상강채주. 그리고 그의 턱에 주먹을 날리는 곽무한. 그 결과 허공을 붕 날아 강물 속에 첨벙 빠지는 상강채주. 그게 다였다.

"뭐야? 왜 저래?"

"서로 짜고 싸운 거야? 그래도 너무하잖아?"

안목없는 몇몇 사람은 고래고래 고함을 질렀지만, 조금이라도 무공의 깊이를 맛본 사람들은 안색을 딱딱하게 굳혔다. 특히 곽무한 바로 곁에서 시합을 진행하고 있던 한수채주는 공포에 질린 얼굴로 입술을 파르르 떨고 있었다.

'심안(心眼)! 심안에 넋을 빼앗겨 버렸어!'

그렇게밖에 표현할 길이 없었다.

토끼가 호랑이를 보고 얼어버리듯, 개구리가 뱀을 보고 얼어버리듯 상강채주는 혼백을 짓누르는 곽무한의 눈빛에 질려 싸울 엄두도 내지 못하고 그만 넋을 잃어버리고 말았으리라. 그 결과가 바로 강물 속에 처박히고 난 뒤에야 겨우 정신을 차려, 자신이 왜 여기 있나 하는 표정으로 좌우를 둘러보는 상강채주의 몰골이었다.

그 광경을 보자 한수채주는 아무 생각도 나지 않았다. 다음 도전자를 호명해야 함에도 불구하고 그저 오금만 덜덜 떨고 있었다.

사정은 다른 채주들도 마찬가지였다.

아무리 삼류들이 모인 수적패라지만, 그중에는 난다 긴다 하는 고수 몇 사람쯤은 꼭 끼어 있게 마련이다. 그런데 그런 고수들을 누르고 채주가 되었다는 말은, 다들 녹록치 않은 안목과 실력을 겸비하고 있다는 말이었다. 그러니 방금 전의 광경을 보고도 곽무한의 무위를 짐작하지 못하는 사람은 이곳에 앉아 있을 자격조차 없는 사람이었다.

더구나 단 일 초 만에 곽무한에게 당해 저 강물 속에서 어푸어푸거리고 있는 사람이 자신들도 익히 아는 동정수채 휘하의 막강 채주임에랴. 때문에 각 수채 채주들이 앉아 있는 내빈석에는 고요한 침묵만이 흘렀다. 모두의 심장 뛰는 소리마저 들을 수 있을 정도였다.

한수채주는 한참 뒤에야 정신을 차렸다.

그것도 동정용왕이 정신 차리라는 전음을 보내고 난 뒤부터였다.

"에… 총채주 후보이신 수룡채 곽 채주께서 드디어… 아니, 이제 겨우 일 승을, 아니, 그것도 아니고… 아무튼간에 일승을 하셨습니다. 다음 도전자는 어느 분이 나서시겠습니까?"

한수채주는 아직도 충격의 여파에서 헤어 나오지 못했는지 평소의 태도를 잃고 횡설수설하는 목소리로 채주들을 돌아봤다.

하지만 반응은 썰렁하기만 했다. 아무도 나서는 사람이 없었다.

그제야 사정을 짐작한 관중들은 누군가의 선창에 따라 동정용왕을 연호했다.

동정용왕은 잠시 고민했다.

하지만 평생 장강과 함께 살아온 인생이었다.

상대가 두렵다고 해서 뒤로 물러난 적은 단 한 번도 없었다.

동정용왕은 천천히 자리에서 일어났다.

이렇게 몸소 싸움에 나서보는 게 얼마 만인가?

"오랜만에… 팽팽한 긴장을 느껴보는군."

동정용왕이 일어서자 관중들은 우레와 같은 함성을 보내왔다.

"후웁……."

동정용왕은 잠시 하늘을 올려다보며 심호흡을 했다. 그리고는 결의에 찬 표정으로 비무대를 향했다.

'칠보붕산, 또 한 번 믿어보마!'

동정용왕은 비무대로 향하는 내내 남들 허벅지만 한 자기 팔뚝을 어루만졌다.

하지만 지나가면서 보니, 수하들이 자신을 보며 울상을 짓고 있다.

멋모르는 수하들조차 벌써 승부의 결과를 짐작하고 있었던 것이다.

하지만 동정용왕은 걸음을 멈추지 않았다.

여기서 멈출 생각이었다면 일어서지도 않았다.

눈앞에 비무대를 오르는 계단이 보였다.

한수채주가 웃으며 자신을 향해 포권을 보내오고 있었다.

'흐흐. 제발 죽어라. 그럼 이인자 자리는 내 거다.'

비록 한수채주는 속으로 이렇게 외쳤을지 모르겠지만 동정용왕은 담담한 표정으로 그의 인사를 받았다.

이제 곽무한이 일곱 걸음 앞에 보였다.

동정용왕은 천천히 주먹을 움켜쥐었다.

이미 놈도 자신을 안다. 그러니 포권을 나누고 인사말을 나누고 하는 행위는 다 겉치레에 불과하다.

‘믿는다, 칠보붕산!’

동정용왕은 곽무한을 노려보며 서서히 내공을 끌어올렸다.

그런데 바로 그때였다.

“너, 미쳤냐?”

갑작스런 전음이 들려왔다.

탈명괴검 나소추, 장인어른의 목소리였다.

“자, 장인어른…….”

동정용왕은 잠시 주먹을 풀었다. 그런 그의 귓전으로 카랑카랑한 전음성이 들려왔다.

“이놈! 밉다, 밉다 했더니 이젠 아예 경아를 과부로 만들 셈이냐?”

“장인어른…….”

“휴… 이놈아. 이미 들었겠지만 놈은 벽라대제의 후인이다. 웬만한 고수쯤은 일도에 목이 날아가. 너 역시 마찬가지다. 적당한 하수라면 사정을 봐 줄 수도 있겠지만 너쯤 되면 녀석도 전력을 다해야 한다. 그렇게 되면 애꿎은 경아만 과부 신세가 되고 만단 말이야! 그러니, 이놈아! 경아가 딴 놈에게 시집가는 꼴을 보고 싶거들랑 계속 그렇게 설쳐 대거라”

그 말을 끝으로 더 이상 전음이 들려오지 않았다.

동정용왕은 찰나 간에 번민에 빠졌다.

자기 하나 죽는 거야 아무 상관이 없다. 오히려 무인다운 죽음이니 자랑스러울 수도 있다.

하지만 자기가 죽고 나서 마누라가 다른 놈에게 시집간다고 생각하니 갑자기 온몸에 힘이 쭉 빠졌다.

그 파란만장하던 시절, 온갖 기녀들을 쩝쩍이며 풍류를 즐기던 자신이었지만, 세월이 지나 귀밑머리가 희끗해지고 보니 이젠 그녀 없이는 단 하루도 살 수 없을 것 같다. 더구나 연아도 시집보내야 하고 화준이도 장가보내야 한다.

그리고 가만히 생각해 보니, 놈이 장인어른과 가깝게 지내고 있다고 하지 않았던가? 그러니 놈에게 총채주 자리를 양보하고 나중에 기회를 봐서 의형제 사이를 맺던가 화연이를 시집보내면 되지 않을까?

이런저런 생각을 하다 보니 동정용왕은 웅심이 저절로 사라지는 것을 느꼈다.

'이게… 나이를 먹는다는 건가?'

동정용왕은 처연한 표정으로 하늘을 올려다봤다.

동서를 막론한 고금의 진리. 지킬 게 많은 사람은 쉽게 승부를 걸지 못하는 법이다.

"총채주를 뵈오……."

결국 동정용왕은 곽무한에게 허리를 숙이고 말았다.

한수채주는 그 모습을 보고 마치 하늘이 무너져 내리는 듯한 기분을 느꼈다.

'맙소사! 설마 하니 동정용왕마저 싸워보지도 않고 고개를 숙일 줄이야…….'

한수채주는 한동안 아연실색한 표정을 지었다.

그런 그의 귓전으로 뇌성벽력 같은 함성이 들려왔다.

"총채주를 뵈오!"

천지를 뒤흔드는 함성과 함께 일제히 허리를 꺾는 수적들.

수룡채를 위시해, 동정호 인근에 모인 일흔두 개 수채의 팔만여 수적들이 한목소리로 허리를 꺾는 모습은 그야말로 상상을 초월한 일대 장관이었다.

군중들은 그 모습을 보고 한동안 멍한 표정을 짓고 있다가 뒤늦게 요란한 환호성을 터뜨렸다.

"와아아! 총채주를 뵈오!"

"와아아! 수룡왕의 탄생이다! 드디어 장강의 전설이 이루어졌어!"

슈우욱, 퍼퍼펑!

군중들의 환호성에 맞춰 폭죽이 끊임없이 날아올랐다.

군중들은 분위기에 취해 끊임없이 함성을 질러댔다. 거기에는 강호인들도, 관군들도, 일반 민초들도 다 포함되어 있었다. 그들은 모두 분위기에 취해 너나없이 총채주란 단어를 연호하고 있었다.

그 광경을 보면서 설아도, 이탁도, 추단도, 곽패도, 그리고 수룡채들도 모두 눈물을 흘렸다.

그토록 가슴 아프던 과거를 딛고, 드디어 곽무한이 천 년의 세월과 천 년의 애환을 안고 흐르는 강, 대륙의 숱한 영웅들이 그토록 염원하던 만 육천 리 물길의 지배자, 장강수로의 총채주가 된 것이다.

하늘이 이제껏 곽무한에게 그 많은 고통을 안겨준 이유는 바로 이렇게, 세상을 뒤흔들 큰일을 맡기기 위해서였다.

제107장
피 끓는 분노

곽무한이 장강수로채 총채주가 되고 나자 가장 당혹스러워한 사람은 정파인들, 그것도 청성파와 점창파였다.

그들은 우레와 같이 터져 나오는 함성 소리를 들으며 나직이 한숨을 내쉬었다.

"결국… 장강이 통일되고 말다니……."

"그러게 말입니다. 이제 우리도 그의 눈치를 볼 수밖에 없습니다."

"빌어먹을……. 그럼 내가 장문인 직을 물러날 때까지는 평생 저놈의 눈치를 봐야 한단 말인가?"

이제 장강수로가 통일되었으니, 곽무한의 허락 없이는 장강에 배 한 척도 함부로 지나다닐 수 없다. 따라서 곽무한에게 지은 죄가 있는 그들로서는 뭇 군웅들의 환호에 답하고 있는 곽무한을 보자 괜히 기가 꺾일 수밖에 없었다.

"휴… 할 수 없지. 선물을 준비하고 축하연에 참석합시다."

"…그래야겠죠."

만상 진인과 곡현 진인은 서로를 보며 땅이 꺼져라 한숨을 내쉬었다.

"와아아!"

저녁 무렵, 강변에는 떠들썩한 축하연이 벌어졌다.

그 축하연은 보통 축하연이 아니었다. 장강수로의 제왕이 탄생한 것을 자축하기 위한 장강 호걸들의 축제였다.

그런데 축하연이 벌어진 장소는 놀랍게도 대회합이 벌어진 바로 그 자리였다. 곽무한이 취임 일성(一聲)으로 강변에서 축하연을 벌이겠다고 선포하는 바람에 무려 수만 명이 먹고 마시고 떠들어대는 엄청난 축하연이 되고 말았다.

그로 인해 동정호 전체가 불야성으로 변해 버렸고, 가는 곳마다 술과 안주가 무한정 제공되었다. 그러다 보니 강변마다 화톳불이 피었고, 그 주위로 수많은 인파들이 몰린 가운데 웃통을 벗어젖힌 호한들이 나와 힘과 재주를 겨루거나 분위기에 취한 미인 가기들이 나와 춤과 노래를 선사하기도 했다. 그럴 때마다 군웅들은 요란한 함성을 지르며 그에 화답해 또 한 번 분위기를 돋웠다.

이렇게 남녀의 차이와 신분의 고하를 막론하며 너나없이 어우러지는 강변에서의 대축제. 그중에서도 오늘의 주무대가 되어버린 비무대 주변에는 많은 사람들이 몰려 있었다.

모두 곽무한의 총채주 취임을 축하하기 위해 몰려든 사람들이었는데, 그들의 면면은 엄청났다. 호남과 호북을 망라한 고위 관리들과 중원의 물류를 한 손에 쥐고 흔든다는 거상들이 속속 모습을 드러냈고, 주변에 있는 문파들은 물론이거니와 정파연합을 구성하고 있던 구대문파의 명숙들까지 몰려와 곽무한을 축하했다.

군웅들은 그 모습을 보면서 연신 환호성을 질러댔다.

특히 장강 호걸들은 저마다 신이 난 얼굴로 목이 쉬도록 고함을 지르고 손바닥이 얼얼하도록 박수를 쳤다.

모두들 곽무한이 대단하다는 사실은 알았지만, 장강수로의 축하연에 구대문파 장문인들까지 직접 참석할 줄은 몰랐다.

굳이 이때까지의 관계를 들먹이지 않더라도, 수적질로 평생을 보낸 동정용왕조차 단 한 번도 겪어보지 못한 기사(奇事) 중의 기사였다.

그 사상 초유의 광경을 보고 모두가 환호성을 지르는 가운데, 각 채주들이 나아와 곽무한에게 신임 인사를 했다.

그들은 곽무한에게 술을 따르고, 자기 수채의 신물을 바치는 동시에 곽무한에게 충성 서약을 했다.

그 모습을 보며 군웅들은 또 한 번 환호했지만, 만상 진인이나 곡현 진인 등은 또 한 번 한숨을 내쉴 수밖에 없었다.

그들은 곽무한이 이런 식으로 분위기를 몰고 갈 줄은 몰랐다.

저 신명난 군중들을 보라.

자신들을 비롯해 어느 구대문파가 저런 장면을 연출해 본 적이 있던가?

더구나 동정호 전체를 거대한 술판으로 만들어 버리는 배짱이라니?

자신들로는 도저히 상상조차 되지 않는 엄청난 배포였다.

사실, 오늘 소요되는 경비는 필연적으로 장강을 이용할 수밖에 없는 천하 거상들이 내는 것이었지만, 그런 사실을 알 길 없는 두 사람으로서는 그저 입만 벌어졌다. 그리고 설령 두 사람이 그런 사실을 알았다 하더라도 총채주라는 직위의 성격상, 언제 어느 때 암습이 가해질지 모르는데 배짱 좋게 말술을 들이마시고 있는 곽무한을 보면 그저 감탄밖에 나오지 않았으리라.

아무튼 요란한 환호성 속에 거행된 각 채주들의 충성 서약이 끝나자 한수 채주가 다시 비무대 위로 올라왔다.

그는 풀 죽은 목소리로 군중들에게 곽무한을 소개했다.

"그럼 오늘의 주인공이신 장강수로연합 총채주를 모시겠습니다. 총채주께서는 오늘 이 자리를 빛내주신 여러 귀빈들께 고마움을 표하기 위해 경천동지할 무위를 선보이실 것입니다. 그러니 모두 기대 어린 박수와 함께 총채주를 환영해 주십시오!"

"와아아아!"

한수채주가 선동하자 기대 어린 눈빛으로 자신을 쳐다보는 사람들.

곽무한은 한수채주를 보며 살짝 눈살을 찌푸렸다.

지금 이 자리가 어떤 자린가?

정파의 명숙들은 물론이거니와 사부와 구대문파의 장문인들까지 참석한 자리다. 그런데 경망되게 무위를 선보이라니?

하지만 상황을 보니 거절하기도 애매했다.

곽무한은 할 수 없이 자리에서 일어나 천천히 도를 뽑았다.

꿀꺽…….

사방에서 침 넘어가는 소리가 들려왔다.

그러나 곽무한은 무슨 생각에선지 갑자기 도를 집어 넣어버렸다.

군중들은 의아한 표정으로 곽무한을 쳐다봤다.

모두를 대신해 한수채주가 물어왔다.

"총채주, 갑자기 왜 도를 거두셨는지요?"

곽무한이 대답했다.

"아무래도 도를 쓰면 곤란할 것 같아."

"왜요?"

"도를 쓰면… 이 주변이 초토화되고 말아."

"에이, 설마요."

한수채주가 불신 어린 표정으로 자신을 쳐다보자 곽무한은 가볍게 도를 휘둘러 보았다.

슈웅!

도기가 밤하늘을 갈랐다. 뒤이어 저 멀리서 요란한 폭음이 들려왔다.

꽈르릉!

백 장 밖에 있던 이름 모를 섬이 산산이 부서지고 만 것이다.

"허거걱!"

한수채주는 물론이고 정파명숙들이 눈을 부릅떴다.

어떤 사전 동작도 없이 섬 하나를 초토화시켜 버리다니?

모두 망연자실한 표정을 짓고 있자 곽무한이 웃으며 말했다.

"물론 힘 조절을 하면 되겠지만, 그렇게 되면 내가 흥이 나질 않으니 차라리……."

곽무한은 잠시 말꼬리를 끊었다. 그리고는 저 앞에 앉아 있는 누군가에게 말했다.

"그 낚싯대 좀 빌리지. 그걸로 가벼운 재주나마 한번 선보이게."

그러자 말단 수적 중 한 사람이 황송하다는 표정으로 낚싯대를 가져왔다.

"좋은 낚싯대군."

곽무한은 웃으며 낚싯대를 건네받았다. 그리고는 그 낚싯대를 어루만지며 천천히 공력을 끌어올리려는데,

슈우우웃, 퍼퍼펑!

갑자기 저 멀리서 신호탄이 터졌다.

은은한 폭음 외에는 아무 광채도 없는 신호탄이었다. 그리고 신호탄을 보자마자 누군가가 소리쳤다.

"놈들이다!"

분위기는 한순간 급변했다.

신호탄이 연달아 터지고 사방에서 전령이 달려왔다. 외곽 경계를 맡고 있던 수룡채들이었다.

"놈들이 분명합니다. 수천, 아니, 수만 명에 가깝습니다."

수룡채들의 보고에 장내는 곧 공황 상태에 빠져들었다. 특히 정파명숙들은 파랗게 질린 얼굴로 망연자실한 표정을 지었다.

그러나 수룡채들은 달랐다.

"근질거리던 참에 잘됐군. 모두 전투 준비!"

명이 떨어지기 무섭게 자리에서 일어나더니, 처처척거리는 소리와 함께 어느새 전투 준비 완료였다.

그 속도가 얼마나 대단했는지, 사람들은 그저 어디론가 일사불란하게 달려가는 수룡채들의 뒷모습과, 전투 준비 완료라는 소리밖에 못 들었을 정도였다. 그러다 보니 모두들 멍한 표정으로 어느새 배에 올라 전투 준비를 갖추고 있는 수룡채들만 쳐다봤다.

"모두 뭣들 하는 거야? 전투 준비라니까!"

곽무한이 재차 고함지르자 뒤늦게 각 수채들이 움직였다.

하지만 그때까지도 정파무인들은 갈팡질팡하고 있었다.

그도 그럴 것이, 정파연합이 정식으로 결성되고 그 체계를 갖춘 게 불과 얼마 전의 일이다. 그러니 수룡채나 다른 수채들처럼 일사불란하게 움직이지 못하고 무얼 어떻게 해야 좋을지 몰라 다들 우왕좌왕하고 있었다.

곽무한은 그런 그들을 보며 곁에 있던 운봉 선사에게 물었다.

"아직 시간이 있으니 서두르실 필요까지는 없을 것 같습니다. 그러나 선공(先攻)이 최고의 수비라 했으니, 괜찮으시다면 저희와 함께 움직이시는 게 어떻겠습니까?"

운봉 선사는 잠시 생각을 해보다가 이내 고개를 끄덕였다. 그러자 곽무한은 운봉 선사에게 양해를 구한 뒤 정파무인들을 향해 목소리를 높였다.

"놈들이 벌써 지근거리에 이르렀기에 본인이 운봉 선사의 위임을 받아 여러분들께 행동 지침을 알려 드리겠소. 먼저 수영에 익숙하지 않은 분과 스스로 판단해서 이류 급 이하의 무위라 생각되는 분들은 뒤로 빠지시오. 그 외의 분들은 가까운 거리에 있는 배에 승선하시되, 소선엔 승선하지 말고 중선(中船) 급 이상에 열 명씩 승선하시오!"

그 말이 떨어지자 일부 정파무인들이 자존심 상한 표정을 지었다.

하지만 그런 상황을 염두에 둔 듯, 곽무한은 빠르게 명을 이어갔다.

"혹시라도 자신이 왜 빠져야 하는지 궁금하신 분들, 조금 있으면 동정호 입구에서부터 격렬한 수전이 벌어질 것이오. 그때를 대비한 것이오. 여러분들께서는 혹시라도 우회해서 다가올 적들, 그들을 막아주시오. 그러면 우리 쪽의 승산이 훨씬 높아지게 될 것이오. 그리고 배에 승선하실 분들, 여러분들은 대부분 수전에 익숙하지 않으실 것이니 각자 갑판이나 난간 근처에서 적들의 암기를 막아주시오. 그리고 근접전이 벌어질 경우, 놈들의 배에 뛰어들어 한바탕 혼란을 일으켜 주시오. 그러나 불가피한 사정으로 인해 강물 속으로 추락하실 경우, 무조건 육로로 합류해 주시오. 혹시나 해서 드리는 말씀이지만, 물속에서만큼은 여러분들 스스로 삼류무인이라 생각하시오. 그래야 생존 확률이 높아지게 될 것이오. 그럼 그렇게 움직여 주실 줄 믿고 이만 출발하겠소."

곽무한은 말을 끝내기 무섭게 출전을 명했다. 그러자 웅장한 북소리가 울려 퍼지더니 선두가 물살을 가르기 시작했다.

그때부터 정파무인들의 움직임이 바빠졌다.

벌써 배가 출발하고 있으니 정파인들 특유의 자존심을 내세울 겨를도 없이 서둘러 몸을 움직이기 시작했다.

그 광경을 보며 몇 사람이 혀를 내둘렀다.

"대단하구나! 단순한 수적들의 우두머리인 줄 알았더니 마치 전쟁터에서 잔뼈가 굵은 장수 같구나!"

멀어지는 곽무한을 보며 나직이 감탄성을 흘리는 중년인들.

그들은 모두 행세깨나 한다는 고위 관리들이었다.

어느새 축제가 끝나고 전운이 감도는 강변.

관리들은 서로를 보며 고개를 절레절레 흔들다가 하나둘 자리를 떴다. 사정이야 어떨지 모르지만 그들 역시 세상 돌아가는 이치를 아는 사람들. 강호인들 사이의 분쟁에 끼어들어 봐야 돌아오는 것은 욕박에 없다는 것을 잘 알고 있었기에 서둘러 자리를 피하는 것이었다.

이제 강변의 불씨도 모두 꺼지고, 진한 어두움이 그 자리를 대신 메웠다.

*　　　*　　　*

차아아…….

물살이 뱃머리에 갈려 소리없이 부서졌다.

괴괴한 달밤.

사방엔 온통 어둠이 드리워져 있고, 주변엔 서늘한 냉기가 흐른다.

수룡채들은 모두 숨을 죽인 채 전면을 노려보았다.

아직 적은 보이지 않았다.

먹구름 속에 숨은 달빛만이 가끔 모습을 드러냈다.

끼이익…….

강굽이를 돌자 노가 앓는 소리를 냈다. 그리고 흐드러진 수초가 뱃전을 간질이는 순간, 갑자기 전면이 확 트였다. 그리고 시커먼 먹구름이 몰려오듯 강물을 가득 메우고 있는 놈들의 선단이 보였다.

"맙소사……!"

"저, 저런 천인공노할 놈들!"

수룡채들은 놈들을 보자마자 억눌린 신음성을 흘렸다.

곽무한 역시 마찬가지였다.

곽무한은 어찌나 분노했는지 주먹을 부르르 떨었다.

그만큼 치가 떨린 장면이었다.

놈들이 사기를 꺾으려고 당장명을 돛대 끝에 매달아놓은 것이다.

전신이 피투성이가 된 채 돛대 끝에 매달려 있는 당장명.

사실, 이전까지만 해도 곽무한은 암흑마교에 대해 그렇게 적대적이진 않았다. 아무래도 자기 싸움이 아닌 남의 싸움이었기 때문이다.

그러나 사지를 못 박힌 채 돛대 끝에 매달려 있는 당장명을 보자, 그리고 의식을 잃은 가운데서도 끊임없이 입술을 달싹거리고 있는 당장명을 보자 그만 이성이 마비되고 말았다.

의기천하(義氣天下)… 의기천하…….

당장명이 의식을 잃은 가운데 끊임없이 중얼거리는 말.

'의기, 대체 의기가 무엇이기에?

곽무한은 의기가 뭔지 모른다. 이제껏 지나온 세월이 워낙 힘겨웠기 때문이다. 그러나 저 돛대 끝에 매달려 있는 사람이 누구란 사실은 안다. 그 누가 설명해 주지 않아도 알 수 있는 피의 끌림 때문이었다.

만약 어머니께서 저 광경을 보신다면 얼마나 비통해하실까?

그 생각을 하니 피가 거꾸로 솟는 기분이었다.

곽무한은 치솟는 분노를 억제하지 않았다.

"끼아아아아아아압!"

곽무한은 소름 끼친 기합성을 터뜨리며 단숨에 허공으로 날아올랐다. 뒤이어 자신의 기합성에 모두가 귀를 틀어막는 동안 어느새 돛대 위에 안착해 당장명을 등에 업었다. 뒤이어 빗발처럼 날아오는 암기들을 피해 재차 허공으로 날아올랐다. 그와 동시에 곽무한에게서 찬연한 광채가 번쩍였다.

쾌애애애애액!

쿠콰콰콰콰콰쾅!

끔찍한 기음과 함께 어마어마한 굉음이 터져 나왔다.

혈뢰도가 만든 가공할 신위였다. 아득한 허공에서 시작된 불덩어리가 시뻘건 광채로 나뉘어 놈들의 배를 산산이 헤집어놓았다. 그러고도 끝이 아니었다. 혈뢰도가 또 한 번 궤적을 그어나가자 이번에는 구슬 같은 광채가 폭포수처럼 쏟아져 내렸다. 그 광채가 이르는 곳마다 단말마의 비명성이 흘러나왔다.

그 광경을 보고 군웅들은 경악으로 입을 쩍 벌렸다. 상상조차 안 되는 곽무한의 무위에 질려 말조차 나오지 않았던 것이다.

아니, 군웅들뿐만이 아니었다. 암흑마교들 역시 마찬가지였다. 특히 암흑마교를 진두지휘하고 있던 백시는 혼비백산한 표정으로 눈을 부릅뜨고 있었다.

"타, 탄강의 경지?"

탄강이란 도강을 넘어 이기어도의 경지를 넘보는 가공할 수법이다.

그 상상 속의 강기를 실제로 구현해 내는 사람이 초극패 외에 또 있을 줄이야……?

버쩍 얼어버린 그의 시선으로 흔적조차 없이 사라진 배의 잔해가 보인다. 수하들은 이미 어육으로 변해 버렸는지 형체조차 보이지 않았다.

"우우우우우!"

장소성과 함께 곽무한이 또 한 번 도를 휘두른다.

이미 당장명은 당가들에게 맡긴 뒤였다.

콰아아아아아아아아!

곽무한의 움직임을 따라 엄청난 해일이 일었다.

동정호 강변에서 보여준 그 엄청난 신위가 다시 재현된 것이다.

"으아아! 모두 피해!"

백시는 혼비백산해 소리쳤다. 그러나 그 소리는 노도처럼 밀려온 물살에 의해 흔적조차 없이 사라졌다.

"고, 공격!"

공격 명령이 그제야 나왔다.

그만큼 곽무한의 무위에 질려 있었던 것이다. 그래서 그런지 백시의 안색은 그리 밝지 않았다.

이미 집단전을 치러본 사람은 안다, 기세가 얼마나 중요한지.

개인 대 개인의 승부에 비할 바가 아니다. 그래서 정파의 사기를 꺾으려고 당장명을 이용한 것인데 곽무한 때문에 오히려 놈들의 사기만 올랐다.

수하들의 우왕좌왕하는 모습이 한눈에 들어온다.

어떻게 수습하고 싶었지만 방법이 없다.

암흑마교라는 이름을 숨기기 위해 일반 수적들을 구 할 가까이 편입시킨 게 문제였다.

그들이 곽무한의 무위에 질려 제 살길을 찾기 위해 주춤주춤 뒤로 물러나고 있었다. 그러다 보니 암울한 패배감이 전 선단으로 번져 갔다.

이런 상황에서는 백시 아니라 백시 할아버지라도 어쩔 수 없다.

동정용왕은 감탄에 감탄을 거듭하고 있었다.

곽무한을 위시한 수룡채들 때문이었다.

그들의 움직임은 이전과는 판이하게 달라져 있었다. 불과 얼마 전, 단체 격전을 벌일 때까지만 해도 수비 위주로 싸우던 그들이었다. 그런데 실전에 임하자 완전히 달라졌다. 모두 핏발 선 눈으로 거침없는 공세를 뿌리고 있었다.

광풍처럼, 노도처럼, 앞을 가로막는 건 무엇이든 부숴 나갔다.

적이든 아군이든 용서가 없었다. 그러다 보니 그들이 가는 곳마다 길이 열렸다. 생로(生路)였고 활로(活路)였고 승리에 이르는 지름길이었다. 그 뒤만 따르면 되었다.

'저들은 싸움이 뭔지 아는 자들이다! 아니, 싸움에서 승리하는 방법이 뭔지 알고 있는 자들이다!'

그랬다. 수룡채들은 그저 힘만 앞세운 자들이 아니었다.

고수를 만나면 언제 그랬는가 싶게 우회했고, 하수를 만나면 철저히 짓밟아놓았다. 그러다가 동료들이 모였다 싶으면 다시 되돌아가 연수합공으로 고수들을 꺾어나갔다. 그러니 천하의 암흑마교라 할지라도 당할 재주가 없었다.

백시는 혼란스러웠다.

이제껏 흑룡방을 맡아 단 한 번도 패배한 적이 없었다. 항상 승리만 취하던 자신이었다. 그런데 이번에는 달랐다.

도무지 놈들의 기세를 꺾을 방법이 없었다.

평소 같으면 벌써 수백 가지의 전술이 떠올랐을 것이다. 그러나 이번에는 어찌 된 일인지 단 한 가지 방법밖에 떠오르지 않았다.

'양패구상……'

그 방법뿐이었다.

차라리 놈들이 정통 전법(戰法)으로 달려들거나, 아니면 아무런 전법 없이 어중이떠중이 식으로 몰려왔다면 방법이 달라졌으리라. 그러나 정통도 아니고 얼치기도 아닌 어정쩡한 전법으로 달려드니 어떻게 명을 내리기가 곤란했다. 그러다 보니 상황은 어느새 백병전으로 치달아 수하들이 줄줄이 아작나고 있었다.

"뭣들 하는 거야? 계속 공격해! 뒤로 물러서지 말고 계속 공격하라고!"

백시는 미친 듯이 공격 명령을 내렸다.

그 이유는 흑룡방이 어차피 사석(死石)이었기 때문이다.

언젠가는 버려질 놈들이었으니, 정파 놈들과 동귀어진시켜 버리는 것만 해도 크게 밑지는 장사는 아니었다. 물론 그 와중에 휘말려 죽어가는 수하들이 아깝긴 했지만 어쩔 수 없는 일이었다. 어차피 희생 없는 전쟁이란 없는 법이니까.

그러나 백시는 시간이 갈수록 분통이 터졌다.

자신이 아무리 공격을 외쳐도 주춤주춤 뒤로 물러서기만 하는 수하들, 그리고 점점 암울하게 흐르는 전황.

그 모든 걸 감안했다고 쳐도 곽무한에게 당해 눈앞에서 줄줄이 나자빠지는 파천신장(破天神將)들을 보자 기가 막혀 살이 벌벌 떨려왔다.

암흑마교에서 파천신장이 차지하는 비중이 얼마던가?

파천신장은 암흑마교 그 자체나 마찬가지였다.

그들은 암흑마교의 비밀 연무동인 수라마동(修羅魔洞)을 출관한 정예들 중에서, 그 수법이 워낙 잔혹하여 이제껏 사용이 금지되었던 암흑마교의 삼대마공 중 하나를 오 성 이상 성취한 자들이 아닌가?

당금 강호의 절정고수와 비교해도 손색이 없을 정도의 무위를 지닌 그들이 곽무한과 마주치자마자 짚단처럼 쓰러져 갔다. 그러니 그 광경을 본 백시의 눈이 뒤집어질밖에.

"으아아! 이놈!"

결국 참다못한 백시가 직접 몸을 날려 곽무한과 맞섰다.

하지만,

쐐애애액! 콰콰콰쾅!

"쿠에에엑!"

비록 암흑마교 내에서 몇 손가락 안에 드는 백시였지만, 곽무한을 당할 재주는 없었다.

"으으… 벽라대제, 벽라대제의 무공이다!"

그는 곽무한의 도강에 당해 피를 울컥울컥 흘리며 급히 지휘선으로 달아나고 말았다.

그 후의 싸움은 볼 것도 없었다.

이미 곽무한으로 인해 사기가 오를 대로 오른 군웅들, 닥치는 대로 암흑마교를 쓸어갔다. 그로 인해 암흑마교들의 배가 산산이 부서졌고 시체가 산처럼 쌓여 강물 위를 둥둥 떠다녔다.

이대로 가다간 초극패의 문책이 아찔하기만 한 백시. 급히 후퇴를 명했다.

"후, 후퇴! 전원 후퇴하라!"

퇴각 명령이 떨어지자 암흑마교도들은 그제야 살았다는 듯 허겁지겁 노를 저어 달아났고, 군웅들은 승리의 함성을 질렀다.

"와아아아아아!"

"이겼다! 대승(大勝)이다!"

굳이 감격에 젖은 군웅들의 표정을 보지 않더라도 실로 모처럼 만에 거둔 대승이요, 쾌승이었다.

*   *   *

짹짹짹······.

지저귀는 새소리와 함께 아침이 왔다.

동정호 기슭에 위치한 한 넓은 장원.

사천당가가 비밀리에 구입한 이 장원에도 신선한 햇살이 스며들었다. 그 때문일까? 평소의 음울하던 분위기는 어디론가 사라지고 없고 장원 전체에 활기가 돌고 있었다.

경계를 서고 있는 이들도, 동료들과 대화를 나누고 있는 이들도, 모두 안채 쪽을 바라보며 기대 어린 표정을 짓고 있었다.

안채는 넓고 아늑했다. 게다가 동정호 쪽으로 커다란 창이 나 있어 채광도 좋은 편이었다.

은은한 휘장 사이로 주홍빛 햇살이 스며드는 창가.

그 곁에 고풍 어린 침상이 놓여 있다.

침상 위에는 얼핏 보기엔 피폐해 보이지만 자세히 살펴보면 아직도 중후한 멋을 잃지 않고 있는 당장명이 누워 있었다.

당장명은 아직 의식이 없어 보였다. 그래선지 침상 주위의 많은 이들은 숨을 죽인 채 당장명만 쳐다보고 있었다.

그런 그들 앞에는 설아가 있었다.

설아는 살포시 눈을 감은 채 당장명을 진맥하고 있었다.

그렇게 얼마나 지났을까?

고요한 정적 가운데 설아가 침을 꺼냈다.

당가들은 긴장한 표정으로 설아와 당장명을 번갈아가며 쳐다봤다.

설아는 잠시 정신을 집중한 뒤, 부드럽게 침을 꽂았다.

임맥, 독맥은 물론이고 수태음폐경에서 족궐음간경까지.

어느새 당장명의 전신은 침으로 빼곡했다.

하지만 설아는 아직도 모자란다는 듯 곰곰이 생각에 잠겼다가 침을 두 개 더 꺼냈다. 마치 젓가락처럼 긴 침이었다.

그 침이 당장명의 백회혈과 용천혈을 찌르자 당가들이 움찔한 표정을 지었다. 둘 다 치명적인 사혈이었기 때문이다.

그러나 이미 본가로부터 설아의 의술이 어느 정도인지를 들은지라 당가들은 숨을 죽인 채 당장명의 몸속 깊이 침을 찔러가는 설아의 손만 주시했다.

침이 어른 손가락 두 마디만큼 틀어박혔음에도 당장명의 안색에는 별다른 변화가 없었다.

그러나 설아가 심호흡을 한 뒤, 그 두 개의 침을 벼락같이 뽑아버리자 마치 무거운 짐을 내려놓듯 당장명이 긴 한숨을 내쉬었다. 순간, 당가들은 저마다 입을 틀어막았다.

드디어 자신들의 우상인 당장명이 회생하는가 싶어 감격에 겨웠지만, 혹시나 설아의 심기를 흩뜨려 천추의 한을 남길까 하여 감히 목소리를 내지 못한 채 그저 눈시울만 붉혔다.

"으음… 여기가… 어딘가?"

그러나 당장명이 재차 한숨을 쉬더니, 급기야 희미한 신음성을 흘리며 눈을 뜨자 그들은 곧 감격에 찬 눈빛으로 환호성을 터뜨렸다.

"가주! 드디어, 드디어 일어나셨군요!"

"가주! 정신이 드십니까?"

"절… 절 알아보시겠습니까?"

봇물이 터지듯 한꺼번에 터져 나온 음성들.

당장명은 일순간 상황 판단이 안 되는지 잠시 머리를 흔들었다. 그리고는 안력을 모으고 몇 사람의 얼굴을 뚫어져라 쳐다보더니, 그중 묵빛 활을 등에 멘 사내, 작금의 혈우단주를 보며 희미한 미소를 지었다.

"으음… 그대는?"

"어허헝. 묵혼(默昏) 당중환입니다. 가주! 알아보시겠습니까?"

당장명은 미소 띤 얼굴로 천천히 고개를 끄덕였다.

"음… 그래. 네 별호를 내가 지어줬지… 내 육촌 동생인 당장국의 둘째 아들, 맞지?"

"그렇습니다, 가주! 어허허헝."

"이 사람… 울기는……."

"가주!"

잠시 격정이 흘렀다.

당가들은 당장명 앞에 고개를 숙인 채 굵은 눈물을 뚝뚝 흘렸다.

당장명은 그들의 손을 하나하나 잡아주면서 연신 고개를 끄덕였다.

잠시 후, 격정이 가라앉고 장내 분위기가 정리되자 혈우단주는 당장명에게 설아를 소개했다.

"가주님의 상세를 돌봐주신 채 소저십니다. 아미파 경진 사태의 제자이시자 백의신녀로 알려지신 분이고, 또 본 가와 인연이……."

하지만 미처 소개가 끝나기도 전에 설아가 먼저 예를 취했다.

"설아라 하옵니다. 외조부님을 뵙게 되어 기쁘기 한량없습니다."

"아니, 은인께서 이 무슨……?"

당장명은 일순간 당황했다.

묵혼은 그저 상세를 돌봐줬다고 했지만 당장명은 안다. 자기 몸 상태가 얼마나 엉망이었는지.

그런데 이렇게 말끔하게 고쳐 놨으니, 아니, 예전보다 더 활력있게 만들어 놓았으니 인사를 해야 할 사람은 오히려 자신이다. 그런데 왜 저런 극공의 예를 보내온단 말인가?

그리고 외조부라니?

저 소녀가 어찌 자신의 외손녀가 될 수 있단 말인가?

혈우단주는 당장명이 왜 저리 당혹스러워하는지 알고 있었다. 또한 설아가 왜 소개도 끝나기 전에 먼저 인사를 드렸는지 그 이유 역시 알고 있었다.

혈우단주는 웃으며 곽무한을 소개했다.

"혹시 알아보시겠습니까? 적도들에게서 가주님을 구하신 분입니다."

"오오! 이분 소협께서?"

당장명은 반색한 표정으로 얼른 몸을 일으키려 했다.

그러나 설아를 비롯한 주위 사람들이 극구 만류했다.

당장명은 민망한 표정으로 수하들에게 노기를 띠었다.

아무리 부상을 입었다지만, 생명의 은인을 어찌 누워서 대할 수 있단 말인가?

그런데 이상했다.

수하들이 자기 눈초리를 보고도 그저 웃기만 한다. 또한 생명의 은인이 기이한 눈빛으로 자신을 쳐다보더니 좀 전의 그 소녀와 마찬가지로 극공의 예를 보내온다.

"아니, 은인께서 왜 이러시오? 왜 이리 민망한 행동을 하여 본인을 부끄럽게 만드시오?"

당장명은 곽무한을 말리다가 안 되자 서둘러 맞절이라도 하려고 했다. 그런데 그런 그의 귓전으로 곽무한의 음성이 들려왔다.

"소손이… 외조부를 뵈옵니다."

당장명은 순간적으로 어리둥절한 표정을 지었다.

이게 무슨 소린가?

왜 생명의 은인까지 자신을 외조부라고 부르는 것인가?

모두들 짜고서 일부러 자신을 놀리고 있는 것인가?

당장명은 도무지 이해가 안 간다는 표정으로 곽무한을 쳐다봤다.

그런데 뭔가 이상했다.

곽무한의 얼굴이 왠지 눈에 익었다.

'누굴까? 분명 어디선가 본 듯한 얼굴인데…….'

그러나 아무리 기억을 더듬어봐도 누군지 알 수가 없다.

"도대체 누구시길래……?"

당장명이 의아한 목소리로 중얼거리는 순간, 귓전으로 곽무한의 음성이 재차 들려왔다.

"곽무한이라고 합니다."

"곽… 무한?"

당장명의 눈가가 부르르 떨렸다.

"어머니께선 당 자, 군 자, 혜 자를 쓰십니다."

당장명은 어찌나 놀랐는지 한동안 입을 열지 못했다. 그러다가 한참 뒤에 야 겨우 입을 열었는데, 목소리가 자신도 모르게 콱 잠겨 나왔다.

"그럼 네가… 네가 바로?"

"그렇습니다. 소손이 바로 당 자, 군 자, 혜 자를 쓰시는 분의 아들, 곽무한 입니다."

"오! 천지신명이시여……."

당장명은 자기도 모르게 눈물을 주르륵 흘리고 말았다.

설아가 탕약을 들여보내며 귀엣말로 물어왔다.

"가가, 기분이 어떠세요?"

곽무한은 피식 웃으며 별것 아니라는 듯이 대답했다.

"뭐, 그저 그래."

하지만 그 말이 거짓말이라는 건 설아도, 자신도 알고 있었다.

당장명을 직접 본 느낌.

어머니가 그토록 따르는 아버지여서일까? 아니면 뭇 군웅들을 위해 스스 로를 희생한 사람이어서일까? 왠지 따스하고 푸근한 기분이었다. 뭐랄까? 사 부를 처음 볼 때와 비슷하면서도 약간 다르달까?

한없이 자애롭고 한없이 넓어 보였다.

그래서 마음껏 기대도 좋을 듯한 그런 기분이었다.

그렇게 두 사람이 도란도란 이야기를 나누고 있을 때, 안채 문이 열리더니 당가들이 다가와 감사의 뜻을 보내왔다.

"대공자님, 감사합니다. 덕분에 가주님을 다시 뵐 수 있게 되었습니다. 정 말 감사합니다."

자신에게 수없이 고개를 숙이는 당가들.

곽무한은 머쓱한 표정으로 설아를 가리켰다.

"나한테 고마울 게 뭐가 있소? 외조부님을 치료를 한 건 바로 저 사람이지 내가 아니오."

그 말에 당가들은 설아에게도 연신 고개를 숙였다.

"감사합니다. 이 은혜는 절대 잊지 않겠습니다. 정말 감사합니다."

피도 눈물도 없다는 당가의 사내들이 자신을 향해 충혈된 눈빛으로 이마를 쿵쿵 찧어대자 설아는 수줍은 표정으로 뺨만 붉혔다.

당장명은 이틀 동안 잠만 잤다.

암흑마교에 잡혀 있는 동안 수없이 고문을 당한 탓에 심신이 많이 지쳐 있었기 때문이다. 그래서 안정을 취하려고 줄곧 누워 있다가 사흘째 되는 날, 드디어 자리를 털고 일어났다.

그리고 후원에서 간단하게 몸을 풀자 수하들이 벌써부터 왜 그러시냐고 난리를 피워댔다. 하지만 설아에게 치료를 받고 난 뒤부터, 그리고 그녀가 보내준 약을 먹고 난 뒤부터 부쩍 기력이 넘쳤다. 그래서 넘치는 힘을 주체할 수 없어 간단하게나마 몸을 풀고 있던 중이었다.

그런데 누가 그랬던가? 자고 나면 세상이 달라진다고.

예전과 다른 몸 상태에 놀란 당장명이 한참 무공 삼매경에 빠져 있을 때였다.

"가주, 점창파 장문인께서 면담을 요청하시고 계십니다."

"가주, 청성파 장문인께서 독대를 요청하십니다."

"가주, 영호세가 가주께서 사흘째 기다리고 계십니다."

"가주, 종리세가에서……."

"가주, 화씨세가에서……."

상황은 그에게 몸 풀 시간을 주지 않았다.

마치 자신이 일어나기만 기다렸다는 듯 쇄도하는 접견 요청들.

뒤이어 사람들이 문지방이 닳도록 몰려왔다.

"가주, 안녕하시오?"

"어이구, 가주. 그동안 고생 많으셨습니다."

"하하하. 이렇게 무사하신 모습을 보니 기쁘기 한량없습니다. 그래, 그동안 고초가 얼마나 크셨습니까?"

당장명은 어안이 벙벙했다.

도무지 몸 풀 시간은커녕 한숨 돌릴 시간조차 없이 방문하는 정파명숙들. 모두 이전과는 전혀 다른 모습으로 자신을 대하고 있었다.

어떤 사람은 진심이 담긴 모습으로.

어떤 사람은 뭔가에 쫓기는 듯한 표정으로.

어떤 사람은 애원하는 눈빛으로.

행동과 표정은 달랐지만 모두들 한결같이 자신을 우러러보고 있었다.

예전에는 독을 쓴다는 이유 하나만으로 왠지 모를 거리감을 가지던 사람들이 갑자기 이런 돌변한 태도를 보이다니?

그 이유는 뒤늦게 알게 됐다.

물론 근본적인 이유는 다른 이들을 위해 스스로를 희생한 당장명의 의기를 높이 산 때문이었지만, 그 이면을 좀 더 자세히 들여다보자면 암흑마교를 상대로 무시무시한 신위를 보인 곽무한의 능력과 곽무한이 장강수로채의 총채주라는 신분에 눌려 모두들 당가와 연을 맺어두려고 하는 것이었다.

정파명숙들에게 있어 곽무한은 상대하기 쉽지 않은 사람이었다.

그 지닌바 무위도 무위였지만, 그보다는 무엇이든 마음 내키는 대로 행동하는 수적 출신이라는 게 걸려 함부로 접근할 수 없었다. 자칫 잘못했다가는 연을 맺기는커녕 오히려 망신을 당할 우려가 있으니.

그러나 생사협은 달랐다.

그는 원래부터 당가답지 않은 온후(溫厚)한 성품으로 강호인들에게 대협이
라는 찬사를 받는 사람이었다. 그러니 그를 통하면 최소한 곽무한과 등질 일
은 없을 것이다. 또한 잘만하면 당가를 통해 곽무한으로부터 엄청난 도움을
받을 수도 있다.

그게 바로 며칠 전 당장명을 안고 미친 듯이 포효하던, 그리고도 모자라
적진을 미친 듯이 쓸어버리던 곽무한을 보고 정파명숙들이 내린 결론이었다.
바로 그런 이유로 모두들 당장명을 새삼스레 우러러보는 것이었다.

당장명은 나중에 그런 사실을 알고 한동안 눈시울을 붉혔다.

가문이 버린 아이가, 그리고 외조부인 자신마저 제대로 감싸주지 못한 아
이가 오히려 자신을 구하고, 가문의 이름을 드높일 줄이야……

제108장
움직임

아침부터 먹구름이 끼었다.

안개 같은 구름이 서서히 모여드는 걸 보니 한바탕 비가 쏟아질 것 같았다.

이런 날씨에 당장명은 본가로 돌아갈 준비를 하고 있었다.

그가 이렇게 서둘러 본가로 돌아가려 하는 이유는 얼마 전에 있었던 가문의 참화와 보옥이에 대한 이야기를 들은 때문이었다.

당장명은 가문의 참화 소식을 듣고 큰 충격을 받았다.

부친의 과거사에서부터 시작된 악연의 굴레가 결국 가문을 엉망으로 만들어 버렸다. 그러나 마지막 순간, 하늘이 자비를 베풀어 한 가닥 희망을 남겨주었다.

천수탈영인(千手奪靈刃)을 완성할 독왕지체의 탄생.

당장명은 그 소식을 듣고 난 뒤부터 잠을 이룰 수가 없었다.

이제껏 조사 외에는 그 누구도 완성하지 못한 가문의 비기. 그 희대의 무공을 재현할 수 있는 기재가 바로 곽무한의 아들이었다니?

하늘의 안배가 어쩌면 이렇게 절묘할 수 있을까? 그동안 가문이 쌓은 죄업을 씻으라고 하늘이 보옥이를 보내주었다.

그때부터 당장명은 마음이 바빠졌다.

이제 이곳에는 더 이상 자신이 있을 필요가 없었다.

자신이 없어도 알아서들 잘할 테니.

하지만 보옥이를 놓치게 되면 가문은 두 번 다시 일어설 수 없다. 그저 독의 명가라는 이름을 유지할 수 있을진 몰라도 강호를 호령하는 절대무가(絶代武家)는 될 수 없었다.

자신이 가주 직을 내놓게 된 이유도 어쩌면 그 때문인지도 모른다.

보옥이를 통해 가문을 부흥시키라는 하늘의 명령.

그런 생각을 떠올리자 당장명은 어서 가서 보옥이를 돌봐야겠다는 생각이 들었다. 그래서 곽무한에게 못 준 정을 그 아이에게 쏟아 부어주고 싶었고, 또 그 아이를 통해 가문이 부흥할 수 있는 계기를 만들고 싶었다.

물론 곽무한이 탐탁지 않게 생각하고 있다는 건 알고 있었다.

하지만 곽무한이 아무리 부정한다 한들 천륜을 어찌하겠는가?

그리고 또, 세상일은 아무도 모르는 것이다. 비록 부친이 독강시들과 함께 가문을 지키고 있다지만 암흑마교가 어떤 놈들인가? 벌써 곽무한에 대한 정보를 속속들이 알아차렸을 것이다. 그러니 자신이 가서 가문과 아이를 돌봐야 한다. 그래야 안심이 된다.

당장명이 이른 아침부터 출발을 서두르는 이유는 바로 그 때문이었다.

곽무한은 출발 준비에 바쁜 당장명을 보며 나직이 한숨을 내쉬었다.

어젯밤부터 분위기가 이상하다 싶더니 결국 떠나시려는 모양이었다.

마음 같아서는 며칠 더 계시라고 하고 싶었지만 그러지 못했다.

누구나 아프고 나면 집이 그리워지는 법.

곽무한은 아쉬운 표정으로 당장명을 전송했다.

당장명이 떠나고 난 뒤, 정파연합은 다시 한 번 체제를 정비했다.

며칠 전의 전투를 거울 삼아 전력을 보다 효과적으로 운용하기 위해서였다. 그 결과, 사해어옹과 호호신타 등이 중책을 맡게 됐으며, 곽무한 역시 정파연합의 주요 인사로 떠오르게 됐다.

특히 곽무한은 구파일방의 장문인에 버금가는 예우를 받았는데, 이는 출신과 신분을 중요시 여기는 정파로서는 전례가 없는 일이었다.

하지만 지난번 수전에서 보여준 곽무한의 무위와 사해어옹의 제자라는 신분, 그리고 정파 불멸의 영웅인 벽라대제의 후인이라는 점이 십분 작용했고, 또 곽무한이 만 육천 리 장강의 지배자란 사실과, 그럼에도 불구하고 자신들을 도와 암흑마교와 싸우고 있다는 점이 고려되었기에 별다른 이견은 나오지 않았다.

물론 정파연합이 그렇게 예우해 준다고 크게 기뻐할 곽무한은 아니었다. 하지만 굳이 배려해 주겠다는 걸 마다할 이유는 없어 편하게 받아들였다.

그러나 체제 개편으로 인해 사부나 호호신타 등이 바빠지면서부터, 그리고 설아가 부상자들을 치료하느라 바빠지게 되면서부터 곽무한은 홀로 있는 시간이 많아졌다. 그러다 보니 장강수로채를 어떻게 이끌 것인지, 그리고 그들에게 무얼 가르칠 것인지 고민하는 시간 또한 많아졌다.

그 외중에도 곽무한은 암흑마교의 움직임에 촉각을 곤두세우는 일만은 결코 잊지 않았다. 그중에서도 특히 오강을 거쳐 호북과 호남으로 간 암흑마교들의 행적에 대해 신경을 곤두세우고 있었다.

예상대로라면 벌써 무당과 형산에서 난리가 나야 했다. 그런데 이곳에 온 지 보름이 지나도록 아무런 소식이 없으니 절로 고민이 된 것이다.

'뭔가 내가 놓친 게 있단 말인가?'

그렇게 곽무한이 홀로 고민하고 있을 때였다. 갑자기 선실 문이 벌컥 열리더니 호호신타가 뛰어들어 왔다.

"이놈아! 큰일 났다! 드디어 일이 터졌어!"

순간, 곽무한은 자리에서 벌떡 일어났다. 파랗게 질린 얼굴로 가쁘게 숨을 몰아쉬고 있는 호호신타를 보니 드디어 올 게 온 모양이었다.

회의실에는 고요한 정적이 흘렀다.

바짝 긴장한 얼굴들이 한자리에 모인 까닭이었다.

이번 회의는 예전과 달랐다. 곽무한이 개방의 정보를 듣고 난 뒤에 소집한 비상회의였기 때문이다.

참석자의 면면도 예전과 달랐다.

개방의 태상방주인 호호신타를 비롯해 이탁과 추단, 곽패와 고두관, 탁대붕과 이후박 등 수룡채 휘하의 부채주들과 동정용왕, 한수채주 등 주요 물길의 채주들도 모두 참석했다. 그래서 그런지 모두 긴장한 표정으로 곽무한만 쳐다보고 있었다.

곽무한은 모두를 둘러보며 천천히 입을 열었다.

"드디어 놈들이 움직였다고 하오!"

곽무한은 밑도 끝도 없는 말로 회의를 시작했다. 그러다 보니 이탁이나 추단 등은 무슨 이야긴지 알겠다는 표정으로 고개를 끄덕였지만 동정용왕이나 한수채주 등은 영문을 몰라 고개를 갸웃거렸다.

그러나 그들의 의문은 이탁의 질문으로 인해 금방 풀렸다.

"놈들이 움직였다면, 드디어 양동작전이 시작된 겁니까?"

이탁의 물음에 곽무한이 고개를 끄덕였다.

"그래. 그러니 무당과 형산 쪽 정보를 최대한 모아보고, 안휘 쪽 움직임도 세세하게 알아봐."

"알겠습니다."

어차피 정보력에 있어서는 시간의 차이만 있을 뿐 수룡채 역시 개방에 뒤지지 않는다. 그래서 보다 정확한 판단을 내리기 위해 놈들의 행동 반경부터 파악하려는 것이다.

이탁이 수하들에게 연락을 취하기 위해 밖으로 나가는 동안 곽무한은 계속 회의를 진행했다.

"일단 개방의 보고만 놓고 봤을 때 상황은 우리 쪽에 유리해 보여. 보아하니 놈들이 우리를 우습게봤어. 즉, 이곳을 먼저 장악하고 난 뒤에 그 여세를 몰아 무당과 형산을 칠 생각이었다는 거지. 그런데 이쪽에서 문제가 생기니 뒤늦게 저쪽을 흔드는 모양이야."

그 말에 동정용왕이나 한수채주가 또 한 번 어리둥절한 표정을 지었다.

'뭐가 이쪽이고 뭐가 저쪽이란 말이야? 말하는 걸 들어봐서는 이쪽은 동정호고 저쪽은 무당과 형산이란 말인데, 그럼 벌써부터 놈들의 움직임을 예의주시하고 있었단 말인가?'

한수채주는 불신 어린 표정으로 고개를 갸웃거렸다. 그러나 이어지는 대화를 들어보니 그 예상이 들어맞는 것 같았다.

"그렇군요. 그나마 다행입니다. 만약 놈들이 저쪽부터 쳤으면 곤란할 뻔했습니다."

"그래. 그래서 하는 말인데, 늦어도 이삼 일 내에 놈들이 들이닥칠 것 같아. 그러니 모두들 경계에 만전을 기해줬으면 좋겠어."

그 말에 한수채주는 또 한 번 놀랐다.

"그럼 놈들이 또다시 이곳을 공격해 들어온단 말입니까?"

한수채주의 질문에 곽무한은 고개를 끄덕였다.

"그렇소. 그것도 예전보다 더 강한 놈들이 더 많이 몰려올 거요."

"맙소사……."

한수채주가 놀라든 말든 곽무한은 계속 말을 이어나갔다.

"그러나 놈들의 전략은 이미 실패한 거나 마찬가지요. 우리가 이미 놈들의 움직임을 예상하고 있으니. 문제는 정파연합이오. 무당과 형산에서 난리가 났다는 소식이 전해지면 모두 혼란에 빠져 보따리를 쌀 거란 말이오. 그때 놈들이 쳐들어올 텐데 지금부터 그에 대한 대비를 해둬야겠소."

그 말에 호호신타가 자존심 상한 표정으로 끼어들었다.

"그게 무슨 소린가? 우리가 보따리를 싸다니? 추호도 그럴 일은 없을 것이네. 내가 가서 맹주를 설득하고 말 것이니."

곽무한은 고개를 갸웃거렸다.

"글쎄요… 말씀처럼만 된다면 얼마나 좋겠습니까? 놈들을 일망타진할 수 있는 좋은 기횐데……."

그 말에 호호신타가 눈을 번쩍 떴다.

"방금 뭐라고 했는가? 놈들을 일망타진할 기회라고? 그게 정말인가? 정말 자신이 있는가?"

곽무한은 대답 대신 미소를 지어 보였다. 그러자 호호신타가 자리에서 벌떡 일어났다.

"알겠다. 내 선걸음에 다녀오마!"

그 말과 함께 눈썹이 휘날리도록 달려가는 호호신타.

곽무한은 그런 호호신타를 보며 의미 모를 미소를 지었다.

곽무한이 호호신타를 회의에 참석시킨 이유가 바로 지금 같은 상황을 위해서였다.

처음엔 자신이 운봉 선사에게 직접 건의하거나 아니면 사부의 도움을 얻어볼까 했다. 그러나 가만히 생각해 보니 그보다는 호호신타를 움직이는 게 훨씬 나을 것 같았다.

알다시피 호호신타는 뭔가를 마음속에 담아두지 못하는 성격이다. 그러니 암흑마교를 물리칠 방법이 있다면 무슨 수를 써서라도 전체회의를 소집할 것이고, 전체회의에서는 자기 집을 지키려고 엉덩이를 뒤로 빼는 사람들에게 거침없는 독설을 퍼부을 것이다.

그러나 그러고도 빠지려는 사람이 있다면?

그건 별걱정이 되지 않았다.

설마 하니 백만 개방도가 떠들어대는 입방아를 무시하고 감히 뒤로 빠지려는 사람이 있을까?

만약 그런 사람이 있다면 그는 얼굴에 철판을 깔고 심장에 강철을 박아놓았을 것이다. 그러나 곽무한이 알기로 정파인들 중에는 그런 사람은 극히 드물었다.

아무튼 호호신타가 나가고 난 뒤에도 회의는 계속되었다.

*   *   *

자씨탑 인근에 있는 정파연합 대회의실.

드넓은 회의실에 많은 사람들이 모였다.

그들은 모두 각 문파의 수뇌들로, 갑자기 비상회의가 소집되었다는 말을 듣고 급히 달려왔는데, 그 인원은 각자 대동한 호위무사를 제외하고도 근 이백 명에 달했다. 그러나 그 많은 인원이 한자리에 모였음에도 회의실에는 기침 소리 하나 나지 않았다. 모두 근엄한 표정으로 상석만 쳐다보고 있었다.

상석에는 운봉 선사를 위시한 구대문파의 수뇌들이 앉아 있었다.

운봉 선사는 먼저 좌중을 둘러보며 간단한 인사말을 했다. 그리고는 침중한 표정으로 회의를 소집한 이유에 대해 간략히 설명했다.

"방금 들어온 소식에 의하면, 이틀 전 무당과 형산이 암흑마교로 추정되는 괴인들로부터 공격을 받고 있다고 하오. 그래서 그에 대한 논의를 하고자 급히 여러분을 모셨소.”

순간 좌중의 표정이 일제히 굳어갔다. 모두 정파연합이 결성된 뒤 처음 소집된 비상회의라 뭔가 중대한 일이 벌어졌을 것이라는 예상은 했지만, 설마하니 그 소식이 무당과 형산이 놈들에게 공격을 받고 있다는 소식일 줄은 몰랐다.

사안이 워낙 충격적이라, 좌중의 시선은 일제히 청송 진인과 운학 도장을 향했다. 하지만 두 사람 역시 놀랐다는 표정으로 운봉 선사를 쳐다보고만 있었다.

좌중의 눈길은 다시 운봉 선사를 향했다.

운봉 선사는 모두의 의문을 풀어주는 대신 호호신타에게 발언권을 넘겼다. 그러자 좌중의 시선이 호호신타를 향했다.

호호신타는 모두의 시선을 받으며 자리에서 일어났다. 그리고는 제자들이 전해온 정보를 토대로 현 상황에 대해 자세한 설명을 했다. 그러자 모두의 표정이 시시각각 변해갔다. 특히 호북과 호남을 기반으로 한 군소문파들은 옆사람과 귀엣말을 나누며 불안한 표정을 지었다. 그리고 그때부터 전령들이 수시로 드나들기 시작했다. 보아하니 다른 문파에도 지원을 요청하는 서신이 빗발처럼 날아든 모양이었다.

그 모습을 보자 모두의 표정이 점점 더 심각하게 변해갔다.

하지만 호호신타는 주변 분위기에 아랑곳하지 않고 열변을 토해 나갔다.

“…그래서 드리는 말씀이오. 위기가 곧 기회라는 말이 있듯이, 이번 기회를 통해 놈들을 일망타진할 수 있소이다! 그러니 모두 자리를 이탈하지 말고 명을 기다려 주시오.”

하지만 열변에도 불구하고 분위기는 어수선했다. 그리고 그런 분위기에 편승해 누군가가 제동을 걸고 나섰다.

“본인은 기본적으로 방주님의 말씀에 적극 공감하는 바이오. 그러나 두 가지 문제가 있습니다. 벌써 놈들에 의해 남궁세가와 황보세가, 그리고 하북팽가 등이 큰 피해를 입었습니다. 그 외에도 숱한 문파들이 멸문을 당하거나 참변을 당했는데 무슨 수로 그들을 일망타진할 수 있단 말입니까? 그리고 이곳을 지키고만 있으면 놈들이 스스로 항복을 선언하고 물러가기라도 한단 말입니까?"

그 말에 몇 사람이 동조하고 나섰다.

"옳은 말씀이오. 이곳을 지키기에 앞서 무당과 형산부터 도와야 하오. 그래야 후일을 도모할 수 있소!"

"옳소! 무당과 형산이 어떤 곳입니까? 호북과 호남의 대들보 아닙니까? 그 두 곳이 무너지면 호북과 호남은 끝장입니다."

"그럼 이대로 동정호에서 물러나잔 말씀이시오?"

호호신타가 노한 표정으로 소리쳤으나 소용없었다.

"안타깝지만 상황이 이러니 어쩌겠소? 수로도 중요하지만 육로 역시 무시할 수 없습니다."

"그렇습니다. 동정호야 언제 되찾아도 되니 우선 무당과 형산부터 구합시다!"

그러자 식견있는 몇 사람이 끼어들었다.

"말도 안 되는 소리! 지금까지 우리가 밀린 이유가 뭣 때문이오? 수전에서 연전연패했기 때문이 아니오? 그런데 동정호를 포기하자니? 지금 제정신으로 하는 소리요?"

"그럼 어쩌겠소? 이대로 무당과 형산이 무너지는 꼴을 봐야 옳단 말이오?"

"누가 무당과 형산이 무너지길 바란댔소? 상황을 보아가면서 움직이잔 말이오!"

"말도 안 되는 소리! 그러다가 무당과 형산이 무너지면 누가 책임을 진단 말이오?"

때 아닌 설전이 벌어졌다.

혹자는 지금 당장 무당과 형산을 돕자고 했고, 혹자는 일단 상황을 두고 보자고 했다.

이대로 가다가는 회의가 끝날 것 같지가 않자 호호신타는 회의실 한쪽 구석에 앉아 있는 곽무한에게 눈짓을 보냈다.

“자, 자! 일단 이 자리에 장강수로채의 총채주께서 와 계시니 그의 고견을 들어봅시다.”

그제야 좌중이 조용해졌다. 모두 그간의 일을 통해 곽무한의 능력을 알고 있었기 때문이다.

곽무한은 모두의 시선을 받으며 자리에서 일어났다.

“제가 자리에 앉아서 들어보니 다들 옳으신 말씀입니다. 육로도 중요하고 수로도 중요하죠. 따라서 동정호를 지키자는 말씀도 옳고, 무당과 형산을 구하자는 말씀도 옳습니다.”

그 말에 좌중이 술렁거렸다.

“그럼 뭘 어떡하자는 거야?”

“그러게 말이야. 난 또 무슨 묘안이라도 있는 줄 알았네.”

몇 사람이 투덜거리자 곽무한은 웃으며 그 말을 받았다.

“그렇습니다. 뭘 어떡하면 좋을까요? 지키기도 해야 하고 돕기도 해야 하니 어떻게 하는 게 가장 좋은 방법일까요?”

그러자 다들 침묵했다. 곽무한의 반문에서 뭔가 해법을 갖고 있다는 느낌을 받은 것이다. 그 바람에 장내가 잠시 조용해지자 누군가가 불쑥 물었다.

“말씀을 들어보니 총채주께 무슨 복안이라도 있는 모양입니다?”

말투는 오만했지만, 모두의 속내를 그대로 반영한 질문이었다.

곽무한은 웃으며 고개를 끄덕였다.

“예. 복안이랄 것까지는 없지만, 몇 가지 생각한 게 있습니다.”

"그게 뭐요?"

곽무한은 대답 대신 질문을 던졌다.

"지금 여러분들께서 고민하시는 이유가 정확히 뭡니까? 무당과 형산이 무너지면 호북과 호남이 쑥대밭이 될 것 같아서가 아닙니까? 그러나 다시 한 번 곰곰이 생각해 보시지요. 과연 무당과 형산이 그리 쉽게 무너질 문파입니까? 그리고 무당과 형산이 무너진다고 해서 호북과 호남이 단번에 저들의 손에 넘어갈 것 같습니까?"

다들 꿀 먹은 벙어리처럼 대답을 않았다.

곽무한은 그제야 자기 생각을 이야기했다.

"제 생각이긴 합니다만, 무당과 형산은 아직 여유가 있을 듯합니다. 명색이 구대문파이니만큼 나름대로의 저력을 갖고 있을 것이라 생각됩니다. 만약 두 문파가 그렇게 쉽게 무너질 문파였다면 지금 출발해도 이미 늦습니다. 좀 전에 들으셨다시피 놈들에게 공격을 당한 지 벌써 이틀이 지났으니까요. 하지만 그렇지 않다면? 두 문파가 좀 더 버틸 여력이 남아 있다면?"

그 말과 함께 곽무한이 청송 진인과 운학 도장을 돌아보자 두 사람이 약속이나 한 듯 동시에 입을 열었다.

"무당엔 칠성검진이 있소이다!"

"본 파 역시 형산십이검(衡山十二劍)이란 걸출한 인재들이 있지요. 아직까지는 여력이 있다고 봅니다."

두 사람의 목소리에는 사문에 대한 자부심과 긍지가 어려 있었다.

곽무한은 두 사람을 보며 감탄한 표정으로 고개를 끄덕였다.

"역시 제 예상이 맞았군요! 무당과 형산은 아직 버틸 힘이 있습니다. 물론 그 시간이 언제까지인지 모르겠지만 아무튼 조금의 여유가 있다는 말입니다. 그럼 이제 제 생각을 말씀드리겠습니다. 제가 생각한 방법은 바로 그 시간을 최대한 활용하자는 것입니다."

"그러니까 그 방법이 뭐란 말이오?"

누군가의 질문에 곽무한은 웃으며 대답했다.

"상옥추제(上屋抽梯)와 이대도강(李代桃僵)의 연환계입니다."

"상옥추제에 이대도강?"

몇 사람이 어이없다는 표정으로 고개를 외로 꼬았다.

상옥추제란 고의로 아군의 약점을 노출시켜, 적을 아군 진영 깊숙이 들어오도록 유인한 뒤, 어느 시점에 이르러 적의 선봉과 지원군을 차단해 일거에 섬멸해 버리는 계책을 말한다. 그리고 이대도강이란 아군의 소수 병력을 이용해 적을 흔든 뒤, 아군의 주력 부대로 하여금 적을 섬멸하도록 만드는 계책을 말한다.

그런데 문제는 아군의 약점을 노출시켜 적을 유인한다는 상옥추제에 있었다.

"난 도대체 총채주께서 무슨 말씀을 하시는 건지 잘 모르겠소이다. 적을 유인하려고 해도 상대가 있어야 말이지, 아직까지 이곳은 안전하지 않소? 그런데 유인하다니, 누굴 유인한단 말이오?"

그러자 곽무한이 차갑게 반문했다.

"누가 그럽디까? 이곳이 안전하다고?"

"그, 그야 아직 놈들의 공격이 없으니… 또 저번에… 총채주께서 그들을 물리치셨으니……."

"놈들이 한 번 패했다고 꼬리를 말 놈들입니까? 정말로 그렇게 생각하고 계십니까?"

"그, 그건 아니지만……."

곽무한은 그를 추궁하다가 슬쩍 뒤를 돌아보았다. 그러자 호위 격으로 따라온 이탁이 서찰을 가져왔다.

곽무한은 모두 보라는 듯 서찰을 흔들어 보였다.

"이 서찰은 반 시진 전 파양호에서 보내온 소식입니다. 놈들의 움직임을 예의주시하고 있다가 급히 보내온 소식이죠."

순간, 좌중의 눈이 휘둥그레졌다.

호호신타 역시 마찬가지였다.

"이놈아! 그게 무슨 말이냐? 정말 놈들이 이곳으로 오고 있단 말이냐?"

하지만 곽무한은 호호신타의 전음을 건성으로 흘려 넘기며 느릿느릿 서찰을 읽어갔다.

"놈들이 다시 움직이기 시작했음. 현재 안휘 우두산(牛頭山)을 지나고 있음. 이전보다 더 많은 선단이 움직이고 있음."

"맙소사!"

여기저기서 숨죽인 경악성이 흘러나왔다.

놈들이 또다시 공격해 온다니 모두 공황 상태에 빠진 것이다.

분위기는 한순간에 역전됐다.

"바로 이런 이유로 인해 연환계가 필요한 것입니다."

그때부터 곽무한은 회의를 일방적으로 주도해 나갔다.

"무당은 한수(漢水)에 가깝고, 형산은 상강(湘江)에 가깝습니다. 따라서 놈들의 일부를 그 두 곳으로 유인하면서 무당과 형산을 도울 생각입니다."

"말은 쉽지만 그게 가능하겠소?"

누군가가 묻자 곽무한은 기다렸다는 듯 대답했다.

"이미 수전을 겪어보셨잖습니까? 다른 건 몰라도 수전만큼은 우리가 우위에 있습니다."

그 말에 모두가 고개를 끄덕였다. 상전벽해(桑田碧海)라고, 얼마 전까지만 해도 가장 취약한 곳이 바로 수로였는데, 곽무한이 합류한 뒤부터는 가장 자신있는 곳이 되어버렸다.

모두가 고개를 끄덕이자 곽무한은 계속 말을 이어나갔다.

"아시다시피 수전에는 인원이 많으면 많을수록 유리하지만, 육로는 그렇지 않지요. 인원수보다는 고수들이 더 중요합니다. 맞습니까?"

"그, 그렇소이다."

"좋습니다. 그럼 대충 답이 나왔습니다. 우리의 주력은 놈들을 형강의 아홉 구비로 이끌 것입니다. 그리고 일부는 놈들을 한수와 상강으로 유인할 것입니다. 고수 분들께서 그에 합류하여 한수와 상강에서 몸을 빼시면 됩니다."

"그렇게 되면 귀측의 희생이 너무 크지 않소?"

누군가가 놀란 표정으로 물었다.

곽무한은 피식 웃으며 고개를 저었다.

"문제없습니다. 일부 희생이야 있겠지만 그건 육로나 수로나 다 마찬가지가 아니겠습니까?"

"듣고 보니 그렇구려. 수로도 수로지만 육로도 고생이 막심하겠구려. 아니, 고생이 막심한 정도가 아니라 그야말로 이대도강이 되어야 하겠구려."

사람들은 그제야 곽무한이 왜 이대도강까지 필요하다고 했는지 그 이유를 알 수 있었다. 복숭아나무에 벌레가 달라붙어 그 몸이 썩어 들어가자, 보다 못한 자두나무가 자기 몸으로 벌레를 유인하여 대신 죽어갔다는 고사처럼, 무당과 형산으로 가는 고수들 중 살아남을 사람은 몇 되지 않을 것이다.

처음엔 무조건 무당과 형산을 도와야 한다며 목소리를 높이던 사람들, 이젠 죽음의 공포에 몸을 떨기 시작했다.

그러나 곽무한은 이번에도 고개를 저었다.

"물론 이대도강이 꼭 필요하긴 합니다만, 너무 앞서 걱정하실 필요까지는 없을 것 같습니다. 저희들에겐 놈들이 가지지 못한 힘, 사천당가가 있으니까요."

"오! 그렇구려. 우리가 당가를 잊고 있었구려!"

사람들의 얼굴에 일말의 화색이 돌았다. 독과 암기의 대명사인 당가가 함께 가준다면 큰 힘이 될 것이다. 수전에서는 별 힘을 발휘하지 못해도 육로에선 독만큼 효과적인 무기가 없으니.

"자! 그럼 다 정리됐습니다. 이젠 놈들이 올 때까지 준비만 하고 있으면 됩니다."

물론 마지막까지 걱정하는 사람도 없진 않았다.

"음… 우리 쪽에서 그렇게 준비를 한다고 해도 전력이 세 갈래로 나눠지면 나중에 문제가 생기진 않겠소?"

곽무한은 자신있게 대답했다.

"그에 대한 보완책도 있습니다."

좌중은 솔깃한 표정으로 곽무한을 쳐다봤다.

"그게 뭐요?"

곽무한은 빙긋 웃으며 대답했다.

"당분간 비밀입니다."

"끙……."

사람들은 일제히 실망하는 표정을 지었다. 하지만 대부분 새삼스런 눈빛으로 곽무한을 쳐다봤다. 그저 무위만 강한 줄 알았는데 알고 보니 전략과 전술에도 해박하지 않은가?

이제 회의는 파장 분위기로 흘러갔다.

운봉 선사가 웃으며 마지막을 장식했다.

"그럼 결정을 내리겠소."

회의가 끝나자 호호신타는 제일 먼저 곽무한을 찾았다.

"놈들이 벌써 안휘를 떠났다는 정보, 그거 사실이냐?"

호호신타가 주위의 눈치를 살피며 귀엣말로 물어오자 곽무한은 웃으며 눈동자를 좌우로 굴렸다. 그러자 호호신타가 깜짝 놀란 표정으로 전음을 쏘아 댔다.

"이놈아! 도대체 어쩌려고 그런 짓을 한 게냐? 어서 취소해라! 아니, 그냥 추측성 보고였다고 정정을 해라!"

하지만 곽무한은 태연히 고개를 저었다.

"놈들은 반드시 쳐들어옵니다. 그리고 지금 상황은 전쟁이나 마찬가집니다. 작은 걸 따지다가는 더 큰 걸 잃을 수도 있습니다."

그 말과 함께 곽무한이 멀어져 갔다.

호호신타는 멍한 표정으로 한동안 곽무한의 뒷모습을 쳐다봤다.

긴장된 시간이 흘렀다.

모두 암흑마교가 언제 쳐들어올지 몰라 잠을 못 이뤘다. 특히 호호신타는 곽무한의 거짓말이 언제 탄로날지 몰라 애간장을 졸였다.

하지만 곽무한은 의외로 태연했다. 긴장하기는커녕 오히려 운봉 선사에게 기동 훈련을 요청했다. 그래야 나중에 손발을 맞추기 쉽다면서.

운봉 선사는 당연히 허락을 했고, 다음날 오전부터 합동 훈련이 시작되었다.

그러나 수룡채는 훈련에서 제외됐다. 워낙 인원이 많고, 또 기동 훈련이라면 이미 이골이 나 있어서였다. 대신 곽무한은 수룡채들의 일부를 차출해 훈련을 감독하도록 했는데, 일부 무인들이 그에 반발했다.

자신들이 아무리 수전에 약하다지만 한낱 수적에게 훈련을 감독받자니 자존심이 상한 것이었다. 그러나 그들의 불만은 곽무한의 호통 소리에 금방 사그라지고 말았다.

"지금은 전쟁 상황이나 마찬가지요! 전시에 명령 불복종 행위는 지위 고하를 막론하고 참형에 처하는바, 죽고 싶은 사람이 있으면 언제든지 말씀하시오!"

혈뢰도를 뽑아 들고 으름장을 놓는 곽무한의 기세에 질려 정파무인들은 어쩔 수 없이 훈련에 임할 수밖에 없었다. 그리고 실제 훈련에 들어가면서 그들은 또 한 번 기가 죽었다.

수전을 위한 가장 기본적인 과정인 전투수영에서부터 실전을 대비한 배 수리 과정, 그리고 실전 상황을 가정한 합동 훈련까지, 그 훈련 강도나 규율이 장난이 아니었기 때문이다.

그들은 실전을 대비해 난간 주위에 철판을 세우는 일과 선수 부분에 충각 용 돌기를 장착하는 일, 그리고 배 밑판을 평저선으로 바꾸는 과정에서 거의 녹초가 되다시피 했다. 그러나 정작 초주검이 된 것은 합동 훈련에 들어가면 서부터였다.

곽무한이 직접 지휘하는 합동 훈련은 체계적이면서도 살벌했다.

곽무한은 합동 훈련에서 깃발과 북, 징을 이용하여 전체를 통솔했다.

예컨대 청룡이 새겨진 기를 올리면 우익이 움직이고, 현무가 새겨진 기를 올리면 선봉이 움직이는 식이었다. 그리고 북은 공격, 징은 후퇴를 알리는 신호였다. 그리고 신호를 하달하기 전에는 먼저 나팔을 불어 모두의 주의를 환기시켰다.

그렇게 정해진 신호에 따라 고수(鼓手)들이나 징잡이들이 북과 징을 쳤다. 그러면 각 선단에 있던 기수들이 기를 올리거나 내려 공격과 후퇴를 알렸다. 그 신호에 따라 각 선단이 유기적으로 움직이면서 자연스럽게 거대한 진을 형성하는 훈련이었다. 물론 그 과정에서 각자 상대 선단을 공격하거나 방어를 하게 되었는데, 그때마다 사방에서 피바람이 휘몰아쳤다.

사실 합동 훈련을 하기 전까지만 해도 모두들 훈련이 이렇게까지 살벌할 줄은 몰랐다. 그저 연기(演技)로 때우면 되겠거니 하고 와와 소리만 지르고 있었는데, 웬걸? 수룡채들이 가만있지 않았다. 그들이 직접 움직이기 시작한 것이다. 그로 인해 한 명, 두 명 피를 보는 사람이 늘어나자 서서히 분위기가 달아올랐고, 급기야는 모두 미친 듯이 병장기를 휘두르게 됐다.

그렇게 얼마나 싸웠을까?

마침내 휴식 명령이 떨어지자 훈련에 참가한 사람들은 누가 먼저랄 것도 없이 일제히 자리에 드러눕고 말았다.

사방에 흥건한 피. 여기저기 부러져 신음을 흘리고 있는 동료들.

그들은 눈앞의 상황이 도저히 믿기지가 않았다.

자신들이 정말 이렇게 처절하게 싸웠단 말인가?

단 하루에 불과했지만 실전을 방불케 한 훈련.

전체 인원 중에서 약 이 할에 해당하는 부상자가 발생했다.

그 결과를 보고 정파명숙들은 저마다 눈살을 찌푸렸다.

하지만 각 수채 채주들은 저마다 고개를 끄덕였다.

이런 게 바로 진짜 훈련이다. 전쟁에선 나약한 다수보다는 상처 입은 전사 한 사람이 더 필요하다.

그러나 자신들은 저렇게 훈련시킬 자신이 없었다.

만약 저렇게 훈련시켰다가는 수하들이 모두 달아나고 말 테니까.

그런데 곽무한은 가능한 이유가 뭘까?

누군가의 물음에 동정용왕이 대답했다.

"그건 저들에게 우리가 모르는 뭔가가 있기 때문이네. 뭐랄까… 저들을 하나로 묶는 공동의 목표와 꿈이랄까? 아니, 그보다 좀 더 원초적이고 *끈끈한* 뭔가겠지."

대답은 그렇게 했지만, 저들을 하나로 묶고 있는 것은 과거의 고난을 통해 쌓여온 저들만의 정(情)일 것이다. 그 끈끈한 정이 서로를 독려하며 현재의 고통을 이겨낼 수 있게 만들었을 것이다.

그날 저녁, 각 진영마다 앓는 소리가 흘러나왔다.

모두 피로와 상처로 잠을 못 이루고 있었던 것이다.

덕분에 그날 경계는 수룡채들이 섰다.

곽무한은 밤새 경계망을 점검했다. 그리고 매 시간마다 정보망을 확인했다. 그리고 안개가 뿌옇게 깔리는 새벽.

"총채주, 창강에서 급봅니다! 드디어 놈들이 움직인 것 같답니다!"

예상대로 놈들이 움직였다.

놈들의 움직임을 가장 먼저 파악한 곳은 파양수채 휘하의 창강채였다. 그들이 관의 움직임을 예의주시하고 있다가 급보를 보내온 것이었다.

"관의 움직임이 심상치 않다고?"

"예. 호북과 안휘, 강서 접경 지역에 관병들이 집결하고 있답니다. 그것도 수군(水軍)까지 모습을 드러내고 있답니다."

"음? 수군까지?"

곽무한은 고개를 갸웃했다.

그동안 강호의 일에 전혀 끼어들지 않고 있던 관(官)이, 그것도 수군까지 움직이고 있다니?

'골치 아프게 됐군.'

곽무한은 인상을 찌푸렸다.

제아무리 수룡채라도 군이 움직이면 상대하기가 곤란했다.

그들의 화력도 화력이지만, 그들과는 말이 통하지 않아서였다.

자기 잇속을 챙기기에 바쁜 관과 달리, 군은 상명하복(上命下服)에 철저하다. 그러니 그들이 개입하게 되면 상황이 복잡하게 흘러갈 우려가 있다.

'그러나 벌어지지도 않은 일을 미리 걱정할 필요는 없겠지.'

곽무한은 나름대로 생각을 정리한 뒤, 각 채주들을 불렀다.

채주들은 이미 소식을 들었는지 긴장한 표정으로 달려왔다.

곽무한은 그들에게 기본 전략을 설명해 준 뒤, 각자의 움직임을 다시 한 번 주지시켰다.

"이미 말씀드렸다시피 상강채와 한수채의 역할이 가장 중요하오. 두 분께서는 신호가 울리는 즉시 상강과 한수로 뱃머리를 돌리시오."

"알겠습니다."

"그리고 동정용왕께서는 모든 전력을 상강(湘江) 중류, 삼문협(三門陝) 부근으로 이동시켜 주십시오. 은밀히 움직여야 함을 절대 잊으시면 안 됩니다."

"알겠네."

"탁 부채주, 자넨 시간을 맞춰 놈들의 후위를 차단해 주고."

"알겠습니다."

"놈들에게 반격을 가하는 곳은 청강과 저장하의 중간 완포(宛浦) 늪이니, 두 수채는 무슨 일이 있더라도 명을 기다리도록!"

"존명!"

"그리고 본진은 놈들을 완포 늪까지 유인해야 된다는 사실을 잊지 말도록."

"알겠습니다!"

일사천리로 명을 내린 곽무한은 모두에게 당부를 덧붙였다.

"수군까지 움직이고 있다니 놈들의 전력이 대단할 것이오. 그러니 다들 바짝 긴장해 주기 바라오."

"명심하겠습니다."

각 채주들의 복명을 받으며 곽무한은 자리를 떴다.

정파연합과도 출정을 의논하기 위해서였다.

잠시 후, 운봉 선사 등과 회의를 마친 곽무한이 돌아오자 각 선단에 긴장감이 고조되었다. 무당과 형산을 돕기 위한 결사대가 곽무한을 따라온 때문이었다.

그중에는 만상 진인이나 곡현 진인 등도 포함되어 있었다. 또한 백마산장이나 사천당가 등의 명가들뿐만 아니라, 호북 세 가문을 비롯한 여타 군소문파들도 끼어 있었다. 그들은 청송 진인과 운학 도장의 지시하에 지정된 배에 올랐다.

그들이 승선하고 얼마 지나지 않아 한수채와 동정수채 등이 은밀히 동정호를 빠져나갔다. 그리고 그들의 모습이 아스라이 보일 쯤, 본진 역시 출발 준비를 마쳤다.

아직 안개도 걷히지 않은 이른 아침.

정파연합과 장강수로의 호한들은 넘실거리는 강물을 바라보며 출정 명령이 떨어지기만을 기다리고 있었다.

*   *   *

뿌연 안개를 헤치며 수백 척의 배가 물살을 가르고 있었다.

마치 누각을 몇 채 얹어놓은 듯한 거대한 누선(樓船)을 앞세우고 빠른 속도로 물살을 갈라가는 그들의 정체는 다름 아닌 암흑마교였다.

그들은 이제 흑룡방이란 이름을 던져 버리기라도 한 듯, 모두가 황금빛 '마(魔)' 자가 새겨진 검은 깃발을 달고 있었다.

깃발 아래, 장방형(長方形)으로 된 넓은 장대(將臺)에는 저팔계같이 생긴 노물이 앉아 있었다. 그는 암흑마교 칠대봉공 중의 한 사람인 흑저로, 잠시도 의자에 앉아 있지 못하고 연신 엉덩이를 들썩이며 마구 고함을 지르고 있었다.

"놈들이 바로 코앞에 있다! 모두 우리를 영접하기 위해 목을 길게 빼고 기다리고 있단 말이다! 그러니 힘을 내라! 속도를 좀 더 내란 말이다! 크하하하하!"

흑저는 이제껏 암흑마교에서 육로를 맡고 있었다. 그런 그가 갑자기 거대 선단을 이끌고 장강에 나타난 이유가 뭘까?

그 해답은 흑저 곁에 앉아 있는 백시를 보면 알 수 있다.

백시는 흑저를 노려보며 연신 이를 갈고 있었다. 그 이유는 흑저가 자기 의견을 무시하고 선단을 함부로 움직여 버린 때문이었다.

'바보 같은 놈! 내가 그렇게 이야기했는데도……'

이렇게 선단을 공개적으로 움직여 버리면 여러 가지 문제가 발생한다. 그 중에서도 가장 골치 아픈 문제는 수군이 앞을 막아설지도 모른다는 점이었다. 그렇게 되면 정파연합에서도 자신들의 움직임을 알고 미리 대비를 하게 된다. 그런데 이렇게 막무가내로 선단을 움직여 버리다니?

하지만 흑저는 도무지 말이 통하지 않았다.

"그깟 놈들, 막아서려면 막아서고, 알아차리려면 알아차리라고 해! 다 짓 뭉개 버리면 되지!"

흑저가 그렇게 자신감을 갖는 이유가 있었다.

이번 출정에는 암흑마교의 정예가 반 이상 동원되었다. 거기다가 흑룡방에 몸담고 있던 말단 수하들까지 모두 동원했으니 이 정도 전력이라면 수군 아니라 황군과도 겨뤄볼 만했다. 그러니 그깟 정파연합쯤이야.

물론 백시가 말한 벽라대제의 후인이 마음에 걸리기는 했다. 하지만 그가 벽라대제 본인이 아닌 다음에야 철갑마장(鐵甲魔將) 이백에 파천신장 서른 명이면 충분할 것이다. 그만한 인원이라면 설사 벽라대제 본인이 살아온다 해도 어쩔 수 없을 것이니.

하지만 백시는 고개를 설레설레 내저었다.

'바보 멍청이 같은 놈……'

흑저가 이제껏 육로에서 연전연승했다면 자기 역시 수로에서 승승장구한 관록이 있다.

그런 자신이 놈들에게 그리 처참하게 당했다면 한 번쯤 생각을 해봐야 할 게 아닌가? 그런데 저리 안하무인이라니!

이미 곽무한에게 뼈저린 일격을 당해본 백시로서는, 그래서 그 패전의 책임을 지고 한쪽 눈을 뽑아버린 백시로서는 그저 물량 공세만 벌이려는 흑저가 한심스럽기만 했다.

그러나 어쩌랴?

자신은 이미 그의 보좌역으로 좌천되어 버렸고, 이번 일의 주장(主將)은 흑저가 분명한 것을.

백시는 눈앞을 막아서는 뿌연 안개를 보며 고개만 설레설레 내저었다.

*　　　*　　　*

슈우웃, 펴펑!

드디어 신호가 올랐다.

놈들이 구강을 지나 무창(武昌) 쪽으로 향하고 있다는 신호였다.

신호가 오르자 수룡채들은 긴장한 표정으로 곽무한을 쳐다봤다.

드디어 출정의 시간이 다가온 것이다.

곽무한은 천천히 자리에서 일어났다.

이미 추단과 곽패 등은 완전무장한 상태로 명을 기다리고 있었다.

곽무한은 수하들을 둘러보며 싱긋 미소를 지었다.

"다들 들었지? 놈들이 달려오고 있다는군. 그것도 발정 난 똥개마냥 정신없이 말이야."

그 말에 수하들이 와! 하고 웃었다.

곽무한의 농담 한마디에 긴장을 떨쳐 버린 것이다.

그런 수하들을 보며 곽무한은 고개를 끄덕였다.

"그래. 그렇게 평소대로 하자구. 솔직히 너희들도 생각해 봐. 너희 얼굴이 보통 얼굴들이냐? 난 너희가 인상을 쓸 때마다 놈들이 겁을 먹고 달아나 버릴까 봐 걱정이야. 그렇게 되면 작전이고 뭐고 엉망진창이 되어버려. 그러니 다들 평소대로 하자구. 어차피 죽을 놈은 우리가 아니라 놈들이니까."

그 말에 곽패가 입을 삐죽였다.

"쳇. 저번에는 그럴싸한 연설로 가슴을 울리시더니 이번에는 어째 설렁설렁 넘어가십니다?"

곽무한은 웃으며 대답했다.

"그땐 나도 들떠서 그런 거였고, 지금은 놈들이 만만하게 보여서 그래."

물론 그 말은 거짓말이다.

이번 전투는 그 어느 때보다 위험한 전투가 될 것이다. 그럼에도 불구하고 곽무한이 농담처럼 말한 이유는 수하들이 너무 긴장하고 있어서였다.

모두 이번 작전이 얼마나 위험하다는 것을 알고 있어서인지 마음의 여유가 없어 보였다. 그래서 모두에게 여유와 자신감을 심어주기 위해 농담처럼 이야기한 것인데 곽패는 그게 못마땅한 모양이었다.

아무래도 이 자리에 정파무인들이 있어 자존심이 상한 모양인데, 그깟 자존심쯤이야 좀 무너지면 어떠랴? 그로 인해 수하들이 한 사람이라도 더 살아난다면 그깟 자존심쯤이야 언제라도 버릴 수 있다.

곽무한은 미소 띤 얼굴로 곽패를 다독인 뒤 운봉 선사를 돌아봤다.

분위기가 어느 정도 정리된 듯하니 할 이야기가 있으면 하라는 뜻이었다.

그러나 운봉 선사는 웃으며 고개를 내저었다. 이번 전투의 주장(主將)은 자신이 아니라 곽무한이라는 걸 분명히 한 것이었다.

곽무한은 그런 운봉 선사에게 눈빛으로 사의(謝意)를 표한 뒤, 수하들에게 출정을 명했다.

"자! 대충 시간이 된 것 같으니 슬슬 마중을 나가 보자구."

느물거리는 곽무한의 말투에 수룡채들은 또 한 번 웃음을 터뜨렸다. 그리고 신호가 오르자 저 뒤에서부터 수룡채들이 하나둘 동정호를 빠져나갔다.

수하들이 모두 빠져나가자 지휘선이 물살을 가르기 시작했다.

이윽고 지휘선마저 아득한 수평선 너머로 사라지자 동정호 전체가 텅 비어버린 느낌이었다.

*   *   *

촤아아…….

물살이 높게 일었다. 그 위로 먹구름이 잔뜩 낀 걸 보니 한바탕 비가 쏟아질 기세였다.

하지만 흑저는 속력을 늦추지 않았다.

이대로 반 시진만 더 가면 무창이 나오고, 거기서부터는 오가는 배도 많을 뿐더러 관군과 부딪칠 확률이 높아 어쩔 수 없이 속도를 늦춰야 하기 때문이다. 물론 마음 같아서야 이대로 계속 돌진하고 싶었지만, 백시 말대로 굳이 소란을 일으킬 필요는 없을 것 같아 무창에 이르기 전까지만 현재 속도를 유지할 생각이었다. 그래서 연신 수하들을 독려하고 있는데, 갑자기 관측을 맡은 수하가 신호를 보내왔다.

"봉공 어르신! 잠시 속도를 늦춰야겠습니다. 앞쪽에 뭔가가 나타났습니다."

"앞쪽에 뭐가 나타났다고? 뭐야? 좀 더 정확히 알아봐!"

흑저가 소리치자마자 수하가 난감한 표정으로 대답해 왔다.

"이런! 관군입니다!"

"관군? 갑자기 관군이 왜?"

흑저가 고개를 갸웃거리자 백시가 차갑게 쏘아붙였다.

"갑자기는 무슨 갑자기. 우두산을 지날 때부터 이야기하지 않았던가? 이렇게 공개적으로 움직이면 관의 이목을 끌게 된다고."

흑저는 잠시 어맛살을 찌푸리고 생각에 잠겼다. 그리고는 수하들에게 버럭 고함을 질렀다.

"됐어! 관군이고 뭐고 계속 밀어붙여!"

순간, 백시가 놀란 표정으로 만류했다.

"이 사람이 진짜 왜 이래? 일단 속도를 늦추고 상황을 좀 더 알아보자구. 아직 무창에 닿지도 않았는데 관군이 나타나다니 뭔가 심상치 않아."

흑저는 코웃음을 쳤다.

"됐네! 이미 대멸천지계가 발동된 마당에 걱정할 게 뭐 있나? 다들 뭐 하고 있어? 계속 현재 속도를 유지하라니까!"

백시는 할 수 없이 입을 다물고 말았다. 흑저가 저렇게 흉광을 번쩍일 때는 아무도 말릴 수 없기 때문이었다.

잠시 후,

콰지지직!

요란한 굉음과 함께 앞을 막아섰던 관선이 뱃머리부터 크게 부서졌다. 그리고 그 배는 얼마 지나지 않아 완전히 침몰되어 버렸다. 뒤이어 들이닥친 암흑마교들에 의해 잿더미가 되어버린 것이다. 그리고도 모자라 암흑마교들은 주변에 있던 관선들마저 잿더미로 만들어 버렸다.

하지만 그게 오히려 자충수가 되어버렸다.

관선들이 침몰하면서 피어오른 연기를 봤는지, 멀리서 수군들이 나타난 것이다.

"빌어먹을……."

새까맣게 몰려오는 수군들을 보고 흑저는 인상을 찌푸렸다.

수하들이 어찌할까를 물어오자 그는 볼 것도 없다는 듯 소리쳤다.

"어쩌긴 뭘 어째? 그냥 짓뭉개 버려!"

드디어 일이 벌어졌다. 흑저의 호전적인 성격 때문에 정파연합과 싸우기도 전에 엉뚱한 곳에서 힘을 빼게 된 것이다.

"젠장……."

백시는 인상을 찌푸리며 자리에서 일어났다. 이왕지사 일이 이렇게 되어 버렸으니 최단시간 내에 수군들을 몰살시켜 버리기 위해서였다.

백시가 양손에 호조수(虎爪手)를 끼며 뱃머리로 향하자 흑저 역시 거무튀튀한 유성추를 꺼내 들며 옆에 와서 섰다. 두 사람은 서로를 향해 고개를 끄덕인 뒤 동시에 허공으로 날아올랐다.

순간,

쾅! 쾅! 쾅!

고막을 찢는 굉음과 함께 포탄이 날아왔다.

암흑마교들이 돌진 속도를 늦추지 않자 수군들이 화포를 쏜 것이다.

그러나 명중률은 그렇게 높지 않았다.

그리 크지 않은 배에 장착된 화포이다 보니 발사 순간의 충격을 이기지 못해 탄도가 엉뚱한 곳으로 향한 것이다. 그러나 암흑마교들의 배가 워낙 많다 보니 소 발에 쥐 잡기 식으로 조금씩 피해가 났다. 하지만 암흑마교보다 수군들의 피해가 훨씬 더 컸다.

쾅! 쾅! 쾅!

이미 강호의 절반을 장악한 암흑마교이다 보니, 그들 역시 화포가 없을 리 없었던 것이다.

물론 암흑마교의 화포라고 성능이 대단할 리 없다.

그러나 워낙 많은 배가 화포를 쏘아대는 바람에, 그리고 흑저와 백시를 비롯한 암흑마교의 고수들이 줄줄이 날아와 마구잡이로 살수를 뿌려대는 바람에 피해가 막심했다.

결국 세불리를 느낀 수군 지휘관은 급히 후퇴를 명했다. 일단 진형을 추슬러 다시 반격하기 위해서였는데, 아쉽게도 그는 그럴 기회를 얻지 못했다.

"크하하, 이놈!"

콰지직!

"끄윽……."

광소를 터뜨리며 날아온 흑저의 유성추에 맞아 그 자리에서 머리가 박살 나버린 것이다. 그로 인해 수군들의 사기는 급속도로 저하되어 갔다.

가뜩이나 세도 불리한 상황에서 지휘관마저 죽어버리자 싸울 마음이 싹 달아나 버린 것이다. 그 결과, 수군들은 지리멸렬한 모습으로 하나둘 뱃머리를 돌리기 시작했다.

흑저는 그 모습을 보고 가가대소를 터뜨렸다.

"푸하하! 봤지? 저놈들쯤이야 우리 아이들에겐 한 끼 해장거리도 안 돼!"

그러나 일을 이쯤에서 그쳤으면 얼마나 좋았을까?

불행히도 자신의 지휘력에 도취된 흑저는 수하들에게 추격을 명하고 말았다. 그게 바로 불행의 시작이었다.

후두둑, 후두둑.

암흑마교들이 수군들을 추격할 무렵부터 빗방울이 떨어지기 시작했다. 낮게 깔린 먹구름이 기어이 비를 토해낸 것이었다.

그때부터 바람도 점점 강하게 불어 강물에 거센 풍랑이 일어났다.

그리고 빗발은 시간이 갈수록 굵어져 급기야 억수 같은 장대비로 변해 버렸다.

쏴아아!

한 치 앞도 제대로 보이지 않는 폭우.

백시는 인상을 찌푸리며 흑저를 돌아봤다. 비바람이 너무 심하니 추격을 멈추고 잠시 쉬었다 가자고 하기 위해서였다.

그런데 바로 그때,

둥, 둥, 둥…….

멀리서 희미한 북소리가 들려왔다.

정신없이 달아나고 있는 수군들 뒤쪽에서 들려온 소리였다.

처음엔 쏟아져 내리는 비 때문에 강물을 막아놓은 둑인 줄 알았다.

그러나 안력을 집중해 보니 그게 아니었다. 움직이는 시커먼 그림자들이었다. 백시가 놀란 표정으로 낯빛을 굳히는 순간, 망루에서 요란한 고함 소리가 들려왔다.

"놈들이다! 놈들이 나타났다아아!"

때맞춰 흑저의 고함 소리도 들려왔다.

"모두 추격 중지! 지금부터 전투 대형으로 전환한다. 실시!"

명이 내리자 암흑마교들은 서서히 진세를 전투 대형으로 바꾸기 시작했다.

＊　　　　＊　　　　＊

쏴아아아…….

비바람이 강하게 불었다.

돛은 찢어질 듯 펄럭였다.

곽무한은 펄럭이는 돛대 위, 망루에 서 있었다.

아래쪽에선 수하들이 명을 기다리고 있었고 앞쪽으로는 적들의 모습이 선명했지만, 곽무한은 한 손을 뻗은 채 생각에 잠겨 있었다.

쏴아아아…….

쏟아지는 빗발이 손바닥을 아프게 때려왔다.

"아직은 아니야. 조금 더 시간이 흘러야 해……."

벌써 며칠 전부터 기다려 왔던 장마였다. 하지만 이 비가 본격적인 위력을 발휘하려면 아직 시간이 더 흘러야 했다.

곽무한은 천천히 손을 내린 뒤 시선을 앞쪽으로 돌렸다.

비바람 사이로 수군들이 보였다. 그 뒤로 수군들을 쫓고 있는 암흑마교의 선단도 보였다. 그중 놈들을 이끌고 있는 산(山)만 한 지휘선을 보며 곽무한은 흐릿한 미소를 지었다.

'바보 같은 놈들…….'

싸움에서 가장 중요한 것은 천시(天時)와 인화(人和), 그리고 지리(地理)인데, 저들은 천시는커녕 지리조차 안중에 두지 않고 있었다.

비록 이곳은 일직선으로 쭉 뻗은 넓은 물길이지만, 동정호를 지나면 거기서부터 굴곡이 심한 형강의 아홉 구비가 시작된다.

거기 들어설 쯤이면 장마로 강물이 범람해 사방이 물바다로 변해 버릴 것이다. 그래서 어디가 강인지, 어디가 늪인지 구분조차 할 수 없을 것인데, 저런 덩치를 끌고 오다니.

"잘하면 한 방에 끝낼 수 있겠군……."

곽무한은 혼잣말을 중얼거리며 망루에서 내려왔다. 벌써 수군들이 지근거리까지 접근해, 그들을 어찌 대해야 할지 명을 내려야 했기 때문이다.

수군들은 이미 크게 당한 상태였다.

근 오십 척에 달하던 배들 중 성한 배는 스무 척도 되지 않았다.

그러나 덕분에 일이 쉽게 풀릴 듯했다. 수군들 틈에 끼어서 싸우면 수하들의 희생을 줄일 수 있으니.

"자, 슬슬 놈들을 자극해 볼까?"

곽무한은 수하들에게 명을 내렸다.

물론 적극적으로 싸우라는 명이 아닌, 수군들 틈에 끼어서 적당히 싸우는 흉내만 내라는 명령이었다.

"와아아!"

명이 내려지자 수룡채를 비롯한 장강수로채들은 함성을 지르며 앞으로 나아갔다. 그 기세에 수군들이 당황하기 시작했다. 혹시 뒤에 있는 암흑마교와 한패가 아닐까 해서였다.

그러나 잠시 지켜보니 자신들을 대신해 놈들을 공격하고 있다.

수군들은 그제야 안심했다. 비록 수룡채들과 뒤엉키는 바람에 피아를 구분할 수 없게 되어버렸지만, 그들이 자신들을 도와주려는 것 같아 왠지 모를 친근감이 들었다.

그래서일까?

"좋아! 우군이 나타났으니 우리도 공격!"

수군들도 다시 뱃머리를 돌렸다.

어차피 이대로 돌아가 봐야 책임 추궁을 면할 길이 없고, 또 수룡채들을 보니 기대 이상의 전력이라 저들과 힘을 합치면 의외의 성과를 거둘 수 있을 것 같아서였다.

쾅! 쾅! 쾅!

쐐애애액!

또다시 격전이 벌어졌다.

포탄이 날고 화살이 날고 아비규환의 비명이 사방에 메아리쳤다.

그러나 뭔가 이상했다.

분명 자신들이 유리해 보였는데, 수하들의 배가 하나둘 사라지고 있었다. 왜 그런가 싶어 좌우를 살펴보니 수룡채들이 싸우는 척하면서 교묘하게 몸을 피하고 있었다. 그 바람에 자신들만 작살이 나고 있었다.

"으으. 저놈들 뭐야? 저럴 거면 뭣 하러 기어나온 거야?"

　수군들은 뒤늦게 땅을 쳤지만 이미 전장의 한복판에 들어와 있어 발을 뺄 수도 없는 상황이었다. 결국 수군들은 암흑마교와 수룡채 사이에 끼어 애꿎은 피해만 당하면서 하나둘 침몰되어 갔다.

제109장
폭우 속의 혈전

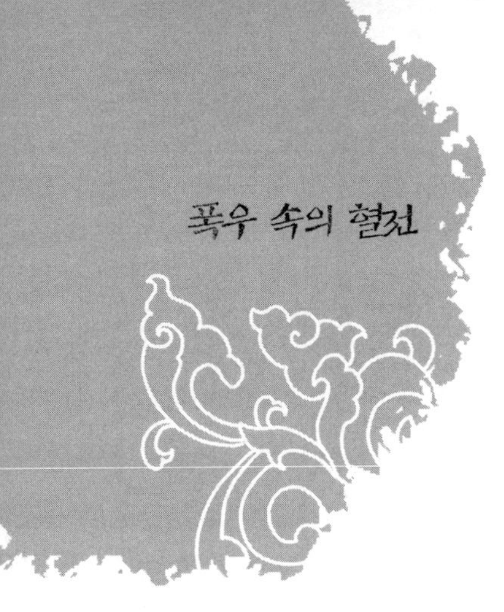

폭우 속의 혈전

흑저는 수룡채들이 나타나자 잠시 긴장했다.

저들이 바로 백시에게 참패를 안겨준 장본인이라는 사실을 알고 있었기 때문이다.

그러나 시간이 흐르면서 다시 기가 살기 시작했다. 수하들의 공격에 휘말려 우왕좌왕하는 수룡채들을 보자 자신감이 든 것이었다.

"공격! 단 한 명도 살려 보내선 안 된다! 전원 공격!"

흑저는 신나게 명을 내렸다.

그러나 상황은 그렇게 쉽게 흘러가지 않았다.

얼핏 보기엔 오합지졸 같은 수룡채들, 그러나 침몰시키긴 쉽지 않았다. 막상 놈들을 잡으려 하면 수군들 사이를 오가며 숨바꼭질하듯 치고 빠지니 도저히 따라잡을 수 없었던 것이다.

흑저는 슬슬 열이 받기 시작했다.

놈들을 금방 몰살시킬 수 있을 줄 알았는데 의외로 시간이 걸리니 약이 오른 것이다.

그렇다고 수군들을 상대할 때처럼 직접 나설 순 없었다. 백시에게 들은 곽무한의 무위도 무위였지만, 승산이 확실한 상황에서 굳이 모험할 필요는 없기 때문이었다. 그러다 보니 애꿎은 수하들만 닦달을 당했다.

"빌어먹을! 뭣들 하는 거야? 수군들은 놔두고 놈들만 쫓아! 놈들만 때려부수란 말이야!"

슈슈슈슛!

콰! 쾅! 쾅!

"으아악……."

쫓고 쫓기는 공방전 속에 양 선단은 무창에 이르렀다.

무창에 들어서자마자 곽무한은 한수채주에게 신호를 보냈다. 애초의 계획대로 전력을 나누기 위해서였다.

신호를 받은 한수채들이 서서히 뱃머리를 돌리자 그 배에 동승하고 있던 청송 진인과 만상 진인 등이 곽무한에게 포권을 보내왔다. 자신들을 대신해 암흑마교와 싸우고 있는 수룡채들을 보고 느낀 점이 많았는지 그들의 표정엔 만감이 어려 있었다.

"저놈들이?"

한수채가 빠져나가자 흑저는 잠시 당황했다.

"흥! 그리로 달아나면 살길이 있을 줄 알았더냐?"

흑저는 이내 코웃음을 치며 수하들의 일부를 보내 한수채를 뒤쫓았다. 그리고는 계속 본대를 이끌고 곽무한을 추격했다.

그러나 곽무한은 잡힐 듯 잡히지 않았다.

차라리 그냥 달아나면 못 이기는 체하고 놓아주기라도 하지, 도망치는 와중에도 계속 역습을 가해오니 도저히 용서할 수가 없었다.

"으드득! 저 미꾸라지 같은 놈! 뭣들 하는 거야? 좀 더 속도를 내! 속도를 내서 저놈들을 따라잡으란 말이야!"

흑저는 화가 치밀어 수하들에게 고래고래 고함을 질렀다. 그러는 동안 적벽(赤壁)을 지나 바다 같은 동정호에 이르렀다.

동정호에 이르자 이번엔 동정수채와 그 휘하들이 빠져나갔다.

"저, 저 약아빠진 놈들! 또 달아나?"

흑저는 어이가 없어 잠시 말을 잇지 못했다. 그러나 얼핏 봐도 수천 명에 이르는 전력이니 그냥 내버려 둘 수가 없다. 그래서 또다시 수하들을 나눠야 했다.

"오냐, 이놈! 누가 이기나 어디 끝장을 보자!"

흑저는 이를 부드득 갈며 계속 추격을 명했다. 그러자 백시가 걱정스런 표정으로 제동을 걸었다.

"이봐! 너무 대책없이 쫓아가는 거 아냐?"

예정대로라면 동정호에서 전력을 한 번 추슬러야 했다. 그래야 호광(湖廣: 호북과 호남의 통칭)의 요지인 동정호에 확실한 교두보를 마련할 수 있다.

그런데 이렇게 놈들만 뒤쫓다가는 교두보는커녕 오히려 역습을 허용할 우려가 있다.

흑저는 백시의 말을 가볍게 무시했다.

"흥! 별걱정을 다 하는군. 자네 눈에는 놈들이 저렇게 정신없이 달아나는 게 보이지도 않나? 놈들만 잡으면 이 싸움은 끝이야. 장강을 손아귀에 넣은 거나 마찬가지라구!"

그 말에도 일리가 있었다.

중원의 젖줄이라 불리는 장강. 그중에 신경이 거슬리는 상대는 곽무한과 동정용왕뿐이다. 그들만 괴멸시키고 나면 나머지는 다 고만고만한 곳이어서 굳이 손쓸 필요가 없다.

그런데 방금 동정수채를 뒤쫓아간 수하들에게서 그들이 동정호를 지나 상강 쪽으로 계속 달아나고 있다는 소식이 들어왔으니, 이제 남은 것은 곽무한 뿐이다.

　백시는 달리 반박할 말이 없어 조용히 입을 다물고 말았다.

　'알고 보니 저번 전투에서 우리만 당한 게 아니었군. 놈들도 치명적인 피해를 입었어. 그러니 저렇게 정신없이 달아나지…….'

　그러나 날씨는 점점 어두워지고 비바람은 갈수록 거세져 갔다.

　백시는 어둑해지는 밤하늘을 보자 왠지 불안한 기분이 들었다.

　'젠장… 상황을 보면 우리가 압도적인 게 분명한데 왜 이리 찜찜한 기분이 들지?'

　백시가 고개를 갸웃거리는 동안, 선단은 장강을 거슬러 형강의 아홉 구비로 들어섰다.

　콰아아…….

　계곡 입구로 들어서자 급류가 거세게 휘몰아쳤다. 그 바람에 선체가 거칠게 요동을 쳐 흑저는 자기도 모르게 토악질을 했다.

　"우왜액, 왝! 크으… 정말 지랄 같은 날씨에 지랄 같은 물길이군……."

　그랬다. 지금 흑저 등이 지나고 있는 곳은 형강의 아홉 구비 중에서도 물굽이가 급하기로 유명한 곳이었다. 그래서 지명마저 활시위를 고른다는 뜻의 조현(調弦)이라고 지었을 만큼 물길이 급하게 굽어 있었다.

　거기다가 강 양쪽으로 삐죽한 암벽이 치솟아 있고 그 사이로 거센 격류가 휘몰아치고 있어 흑저가 오만상을 찌푸리며 짜증을 부릴 만했다.

　그런데 흑저가 막 토악질을 마치고 자리에서 일어설 무렵, 또다시 거센 풍랑이 휘몰아쳤다. 그로 인해 배가 곧 부서질 듯 요동을 치자 흑저는 급히 난간을 붙잡았다.

　그러나 이제껏 육로에서 평생을 보내다시피 한 흑저인지라 속이 좀처럼 진정되지 않아 또다시 속을 게워냈다.

"우왜액, 왝! 으… 이 빌어먹을 계곡!"

그렇게 흑저가 연신 구토를 하며 짜증을 부리자 보다 못한 백시가 넌지시 조언을 건넸다.

"이봐. 정 힘들면 속도를 좀 늦추는 게 어때? 물살이 험하고 날씨까지 이 모양이니 자칫 잘못하면 배가 좌초될지도 몰라."

"음……."

흑저는 잠시 고민했다.

솔직히 백시가 아닌 다른 사람이 권했다면 얼른 고개를 끄덕였을 것이다. 그만큼 물살이 험했다. 그러나 백시와는 앙숙지간이나 다름없는 데다 여기서 속도를 멈추면 놈들의 종적을 잃고 만다. 그렇게 되면 추격을 안 한 것만 못 한 결과가 되고 마니 자기도 모르게 고개가 가로저어졌다.

"아니. 우리가 힘든 만큼 놈들도 힘들어. 아니, 놈들은 달아나고 있는 중이라 더 힘들 거야. 그러니 지금 속도를 유지해야 해. 그래야 놈들을 잡을 수 있어!"

흑저가 단호히 고개를 내젓자 백시는 나직이 한숨을 내쉬었다.

벌써 놈들을 추격한 지 반나절이 지났다. 그런데 놈들을 따라잡기는커녕 거리만 점점 더 벌어지고 있으니, 도대체 무슨 수로 놈들을 따라잡겠단 말인가. 그것도 이렇게 굴곡이 심한 계곡에서.

콰아아아……

또다시 급류가 휘몰아쳤다.

"으아아! 이젠 좀 그만 할 때도 됐잖아? 화포로 몽땅 쏴버릴까 보다, 젠장!"

그렇게 흑저가 또다시 짜증을 부릴 때였다.

우르르릉……

갑자기 머리 위에서 무슨 소리가 들려왔다.

흑저는 깜짝 놀라 수하들에게 경고성을 발했다.

"기습이다! 모두 조심해!"

그러나 기습이 아니었다. 그보다 더 심각한 사태였다.

와르르르, 쿠당탕!

요란한 굉음과 함께 집채만 한 바위가 무더기로 쏟아지고 있었다.

놈들이 매복하고 있다가 돌무더기를 굴린 모양인데, 그로 인해 몇 척의 배가 눈 깜짝할 사이에 강물 속으로 사라져 버렸다.

"으아아! 이런 찢어 죽일 놈들!"

이제껏 건진 것 하나 없이 고생만 죽도록 하고 있는데, 놈들의 매복에 걸려 예상치 못한 피해를 당하게 되자 흑저는 순간적으로 이성을 잃어버렸다.

"모두 뭘 보고 있어? 화포를 쏴! 놈들을 몽땅 수장(水葬)시켜 버리란 말이야!"

"이, 이봐, 안 돼!"

그러나 백시가 미처 말리기도 전에 흑저의 고함 소리에 놀란 수하들이 얼떨결에 화포를 쏘아버렸다.

쾅, 쾅, 쾅!

"맙소사!"

백시는 자기도 모르게 눈을 질끈 감고 말았다.

와지끈, 우르르, 쿠당탕!

"으아악!"

"크흑……."

예상대로 피해는 몽땅 자신들에게 되돌아왔다.

포탄에 맞은 절벽이 무너져 내리면서 또다시 십여 척의 배를 휩쓸어 버린 것이다.

"으으… 이럴 수가?"

흑저는 망연자실한 표정으로 절벽을 쳐다봤다.

얄밉게도 놈들은 이미 사라져 버린 뒤였고, 자신의 성급함으로 인해 애꿎은 수하들만 죽어갔다.

흑저는 민망한 표정을 감추기 위해 오히려 고함을 질렀다.

"노를 저어라! 팔목이 부러지도록 저어! 만약 이 밤이 가기 전에 놈들을 따라잡지 못한다면 네놈들의 머리통을 부숴 버릴 것이다!"

휘이잉!

강풍은 시간이 갈수록 위력을 더했다. 물살 역시 거칠 대로 거칠어져 이젠 갑판까지 올라올 정도였다. 그로 인해 지휘선은 물론이고 전 선단이 정신없이 하늘로 치솟았다가 급격히 강물 속으로 곤두박질을 쳤다.

백시는 근심 어린 표정으로 그 광경을 바라보다가 문득 입을 열었다.

"이봐. 아무래도 안 되겠어. 웬만하면 속도를 늦추세. 이러다가 큰일 나겠어."

그러나 흑저는 여전히 고개를 가로저었다.

"아니. 그럴 필요 없어. 이제 조금만 더 가면 계곡이 끝나."

그 말에 시선을 들어보니 과연 계곡이 끝자락을 보이고 있었다.

"음… 그럼 계곡을 벗어난 뒤에 잠시 휴식을 취하자구. 급류를 헤치느라 아이들이 많이 지쳤어."

"음… 그러지……."

흑저는 마지못한 표정으로 고개를 끄덕였다. 백시 말대로 여기서 더 무리를 했다간 수하들이 모두 퍼져 버릴 것 같아서였다.

그런데 그들이 막 계곡을 빠져나가려는 순간,

끼기기긱… 철컹!

고막을 거스르는 기음과 함께 선체가 크게 요동을 쳤다.

"이번엔 또 뭐야?"

짜증스런 표정으로 강물을 내려다보니 출렁이는 물결 사이로 시커먼 뱀 같은 게 보였다. 강 양편으로 연결된 쇠사슬이었다.

"으드득! 이젠 추격을 막기 위해 별짓을 다 벌이는구나. 모두 뭣들 하고 있어? 어서 저 빌어먹을 쇠사슬을 잘라 버려!"

흑저가 이를 갈며 수하들을 내려 보내자 전 선단이 대기 상태에 들어갔다.

백시는 왠지 모를 불길한 예감이 들어 좌우를 돌아봤다. 바로 그때, 저 앞쪽에서 반딧불 같은 광채가 깜빡였다.

백시는 가슴이 철렁해 목이 터져라 소리쳤다.

"화탄이다! 모두 피해!"

그러나 그 말이 채 끝나기도 전이었다.

쿠콰콰콰쾅!

엄청난 굉음과 함께 지휘선 앞머리에서 시뻘건 화염이 치솟았다. 그리고 그게 끝이 아니었다.

슈우우웅!

쐐애애액!

계곡 전체가 갑자기 환해지나 싶더니 섬뜩한 소음을 동반하며 포탄과 불화살이 거대한 노을처럼 머리 위를 덮쳐 왔다.

"모두 피해!"

그러나 백시의 고함 소리는 계곡을 뒤흔드는 포탄 소리에 금방 묻혀 버렸다.

쿠콰콰콰쾅!

"으아악!"

"끄아악!"

번천지복의 굉음과 함께 한 폭의 지옥도가 펼쳐졌다.

사방에서 화염이 넘실거리는 가운데 찢어진 팔다리가 하늘 위를 날아다니고, 이곳저곳에서 비명 소리가 메아리쳤다. 그나마 폭우가 휘몰아치고 있어 화재가 번지지 않은 게 천만다행이랄까, 전 선단이 한군데 몰려 있어 엄청난 피해가 났다.

흑저는 망연자실한 표정으로 앞쪽을 쳐다봤다.

그러나 그곳은 언제 그랬냐는 듯 캄캄한 어둠에 휩싸여 격한 물소리만 되돌려주고 있었다.

흑저가 한동안 움직일 생각을 않자 백시는 나직이 한숨을 내쉬었다.

"휴우… 상황이 계속 묘하게 흘러가는군. 쫓기는 쪽은 놈들인데, 피해는 우리가 당하고 있으니……."

흑저는 아무 대답이 없었다.

백시는 앞을 노려보고 있는 흑저를 보며 계속 말을 이어나갔다.

"내 이제야 하는 말이지만, 아무래도 우리가 놈들에게 말려든 것 같아."

순간, 흑저가 휙! 고개를 돌려왔다.

"놈들에게 말려들다니?"

"지금까지의 과정을 곰곰이 돌이켜 봐. 우리가 놈들을 뒤쫓고 있는지, 아니면 유인당하고 있는지……."

"음……."

흑저는 잠시 생각에 잠겼다. 백시 말을 듣고 보니 자신이 유인당하고 있을지도 모른다는 생각이 든 것이었다.

'그러나…….'

그렇다고 해서 달라지는 건 없다.

자신에겐 아직 철갑마장 이백에 파천신장 서른 명이 있다. 그러니 놈들이 앞을 가로막으면 부숴 버리면 되고 뒤로 달아나면 쫓아가 박살을 내주면 된다. 어차피 유인당하고 있다 하더라도 언젠가는 서로 결판을 보게 될 터. 달라질 건 아무것도 없었다.

'하지만 최악의 경우를 대비해 두는 것도 나쁘진 않겠지?'

흑저는 나름대로 결론을 내린 뒤 백시에게 말했다.

"그럼 이렇게 하지. 내가 파천신장들과 함께 앞을 맡을 테니 자네가 뒤를 맡아줘. 그렇게 선단을 둘로 나눠 놈들의 유인책에 대비하는 거야."

백시는 선선히 고개를 끄덕였다.

자신이 생각해 봐도 그게 최선의 방법이었기 때문이다.

"좋아! 그럼 다시 가는 거야. 가서 놈들을 짓밟아 버리자구!"

흑저가 또다시 흥분하는 기색을 보이자 백시는 얼른 그 말을 되받아쳤다.

"그전에 휴식을 취하는 게 먼저야. 그렇지 않으면 아이들이 녹초가 되어버려."

"젠장. 알았어."

흑저는 마지못해 고개를 끄덕였다. 그동안의 경험으로, 이렇게 막무가내로 곽무한을 뒤쫓아가다간 죽도 밥도 안 된다는 것을 그제야 알아차린 것이다.

*   *   *

어느새 어둠이 가고 뿌연 먼동이 텄다.

비바람은 잠시 숨을 고르려는지 가는 빗줄기를 흩날리고 있었다.

곽무한은 흩날리는 안개비를 맞으며 산봉우리 위에 서 있었다.

발아래로 자욱한 운무(雲霧)가 흐르고, 그 사이로 놈들의 모습이 아스라이 보였다.

간밤의 기습에 혼쭐이 났는지 놈들은 느릿느릿 움직이고 있었다. 그중 몇 척은 앞쪽으로 나아와 좌우를 살펴보고 있었는데, 아마도 휴식할 곳을 찾는 모양이었다.

'하긴 여기까지 오느라 고생했으니 좀 쉬고 싶을 테지. 그러나!'

곽무한은 싸늘한 표정으로 한 손을 들어 보였다. 그러자 뒤쪽에서 풀잎 스치는 소리가 나더니 몇 발의 화살이 언덕 아래로 날아갔다.

지금 곽무한 등이 매복하고 있는 이곳은 습지가 유난히 많은 곳이었다. 그래서 지명조차 만지(滿池)라고 지었을 만큼 진창과 늪이 발달해 있었다. 그리고 곽무한이 서 있는 산봉우리에서 오른쪽으로 내려가면 물길이 세 갈래로 나눠져 동정호의 지류로 흘러드는 삼분하(三岔河)가 있고, 왼쪽으로 두어 시진쯤 올라가면 청강채와 저장채 등이 대기하고 있는 완포 늪이 나온다.

그 모든 곳이 요 며칠 사이에 내린 폭우로 인해 홍수가 나, 사방이 물바다로 변해 있었다.

곽무한은 이곳에서 놈들을 또 한 번 급습할 예정이었다. 그러면 놈들은 대대적인 반격에 나설 것이고, 그렇게 되면…….

곽무한은 다시 한 번 발아래를 쳐다봤다.

자신조차 미리 와보지 않았으면 혼란을 느낄 정도로 사방이 온통 황톳물 천지였다.

그것도 수초 밭과 늪이라는 치명적인 함정을 숨긴…….

지금 놈들이 오고 있는 곳은 바로 그런 위험천만한 곳이었다.

*　　　*　　　*

"젠장! 비가 그쳐 그나마 다행이라 생각했더니 도대체 어디가 어딘지 알 수가 없군."

흑저는 좌우를 둘러보며 혼잣말로 투덜거렸다.

여기 어디쯤에서 휴식을 취해야 하는데, 보이는 것이라곤 온통 시뻘건 황톳물뿐이니 도대체 어디를 숙영지로 삼아야 할지 감이 오지 않았다. 그래서 난감한 표정으로 인상만 찌푸리고 있는데, 수하 하나가 다가오더니 손가락으로 저 앞쪽을 가리켜 보였다.

"봉공 어른, 저곳이 어떻겠습니까?"

"저곳?"

그를 따라 시선을 돌려보니 뿌연 운무 사이로 높다란 산봉우리가 보였다.

"흠… 괜찮군. 숲이 우거져 있으니 식수도 구할 수 있을 터. 그래, 저곳으로 가자."

흑저가 고개를 끄덕이자 수하가 뒤쪽으로 신호를 보냈다. 그러자 뒤를 따르고 있던 암흑마교들이 천천히 산봉우리 쪽으로 뱃머리를 틀었다.

그그극! 쿵!

갑자기 선체가 요동을 쳤다.

흑저는 무슨 일인가 하여 좌우를 쳐다보다가 낭패한 표정을 지었다.

"이런, 빌어먹을!"

그저 물결만 따라가면 될 줄 알았는데, 어이없게도 수초 밭 천지에 들어서게 되다니?

흑저는 강물 위로 삐죽이 솟은 수초들을 보며 잠시 인상을 찌푸리고 있다가 뒤쪽을 향해 고함을 질렀다.

"어이! 여기 소선 몇 척 보내주고 모두 우회해서 움직여!"

그러자 백시가 소선을 내려준 뒤 수하들에게 방향을 틀라고 신호를 보냈다.

그러나,

그그극, 쿵…….

얼마 못 가 그들 역시 흑저와 마찬가지 신세가 되고 말았다.

"이런! 진창에 걸려 버렸어."

"제기랄!"

흑저는 백시의 신호를 받고 애꿎은 난간을 걷어찼다. 그러자 차양이 와장창 부서지며 흥건한 빗물을 쏟아냈다.

"젠장! 되는 일이 없군……."

흑저는 어이없다는 표정으로 빗물을 털어낸 뒤 갑판으로 내려갔다.

일이 왜 자꾸 꼬이는가 싶어 마음을 달래기 위해서였다. 그러나 싯누런 황톳물을 보니 마음이 가라앉기는커녕 오히려 짜증만 났다. 그래서 발길을 돌리려는데 저 건너편에 작은 언덕이 눈에 띄었다.

대략 오십 장 정도 떨어진 곳이었는데, 풀빛이 어른거리는 걸 보니 아쉬운 대로 이백 명 정도는 쉴 수 있을 것 같았다.

흑저는 수하들 중 일부를 떠나보낸 뒤, 소선을 타고 백시에게 갔다.

어떻게든 선단을 움직여야 했기에 그에 대한 의논을 하기 위해서였다.

*　　　　　*　　　　　*

"후후후. 그래, 어서들 오너라."

곽패는 눈빛을 반짝이며 도끼를 매만지고 있었다.

놈들이 제 죽을 줄 모르고 다가오자 서서히 흥분이 된 것이다.

놈들이 언덕이라고 생각하며 다가오는 이곳. 그러나 언덕이 아니었다. 멀리서 볼 땐 강변 어디에서나 볼 수 있는 언덕 같아 보이겠지만 사실은 강변에 목책을 쌓고, 그 위에 풀 더미를 쌓아놓은 함정에 불과했다.

'흐흐흐. 고통없이 단번에 죽여줄까? 아니면 피를 말리면서 천천히 죽여줄까?

이미 놈들과 몇 번 맞부딪친 적이 있었지만 대부분 후퇴로 일관해야 하는 유인작전이어서 그동안 속만 태우고 있던 참이었다. 그런데 이번에는 원없이 싸울 수 있게 됐다.

그렇게 곽패가 흥분한 표정으로 놈들을 기다리고 있을 때.

"잠시 정지! 모두 주변을 살펴봐!"

놈들이 갑자기 배를 멈추더니 사방을 훑기 시작했다.

곽패는 순간적으로 가슴이 철렁했다.

놈들의 기도가 장난이 아니었기 때문이다.

'빌어먹을! 재수 옴 붙었군.'

이제껏 놈들이 말단 수하들인 줄로만 알았다. 그래서 놈들을 완전히 끌어들인 후 단숨에 몰살시켜 버리려 했으나 서둘러 작전을 바꿔야 했다. 그만큼 놈들의 기도는 무시무시했다. 다들 절대고수에게서나 볼 수 있는 유리알 같은 눈빛에 날선 검과 같은 기도를 풍기고 있었다.

곽패가 수하들에게 다급히 신호를 보내는 동안, 놈들이 다시 다가왔다.

삼십 장, 이십 장, 십 장…….

곽패는 긴장한 표정으로 놈들을 주시했다. 그리고 막 한 손을 치켜들어 명을 내리려는 순간, 한 놈과 우연히 눈이 마주쳤다.

곽패는 순간적으로 등줄기가 오싹했다.

놈이 자신을 향해 씨익 미소를 보내온 때문이었다.

"이런! 발사—!"

곽패가 놀란 표정으로 명을 내리자마자였다.

슈아악!

섬뜩한 기음과 함께 얼음장 같은 살기가 날아왔다. 놈이 십 장 거리를 단숨에 뛰어넘어 도를 날려온 것이었다.

"헉!"

곽패는 급히 공력을 끌어올려 놈과 맞섰다.

카카칵!

눈앞에 불똥이 튀고 엄청난 통증이 팔목을 울려왔다.

다행히 놈의 급습을 막아냈는지 카앙! 하는 소리와 함께 짓쳐들던 살기가 멀어졌다. 그리고 의외라는 표정으로 자신을 쳐다보는 놈의 모습이 들어왔다.

'휴우…….'

찰나 간에 이승과 저승을 오간 곽패는 자기도 모르게 안도의 한숨을 내쉬었다.

그러나 상대가 강하면 강할수록 오히려 힘이 솟는 곽패였다. 더구나 받은 게 있으면 반드시 돌려줘야만 직성이 풀리는 곽패였다.

"이놈!"

이번에는 곽패가 날아올랐다.

"부채주! 안 됩니다!"

누군가의 목소리가 귀를 울려왔지만 곽패는 신형을 늦추지 않았다.

바람결에 놈의 얼굴이 급속히 가까워졌다.

놈은 도극을 까닥이며 빙글빙글 웃고 있었다.

'쌍! 이래 봬도 총채주와 일 대 일로 겨룬 나야!'

곽패는 이를 악물며 전력으로 놈의 면상을 내리찍었다.

쉬이익!

놈의 도가 섬전처럼 마주쳐 왔다.

곽패는 순간적으로 웃음을 터뜨릴 뻔했다.

놈도 자기만큼이나 저돌적이라는 생각이 들어서였다.

그냥 변초로 흘려 버리면 될 걸, 굳이 힘으로 맞받아 쳐오다니.

카카칵!

힘이라면 곽무한조차 혀를 내두르는 곽패다. 더구나 손에 이백 근이 넘는 도끼까지 쥐어져 있었으니 결과는 안 봐도 뻔했다.

콰지직!

먼저 놈의 도가 수수깡처럼 부러져 나갔다. 뒤이어 퍽! 하는 소리와 함께 단말마의 신음이 흘러나왔다.

"끄륵……."

어이없게도 암흑마교의 최고 고수라는 파천신장이 머리가 두부처럼 으깨진 채 그 자리에 널브러지고 말았다.

"휴우우……."

곽패는 안도의 한숨을 쉬며 도끼를 회수했다. 솔직히 놈이 도를 날려올 때까지만 해도 하늘이 노래지는 기분이었지만 놈이 자만하는 바람에 한 방에 보낼 수 있게 됐다.

'이런 게 바로 실전이지.'

상대가 누구든 최선을 다하는 것.

그게 바로 실전에서의 마음가짐이었다.

그러나 곽패를 제외하고는 모두 참혹한 상황을 맞이하고 있었다.

평소 일당백을 자랑하던 수룡채들이었지만 놈들에겐 도저히 상대가 되지 않았다. 놈들이 한 번 손을 쓸 때마다 추풍낙엽처럼 쓰러져 갔다.

그도 그럴 것이 지금 수룡채들이 상대하고 있는 적은 암흑마교의 최고 고수들로, 개개인의 무위가 이미 절정에 달한 파천신장과 철갑마장들이었다. 그러니 제아무리 집단전에 능한 수룡채들이라지만 도저히 상대가 되지 않았다.

"으으. 아복! 절혼! 막충!"

곽패는 목이 터져라 수하들을 불러봤지만 되돌아오는 대답은 없었다. 모두 목을 잃은 채 털썩털썩 쓰러지고 있었다.

"으아아아! 이 개새끼들아! 멈춰! 멈추란 말이다!"

곽패는 괴성을 지르며 수하들에게 달려가려 했다. 그때 누군가의 목소리가 발목을 잡아왔다.

"끄윽… 부채주, 안 됩니다. 후퇴, 후퇴를……."

"자, 장가덕?"

장가덕은 곽패가 가장 아끼던 수하였다.

쌍부채 시절부터 생사고락을 같이해 친동생같이 여기고 있던 녀석이었는데, 그런 녀석이 피를 콸콸 쏟으며 자신을 말리고 있었다.

"부채주… 어서… 어서 후퇴를……."

이미 배가 갈라져 시뻘건 내장이 흘러내리고 있었지만, 녀석은 자신을 쳐다보며 악착같이 목소리를 쥐어짜 내고 있었다.

곽패는 한동안 말을 잇지 못했다. 그러다가 괴성을 지르며 빙글! 몸을 돌렸다.

"으아아아아아!"

녀석의 최후가 눈에 선했지만, 뒤돌아볼 수 없었다.

"모두 후퇴!"

악다문 잇새로 절규 같은 고함을 지르며 곽패는 그저 앞만 보고 달렸다.

잠시 후, 만신창이가 된 사내들이 힘겹게 배에 올랐다.

"가자! 이 복수는 잠시 후에 할 수 있을 것이다!"

곽패가 피눈물을 흘리며 노를 젓자 살아남은 수룡채들도 독기 어린 표정으로 노를 젓기 시작했다.

그런 그들의 뒤를 귀기 어린 눈빛의 파천신장들이 뒤쫓기 시작했다.

"크하하! 쫓아라! 끝까지 쫓아가서 모조리 잡아 죽여!"

흑저는 신이 났다.

수하들이 모처럼 놈들의 매복을 간파하자 십 년 묵은 체증이 쑥 내려가는 기분이었다. 일이 이렇게 되고 보니 왜 진작 저들을 선봉에 세우지 않았던가, 후회가 될 정도였다.

그러나 현재 처지를 생각하자 울컥 짜증이 치밀었다.

이놈의 배가 도대체 움직일 생각을 않기 때문이다.

마음은 벌써 수하들과 함께 놈들을 뒤쫓고 있건만, 수초 밭과 진창에 빠져 기동이 불가능한 배가 오십 척을 넘어간다. 그리고 그들을 끌어내기 위해 동원된 배가 또 백 척을 넘어간다. 그러니 저들을 뒤쫓고 싶어도 옴짝달싹할 여지가 없다.

"빌어먹을! 이렇게 좋은 기회를 뻔히 보고만 있어야 한단 말인가?"

그나마 파천신장들이 갔으니 다행이다. 그들이라면 놈들이 무슨 암계를 꾸미든 대처가 가능하니.

그러나 워낙 기괴막측한 놈들이다 보니 만약을 대비해 속히 선단을 움직여야 했다. 그래야 완전히 안심이 될 터였다.

하지만 이놈의 수초가 얼마나 달라붙었는지, 벌써 다섯 척째 동원했건만 지휘선조차 움직일 생각을 않는다.

"빌어먹을… 빌어먹을!"

혹저는 짜증스런 표정으로 애꿎은 갑판만 쿵쿵 내리찍으면서 이제나저제나 선단이 움직이기만 기다렸다.

*　　　*　　　*

"총채주, 제발 명을 내려주십시오."

더 이상 참기 힘들었는지 수하 하나가 애원을 했다.

하지만 곽무한은 눈 하나 깜짝하지 않았다.

곽무한이라고 왜 명을 내리고 싶지 않았을까?

비록 겉으로는 무심한 표정을 짓고 있지만, 속에선 피눈물이 났다.

그러나 유인작전을 계획한 이상, 어느 정도의 희생은 감수해야 했다.

더구나 이제껏 치른 전투 중 처음 겪는 실패일 뿐이었다. 그것도 너무 먼 거리여서 놈들의 무위를 미처 알아보지 못한 때문이었다.

이제라도 놈들의 무위를 알았으니 그에 맞는 대응책을 세우면 된다. 그러니 가슴속에선 피눈물이 흘러내리더라도 차분히 다음 작전을 준비해야 한다. 그래야 수하들의 희생이 헛되지 않는다.

곽무한은 무심한 표정으로 발아래를 내려다봤다.

그러나 표정과 달리 곽무한의 주먹은 쥐었다 폈다를 반복하고 있었다. 그로 인해 손톱이 살 속을 파고들어 핏물이 뚝뚝 떨어져 내렸지만 곽무한은 석상처럼 안개 너머만 쳐다보고 있었다.

*　　　*　　　*

내공으로 배를 움직이는 것과 노를 저어 움직이는 것 중 어느 쪽이 더 빠를까?

일반적인 경우라면 당연히 노를 젓는 쪽이 더 빠르다. 그러나 파천신장 같은 초고수들이 끼어 있다면 내공으로 움직이는 쪽이 훨씬 더 빠를 수밖에 없다.

"훅, 훅……."

곽패는 숨이 턱밑에까지 차 올랐다.

어느새 놈들이 등 뒤까지 따라온 때문이었다.

"크크크. 좋은 말로 할 때 거기 서라!"

이젠 놈들이 대놓고 협박까지 해올 정도였다. 여기서 조금만 더 지나면 자신들을 덮쳐 올지도 몰랐다.

그러나 곽패는 뒤돌아보는 시간조차 아까웠다.

벌써 눈앞으로 거대한 산봉우리가 보이고, 십여 장 앞쪽으로 독수리 모양의 암벽이 보인다. 그곳까지만 가면 한숨 돌릴 수 있다. 아니, 한숨 돌리는 정도가 아니라 놈들에게 통렬한 보복을 해줄 수 있다.

"훅, 훅! 조금만 더, 조금만 더!"

곽패는 수하들을 독려하며 필사적으로 노를 저었다.

쏴아아!

마침내 거센 물소리가 들려왔다.

드디어 암벽 모퉁이에 닿은 것이다.

산봉우리 계곡을 따라 폭포수가 쏟아져 내리는 곳.

수량이 풍부하고 물살이 급한 곳이었다.

곽패는 그제야 뒤를 돌아봤다.

수하들에게 신호를 보내기 위해서였다.

그런데, 고개를 돌리자마자 빛살 같은 광채가 망막을 가득 채워왔다.

"웃? 모두 뛰어내려!"

곽패는 수하들에게 명을 내림과 동시에 자세를 낮췄다. 순간, 와지끈! 하는 소음과 함께 뭔가가 머리 위를 덮쳐 왔다. 놈의 도에 잘린 돛대가 쓰러지면서 하얀 돛폭이 얼굴을 덮어온 것이었다.

곽패는 엉겁결에 바닥을 굴렀다.

슈가각!

예리한 경풍이 귓전을 스치며 난간을 부숴놓았다.

곽패는 급히 그쪽으로 몸을 날렸다.

사아아…….

섬뜩한 기음이 등을 노려왔다.

곽패는 이를 악물며 신형을 돌려 놈의 공세를 맞받아 쳤다.

카앙!

도끼가 산산이 부서져 나가며 가슴 쪽에 엄청난 통증이 느껴졌다. 미처 놈의 공세를 보지 못해 일격을 허용한 모양이었다. 그러나 격돌 순간의 충격으로 등이 난간에 닿았다. 곽패는 등에 힘을 줘 흔들거리던 난간을 마저 부쉈다. 그리고 막 강물에 빠져들려는 찰나,

사아아……

또다시 모골 송연한 기음이 들려왔다.

곽패는 부러진 도끼를 들어 심장 부위를 보호했다.

파팟!

가슴 부위가 또 한 번 화끈거렸다. 그러나 곽패는 기어코 강물 속으로 빠져드는 데 성공했다.

차가운 느낌이 전신을 감싸오자 사지에서 힘이 쭉 빠져나갔다.

곽패는 눈을 부릅뜨며 놈들을 향해 씨익 미소를 지어 보였다.

'크크크. 이제부터 네놈들은 지옥을 보게 될 것이다……'

그렇게 중얼거리며 곽패는 서서히 의식을 잃어갔다.

"으으음……."

마침내 곽무한에게서 억눌린 신음성이 흘러나왔다.

곽패가 피투성이가 되어 강물 속으로 빠져드는 것을 본 때문이었다.

곽무한은 이글거리는 눈빛으로 손을 번쩍 치켜들었다.

곽패 등이 모퉁이를 돌아, 더 이상 참을 필요가 없었다. 이제 놈들의 본진에선 이곳이 보이지 않을 테니.

"지금이다! 발사!"

곽무한이 명을 내리자 억눌린 분노가 홍수처럼 쏟아져 나왔다.

쐐애애애액!

퓨퓨퓨퓨퓻!

고막을 찢을 듯한 파공음과 함께 엄청난 화살이 퍼부어졌다. 그것도 그냥 화살이 아니라 불화살이었다. 시뻘건 불길을 이글거리는 화살이 천지를 뒤덮 듯 놈들의 머리 위를 덮쳤다.

명은 연달아 이어졌다.

"추단에게도 신호를 보내! 드디어 움직일 때가 왔다고."

"존명!"

추단 등이 대기하고 있던 곳은 이곳에서 삼백 장 정도 떨어진 삼분하의 물 길.

추단이 받은 명은 물길을 거슬러 놈들을 기습하는 것이었다.

신호가 오르자 추단이 삼분하를 거슬러 올라오기 시작했고, 추단이 움직이 는 동안 곽무한은 이탁과 고두관 등이 대기하고 있는 완포 늪에도 비상 대기 신호를 보냈다. 그리고는 산천초목을 뒤흔드는 사자후를 터뜨리며 직접 산봉 우리 아래로 몸을 날렸다. 저 아래쪽에 있는 파천신장 등을 처치하기 위해서 였다.

"젠장……."

곽패 등이 사라지자 놈들은 일제히 허탈한 표정을 지었다.

애써 여기까지 추격해 왔는데 별다른 소득이 없자 그만 맥이 풀려 버린 것 이었다.

그러나 놈들은 쉽게 자리를 뜨지 못했다. 행여 곽패 등이 기습이라도 가해 오지 않을까 하는 기대 때문이었다.

그러나 아무리 기다려 봐도 싯누런 황톳물만 일렁거릴 뿐 별다른 기척이 없자 놈들은 실망한 표정으로 하나둘 강물에서 시선을 뗐다.

"제기랄! 결국 다 달아나 버린 모양이군. 이제 봉공께 뭐라고 보고하지?"

놈들이 그렇게 투덜거리며 뱃머리를 돌릴 때였다.

고오오오……

갑자기 대기가 요동을 치나 싶더니 고막이 웅웅 울려왔다.

놈들은 이게 무슨 소린가 싶어 고개를 치켜들다가 일제히 경악하고 말았다. 마치 거대한 불덩어리가 내려앉듯 저 산봉우리 위에서 이루 헤아릴 수조차 없는 엄청난 불화살들이 날아오고 있었기 때문이다.

"맙소사! 기습이다!"

"모두 조심해!"

놈들은 급히 방어막을 형성했다.

따다닥! 따다닥!

놈들의 머리 위로 불화살이 폭우처럼 쏟아졌다. 그러나 놈들이 원진을 형성해 내공을 발동하자 화살들은 무형의 벽에라도 가로막힌 듯 맥없이 튕겨져 나갔다.

그러나 화살은 끝없이 쏟아졌다. 또 불화살이다 보니 막는다고 해서 끝나는 게 아니었다. 아무리 막아내도 갑판 이곳저곳에 떨어져 시뻘건 불꽃을 일으키거나 강물 위로 떨어져 하얀 수증기를 만들어냈다. 그 바람에 시야가 가려졌고, 몇 사람이 불을 끄기 위해 대열을 이탈하면서부터 놈들은 정신없이 바빠지기 시작했다. 그리고 그때부터 희생자가 속출하기 시작했다.

"으아악, 어, 뜨거!"

"크헉, 으아악!"

내공이 약한 철갑마장들부터 하나둘 불에 타 죽거나 고슴도치 신세가 되어 죽어갔다.

그 모습을 보고 놈들의 시선이 암담하게 굳어갈 무렵,

"우우우우우!"

쩌렁쩌렁한 기합성과 함께 곽무한이 나타났다.

곽무한이 나타나자 놈들의 시선이 급격히 흔들리기 시작했다. 그도 그럴 것이 상상을 초월하는 기파를 내뿜으며 마구 도강을 뿌려대는 곽무한 앞에선 제아무리 파천신장이라도 오금이 덜덜 떨릴 수밖에 없었기 때문이다. 더구나 너무 잔혹한 수법이 담겨 있어 암흑마교 내에서도 금지된 무공이라 불리는 삼대마공조차 곽무한에겐 전혀 통하지 않았으니, 곽무한이 도를 날려올 때마다 놈들은 곤혹스런 표정으로 연신 뒷걸음질만 쳤다.

그렇게 곽무한이 파천신장들을 상대하고 있는 동안 수룡채들은 곽패 등을 구해 완포 늪 쪽으로 사라졌다.

그리고 파천신장들이 곽무한에게 가로막혀 오도 가도 못하고 있을 무렵.

"크아아! 이 약아빠진 놈들! 하필 이럴 때 기습을 가해오다니!"

흑저는 사방을 노려보며 마구 분통을 터뜨리고 있었다.

곽무한의 명을 받은 추단이 갑자기 기습을 가해온 때문이었다.

"와아아! 공격!"

쐐애애액!

콰콰쾅!

고막을 뒤흔드는 함성과 폭우처럼 쏟아지는 화살, 그리고 가슴 떨리는 폭음을 동반하며 사방을 불바다로 만들어 버리는 포탄 세례까지.

흑저는 정신이 하나도 없었다.

아직 몇 척의 배가 진창에서 빠져나오지 못한 데다, 그들을 끌어내느라 대부분의 수하들이 기진맥진한 상태였다. 그런 상황에서 기습을 받으니 반격은 고사하고 수비하기조차 힘들었다.

그러다가 겨우 전열을 추슬러 본격적으로 싸워보려 하니 어느새 놈들이 등을 돌리고 있었다.

"으아아! 이 약아빠진 놈들! 돌아와! 돌아와서 다시 싸워보자구, 크아아아!"

흑저는 이미 저만치 달아나, 새까만 점으로 변한 추단 등을 노려보며 마구 괴성을 질러댔다. 그도 그럴 것이, 이번 기습으로만 수하들의 삼분지 일 이상을 잃고 말았다. 거기다가 몇몇 전투선은 물론이고 이번 수전에서 비장의 무기로 활용하려 했던 누선마저 잿더미가 되어버렸다.

그런데 이런 치명타를 안겨놓고 냉큼 달아나 버리다니?

분통이 치밀어 견딜 수 없었다. 그러다 보니 분노의 화살은 애꿎은 파천신장들을 향했다.

"으드득! 도대체 이놈들은 왜 안 돌아오는 거야?"

파천신장들만 있었다면 전세가 확 바뀌었을 것이다. 아니, 놈들 정도야 웃으면서 짓이겨줄 수 있었을 것이다.

흑저는 생각할수록 화가 치솟아 전 선단을 이끌고 파천신장들을 찾아 나섰다.

잠시 후, 파천신장들을 발견한 흑저는 기가 막혀 말을 잇지 못했다.

도대체 이게 무슨 조화란 말인가?

자신들이 당하는 걸로 부족해서, 멀쩡히 놈들을 몰살시키러 간 파천신장들마저 만신창이가 되어 널브러져 있다.

살아남은 파천신장들로부터 상황 보고를 받은 흑저는 그제야 자신이 곽무한의 유인작전에 말려들었다는 것을 절감했다.

"오냐, 이놈. 그동안 날 갖고 놀았단 말이지? 좋아! 갈 데까지 가보자! 과연 마지막에 웃는 사람이 누구인지……."

흑저는 이를 바드득 갈며 또 한 번 추격을 명했다. 요 며칠 동안 제대로 된 싸움 한 번 해보지 못하고 거의 일방적으로 당하고만 있으니 눈에 보이는 게 없었던 것이다.

그렇게 한참을 가다 보니 저 앞에서 정신없이 달아나고 있는 수룡채들이 보였다.

그 역시 유인작전의 일환이었지만, 이미 복수심으로 눈이 반쯤 뒤집힌 흑저에게는 그런 사실이 눈에 들어올 리 없었다. 오히려 드디어 놈들의 꼬리를 잡았다며 흥분하고 있었다.

*　　　*　　　*

"휴우……."

설아는 긴 한숨을 내쉬며 자리에서 일어났다.

드디어 생사경각에 달려 있던 곽패를 치료한 것이었다.

사실 곽패가 이곳으로 후송되어 왔을 때까지만 해도 설아는 손이 떨려 제대로 치료에 전념할 수 없었다. 다른 사람도 아닌 곽무한을 수행하고 있던 곽패가 저런 부상을 당할 정도이니 곽무한은 또 얼마나 고생을 하고 있을까 싶어 가슴이 저려온 것이었다.

그러나 곽패가 워낙 강인한 체질인 데다가 응급처치도 신속했고, 또한 설아의 의술 역시 경지에 이르러 있어 별 탈 없이 치료를 마칠 수 있었다.

그러나 의식을 잃은 채 잠들어 있는 곽패를 보니 자꾸만 곽무한의 얼굴이 겹쳐 보여 설아는 더 이상 앉아 있지 못하고 선실 문을 나섰다.

촤아아…….

일렁이는 강물 위로 바쁘게 움직이고 있는 배들이 보였다.

수룡채를 비롯한 저장채와 청강채들이었는데, 곽패가 후송되어 온 이후부터 모두들 더 바쁘게 움직이고 있었다. 특히 이탁은 사방을 뛰어다니며 이리저리 고함을 지르고 있었는데, 보아하니 출정이 임박한 모양이었다.

설아는 조용히 이탁에게 다가가 전황이 어떻게 돌아가고 있는지 물어봤다.

돌아온 대답은 이전과 똑같았다.

"염려 마십시오. 다들 잘하고 있습니다."

그 말과 함께 이탁은 또 어디론가 뛰어가 지시를 내리기 시작했다.

"도대체 정신들이 있는 거야, 없는 거야? 일각 뒤에 출발할 텐데 아직도 아딧줄을 안 감다니, 모두 죽고 싶어?"

쩌렁쩌렁 울려 퍼지는 이탁의 고함 소리를 들으며 설아는 천천히 등 뒤를 돌아봤다.

다들 잘하고 있는데 부상자가 이렇게 많단 말인가?

물론 자신이 타고 있는 배가 후송선이어서 부상자가 많을 수밖에 없겠지만, 이제껏 저렇게 많은 부상자를 본 적이 없다. 저번 동정호 전투 때도 이 정도까지는 아니었는데.

그리고 부상자의 대부분이 일당백을 자랑하는 수룡채들이라 설아의 근심은 시간이 갈수록 깊어질 수밖에 없었다.

'차라리 그때 억지로라도 따라나설걸……'

설아는 얼마 전 무창에서 곽무한이 자신을 후송선으로 태워 보내려 할 때 막무가내로 버티지 않은 것을 후회했다. 그러나 그때도 부상자들이 속출하고 있어 어쩔 수 없었다.

"이런 게 바로 전쟁인가……."

설아는 통증에 못 이겨 나직한 신음을 흘리는 부상자들을 보며 긴 한숨을 내쉬다가 천천히 선실로 향했다. 그리고 선실 한 켠에 놓여 있는 비파를 어루만지며 생각에 잠겼다.

솔직히 자신이 나서면 이런 혈전을 치를 필요가 없었다.

모두에게 귀를 막으라고 한 뒤, 비파를 탄주하기만 하면 된다. 그러면 비록 자신의 수명은 줄어들겠지만, 비파음이 닿는 곳마다 모든 생명체가 소멸되어 버린다. 그러면 곽무한의 근심을 단번에 덜어줄 수 있을 텐데…….

그러나 그건 하늘의 섭리를 거스르는 일이었다. 또한 이 싸움은 단순한 싸움이 아니라 곽무한 스스로 결정한, 그 자신과 수룡채의 미래를 위한 싸움이었으니 자신이 개입할 성질의 것이 아니었다.

"걱정 마라. 그는 잘 해낼 것이다."

설아가 우울한 표정으로 한숨만 내쉬고 있자 경진 사태가 다가와 어깨를 다독여 주었다. 그러나 경진 사태의 표정도 알게 모르게 굳어 있었다. 자신이 봐도 수룡채들의 희생이 막심한 때문이었다.

제110장
역습의 시작

역습의 시작

드디어 형강의 아홉 구비가 그 끝을 보인다. 방금 사시(沙市)를 지나, 이제 한 시진 정도만 더 가면 지성(枝城)이다.

그곳까지만 가면 놈들을 잡을 수 있다. 지성에서부터 서릉협까지는 지금까지와 달리 평탄한 물길이 흐르고 있으니.

놈들도 그 사실을 알고 맥이 풀렸는지 점점 속도를 늦추고 있다.

흑저는 흐뭇한 표정으로 연신 수하들을 독려했다.

"흐흐흐. 그래, 조금만 더 속도를 내라! 속도를 내서 놈들의 뒤통수를 부숴 버리자구!"

그러는 사이 석양이 지고, 마침내 완포 늪에 다다랐다.

완포에 이르자 서로 간의 거리가 오십여 장으로 확 줄어들었다.

이젠 화포로도 잡을 수 있는 거리.

흑저는 득의에 찬 표정으로 수하들에게 포격을 명하려 했다.

그런데 그때, 사방에서 천지를 뒤흔드는 함성 소리가 들려왔다. 그와 동시에 강변 양쪽에서 엄청난 화살비가 쏟아지더니 저 앞쪽 물굽이에서 이백여 척의 선단이 나타났다.

"저게 뭐야? 저놈들이 다 어디서 튀어나왔어?"

흑저는 순간적으로 자기 눈을 의심했다. 이미 놈들의 전력을 다 파악하고 있다고 생각했는데, 갑자기 예상을 뛰어넘는 대규모 선단이 나타나자 정신이 하나도 없었던 것이다.

흑저가 얼떨떨해하는 사이, 수룡채들은 물살을 가르며 정면으로 돌진해 왔다. 뒤이어 눈 깜짝할 사이에 뱃머리를 갖다 붙이더니 곧바로 백병전을 감행해 왔다.

"끼야아압!"

"이야호!"

저마다 괴성을 지르며 화살을 쏘고 갈고리를 던지는 수룡채들. 뒤이어 갈고리에 연결된 밧줄을 타고 갑판으로 뛰어들거나, 돛에 매달린 아딧줄을 타고 원숭이처럼 붕붕 날아왔다. 그에 놀라 허둥거리는 사이, 곽무한이 사자후를 지르며 날아올라 사방에 도강을 뿌려댔다. 그로 인해 선두에 있던 배들이 무참히 부서져 나가고 수하들이 태풍을 만난 가랑잎처럼 쓰러져 간다.

사태가 그렇게 예상외로 전개되자 백시는 파랗게 질린 얼굴로 흑저에게 조언을 건넸다.

"아무래도 놈들의 기세가 심상치 않아. 일단 선단을 뒤로 물린 뒤에 놈들의 움직임을 봐가면서 반격을 가하는 게 어때?"

그러나 흑저는 완강히 고개를 내저었다.

"아니. 저놈만 막으면 돼! 저놈만 막으면 나머지는 우리 애들이 다 처치할 수 있어! 그러니 이대로 맞불작전으로 가는 게 나아."

그 말에도 일리가 있었다.

백시야 이미 곽무한에게 한 번 혼이 난 경험이 있어 곽무한을 보자마자 싸울 마음이 싹 달아나 버렸지만, 흑저는 달랐다. 비록 저번 기습으로 많은 피해를 당하긴 했지만, 파천신장과 철갑마장을 비롯해 흑혈전사와 암귀군병 등, 아직도 만 이천 명에 달하는 병력이 남아 있었다. 더구나 기습을 제외하고는 이제껏 연전연승하고 있었으니 곽무한만 묶어놓는다면 승산은 충분하다고 생각했다.

그러나 백시는 왠지 불길한 예감이 들었다.

수룡채들의 분위기가 예전과 확연하게 달라진 때문이었다.

며칠 전까지만 해도 자신들을 보면 꽁지 빠지게 달아나던 놈들이 이번에는 새파란 독기를 흘리며 정면으로 맞부딪쳐 온다. 그리고 예전에는 볼 수 없었던 정파무인들이 모습을 보이는 것도 마음에 걸리고.

'특히 저 늙은이들⋯⋯.'

수하들을 상대로 압도적인 무위를 선보이고 있는 사해어옹과 경진 사태 등을 보면서 백시는 마음 한구석이 묵직해지는 기분이었다.

그러나 현재 상황에서는 별다른 선택의 여지가 없다. 어차피 이 병력을 잃고 갔다가는 초극패에게 맞아 죽게 될 것이니.

"할 수 없군⋯⋯."

백시는 내키지 않는 표정으로 양손에 호조수를 꼈다. 흑저 역시 유성추를 허리에 감으며 살아남은 파천신장들과 철갑마장들을 불러 모았다.

"모두 조심해! 굳이 놈과 맞부딪칠 필요는 없어. 그저 시간을 끈다고 생각하고 수비 위주로 공격해!"

흑저는 수하들에게 단단히 주의를 준 뒤 곽무한을 향해 신형을 날렸다.

곽무한은 자신을 포위해 오는 흑저 등을 보며 피식 냉소를 터뜨렸다.

이미 놈들이 이렇게 나올 것이라는 걸 예상한 때문이었다.

굳이 병법을 들먹이지 않더라도 수장을 쓰러뜨리면 전체의 사기가 떨어지는 법.

자신이 흑저 입장이었더라도 마찬가지 작전을 썼으리라.

그러나 이미 놈들의 의도를 파악하고 있으니 오히려 놈들의 의도를 역이용하기로 했다. 즉, 이곳에서 싸우는 대신 놈들을 한적한 곳으로 유인해 수하들의 희생을 최소화할 생각이었다.

곽무한이 신형을 뽑아 올리자 흑저 등은 기세등등한 표정으로 곽무한을 뒤쫓았다.

그런 그들을 보며 곽무한은 속으로 혀를 찼다.

'정말 한심하기 짝이 없는 놈들이군. 수하들을 내버려 두고 자진해서 지옥으로 들어오다니…….'

모름지기 수장 된 자는 상황을 냉정하게 파악할 줄 알아야 한다. 그리고 부득이한 경우가 아니라면 절대 전장에서 자리를 비우면 안 된다. 그런데 핵심 전력까지 데리고 자신을 뒤쫓아오다니?

속으로 웃음이 났지만 곽무한은 별다른 내색 없이 도를 뽑아 들었다.

'이쯤이면 충분하겠지?'

이제 놈들을 전장에서 멀리 떨어진 곳까지 유인했으니 이들만 처치하면 된다. 나머지는 이탁이 다 알아서 처리할 테니.

흑저 역시 곽무한과 마찬가지 생각을 하고 있었다.

'흐흐흐. 이제 저놈만 처치하면 상황 끝이다! 나머지는 수하들이 알아서 처리할 테니…….'

두 사람은 서로 비슷한 생각을 하며 대치 상태에 들어갔다.

그러나 곽무한은 상황을 냉정히 꿰뚫어 본 반면 흑저는 상황을 너무 낙관하고 있었다.

이미 수전이라면 별 볼일 없는 샛강에서부터 넓고 거친 금사강까지 두루 겪은 수룡채들이다.

　더구나 이곳 지리에 익숙한 저장채 등과 함께 이미 이곳에 본진을 꾸려, 기습을 맡은 수룡채들을 제외하고는 대부분 휴식을 취하며 놈들을 기다리고 있었다. 그에 비해 암흑마교들은 요 며칠 동안 수룡채들을 추격하느라 제대로 먹지도 쉬지도 못하고 있었다. 그런 상태에서 기껏해야 물길조차 제대로 모르는 정파연합을 상대해 봤거나, 아니면 고만고만한 물길에서 큰소리치던 작은 수채들만 상대해 본 암흑마교들이 어찌 수룡채들을 당할 수 있을까?

　게다가 곽무한에겐 그를 대신할 이탁이나 추단 등이 남아 있지만, 수뇌부를 몽땅 끌고 오다시피 한 흑저에겐 과연 그런 수하들이 남아 있을까?

　곽무한이 흑저 등을 유인해 물굽이 뒤로 사라지자 이탁은 곽무한을 대신해 명을 내리기 시작했다.

　"지금부터 이 단계 작전에 들어간다! 각 수채의 침투조들은 지금 즉시 수중 작전에 돌입하고 강변 지원조는 놈들의 퇴로를 봉쇄함과 동시에 화공 작전을 전개하라! 그리고 후방 매복조는 화공 작전이 끝나는 즉시 십면매복에 들어가고 돌격조는 총력을 기울여 놈들을 분쇄하라!"

　명이 떨어지자 수룡채를 비롯한 장강 호걸들이 일사불란하게 움직였다. 그동안 이선(二線)에서 상황을 예의주시하고 있던 침투조들은 은밀히 강물 속으로 스며들었고, 강변에서 매복하고 있던 수룡채들은 미리 베어둔 통나무로 암흑마교들 뒤쪽에 다리를 놓았다. 그리고 거기에 불을 지른 뒤 놈들을 향해 마구 불화살을 쏘아대기 시작했다. 그러자 전장이 순식간에 불바다로 변해 버린 듯했고, 암흑마교들이 그에 놀라 허둥거리는 사이 침투조들이 수중 공격을 시작했다.

　스스슷, 촤악!

　"끄악!"

　"으헉!"

　소리없이 솟구쳐 눈 깜짝할 사이에 암습을 펼친 뒤, 다시 강물 속으로 사라지는 침투조들.

　그들의 공격에 암흑마교들은 속수무책으로 쓰러져 갔다. 그도 그럴 것이 사방은 이미 불바다로 변해 왠지 모를 공포심을 자극하는 데다 머리 위로는 불화살이 휙휙 날아다니고 눈앞에는 수룡채들이 독기 어린 눈빛으로 마구 공격을 날려온다. 그런 상황에서 소리없이 들이닥치는 살수를 무슨 재주로 감당할 수 있단 말인가?

　더구나 침투조들에 의해 뚫린 배 밑창에서부터 강물이 스며들자 놈들은 점점 당황하기 시작했다.

　끼이익! 와지끈!

　"으아악!"

　의지와 상관없이 배가 침몰하고 차가운 물살이 몸을 적셔온다. 그리고 사방에서 처절한 비명 소리가 들려오는 가운데 곁에 있던 동료는 어디론가 사라지고 없고 하얀 눈동자들만 자신을 노려보고 있다. 그에 놀라 도를 휘두르려 하면 어느새 발밑에서 화끈한 통증이 느껴지면서 누군가에 의해 차가운 강물 속으로 끌려간다.

　뭐라고 비명이라도 질러보고 싶지만 강물이 입에 가득 차 아무 소리도 나오지 않는다. 그리고 곧 목과 심장 부위에 화끈한 통증을 느끼며 서서히 의식을 잃어간다.

　'끄르륵……'

　상황이 이렇다 보니 암흑마교들은 점차 심리적으로 위축되어 갔다.

　이제껏 육로에서 상대를 보고 싸우거나, 수전을 벌이더라도 초반에 기선을 제압해 놓고 싸우는 데 익숙한 암흑마교들로선 상대의 모습도 제대로 보이지 않는 데다 오히려 기선을 제압당한 채 싸워야 하는 이런 전투가 곤혹스럽기 짝이 없었다.

더구나 좁고 출렁이는 배 위에서 수십, 수백 명이 뒤엉켜 싸워야 하는 데다가 배끼리 부딪치는 충돌로 인해 중심조차 잡기 힘든 상황에서 갑자기 발밑이 부서져 내리거나 불붙은 돛이 와지끈 쓰러지며 머리 위를 덮쳐 온다.

그러나 강물로 뛰어들지 않는 한 달리 피할 곳도 없어 이를 악물고 싸우려 하면 상대는 아딧줄을 타고 머리 위를 노려오거나 바닥을 구르며 발목을 노려온다. 거기다 배 밑창을 뚫고 불쑥불쑥 쇠뇌를 쏘아대는 놈들과 고기를 잡듯 그물을 던져 오는 엉뚱한 놈들까지 신경 써야 하니 제아무리 지옥 훈련을 거친 암흑마교들이라도 점차 호흡이 가빠질 수밖에 없었다.

그러나 현 상황은 엄밀히 말해 백중지세였다.

아무래도 무공 수위에서 많은 차이가 나다 보니 수룡채를 비롯한 장강 호걸들의 피해도 엄청났다.

그럼에도 불구하고 암흑마교들이 더 위축되어 가는 이유는 수전에 익숙지 않아서였다. 그것도 좁은 배 위에서 벌어지는 집단전에 익숙지 않다 보니 자신들이 형편없이 밀리고 있다고 생각해 지레 겁을 집어먹은 것이다.

물론 암흑마교들 뒤쪽에 불을 지르고, 목이 터져라 고함지르는 가운데 사방으로 불화살을 쏜 이유가 바로 그런 공포심을 자극하기 위해서였지만, 작전이 예상보다 위력을 발휘하자 멀리서 전황을 지켜보고 있던 이탁마저 혀를 내두르며 내심 감탄할 정도였다.

"역시 총채주의 전략은 단순한 것 같으면서도 상대의 혼을 빼놓는구나."

이제 남은 수순은 현 상황을 종료시킬 혼돈지계(混沌之計)와 관문착적(關門捉賊)의 계(計).

이탁은 손을 들어 수하들에게 신호를 보냈다. 그러자 혼란한 전장에서 누군가의 고함 소리가 들려왔다.

"후퇴! 모두 후퇴해! 우리가 졌어! 벌써 봉공들도 돌아가셨고, 사방에 온통 적들뿐이야. 그러니 개죽음당하지 않으려면 모두 달아나! 어서 뱃머리를 돌리란 말이야!"

그 소리가 울려 퍼진 순간, 암흑마교들은 일제히 공황 상태에 빠져들었다. 가뜩이나 수룡채들에게 밀려 힘겹게 싸우고 있는 판에 그런 날벼락 같은 소식이 전해지자 모두 힘이 쪽 빠져 버린 것이다. 그러다가 노나 저으라고 데려 온 흑룡방들이 하나둘 등을 돌리고 달아나자 갑자기 공포가 전염병처럼 번져 갔다.

"으아아, 후퇴! 모두 후퇴해!"

"벌써 명이 내렸대! 이대로 가면 전멸이니 서둘러 살길을 도모하라는 명이 떨어졌대!"

암흑마교들은 너나없이 뱃머리를 돌리거나 강물 속으로 뛰어들었다. 그 모습을 보고 몇몇 고수들이 고함을 질러봤지만 역부족이었다. 이미 흑저가 파천신장을 비롯한 대부분의 수뇌들을 데려가는 바람에 명령 전달 체계가 마비되어 버려, 맨 처음 후퇴를 부추긴 사람이 누구인지 확인할 생각조차 못해 보고 모두 분위기에 휩쓸려 허둥지둥 달아나기 시작한 것이었다.

그렇게 암흑마교들이 최소한의 진형도 갖추지 못한 채 정신없이 달아나자 이탁은 곽무한에게 신호를 보낸 뒤 연이어 명을 내렸다.

"지금부터 섬멸작전에 들어간다! 후방 매복조는 즉각 십면매복진을 발동 하고, 지원조와 돌격조는 놈들을 추격해 한 놈도 남김없이 일망타진하도록 하라!"

그때부터 사냥이 시작되었다.

이미 강변에는 천라지망이 펼쳐져 있어 그쪽으로 달아난 암흑마교들은 죽음을 면할 길이 없었다.

갑자기 수초가 흔들린다 싶어 좌우를 돌아보면 하얀 눈동자들이 사방에서 튀어나오고, 발목이 화끈거린다 싶어 뒤를 돌아보면 어느새 함정에 잘려 나간 발목이 저만치 나뒹굴고 있다.

"으아아악!"

앞쪽에서 들려오는 비명 소리를 듣고 다급히 뒤로 물러나려 하면,

타닥, 타다닥……!

들릴락 말락 한 소음을 동반하며 후끈한 냄새가 코를 자극해 온다. 그에
놀라 고개를 들어보면 사방이 온통 시뻘건 불길에 휩싸여 있다.

"으으으, 놈들이 강변에 불을 질렀어!"

그렇게 아비규환의 비명이 메아리치는 강변에 비하면 그나마 물길은 나은
편에 속했다. 기껏 해봐야 앞을 가로막는 부교(浮橋)에, 등 뒤에서 날아오는
포탄뿐이었으니.

그러나 물길에도 약간의 애로 사항이 있었다.

등 뒤에서 날아오는 포탄도 포탄이었지만, 앞을 가로막고 있는 부교에 불
이 활활 타오르고 있어 그곳을 지나가기 위해서는 필연코 희생을 치러야 한
다는 점이었다. 그리고 그런 희생을 치르고 난 뒤에도 돛이나 노가 불타 버려
퇴각 속도가 뚝 떨어져 버리는 단점이 있었다. 그러니 놈들 입장에서는 수룡
채들에게 덜미를 잡히지 않기 위해 갑판을 뜯어 노를 대신하거나 손으로 노
를 젓는 등 필사적으로 몸부림칠 수밖에 없었다.

수룡채들은 그런 그들의 뒤를 추격하며 퇴각 속도가 가장 처지는 배부터
하나둘 보리 이삭 줍듯 처치해 나갔다.

*   *   *

'으으, 말도 안 돼! 절대 그럴 리가 없어!'

흑저는 수하들이 쏘아 올린 신호탄을 보고 하마터면 눈알을 툭 떨어뜨릴
뻔했다.

참패라니? 그것도 몰살지경이라니?

자신이 잠깐 자리를 비운 사이에 그렇게 허무하게 당해 버렸단 말인가?

도저히 믿어지지가 않았다. 그러나 수하들이 장난으로 신호를 보냈을 리는 없으니 속히 전장으로 돌아가 봐야 했다.

하지만 곽무한이 앞을 가로막고 있어 난감하기 짝이 없었다. 비록 겉으로 보기엔 지치고 피곤해 보였지만 저런 상태에서도 놈은 수하들의 대부분을 쓰러뜨려 버렸다.

원래는 자신이 곽무한을 묶어두려 했는데 어쩌다 일이 이 지경이 되어버렸는지.

'젠장! 더 늦기 전에 어서 수하들에게 가봐야 하는데…….'

흑저는 초조한 표정으로 연신 곽무한을 훔쳐봤다.

백시 역시 암담한 표정으로 뺨을 씰룩이고 있었다.

이제 자신은 본 교로 돌아가더라도 참형(慘刑)을 면치 못하게 됐다.

비록 이번 일의 주장(主將)이 흑저였다 해도 그를 보좌한 책임이 있으니 변명의 여지가 없게 된 것이다.

'빌어먹을! 저놈이 내 말에 조금만 더 귀를 기울였다면 일이 이렇게까지 꼬여 버리지는 않았을 텐데…….'

백시는 원망스런 눈으로 흑저를 노려봤다. 그러나 책임 소재를 따지거나 문책을 걱정하는 건 나중의 일이다. 우선은 이곳을 어떻게 빠져나가느냐가 가장 시급한 문제다.

그런데 근 반 시진에 걸친 합공에도 불구하고 놈은 아직 멀쩡한 상태다. 그에 비해 자신들은 이미 체력과 심력이 소진돼 기진맥진한 상태. 거기다가 대부분의 수하들이 곽무한에게 당해 남은 사람이라곤 자신과 흑저, 그리고 파천신장 셋과 철갑마장 다섯뿐이다.

'이대로는 승산이 없다! 뭔가 특단의 대책을 세우지 않으면 이 자리에서

모두 뼈를 묻게 될 거야.'

그렇게 고민에 휩싸여 있는데, 우연히 흑저의 눈빛을 보게 됐다.

자신과 눈이 마주치는 순간 섬전처럼 피어오르는 살기.

'뭐야? 저놈이 왜 저런 눈빛으로 날 노려보는 거야?'

그때 퍼뜩 떠오른 생각.

기강이 엄한 암흑마교에서는 드문 일이었지만, 사파나 흑도 세계에서는 비일비재하게 벌어진다는 차도살인지계가 떠올랐다.

흑저 딴에는 서로 힘을 합쳐 다시 한 번 곽무한을 공격해 보자는 뜻이었지만, 딴생각에 빠져 있던 백시는 그의 의도를 오해하고 만 것이었다.

'설마 저놈이……?'

백시는 혹시나 하여 날카로운 눈빛으로 흑저를 노려봤다. 그런데 하필이면 그때 흑저는 수하들에게 은밀한 눈빛을 보내고 있었다. 물론 백시에게 보낸 것과 똑같은 눈빛이었지만, 백시는 그 광경을 보고 의심이 확신으로 변해 버렸다.

'오냐, 이놈! 보아하니 네놈이 수하들을 이용해 날 함정에 빠뜨리려는 모양인데, 좋다! 네놈이 그렇게 나온다면 나 역시 내 살길을 도모하겠다!'

백시가 그렇게 오해할 수밖에 없었던 이유는, 두 사람은 평소 교 내의 이인자 자리를 두고 서로 암투를 벌이던 사이였기 때문이다. 그러다 보니 서로 눈빛으로 의사를 주고받는 데 익숙지 않았다.

더구나 생사대적을 눈앞에 둔 상황에서 자신에게 살기를 흘리고, 또 수하들에게도 은밀한 눈빛을 보내는 걸 보니, 흑저가 자신을 미끼로 던져 놓은 뒤 수하들과 함께 줄행랑치려는 게 아닐까 하는 의구심을 갖게 된 것이다.

곽무한은 천천히 도를 세워 들었다.

드디어 승부를 끝낼 때가 왔다.

이탁이 보낸 신호를 봐도 그렇고, 서로 기이한 눈빛을 나누고 있는 저들의 표정을 봐도 그렇고, 모든 상황이 순조롭게 흘러가는 듯했다.

이제 저들만 처치하면 이 길고 지루했던 싸움에 종지부를 찍게 된다.

곽무한은 생각과 동시에 신형을 뽑아 올렸다. 그리고는 놈들이 미처 자세도 잡기 전에 전력으로 도를 뿌려 나갔다.

쾌애애애애액!

순식간에 삼백육십 방위가 차단되고, 가공할 도세가 지면으로 내리꽂혔다. 이전과는 도저히 비교가 안 되는 무시무시한 공세였다.

놈들은 놀란 기러기 떼처럼 이리저리 흩어지다가 일순간 합공을 펼쳐 왔다. 그러자 주변 공기가 한꺼번에 터져 나가며 땅거죽이 크게 흔들렸다. 뒤이어 처절한 비명성과 답답한 신음성이 흘러나오더니, 몇 사람의 신형이 실 끊어진 연처럼 허공을 날아 지면으로 쿡 처박혔다.

"크으윽!"

"끅……."

잠시 후, 후폭풍이 잦아들자 주변 정경이 일목요연하게 드러났다.

사방은 이미 초토화된 지 오래였지만, 또 한 번 보기 흉하게 갈라져 버린 지면 위로 몇 사람의 얼굴이 보였다.

그중 곽무한은 마치 말술이라도 들이킨 사람처럼 얼굴을 벌겋게 물들인 채 어깨를 휘청거리고 있었고, 흑저와 백시는 밀랍처럼 창백한 안색으로 입과 코에 가느다란 핏줄기를 흘리고 있었다. 그리고 그들 좌우에는 두 명의 파천신장이 아직도 피를 울컥울컥 토하며 사지를 후들거리고 있었고, 나머지는 이미 어육덩어리로 변해 십여 장 뒤쪽에 널브러져 있었다.

"으드득, 저 약아빠진 놈!"

흑저는 곽무한을 노려보며 이를 부드득 갈았다.

수하들과 막 합공을 펼치려던 찰나였는데 또 기선을 제압당해 버렸다. 어떻게 된 게 수전에서부터 놈과 싸우는 족족 기선을 제압당하게 되는지, 속에서 열불이 다 치밀었다.

그나마 놈의 공격을 이렇게라도 막아내게 되어 다행이었다.

'좋아! 이젠 우리가 반격할 차례!'

흑저는 반 토막 난 유성추를 감아쥐며 백시에게 신호를 보냈다.

자신이 뒤를 받쳐 줄 테니 선공을 가하라는 뜻이었다.

백시는 기이한 표정으로 고개를 끄덕이더니 휴지처럼 찢겨 나간 호조수를 벗어버린 뒤 맨손으로 몇 번 주먹을 쥐어보다가 기괴한 기합성을 터뜨리며 허공으로 날아올랐다.

"타아압! 파―천―혈―지!"

백시의 기합성이 귓전을 울려오자 흑저는 자기도 모르게 안색을 굳혔다.

'저놈이 파천혈지(破天血指)까지 쓰다니?'

파천혈지는 백시의 구명절초이기도 했지만, 동시에 양패구상의 무공이기도 했다. 그 무공을 펼치기 위해서는 스스로의 손가락을 끊어 상대에게 쏘아 보내야 했으니, 설령 그 수법이 성공했다 하더라도 열 손가락을 잃은 폐인이 되고 만다.

그런데 평소 이기적인 성향을 보이던 백시가 그런 무공까지 쓸 줄은 몰랐기에 흑저 역시 비장한 표정을 지으며 자신의 최후 절초를 펼치기로 했다.

"차아압! 혈―세―천―하!"

쩌렁쩌렁한 기합성과 함께 지면을 박차 오른 흑저.

그의 몸이 순식간에 붉은 회오리로 변해갔다.

자기 몸을 쇠사슬과 함께 회전시켜, 반경 일 장여를 초토화시켜 버리는 공세. 죽음을 눈앞에 둔 상황이 아니면 절대 펼치지 않는 동귀어진의 초식이었다.

콰콰콰콰콰!

그러나 흑저가 자기 몸도 돌보지 않는 동귀어진의 초식으로 곽무한을 향해 돌진하는 찰나, 백시가 허공에서 공중제비를 돌았다. 그러자 곽무한의 도세가 살짝 백시를 비껴 나갔고, 뒤이어 흑저의 공세가 곽무한에게 들이닥쳤다.

쿠콰콰콰쾅!

두 사람이 맞부딪친 순간, 어마어마한 굉음이 터져 나왔다. 그러나 백시는 뒤를 돌아볼 생각도 않고 미친 듯이 줄행랑을 쳤다.

쏴아아아!

바람이 무서운 속도로 스쳐 갔지만 백시는 속도를 줄이지 않았다.

이미 겪어본 바, 놈의 경공은 도저히 믿기지 않을 정도다. 그러니 죽기 살기로 달아나야 했다.

드디어 눈앞에 완만하게 휜 물굽이가 보인다.

이제 저 모퉁이만 돌면 안심이다.

백시는 미소 띤 얼굴로 뒤를 돌아봤다.

바로 그때,

쾌애애애액!

가슴 철렁한 소음과 함께 하얀 빛 덩어리가 어마어마한 속도로 날아왔다.

"헉?"

백시의 눈이 퉁방울처럼 튀어나왔다.

"캐애애액!"

뒤이어 처절한 비명 소리와 함께 피가 분수처럼 튀어 오르고, 백시의 신형이 날개 잃은 새처럼 바닥으로 뚝 떨어지고 말았다. 그리고 얼마 지나지 않아 곽무한의 신형이 유령처럼 나타났다.

"이런!"

그러나 백시는 이미 사라지고 없었다.

그가 남긴 팔 한 짝만이 핏물에 잠겨 처연히 나뒹굴고 있었다.

"정말 약삭빠른 놈이군. 저번에도 달아나더니 이번에도 또……."

곽무한은 씁쓸한 표정으로 사방을 훑어보다가 맞은편 암벽에 꽂혀 있는 혈뢰도를 회수해 자리를 떴다.

*　　　*　　　*

"으으… 예상은 했지만 설마 이 정도일 줄이야……."

백시는 한동안 말을 잇지 못했다.

곽무한에게 팔을 잃어가면서까지 되돌아온 전장이었지만 상황은 처참하기 짝이 없었다. 이미 수하들의 태반이 시체로 변해, 후퇴라도 제대로 할 수 있을지 의문이었다.

'이래서는 애써 돌아온 보람이 없다.'

그나마 초극패에게 선처라도 기대하려면 되도록 많은 수하들을 데려가야 한다. 그런데 이 지경이라니?

백시는 한참 고민하다가 우선 한수채와 동정수채를 추격하러 간 수하들에게 신호를 보냈다. 속히 이쪽으로 지원을 와달라는 신호였다. 뒤이어 중구난방으로 흩어져 있던 선단들을 한곳으로 모은 뒤, 진형을 쐐기 모양으로 바꿨다. 전력을 집중해 포위망을 뚫어보려는 의도였다.

잠시 후, 다시 북소리가 울려 퍼지고 마지막 혈투가 벌어졌다.

이미 패색이 짙어진 암흑마교들은 물불 가리지 않았다. 그들은 백시의 지휘 아래 양패구상은 물론이고 동귀어진조차 마다하지 않았다. 그 기세에 밀려 퇴로를 막아서고 있던 수채들의 피해가 점점 늘어나자 멀리서 전황을 지켜보고 있던 이탁은 눈살을 찌푸렸다.

"제기랄! 그냥 추격만 하라니까 왜 퇴로를 막아서 저런 피해를 자초하는 거야?"

애초에 이탁이 내린 명령은 그저 놈들의 뒤를 추격하다가 퇴각 속도가 떨어지는 적부터 하나씩 처리하라는 것이었다. 그런데 공명심에 들뜬 일부 수채가 놈들을 막아섰다가 애꿎은 피해를 당하고 있었으니 이탁 입장에서는 화가 날 만도 했다. 그래서 다시 명을 내리려는 순간, 뒤쪽에서 인기척이 났다. 퍼뜩 고개를 돌려보니 어느새 운기조식을 마쳤는지 곽무한이 추단과 함께 지휘대로 나아오고 있었다.

이탁은 급히 자리에서 일어나 곽무한을 맞았다.

"아니, 좀 더 쉬시지 않고 왜 벌써 나오셨습니까?"

이탁의 걱정스런 말에 곽무한은 웃으며 어깨를 으쓱해 보였다.

"괜찮아. 별 상처도 없었는데 뭘. 쉬고 나니 오히려 가뿐해졌어."

그러면서 지휘대 앞쪽 난간을 잡고 팔굽혀펴기를 해 보인다.

이탁은 그 모습을 보고 안도의 한숨을 내쉬면서도 살짝 잔소리를 늘어놓았다.

"휴… 그만하시길 다행입니다만, 앞으로는 제발 좀 혼자 다니지 말아주십시오. 그러다가 만약 봉변이라도 당하면 어쩌시려구요? 총채주께선 이제 더 이상 혼자 몸이 아니십니다. 무려 십만에 달하는 수하들이 총채주만 바라보고 있는데 왜 자꾸……."

"하하하. 알겠네, 알겠어. 앞으로 주의하지. 그런데 전황은 어찌 돌아가고 있나?"

곽무한이 천연덕스럽게 화제를 돌려 버리자 이탁은 잠시 속상한 표정을 지었다가 이내 한숨을 내쉬며 전장을 가리켜 보였다.

"보시다시피 놈들이 최후의 발악을 하고 있습니다. 어떻게, 이대로 몰아붙일까요?"

"음……."

곽무한은 대답 대신 전장을 훑어봤다.

이미 승리는 확정적이고, 남은 건 삼천 명도 안 되는 패잔병들뿐이다. 겨우 저들을 잡자고 애꿎은 수하들을 희생시킬 필요는 없다.

"됐어. 쥐도 궁지에 몰리면 고양이를 무는 법이지. 그리고 뒤에서 자기 차례만 기다리고 있는 녀석들도 있으니 잠시 길을 열어줘."

"알겠습니다. 그런데 탁 부채주가 좀 부담스럽지 않을까요? 아까 보니까 놈들이 어디론가 신호를 보내던데?"

"괜찮아. 지금 상황에서 놈들이 신호를 보낼 데라곤 두 군데뿐이지. 이따가 놈들이 다 빠져나가고 나면 한수채와 동정수채에 신호를 보내. 놈들이 싸우는 와중에 등을 돌리면 곧바로 뒤를 따라오라고… 그리고 파양수채에도 신호를 보내 속도를 좀 더 올리라고 해. 계획을 바꿔 동정호에서 놈들을 묻어버리자구."

"알겠습니다."

두 사람이 대화를 나누는 사이, 포위망이 서서히 엷어졌다. 그러자 암흑마교들은 앞 다퉈 포위망을 빠져나갔다. 그동안 얼마나 당했는지, 달아나는 놈들 중 제 형태를 간직하고 있는 배는 오십 척도 되지 않았다.

"우리도 슬슬 추격을 시작할까요?"

이탁이 정신없이 달아나고 있는 놈들을 보며 질문을 던질 때였다.

"전 빠지겠습니다!"

갑자기 추단이 끼어들었다. 이제껏 침묵만 지키고 있다가 왠지 토라진 표정으로 불쑥 고함을 지른 것이었다.

"빠지겠다고? 왜?"

곽무한 대신 이탁이 묻자 추단이 삐딱한 목소리로 대답했다.

"피곤해서 좀 쉬어야겠어."

“피곤해서 쉬어야겠다고?”

이탁은 어이가 없었다.

여기서 안 피곤한 사람이 누가 있단 말인가?

그러나 추단은 계속 삐딱선을 탔다.

“너야 지휘대에서 노닥거리느라 안 피곤할지 모르겠지만 난 움직일 힘도 없어! 그러니 이번 추격에서 빠지고 싶어.”

“뭐라고? 내가 노닥거렸다고? 이 자식이 말을 해도…….”

갑자기 둘 사이에 불꽃이 튀어 올랐다.

곽무한은 웃으며 중재에 나섰다.

“됐어. 서로 인상 쓸 필요 없어. 정 빠지고 싶다면 그렇게 해.”

“아니, 총채주!”

이탁이 볼멘소리를 내자 곽무한은 이탁의 어깨를 감싸 안으며 말했다.

“보아하니 저 녀석이 곽패가 보고 싶어서 괜히 투정을 부리는 모양이야. 그러니 녀석들이 울고불고할 동안 우리끼리 다녀오자구.”

“엥? 그, 그걸 어떻게?”

추단이 깜짝 놀란 표정을 짓자 이탁은 기가 막힌다는 표정으로 그를 노려봤다.

“아니, 그럼 그것 때문에 짜증을 부린 거였어? 에라이, 밴댕이 소갈딱지야! 처음부터 그렇게 이야기하면 되지 왜 죄없는 날 걸고 넘어져?”

“그야 곽패가 다쳤는데도 네놈이 아무 걱정도 안 하는 것 같아서 그렇지.”

“뭐야? 그런 걸 우리끼리 꼭 말로 표현해야 돼?”

두 사람이 또다시 입씨름을 벌이려 하자 곽무한이 인상을 썼다.

“됐어. 그만들 하라니까 왜 자꾸 이래? 추단, 넌 가서 곽패에게 괜히 누워 있기 싫다고 몸부림치지 말고 오랜만에 푹 좀 쉬라 그래. 그리고 이탁 자넨 출발하기에 앞서 아이들에게 장내 정리 좀 하라 이르고.”

"…예."

"알겠습니다……."

그러고 보니 주변이 온통 시체투성이였다.

갑판마다 낯모를 시체들이 산처럼 쌓여 있고 강물에는 부패한 시신이 온 갖 잔해들과 함께 둥둥 떠다니고 있었다.

이런 상황에서 어찌 곽패만 챙길 수 있으랴?

추단은 괜히 이탁에게 모진 소리를 한 것 같아 어색한 표정으로 갑판을 툭 툭 걸어찼다.

잠시 후, 주변 정리가 끝나자 어둑한 밤하늘에 신호탄이 올랐다. 한수채와 동정수채, 그리고 파양수채 등에게 보내는 신호였다.

퍼퍼펑!

밤하늘을 환히 물들이는 신호탄을 보며 수룡채들은 암흑마교들을 추격하 기 시작했다. 이제 쫓기던 입장에서 쫓는 입장으로 바뀐 것이다.

*   *   *

"여~! 잘 있었나?"

느닷없는 고함 소리와 함께 휘장이 젖혀졌다.

순간, 곽패의 표정이 와락 일그러졌다.

'아이고! 저놈의 인간. 하필이면 이럴 때…….'

곽패가 추단을 보자마자 인상을 찌푸리는 이유가 있었다.

그동안 애타게 기다려 왔던 순간.

간호를 맡은 아미승들 중에서 그 미모가 출중해, 보기만 해도 가슴이 쿵쿵 뛰던 여승. 그녀가 드디어 자기 침상으로 다가온 것이다. 그리고 그토록 꿈 꾸던 순간이 도래했다. 그녀가 진맥을 하기 위해 허리를 숙이는 찰나, 살짝 드러나는 속살. 거기서 조금만 더 앞섶이 벌어지면 봉긋한 신천지도 볼 수 있을 것인데 저 고함 소리 때문에 말짱 도루묵이 되어버렸다.

"어쭈? 이 자식, 생각보다 팔팔해 보이는데? 얌마! 뭐 하냐? 형님 오셨다!"

더구나 저 거친 목소리라니?

그녀가 놀란 새처럼 달아나 버렸다.

"제기랄! 바쁘실 텐데 왜 왔수?"

곽패는 괜히 심통이 나 쏘아붙이듯 말했다. 그러자 추단이 멍한 표정으로 곽패를 쳐다봤다.

'이 자식이 갑자기 못 먹을 걸 처먹었나, 말투가 왜 저따위야?

하지만 아픈 놈이니 그러려니 했다.

아프면 만사가 짜증스러운 법이니까.

"이 자식아. 아무리 아프더라도 형님이 모처럼 시간 내서 위문하러 왔으니 자리에서 일어나는 시늉이라도 좀 해라."

그러나 곽패의 태도는 여전히 심통스러웠다.

"젠장! 위문은 무슨. 나중에 오쇼. 나 바빠요."

"뭐야? 이 자식이 사람 성의를 무시해도 분수가 있지……."

추단은 발끈한 표정으로 곽패를 노려보다가 붕대로 온몸을 감싼 곽패를 보고 다시 눈꼬리를 내리고 말았다.

'그래, 내가 참자. 저 정도로 다쳤는데 총채주나 이탁이 함께 오지 않아 속이 상한 모양이다.'

추단은 애써 섭섭한 표정을 지우며 들고 온 보퉁이에서 뭔가를 주섬주섬 꺼내기 시작했다.

"그게 뭐요?"

"흐흐흐. 보면 모르냐? 술이다. 그것도 네놈이 좋아하는 화주(火酒)!"

"오! 화주!"

곽패가 벌떡 몸을 일으키자 추단은 약 올리듯 술병을 머리 위로 치켜들었다. 바로 그때,

"아니, 지금 뭐 하시는 거예요?"

갑자기 쨍! 하는 목소리가 들려왔다.

추단이 흠칫해 고개를 돌려보니 날카로운 인상의 여승이 자신을 노려보고 있었다.

추단은 찔끔해 얼른 술병을 감췄다. 그러나 한발 늦고 말았다.

"그게 뭐죠? 이리 줘봐요. 맙소사! 이게 뭐야? 술이잖아요?"

그때부터 여승은 독 오른 살쾡이로 변해 버렸다.

"도대체 정신이 있는 사람이에요, 없는 사람이에요. 환자에게 술을 먹이려 하다니! 나가욧! 당장 여기서 나가 버려욧!"

"아, 아니, 그게 아니라 전 그저……."

"안이고 밖이고 어서 나가지 못해요? 사숙! 사숙! 이 사람 좀 봐요! 이 사람이 환자에게 술을 먹이려고 해요!"

그러자 나이 든 여승들이 우르르 몰려오기 시작했다.

추단은 곽패와 말 한마디 제대로 나눠보지 못하고 그만 병실에서 쫓겨나고 말았다.

*　　　*　　　*

한수채와 동정수채는 겨우 한시름을 돌리게 됐다.

숨 가쁘게 몰아붙이던 암흑마교들이 어느 순간부터 뱃머리를 돌리기 시작한 것이다.

"휴… 지긋지긋한 놈들! 이제야 겨우 물러나는군."

주변을 돌아보니 피해가 이만저만이 아니다.

그러나 두 수채는 내심 만족했다.

정파인들도 쩔쩔매던 암흑마교를 상대로 이만큼 싸웠으니 나름대로 선전(善戰)한 것이다.

"그런데 놈들이 왜 달아난 것일까?"

그런 의문으로 고개를 갸웃거릴 때였다.

슈웃, 퍼퍼펑!

멀리서 신호탄이 올랐다.

두 수채는 그제야 상황을 이해했다.

"역시 대단하군! 그 많은 놈들을 벌써 다 물리쳤다니……."

두 수채는 놀람 반 감탄 반으로 신호를 반겼다.

이제 저 신호를 따라 놈들을 뒤쫓으면 된다. 그러면 이 지긋지긋한 전투가 드디어 끝이 나게 된다.

"자! 마지막 싸움이다! 모두 동정호로 출발!"

한수채와 동정수채는 일제히 뱃머리를 돌렸다.

어서 가서 놈들의 최후를 장식해 주고 싶었기 때문이다.

그런 마음은 이제나저제나 하며 신호를 기다리고 있던 파양수채들도 마찬가지였다.

이제껏 숨겨두었던 전투함까지 끌고 와, 놈들에게 그동안 당했던 굴욕을 한꺼번에 갚아주리라 다짐하는 파양수채들. 밤하늘에 솟아오른 신호탄을 따라 바삐 물살을 갈라갔다. 그리고 마침내 장강 호걸들이 모두 동정호에 모였다.

사방을 에워싼 장강 호걸들을 보자 암흑마교들은 사색이 되어버렸다.

앞쪽에는 거대한 전함을 앞세운 파양수채가 막아서고 있고, 뒤쪽으로는 쳐다보기도 싫은 수룡채들이 쫓아오고 있다. 그리고 좌우에는 한수채와 동정수채가 떡 버티고 있으니 전후좌우 어디에도 달아날 곳이 없다.

"맙소사! 내가 자진해서 지옥으로 들어왔구나……."

설마 하니 이 넓은 동정호에서 달아날 곳이 한 군데도 없을 줄이야?

백시는 이중삼중으로 자신들을 에워싸고 있는 장강수로채들을 보며 절망 어린 탄식을 내뱉었다.

잠시 후, 장강수로채의 공격이 시작되었다.

고막을 뒤흔드는 폭음과 폭우처럼 쏟아지는 화살.

온갖 병장기 소리가 뒤섞이는 가운데 암흑마교들은 하나둘 피투성이가 되어 쓰러져 갔다. 그리고 말단 수하의 옷을 훔쳐 입은 백시가 필사의 도주를 하다가 사지가 잘리고 목이 꿰뚫린 채 죽어간 것을 마지막으로, 길고 처절했던 수전이 모두 끝이 났다.

"와아아! 이겼다! 우리가 놈들을 전멸시켰다아아!"

이윽고 강변에는 장강 호걸들의 고함 소리가 쩌렁쩌렁 울려 퍼졌다.

그 소리에 놀라 동정호가 핏빛으로 출렁거렸다.

곽무한은 수하들의 함성 소리를 들으며 밤하늘을 올려다봤다.

너무 많은 수하들이 죽어 마음이 착잡했던 것이다.

남들은 결과만을 놓고 쉽게 이겼다며 기뻐하고 있었지만 결코 쉬운 승리가 아니었다. 놈들의 무위가 워낙 막강해 어쩔 수 없이 유인작전을 펼쳐야 했고, 그로 인해 많은 수하들이 죽어가야 했다. 그런 희생을 발판 삼아 거둔 승리였으니 어찌 쉽게 이겼다고 기뻐할 수 있겠는가?

그러나 수장 된 자가 울적해 있으면 기쁨이 반감되는 법.

곽무한은 곧 마음을 추슬러 수하들의 노고를 치하했다.

장강수로채들은 곽무한이 각 선단을 돌며 자신들과 일일이 팔뚝을 마주쳐 오거나 어깨를 감싸 안아오자 저마다 감격한 표정을 지었다.

다른 사람도 아닌 곽무한이, 그것도 자신들로선 감히 우러러보지도 못할 십만 장강수로채의 총채주가 겨우 말단에 불과한 자신들과 마음을 같이 나누자 쌓였던 피로가 단번에 씻겨 나가는 기분이었다.

더구나 정파인들도 쩔쩔맨다던 암흑마교와 싸워 이런 대승을 거뒀으니, 이젠 그들도 더 이상 자신들을 무시하지 못할 것이라는 생각에 저마다 어깨를 쫙 펴기 시작했다.

각 수채에 합류하고 있던 정파인들도 기쁨을 가누지 못했다.

사실 그들은 곽무한이 놈들을 모두 전멸시켜 버리겠다고 할 때까지만 해도 솔직히 반신반의했었다.

그런데 정말 이런 대승을 거둬 버리다니?

정파인들은 감탄 어린 눈길로 곽무한을 쳐다봤다.

이제 어느 누가 저 사내를 함부로 대할 수 있을까? 아니, 어느 누가 장강수로채를 함부로 대할 수 있을까?

자신들조차 고전을 면치 못했던 암흑마교다. 그것도 벌써 강호의 절반을 장악하고 있는 암흑마교다. 그런 그들을 어린아이 다루듯 하며 단번에 몰살시켜 버렸으니 앞으로는 구대문파라 하더라도 수로에서는 저들의 눈치를 볼 수밖에 없으리라.

그렇게 모두 감탄 반 기쁨 반인 표정으로 곽무한을 쳐다보고 있을 때, 누군가가 들뜬 표정으로 소리쳤다.

"이 기세를 몰아 무당과 형산으로 갑시다! 가서 그들을 도와줍시다!"

곽무한은 그 말을 듣고 고개를 끄덕였다.

아무래도 한 손보다는 열 손이 나은 법이다. 그리고 예상보다 수전이 빨리 끝났으니, 이 여세를 몰아 무당과 형산을 도우면 의외의 효과를 거둘 수 있을 것이다.

그러나 곽무한은 굳이 자신들까지 합류할 필요는 없다고 생각했다.

이미 자신들은 주어진 역할을 십분 완수했다. 남은 싸움은 저들의 몫이다.

곽무한은 이탁에게 뒷정리를 하라 이른 뒤 사해어옹을 찾았다.

사해어옹은 심각한 표정으로 경진 사태와 밀담을 나누고 있었다.

분위기를 보아하니 두 사람 역시 무당과 형산을 어찌 도울까 고민하고 있는 모양이었다.

곽무한은 두 사람이 말을 꺼내기 전에 먼저 이야기를 꺼냈다.

"저쪽에서는 벌써 무당과 형산을 도우러 가자며 난리더군요. 그러나 제가 생각하기에 방금 격전을 치른 뒤라 금방 움직이긴 힘드실 것 같습니다. 그러니 모두에게 휴식부터 취하라고 하십시오. 그리고 모두의 의견이 일치해 무당과 형산을 도우러 가시겠다면, 주변 정리가 끝난 뒤 저희가 그 근처까지 모셔다 드리겠습니다."

그 말에 사해어옹은 적잖이 당황했다. 내심 곽무한이 같이 가주었으면 싶었던 것이다.

그러나 이미 몇 날 며칠째 수하들을 독려하며 암흑마교와 싸운 곽무한이다. 그것도 자신은 셋 이상 감당하기 힘든 파천신장들을 혼자서 거의 도륙하다시피 한 곽무한이다. 그러니 스승 된 입장에서 차마 같이 가자는 이야기를 꺼낼 수 없었다. 더구나 저 많은 호한들이 모두 곽무한만 쳐다보고 있지 않은가? 그러니 지금 상황에서 자신들을 무당과 형산 근처까지 데려다 주겠다는 것만 해도 감지덕지한 제안이었다.

"알겠다. 그러나 아무리 생각해도 무당과 형산을 돕지 않고는 마음이 편하지 않을 것 같구나. 네 생각엔 언제쯤 출발하면 좋을 것 같으냐?"

사해어옹의 질문에 곽무한은 강변을 가리켜 보이며 말했다.

"아무래도 뒷정리하는 데 시간이 좀 걸릴 것 같습니다. 각자 휴식을 취하고 계시다가 저희가 신호를 보내면 그때 움직이면 될 것 같습니다."

사해어옹은 웃으며 손을 내저었다.

"아니다. 다들 고생하는데 어찌 우리만 쉴 수 있겠느냐? 함께 정리하고 가는 동안 쉬어도 충분할 것이야."

경진 사태 역시 고개를 끄덕였다.

"그렇습니다. 어차피 우리 아이들도 환자를 돌보고 있으니 다 같이 정리를 돕다가 내일 아침쯤 해서 움직이는 게 좋을 것 같습니다."

두 사람이 그리 이야기하자 곽무한은 마지못해 고개를 끄덕였다.

"알겠습니다. 그럼 그렇게 알고 준비를 시켜두겠습니다."

그리고 막 선걸음으로 돌아서려는 찰나,

"가가……."

갑자기 등 뒤에서 애잔한 목소리가 들려왔다.

깜짝 놀라 고개를 돌려보니 설아가 눈물을 글썽이며 자신을 쳐다보고 있었다. 완포 늪에서 부상자들을 치료하고 있는 줄 알았는데 경진 사태를 따라 이곳으로 온 모양이었다.

곽무한은 얼른 설아에게 다가갔다.

어른들이 곁에 있어 차마 안아주지는 못하고 그저 따스한 눈빛으로 그녀를 보듬었다.

"그동안 어찌 지냈소? 어디 불편한 곳은 없었소?"

마치 헤어진 연인을 반기듯 자신을 반기는 곽무한.

그 표정, 그 목소리에 설아는 그동안의 원망이 눈 녹듯 사라지는 것을 느꼈다.

"전… 잘 지냈어요. 가가께선 그동안… 어찌 지내셨어요?"

그 말과 함께 결국 눈물을 쏟고 마는 설아.

곽무한은 가만히 설아의 손을 어루만져 주었다.

그 모습을 보고 경진 사태가 못마땅한 눈빛으로 끼어들려 했다. 그러자 사해어옹이 먼저 선수를 쳤다.

"허허허. 저 아이들이 모처럼 만났으니 둘이서 회포라도 풀게 우린 이만 빠져 줍시다."

경진 사태는 난처한 표정으로 말꼬리를 흐렸다.

"저, 그게… 설아에게 몇 가지 지시할 게 있는데……."

사해어옹은 부드러운 눈빛으로 고개를 가로저었다.

"허허허. 저 나이 땐 둘이만 있고 싶은 법이라오. 여기서 더 버티면 주책없는 늙은이들이라고 욕을 할 것이오."

"어머?"

"사, 사부님?"

곽무한과 설아가 동시에 뺨을 붉혔지만 사해어옹은 웃으며 경진 사태의 손을 잡았다.

"자! 늙은이들은 이만 빠져 줍시다. 우리끼리도 의논해야 할 게 많지 않소?"

"아, 아니, 육 대협… 손, 손이라도 좀 놓아주시고……."

"어허! 아무 소리 말고 따라오시라니까요."

"아이고, 설아야! 설아야……."

경진 사태는 뺨을 홍시처럼 붉힌 채 사해어옹에게 끌려갔다.

곽무한과 설아는 그제야 뜨거운 입맞춤을 나눌 수 있었다.

다음날 아침.

사해어옹은 정파무인들을 인솔해 무당으로 떠났다.

경진 사태 역시 제자들을 이끌고 형산으로 향했다.

설아는 그 어디도 따라가지 않고 곽무한 곁에 남아 있었다.

경진 사태가 몇 번 강권했지만 웬일로 고집을 피운 것이다.

물론 경진 사태는 그 모습을 보고 인상을 썼지만 중재에 나선 경료 사태의 말을 듣고 나직이 한숨을 내쉬며 뒤로 물러나고 말았다.

'이미 두 사람은 선연(仙緣)으로 맺어진 사이입니다. 사자께서도 익히 알고 계신 사실인데 왜 이리 두 사람을 떼어놓으려고만 하십니까?'

그랬다. 이미 철담마후에게 들은 바도 있거니와 자신이 봐도 두 사람은 천생연분임이 틀림없었다.

그러나 워낙 딸같이 아끼는 설아다 보니 곽무한이 왠지 마음에 들지 않았다. 수하들에겐 따스한 반면 적에겐 한 치의 자비도 베풀지 않는 저 불같은 성질을 곱고 여리기만 한 설아가 어찌 감당할까 싶어 걱정이 된 때문이었다. 그래서 속으로는 이러지 말아야지 하면서도 곽무한과 함께 있는 설아를 보면 항상 잔소리를 늘어놓게 되는 것이다.

아무튼 사해어옹과 경진 사태의 뒤를 따라 정파무인들이 모두 떠나고 나자 동정호에는 한바탕 술판이 벌어졌다.

수룡채를 비롯한 장강 호걸들 특유의 의식(儀式).

죽은 자는 잊고 산 자들끼리 내일을 다짐하는 그들만의 의식이 시작된 것이다.

"와아아!"

하늘에는 시커먼 연기가 피어오르고 강변에는 호탕한 웃음소리가 떠들썩하게 울려 퍼지는 가운데, 장작 위에 놓인 돼지고기는 향긋한 냄새를 풍기며 노릇노릇하게 익어갔다.

제111장
천하대란

천하대란

휘이잉…….

아침저녁으로 찬바람이 불었다.

어느새 가을이 그 끝을 향해 달려가고 있는 중이었다.

이미 동정호 주변은 떨어진 낙엽들로 장관을 이루고 있었다.

그 계절의 끝머리에 낯익은 얼굴들이 한자리에 모였다.

그들은 운봉 선사를 비롯한 정파연합의 수뇌들로, 피 튀는 혈전 끝에 겨우 무당과 형산을 지키는 데 성공했지만, 미처 승리의 기쁨을 만끽하기도 전에 갑자기 날벼락 같은 소식이 들려와 급히 동정호로 달려온 것이었다.

급보! 닷새 전, 달단이 장성(長城)을 넘어 산서(山西)를 공략함. 그로 인해 대동(大同)이 함락되고 열다섯 곳의 주(州)와 현(縣)이 무너져 많은 백성들이 학살되거나 포로로 끌려가는 등 엄청난 피해가 발생하고 있음. 암흑마교 역시 그에 동참해 안휘, 강서, 강소, 절강, 산동, 하남 등지에서 관군을 습격하고 군량을 약탈하는 등, 역천(逆天)에 내응(內應)하는 모습을 보이고 있음. 이에 황제가 격노, 황군 이십만을 산서로 급파함과 동시에 각 성에 명을 내려 모든 강호인의 집회와 이동, 결사(結社) 등을 전면 금지하고, 이를 어길 시 관련된 모든 이들을 극형에 처하라고 함. 또한 각 성마다 병력을 차출해 사방에서 날뛰고 있는 암흑마교들을 주살하라고 함.

느닷없이 아미파로 전해졌다는 서찰 한 통.

당시엔 먹물도 채 마르지 않았다는 그 서찰 내용은 모두를 경악케 하고도 남음이 있었다.

"역모라니! 역천이라니! 세상에 어떻게 이런 일이?!"

설마 하니 달단이 국경을 침범하고 암흑마교가 그에 동참할 줄이야.

모두 어찌나 놀랐는지 처음엔 말조차 제대로 잇지 못했다.

자칫 잘못하면 암흑마교 때문에 강호 전체가 말살당하게 될지도 모른다는 우려가 모두의 가슴을 짓눌렀다.

그런 우려 때문일까?

군웅들 사이에 서서히 갑론을박이 벌어지기 시작했다.

이대로 계속 암흑마교와 싸워야 할지, 아니면 각자 본가로 돌아가 당면한 전란에 대비해야 할지를 놓고 설전이 벌어진 것이었다.

당연히 산서와 가까운 곳에 있는 문파들은 본가로 돌아가고 싶어했다. 전란이 언제, 어떻게 번질지 모르니 우선 집안부터 돌보고 싶었던 것이다.

반면, 산서와 멀리 떨어져 있는 문파들은 계속 암흑마교와 싸우고 싶어했다. 이미 수전에서 대승을 거둔 바도 있고, 또 이 기세를 몰아 암흑마교를 공격하면 오히려 전란을 종식시키는 데 도움이 된다고 했다.

둘 다 일리가 있는 주장이었다.

그러나 이미 황명이 내려져 곳곳에서 검문검색이 이루어지고 있는 상황이

어서 각자의 주장에 약간의 문제점을 안고 있었다. 거기다 전란이라는 특수한 사정과, 이대로 암흑마교를 놔두면 강호가 쑥대밭이 될지도 모른다는 현실론이 맞서다 보니 분위기가 서서히 격앙되어 갔다.

그 모습이 보기 안타까웠는지 누군가가 혼잣말처럼 중얼거렸다.

"이럴 때 천외천께 도움을 청할 수 있다면 얼마나 좋을까?"

목소리의 주인공은 경료 사태였는데, 그녀가 갑자기 천외천을 거론하고 나선 이유는 호영신검이 당대의 천추신검령(千秋神劍領) 령주(領主)였기 때문이다.

비밀리에 황실을 수호한다는 천추신검령. 그 최고 책임자가 바로 호영신검이었으니, 그가 나서준다면 강호인들이 역도로 몰릴 일은 없을 것이라 생각하고 꺼낸 말이었다. 하지만 그 말은 곧바로 누군가의 반박에 부딪쳤다.

"이미 천외천은 강호의 일에 개입하지 않은 지 오래됐소. 그리고 그분들이 끼어들면 단기적으로는 좋을지 몰라도 장기적으로는 오히려 일이 복잡해질 우려가 있소이다."

그랬다. 대부분의 정파인들은 천외천이 강호의 일에 끼어드는 걸 내심 꺼려했다. 그 이유는 두 사람이 지닌 무공도 무공이었지만, 그들의 영향력이 워낙 가공했기 때문이었다.

당장 철담마후만 해도 옛 철마성의 성주이자 현 만독장의 신녀 신분이니, 지금도 그녀의 말이라면 물불 가리지 않고 뛰쳐나올 거마효웅들이 부지기수였다. 하물며 당대의 천추신검령 령주이자 옛 천하제일문의 문주였던 호영신검이 나서면 과연 어떤 일이 벌어질까?

아마 강호 전체가 그에게 머리를 숙여야 할지도 몰랐다.

그런 이유로 천외천이 강호의 일에 개입하지 않는 걸 오히려 다행으로 여기는 사람이 많았다.

"하지만 호영신검께선 절세의 협객이십니다. 그분이 군림을 원했다면 이미 예전에 그렇게 하셨겠지요. 그러나 그분은 군림을 택하는 대신 조용히 강호에서 물러나셨습니다. 그러니 그분께 부탁하면 이번에도 사심없이 도와주실 겁니다.”

그러나 반응은 시큰둥했다.

“글쎄올시다. 비록 신검께서 절세의 기협이시고 또 이 서찰을 보내신 분 역시 마후여서 그분들을 추억하고자 하는 사태의 심정은 이해합니다만, 이번 일은 그리 간단히 해결될 문제가 아닌 듯합니다.”

“그렇습니다. 신검께서 계신데도 이런 일이 벌어졌다는 건 이번 일이 신검의 능력 범위를 벗어난, 황제가 직접 결심한 사안일 확률이 높습니다. 따라서 황명을 거둬들이기 위해서는 이번 일이 강호와 아무 상관이 없다는 것을 입증해야 하는데 벌써 암흑마교가 끼어든 상황이니 결코 쉽지 않을 것입니다. 그리고 강호는 이미 잊혀져 버린 사람들이 지키는 곳이 아니라 현재를 살아가는 우리가 지켜야 할 곳입니다.”

“하지만 황명이 내려 꼼짝도 할 수 없는데 지키긴 뭘 어떻게 지킨단 말이오?”

몇 사람이 볼멘소리를 내자 이야기가 다시 원점으로 돌아갔다.

“그깟 황명쯤이야 무시하면 되지 뭔 걱정이오? 설마 하니 황제가 진짜로 우릴 역적으로 몰겠소? 그리고 설령 그렇다 한들 감히 관군이 우릴 막아설 배짱이나 있겠소이까?”

“허허, 답답하시오. 그건 평소 때나 통하는 이야기이고, 지금은 전시(戰時)란 말이오! 전시에는 황명이 최우선이란 걸 모르고 하는 소리요? 아마 우리가 몇 발짝도 움직이기 전에 관군이 벌 떼처럼 달려들 것이오.”

“그럼, 그렇다고 해서 강호는 나 몰라라 하고 집구석에 틀어박혀 있어야 옳단 말이오?”

“누가 그런다고 했소? 상황을 보아가며 그에 맞게 움직이자는 말이지.”

"그 말이 그 말이 아니오!"

또다시 격렬한 논쟁이 벌어졌다. 이대로 가면 서로 간의 화기만 상할까 싶어 운봉 선사가 급히 중재에 나섰다. 그러나 운봉 선사 역시 별다른 대안을 내놓지 못했다. 그도 그럴 것이, 각 문파의 수장들이야 그나마 자기 소신대로 결정을 내릴 수 있는 권리가 있었지만, 운봉 선사를 비롯한 각 문파의 수장이 아닌 사람들은 어쩔 수 없이 사문의 결정을 기다려야 했다. 그러니 어찌 진퇴를 함부로 결정할 수 있겠는가?

아무튼 기대했던 운봉 선사마저 별다른 대안을 내놓지 못하자 군웅들은 막막한 표정으로 한숨만 내쉬었다.

결국 이렇게 갈 사람은 가고 남을 사람은 남아야 하는 것인가?

다들 그렇게 허탈해하고 있을 때, 어디선가 퉁명스런 목소리가 흘러나왔다.

"젠장! 하루 종일 회의만 하다가 날 다 새겠군."

목소리의 주인공은 곽무한이었다.

여느 때처럼 회의실 한쪽 구석에 앉아 있던 곽무한이 인상을 찌푸리며 자리에서 일어나자 모두의 시선이 그에게 집중되었다. 운봉 선사 역시 감았던 눈을 뜨며 곽무한을 쳐다봤다.

"곽 시주께 무슨 묘안이라도……?"

기대 어린 운봉 선사의 말에 곽무한은 피식 냉소를 흘렸다.

"묘안은 무슨 묘안입니까? 그저 마음 내키는 대로 한마디 하려고 일어났습니다."

그 말에 좌중이 안색을 찌푸렸다.

곽무한의 말투가 너무 과하다고 느낀 때문이었다.

그러나 남들의 표정이 어찌 변하든, 곽무한은 거침없이 자기 생각을 이야기해 나갔다.

"솔직히 전 회의가 왜 이렇게 길어져야 하는지 이해가 되지 않습니다. 우리가 회의를 하고 있는 이 순간에도 백성들은 시시각각 죽어가고 있는데, 다들 무슨 고민이 그리도 많습니까?"

그 말에 좌중의 안색이 흠칫했다.

왠지 정곡을 찔린 듯한 기분이 들어서였다.

그런 그들을 둘러보며 곽무한은 계속 말을 이었다.

"제 말이 다소 건방지게 들릴지도 모르겠습니다만, 제가 여러분 입장이라면, 정말 백성들을 위하고 강호를 위하는 마음이 차고 넘친다면 천외천뿐만 아니라 지나가는 무인들에게도 도움을 청할 것입니다. 그리고 황명이 그렇게 걱정되면 황제와 대놓고 담판을 벌일 것입니다. 우리가 백성들을 위해, 나라를 위해 암흑마교를 치려고 하니 도울 테면 돕고 막을 테면 막아봐라, 라고 말입니다. 그러면 될 걸 가지고 무슨 고민이 그리 많은지 도무지 이해가 되지 않습니다."

모두의 표정이 멍하게 변해갔다.

세상에, 암흑마교를 치기 위해 황제와 담판을 벌이고, 지나가는 무인들에게 도움을 청하라니?

매사에 명분과 체면을 중시하는 정파인들로선 도저히 용납이 되지 않는 말이었다. 그러나 지금 상황에서는 그 말이 오히려 통쾌하게 느껴지니, 모두 꿀 먹은 벙어리처럼 눈만 끔뻑거릴 뿐 뭐라고 반박할 말을 찾지 못했다.

곽무한은 그런 그들에게 결정타를 날렸다.

"내친김에 하나만 더 말씀드리지요. 저 같은 수적도 대의와 명분이 뭔지 압니다. 그리고 대의와 명분이란 결코 입으로 지켜지는 게 아니라는 사실 역시 알지요. 그런데 이건 이래서 안 되고 저건 저래서 안 된다고 하니 도대체 어느 천년에 결론이 나겠습니까? 이럴 바에야 전 가서 밀린 잠이나 자겠습니다. 나중에 결론이 나면 그때 연락을 주십시오. 어떤 결정이든 쾌히 따를 테니까요."

그 말과 함께 곽무한이 회의실을 떠나갔다.

회의실은 한동안 정적에 휩싸였다.

다들 곽무한이 한 말에 충격을 받은 때문이었다.

하긴, 자신들이 이 자리에 모인 이유가 뭘 때문이었던가?

멸사봉공, 탕마멸사.

내 한 몸 바쳐 강호를 지키기 위해서가 아니었던가?

그런데 왜 이것저것 따지며 결정을 망설이고 있었을까?

모두 그런 생각을 하며 침묵에 잠겨 있을 때 누군가가 탁자를 후려치며 자리에서 벌떡 일어났다.

"곽 채주 말이 옳소! 우린 이미 평생을 죽음과 벗하며 사는 강호인이오! 이제껏 도산검림(刀山劍林)도 웃으며 헤쳐 왔거늘 새삼 황명 따위를 두려워할 필요가 뭐 있소? 지금부터 결론을 냅시다! 갈 사람은 가고, 남을 사람은 남아 암흑마교를 쳐부숩시다!"

그날 밤.

운봉 선사를 비롯한 정파연합의 수뇌들이 곽무한을 찾아왔다.

곽무한에게 회의 결과를 설명하고 도움을 요청하기 위해서였다.

정파연합에서 내린 결론은 그 형식과 방법은 달랐을망정 곽무한이 말한 것과 대부분 일치했다.

즉, 황실과 가까운 관계에 있던 소림과 무당이 나서서 황제에게 상소를 보내고, 암흑마교 인근 지역에 있는 관청들에도 사람을 보내 협조를 구하기로 한 것이었다. 그리고 구대문파의 이름으로 천외천에게도 도움을 요청하고, 부득이하게 본가로 돌아가야 하는 문파들에 대해서는 서로 긴밀한 연락을 주고받기로 하는 선에서 양해하기로 하는 등, 뒤늦게 결론을 내린 것이었다.

곽무한은 설명을 듣는 내내 침묵으로 일관했다.

운봉 선사 등은 그런 곽무한의 눈치를 살피며 내심 좌불안석했으나, 사해어옹과 호호신타 등이 동석하고 있어 그나마 안심하는 기색이었다.

회의 결과에 대한 설명이 끝나자 이야기는 암흑마교를 어떻게 칠 것인가로 넘어갔다. 그때부터는 곽무한도 관심을 표명하기 시작했고, 그로 인해 대화가 장시간 이어져 뿌연 먼동이 트고서야 자리를 파했다.

정파연합의 수뇌들과 곽무한이 서로 작별 인사를 나누는 동안 사해어옹은 흐뭇한 표정으로 곽무한의 어깨를 두드렸고, 호호신타와 나소추는 몰래 엄지를 치켜 보였다.

그날 오후.

곽무한은 각 채주들을 소집했다. 수룡채뿐만 아니라 장강수로채에 소속된 일흔두 곳의 채주들을 모두 불러 회의실은 순식간에 꽉 차버렸다.

일흔두 명의 채주들이 곽무한을 쳐다보는 가운데, 곽무한은 각 채주들과 눈인사를 나눈 뒤 곧바로 전날의 회동 결과를 설명했다.

"…그런 이야기가 오간 끝에 정파연합과 합의를 보게 되었소. 즉, 그들이 놈들의 본거지를 칠 동안 우린 놈들의 후방을 차단하고, 혹시 달아나는 적들이 있다면 그들을 처치해 주기로."

곽무한은 처음에 서두를 어떻게 떼야 할지 한참 고민했다. 그러나 어차피 강요해서 될 일이 아니라는 생각에 자기 속내를 편하게 이야기하기로 했다.

"다들 격전을 치른 뒤라 많이 지쳐 있을 것이오. 또 저번 수전에서 많은 피해를 입었기에 솔직히 싸울 기분도 아닐 것이오. 차라리 그동안 방치해 두었던 물길을 보살피고 휘하에 있는 수하들을 건사하는 등, 수채 일부터 돌보고 싶을 것이오. 그런 사정을 뻔히 알면서도 이번 일을 결정한 이유는 갑자기 터진 전란 때문이오. 그리고 그 전란의 한 축이 바로 우리와 격전을 벌였던 암흑마교라는 사실 때문이오."

곽무한은 잠시 말을 끊고 모두의 눈을 바라봤다.

"난 솔직히 전쟁놀이엔 관심이 없소. 그러나 세상이 이렇게 뒤집어져서는 안 된다고 생각하오. 있는 사람들이야 어떨지 몰라도 없는 사람들은 이럴 때가 가장 힘이 드는 법이오. 삶의 터전을 두고 떠나봐야 굶어 죽거나 얼어 죽기 십상이니 어디 떠나고 싶어도 떠날 수가 없소. 그래서 내린 결정이오. 난 우리가 세상 사람들에게 단순한 약탈자로 각인되기를 바라지 않소. 그렇다고 성인군자처럼 살기를 바라지도 않소. 그저 남에게 모진 소리 듣지 않고 아쉬운 소리 하지 않는 가운데 마음 편히 살면 그뿐, 크게 기대하는 바도 없고 크게 바라는 바도 없소. 다만 한 가지 바라는 게 있다면 우리 모두가 가슴속에서 의협심 하나만큼은 잃지 않기를 바라오. 그런데 천하에 풍운이 일고 있다고 하오. 저 장성 쪽에서부터 천하대란이라는 이름의 광풍이 휘몰아치고 있다고 하오. 이렇게 천하가 혼란에 빠졌을 때 뭔가 세상에 도움이 되는 일을 하고 싶소. 남들이야 뭐라고 하건, 우리 스스로는 당당한 호걸이라고 자부하고 있으니……."

곽무한의 목소리가 차츰 낮아져 갔다.

"난… 전란의 소용돌이에 휘말려 죄없는 사람들이 죽어나가고, 또 그로 인해 우리 같은 인생들이 더 늘어나는 것을 보고 있을 수만은 없다고 생각했소. 물론 그렇다고 해서 저 장성 너머까지 뛰어가고 싶지는 않소. 우선은 내가 있는 자리에서 내가 할 수 있는 만큼 돕고 싶소. 물론 그 결정의 이면에는 내 개인적인 포부가 전혀 들어가 있지 않다고는 말하지 않겠소. 그러나 도처에서 살려달라는 백성들의 비명 소리가 메아리친다는 소식을 듣고, 이럴 때 과연 우리가 침묵하고 있어야 옳은가라는 생각이 들어서 내린 결정이니 마음 내키지 않는 사람은 빠져도 좋소. 내가 아무리 번지르르한 말로 포장한다고 해도 이번 싸움은 남는 게 전혀 없는 싸움이니, 빠지고 싶은 사람은 마음 편히 빠져도 좋소.”

그 말이 끝나자마자였다. 동정용왕이 벌컥 화를 내며 자리에서 일어났다.

“아니, 총채주께서는 무슨 말씀을 그리 하시는가? 듣자 하니 총채주는 자기 혼자만 사내라고 생각하는군. 그게 아니라면 여기, 좌우를 둘러보게. 우리 역시 사낼세! 비록 겉보기에는 잔인하고 흉포해 보일지 모르겠지만, 우리 역시 세상이 뭐고 인심이 뭔지 아는 사내대장부들이란 말일세!”

그 말에 각 채주들이 주먹을 불끈 쥐며 고개를 끄덕였다.

동정용왕은 계속 열변을 토했다.

“이미 겪어보았으니 알겠지만, 우리 중에는 저 혼자 잘 먹고 잘살겠다는 그런 비겁자는 없네. 그런데 왜 그리 섭섭하게 말씀하시는가? 저번 전투에서도 그랬지. 그냥 총채주답게 명을 내리면 될 것을, 왜 스스로 전장에 뛰어드시는가? 우릴 그렇게도 못 믿으시는가? 물론 그게 아니라는 건 아네. 그러나 다시는 그러지 말게. 수하들의 목숨이 아까워 스스로를 위험에 빠뜨리는 일은 더 이상 하지 말란 말일세. 우리가 바라는 건 그런 게 아니라네. 그대는 명만 내리면 되네. 그러면 나머지는 우리가 다 알아서 할 것이네. 이번 일도 마찬가질세. 그대가 가자, 하면 갈 것이고, 그대가 멈춰, 하면 멈출 것이라네. 그러니 그렇게 에둘러 이야기할 필요 없네. 굳이 이런저런 설명을 해주지 않아도 되네. 하늘을 우러러 한 점 부끄럼이 없다면 과감하게 명을 내려주게. 그게 바로 우리가 진정으로 바라는 총채주의 모습이라네.”

곽무한은 동정용왕의 말을 듣고 코끝이 찡했다.

“다들… 같은 생각이십니까?”

굳이 물어볼 필요도 없었다.

“총채주께서 명하시면 타는 솥, 끓는 기름 가마, 마다하지 않겠습니다!”

이구동성으로 외치는 채주들의 고함 소리를 들으며 곽무한은 눈시울을 붉혔다. 자신이 무슨 덕이 있다고 이런 대우를 받는단 말인가? 자신이 무슨 공이 있다고…….

　그날 밤.
　곽무한은 밤새 잠을 이루지 못했다.
　동정용왕의 목소리가 귀에 쟁쟁한 때문이었다.
　'우리 역시 세상이 뭐고 인심이 뭔지 아는 사내들이란 말일세!'
　'우릴 그렇게도 못 믿으시는가?'
　'우리가 바라는 건 그런 게 아니라네. 과감하게 명을 내려주게. 그게 바로 우리가 진정으로 바라는 총채주의 모습이라네.'
　생각할수록 얼굴이 화끈거렸다.
　동정용왕이 말한 것처럼, 자신은 더 이상 수룡채의 채주가 아니었다.
　대륙을 관통하며 흐르는 강. 그 만 육천 리 물길마다 나름대로의 포부를 안고 사는 십만 호걸들의 총채주였다.
　이제까지는 수하들이 잘 따라주고 있어 통솔력에 큰 문제가 없다고 생각했지만 동정용왕의 말을 듣고 보니 그게 아니었다.
　총채주면 총채주답게 대국을 봐야 했다. 설령 눈앞에서 수하들이 펑펑 죽어나가는 한이 있더라도 전체의 흐름을 보며 눈 하나 깜짝하지 말아야 했다.
　그런데 마음이 약해 많은 부분을 혼자 해결하려던 경향이 강했다.
　이번에도 마찬가지였다. 그냥 생사고락을 같이하자고 말하면 될 걸 왜 이런저런 말을 늘어놓았을까?
　그건 수하들을 진정으로 믿는 게 아니었다.
　'그렇군. 혼자서 모든 걸 다 하려고 하면 스스로도 피곤하지만 보는 사람 역시 피곤하다는 사실을 왜 몰랐을까?'
　그렇게 생각하고 나니 아직도 자신은 부족한 점이 너무 많았다.
　불과 얼마 전까지만 해도 삼라만상의 모든 걸 다 알 수 있다고 생각했었는데…….

그러고 보면 삶이라는 것. 인생이라는 것. 그건 단순히 안다고 해서 되는 게 아니었다.

지금까지의 삶을 통해 가지게 된 나의 생각, 나의 가치관들. 그걸 흐르는 세월 속에서 또다시 부수고 재해석해야 했다. 그런 과정을 거쳐 내 안에서 세상을 보는 눈이 온전히 갖추어졌을 때, 그때서야 비로소 삶과 인생에 대해 눈을 뜨게 되는 것이었다. 또 그때서야 비로소 다른 사람들의 생각이나 행동 등을 진심으로 이해하게 되는 것이었다.

그런 과정을 거치지 않은 나만의 생각, 나만의 가치관은 우물 안 개구리가 바라보는 세상과 다를 바 없는 것이었다.

그런 사실을 깨닫고 나자 곽무한의 내면에서 또 한 번 각성이 일어났다. 상단전이 열리고 머릿속이 환해지더니 아득한 과거의 일이 하나둘 떠오르기 시작한 것이다.

그건 실로 신기한 경험이었다.

뭐랄까? 여태껏 알지 못했던 자신을 새로 발견하는 기분이랄까?

갑자기 기억에도 없는 태아 때의 일부터 시작해 오늘에 이르기까지, 자신이 했던 말과 행동들, 그리고 자신과 대화를 나누었던 사람들, 무심코 스쳐 갔던 사람들의 행동 등이 낱낱이 떠오른 것이었다.

그 외중에서 곽무한은 정신없이 웃고 정신없이 울었다.

과거의 진한 아픔이 떠오르면 자기도 모르게 눈물을 흘렸고, 과거의 행복했던 순간들이 떠오르면 자기도 모르게 미소를 지었다. 그리고 어느 순간, 곽무한은 자신과 하나가 됐다.

조금 이상한 표현이긴 하지만, 과거의 자신과 현재의 자신이 겹쳐져 완전한 하나가 된 것이었다.

그때부터 삼라만상의 모든 것이 다시 눈에 들어왔다. 그러나 이전과는 달렀다. 이전에는 자신이 천하만물과 자연스럽게 동화됐지만 지금은 꽃은 꽃이고 나무는 나무였다. 스쳐 가는 바람은 스쳐 가는 바람일 뿐이었고, 흘러가는 구름은 흘러가는 구름일 뿐이었다. 그리고 자신은 그 모든 것과 하나이면서도 다른 별개의 존재였다.

그렇게 곽무한이 마음의 경지를 넘어 또 한 번 영안(靈眼)을 뜨는 순간이었다.

갑자기 허공에서 조그만 틈이 벌어지더니 불그스름한 광채가 흘러들어 왔다. 동시에 이제껏 떠오른 모든 감흥들이, 모든 영상들이 찰나 간에 사라져 버리고, 대신 붉은 광채 속에서 한 사람의 영상이 나타났다. 얼마 전에 봤던 그 환영의 주인공이었다.

그가 일렁이는 불길 속에서 자신을 노려보고 있었다.

서로의 눈이 마주치자 그의 형상은 점점 커져 갔다.

순식간에 천지를 가득 메워 버린 그의 신형.

그 무서운 눈길이 자신을 노려보며 뭐라고 중얼거리고 있었다.

무슨 말인가 싶어 정신을 집중하니 뇌리에 그의 음성이 새겨졌다.

'와라, 이놈! 와서 내게 무릎을 꿇고 네 죄를 자백하라! 그리고 네 영혼을 바쳐 내게 용서를 구하라! 그러면 네게 영원한 평화와 안식을 주겠노라!'

그의 목소리가 기이한 공명을 일으키며 정신을 옥죄어왔다.

곽무한은 가슴이 두근거렸지만 이를 악물며 씨익 미소를 지어 보였다. 그러자 그가 흠칫하더니 오싹한 미소를 지었다. 순간, 그의 등 뒤로 거대한 아수라 형상이 나타나더니 무서운 속도로 자신을 덮쳐 왔다.

'헉!'

곽무한은 즉시 눈을 감고 마음의 문을 닫아버렸다. 그러자 그 무시무시하던 환영이 거짓말처럼 사라져 버렸다.

곽무한은 한동안 식은땀을 흘렸다.

그의 눈빛이 오래도록 잊혀지지 않을 것 같았다.

설아 역시 밤새 잠을 이루지 못했다.

갑자기 가슴이 두근거리고 알 수 없는 뭔가가 자신을 짓눌러오는 것 같아 견딜 수가 없었다.

설아는 왜 이런 기분이 드는가 싶어 한동안 잊고 지냈던 태청현단공을 운행했다. 그러자 그때서부터 편안한 기분이 들어 새벽쯤에야 겨우 잠을 이룰 수 있었다. 그리고 날이 밝자 설아는 자신에게 왜 그런 현상이 일어났는지 그 이유를 알 수 있게 됐다. 물론 곽무한의 이야기를 듣고 난 뒤에 알게 된 것이었다.

"누군지 몰라도 무서운 사람이에요. 의념을 천 리 밖으로 보내 상대를 짓누르려고 하다니……."

설아가 걱정스러운 표정으로 말하자 곽무한은 웃으며 설아를 안심시켰다.

"너무 걱정하지 마시오. 내가 놈을 천 리 밖으로 다시 쫓아내고 말았으니."

"그렇다면 다행이지만……."

설아는 우울한 표정으로 말꼬리를 흐렸다. 그도 그럴 것이 상대가 그 정도 능력을 지닌 자라면 과거, 자신이 적멸입법의 경지를 넘어 신의 영역이라는 허공계를 막 엿보았을 때보다 훨씬 더 높은 경지의 소유자라는 말이었다. 그러니 곽무한의 깨달음이 아무리 일취월장했더라도 그를 상대하기란 힘들어 보였다.

설아는 한참 고민하다가 다시 태청현단공을 참오하기로 했다. 물론 곽무한에겐 비밀로 한 채.

*　　　　*　　　　*

"이이익! 감히 본좌의 영안을 대하고도 비웃음을 날려?"

초극패는 분을 이기지 못해 주변에 있던 청동 화로를 발로 걷어차 버렸다. 그러고도 분이 풀리지 않아 사방을 향해 마구 장풍을 날려댔다. 그로 인해 만년한철을 덧입혔다는 벽이 보기 흉하게 녹아버려 뚫린 구멍 사이로 황량한 바람이 불어왔다.

초극패가 이렇게 분노하는 이유가 있었다.

대멸천지계가 발동되자 초극패는 몇 가지 생각을 정리할 게 있어 잠시 폐관에 들었다. 그로 인해 이미 손에 넣은 거나 마찬가지였던 장강을 다시 토해 놓게 되었다는 보고를 뒤늦게 접하게 되었다.

그 소식을 듣고 어쩌나 화가 나던지 영력의 손실까지 감수해 가며 천마탈혼대법(天魔奪魂大法)을 펼쳤다. 그런데 목표했던 곽무한의 심령을 제압하기는커녕 오히려 싸늘한 비웃음만 당하고 나니 그 분을 풀 길이 없어 애꿎은 기물을 부수고 있는 중이었다.

그렇게 초극패가 살기등등한 얼굴로 분노를 토하자 주변에 있던 수하들은 사시나무처럼 떨며 숨을 죽였다. 행여나 불똥이 자신들에게 튈까 봐 두려웠던 것이다. 그러다 보니 화풀이의 대상은 이미 죽어버린 백시 등을 향했다.

"바보 같은 것들! 대암흑마교의 전사라는 것들이 겨우 수적 나부랭이에게 전멸을 당해? 그래, 잘 죽었다! 정말 잘 죽었어! 만약 네놈들이 살아 돌아왔다면 내 손에 천참만륙이 나고 말았으리라!"

초극패는 한동안 백시 등에게 저주를 퍼붓다가 휙 고개를 돌렸다.

"무형음마(無形音魔)! 네가 탁탑존자(擢塔尊者)와 함께 삼십육 집법사자(執法使者)를 데려가 놈을 죽이고 와라!"

그 말이 떨어지기 무섭게 대전 바닥에 코를 박고 있던 매부리코의 노마가 슬며시 고개를 치켜들었다.

"놈이라시면……?"

"벽라대제의 후인이라는 그 수적 나부랭이 말이다!"

"조, 존명!"

"그리고 별것 아니라고 생각했는데, 놈이 천마탈혼대법까지 견뎌내는 걸 보니 정파 놈들의 무위를 좀 더 높게 책정해야겠어. 아무리 벽라대제의 후인이라지만, 본좌가 대업을 구상할 때까지만 해도 별 이름도 없던 수적 따위가 저 정도 무위를 지니고 있으니, 강호십대고수라 불리는 놈들이나 호영신검의 무위 역시 상당한 수준에 이르렀을 터. 그러니 본 교에 있는 나머지 파천신장들을 모두 불러 올려! 그리고 만독혈마(萬毒血魔)와 시귀탈명(屍鬼奪命)! 너희 둘은 나머지 집법사자들을 데리고 북방으로 가라! 가서 어떻게든 호영신검의 발을 묶어둬!"

"그, 그럼 본궁이 비, 비지 않습니까?"

역시 대전 바닥에 코를 들이박고 있던 푸르죽죽한 피부의 괴인이 떠듬거리는 목소리로 묻자 초극패의 눈빛이 새파랗게 타올랐다.

"네놈 따위가 감히 본좌를 걱정하는 것이냐?"

"그, 그게 아니오라… 저희가 없으면 지존께서 불편하실까 봐……."

"건방진 소리 하지 말고 어서 북방으로 달려가라! 네놈들이 없어도 수신호위들이 있으니 아무 상관이 없다."

"존명!"

노마들이 허겁지겁 사라지자 초극패는 긴 한숨을 내쉬며 의자에 털썩 주저앉았다.

"제기랄! 지금쯤이면 구대문파가 내 발아래 머리를 조아리고 있어야 하는데 그놈 때문에 일이 완전히 꼬여 버렸군. 수하들이 너무 많이 죽어버렸어."

초극패는 한동안 인상을 찌푸리다가 천천히 고개를 끄덕였다.

"그래도 무형음마와 탁탑존자가 갔으니 그나마 안심이군. 제 머리만 믿고 설치는 백시나 멧돼지처럼 우격다짐으로 밀어붙이는 흑저에 비하면 훨씬 교활하고 잔인한 놈들이니……."

그렇게 혼잣말을 중얼거리던 초극패는 무슨 생각을 했는지 돌연 안광을 번뜩였다.

"그러나 만약 네놈이 그들의 살수마저 벗어난다면 본좌가 귀찮음을 무릅쓰고 네놈을 직접 처리해 주마!"

순간, 초극패의 안광이 스친 기둥 하나가 소리없이 가루로 변해 버렸다. 실로 소름 끼치는 안광이었다.

*　　　　*　　　　*

동정호가 다시 북적거렸다.

곧 있을 출정 때문이었다.

장강수로채들은 날마다 강심에서 훈련을 벌였고, 정파연합은 연일 전서구를 주고받으며 회의에 몰두했다. 그리고 전란으로 많은 사람들이 빠져나갔지만, 또 많은 사람들이 합류했다.

합류한 사람의 대부분은 이름없는 무인들이었다. 정파연합이 장강수로채와 연합해 암흑마교를 친다고 하자 자진해서 달려온 것이었다.

그런 그들을 보며 곽무한은 고개를 끄덕였다. 강호가 아무리 권력과 이권에 찌들었다 해도 저들이 있는 한 영원할 것이라는 생각이 들어서였다.

곽무한은 문득 시선을 돌려 수하들을 쳐다봤다.

모였다 흩어졌다를 반복하며 훈련에 여념이 없는 수하들.

곽무한은 한동안 그들에게서 눈을 떼지 않았다.

이번 전투로 또 얼마나 많은 수하들을 잃게 될까 생각하니 도저히 수하들에게서 눈이 떨어지지 않았던 것이다.

그때 선착장 쪽에서 웬 소란이 일더니 한 떼의 무리가 시야에 들어왔다.

녹의에 녹포를 입은 무인들이 배에서 내리고 있었다.

당가였다. 당무운이 그 선두에 서서 반가운 표정으로 손을 흔들고 있었다.

곽무한은 살짝 인상을 찌푸렸다. 아무리 밉살스런 당무운이라지만 은연중에 그를 믿고 있었던 모양이다. 그가 이곳에 나타나자 갑자기 어머니와 보옥이가 걱정되었다. 물론 당장명이 있어 그나마 다행이라지만…….

생각에 잠겨 있는 사이, 당무운이 다가왔다.

당무운은 대견한 눈빛으로 곽무한을 쳐다봤다.

이미 개방을 통해 곽무한이 정파연합과 합심하여 마지막 전투에 나선다는 소식을 들은 때문이었다.

당무운은 잠시 곽무한의 어깨를 두드려 준 뒤 품속에서 뭔가를 꺼내 들었다. 서찰이었다.

"받아라. 네 어미가 보낸 거다."

곽무한은 깜짝 놀라 서찰을 받아 들었다.

서찰은 곱게 봉인되어 있었다. 그러나 얼마나 많은 눈물이 스며들었는지 군데군데 얼룩이 져 있었다.

눈물로 얼룩진 편지지와 구구절절 자식 걱정이 배어 있는 글귀들.

콧날이 시큰했다.

편지를 통해 어머니의 마음을 헤아리자 새삼 가슴이 저려왔다.

그리고 편지와는 별도로 웬 종이 쪽지가 들어 있었다.

펴보니 괴발개발, 웬 낙서가 그려져 있었다.

곽무한이 고개를 갸웃거리자 당무운이 너털웃음을 터뜨리며 말했다.

"보옥이 녀석이 쓴 거라네. 제 할미가 편지 쓰는 것을 보고 자기도 꼭 하고 싶은 말이 있다며 밤새 쓴 것이라네."

곽무한은 또 한 번 눈시울을 붉혔다.

'녀석이… 벌써 글을 배운 것인가?

그러나 글은 무슨 글.

그림도 아닌 것이, 글씨도 아닌 것이, 두 눈을 씻고 봐도 의미를 알 수 없는 낙서 쪼가리에 불과했다.

그러나 부모 마음은 다른 것일까?

녀석이 자신에게 편지 쓸 생각까지 하는 걸 보니 부쩍 큰 것 같아 왠지 대견하게 느껴졌다.

곽무한은 편지와 쪽지를 품안 깊숙이 간직하면서 나직이 한숨을 내쉬었다. 문득 내가 왜 이러고 있나, 하는 생각이 들어서였다.

그냥 가족끼리 오순도순 살면 될 걸, 왜 몸 고생 마음고생해 가며 이 판에 끼어들었나 싶었다.

그러나 어쩌겠는가?

알면서도 마음대로 안 되는 게 바로 인생인 것을.

당무운이 운봉 선사 등과 인사를 나누는 모습을 보면서 곽무한은 천천히 자리를 떴다.

울적한 기분도 털 겸 도나 마음껏 휘두르기 위해서였다.

당무운과 혈우단이 합류하자 군웅들은 천군만마를 얻은 듯 활기에 찼다.

이미 관(官)에도 서찰을 보냈고 천외천에게도 밀서를 보냈다.

이제 남은 것은 암흑마교와의 명운(命運)을 건 승부.

그러나 다들 마음이 무거웠다.

암흑마교는 둘째 치고라도 관이 어떻게 나올지 걱정스러운 것이다.

아무튼 다가올 결전을 대비해 각자 마음을 다지는 사이, 어느새 출정 일이 다가왔다.

곽무한은 수하들에게 출정 준비를 갖추라고 명한 뒤 짬을 내어 설아를 찾았다. 그동안 설아가 뭔가 생각할 게 있다면서 몇 날 며칠 얼굴을 내비치지 않아 걱정이 된 것이었다.

숙소 문을 두드리자 설아가 나왔다. 예전과 달리 낯빛이 유난히 창백해 보였다. 그 표정이나 분위기가 심상치 않아 보여 곽무한은 유심히 설아를 살폈다. 그러자 설아가 꼭 다문 입매를 풀며 살포시 미소를 지어 보인다.

'휴… 난 또…….'

곽무한은 그제야 안심했다.

혹시 그녀가 또 태청현단공을 연마하고 있는 게 아닌가 싶어 내심 걱정했는데 그녀의 미소를 보니 그게 아닌 것 같아 한시름 놓였다.

그러나 곽무한은 몰랐다.

부드러운 미소로 자기 품에 안겨 있는 설아.

겉으로는 미소를 짓고 있지만 그녀의 눈빛은 무심하게 가라앉아 있었다. 아무래도 태청현단공을 극성으로 연마한 모양이었다.

잠시 후, 두 사람은 의관을 정제한 뒤 강변으로 향했다.

그 언젠가처럼 황금빛 용이 새겨진 영웅건을 이마에 두르고, 몸에 쫙 달라붙는 짙은 흑의 차림에 붉은 전포를 두른 곽무한이, 흰색 경장 차림에 붉은 옥띠로 머리를 단정히 묶은 설아와 함께 강변에 나타나자 이미 출발 준비를 갖추고 있던 군웅들은 저마다 눈을 휘둥그레 뜨며 열렬한 환호성을 터뜨렸다.

찬란한 태양 빛을 받으며 어깨를 나란히 한 채 다가오는 두 사람을 보자 마치 옛이야기 속의 주인공이 현실 세계에 등장해 자신들에게 뭔가 희망의 빛을 건네주려는 것같이 느껴진 때문이었다.

두 사람은 군웅들의 환호에 잠시 얼굴을 붉히다가 곧 지휘선에 올랐다. 그리고 정파연합 수뇌들과 인사를 나눈 곽무한이 지휘대 위에 올라 출정을 명하자, 곧 천지를 뒤흔드는 함성 소리가 울려 퍼졌고, 뒤이어 동정호를 가득 메우고 있던 선단들이 하나둘 동정호를 빠져나가기 시작했다.

*　　　　*　　　　*

장강의 하류는 파양호 인근의 호구(湖口)에서부터 시작해 강소의 끝자락인 하구(河口)에 이르기까지의 약 이천삼백 리 구간을 말한다.

이 구간은 서쪽은 높고 동쪽은 낮은 대륙 지형에 따라 지세가 낮고 평탄한 반면, 강폭이 넓고 수심이 깊었다. 특히 강음(江陰) 이후부터는 강폭이 크게 넓어져 무려 사십오 리에 달하고, 그중에서도 장강이 바다와 만나, 그 길고 힘들었던 여정을 모두 마치게 되는 하구에 이르면 강폭이 무려 이백여 리에 달해 보는 이로 하여금 경탄을 금치 못하게 만든다.

그리고 강음을 지나 물길이 나팔형으로 확장되는 장강삼각주 부근은 수로가 거미줄처럼 뻗어 있고 그 주위로 많은 호수들이 발달해 있어, 예로부터 경관이 수려하고 먹을 것이 풍부하다는 뜻으로 어미지향(魚米之鄕)이라 불리기도 했다. 또한 장강삼각주를 비롯한 양주 일대의 물길을 사람들은 달리 양자강이라 부르기도 했다.

그 넓고 풍부한 물길 중간에 틀어 앉아 괴물처럼 강호를 유린하고 있는 암흑마교를 무너뜨리기 위해 곽무한과 정파연합이 나섰다.

둥, 둥, 둥!

울리는 북소리와 함께 수백 척의 배가 유유히 물길을 가로질렀다.

이른 아침 동정호를 출발해 점심 무렵이 되자 곽무한 일행은 호북과 강서, 안휘의 접경 지역인 구강에 이르렀다.

저 멀리 안개 낀 여산이 보이는 가운데 앞쪽으로 삼국지의 주요 무대가 된 적벽(赤壁)이 가까워지자 갑자기 옛 영웅들의 고사가 떠올랐을까? 정파인들

중 누군가가 소동파가 지었다는 염노교(念奴嬌)를 흥얼거렸다.

거대한 강 동쪽으로 흘러 천고의 영웅들을 쓸어버렸다.
옛 성 서쪽 사람들은 말한다.
삼국 시대 주유의 적벽에서, 어지러운 바위가 하늘을 찢고 놀란 파도가 강
둑에 부딪쳐 수천 개의 눈송이를 휘감아 올려 버렸다고.
강산은 그림 같건만 일순간에 피고 진 호걸들은 그 얼마나 많았던가!
大江東去, 浪淘盡, 千古風流人物.
故壘西邊, 人道是, 三國周郎赤壁.
亂石穿空, 驚濤拍岸, 捲起千堆雪.
江山如畫, 一時多少豪傑.

그러자 장강 호걸들이 그에 대항하듯 뱃노래를 불렀다.

연지 찍고 분 바르고 선착장에 나갔더니
능글맞은 뱃놈이 연애질을 하잡신다.
돈 벌어서 잘 살자며 온갖 꼬임 다 하더니
허리 가는 기생 년과 딴살림이 웬 말이냐?
부글부글 끓는 마음 손톱 세워 그었더니,
어기여차 저기여차 노를 저어 달아나네.
어기여차 저기여차 저 인간을 어찌할꼬?
뱃놈 만나 꼬여 버린 이 내 팔자 어이할꼬?

그러자 사방에서 폭소가 터졌다.
곽무한 역시 난간을 두드리며 배를 잡았다.

그때 갑자기 옆구리가 따끔했다.

곁에 있던 설아가 옆구리를 꼬집은 것이었다.

"흥! 당신도 저렇게 딴살림 차리고 싶은 모양이군요?"

곽무한은 깜짝 놀라 정색을 하며 말했다.

"아니, 그게 무슨 말이오? 내 마음은 하늘이 알고 땅이 알거늘."

"피……."

설아의 표정이 기괴했다. 웃는 것도 아니고 우는 것도 아닌 어정쩡한 표정이었다.

"당신, 설마 또……?"

"아, 아니에요!"

곽무한이 의심스럽게 쳐다보자 설아는 화들짝 놀라 손을 내저었다.

그러나 이번에도 뭔가 어색했다. 얼굴은 놀란 표정을 짓고 있었지만 눈빛은 무심하게 가라앉아 있었다.

곽무한이 화난 얼굴로 재차 추궁을 하자 설아는 뒤늦게 실토를 했다.

"…그러나 이젠 걱정하지 않으셔도 돼요. 예전과 달리 극성까지 깨우쳤기에 이젠 웃거나 울어도 수명이 줄어들지 않아요."

"그게 정말이오?"

곽무한이 미심쩍은 표정으로 묻자 설아는 급히 고개를 끄덕였다.

"예. 아직 적응이 되지 않아 조금 어색한 것뿐이에요. 시간이 지나면 아무 문제 없을 거예요.."

"휴… 그렇다면 다행이오. 그러나 자꾸 내 말을 안 듣고 마음대로 행동하면 나 역시 내 마음대로 행동해 버릴 것이오."

"헹… 알았어요……."

설아가 혀를 쏙 내밀었다가 금방 고개를 숙여 버렸다. 왠지 자기 표정이 기괴할 것 같아서였다.

두 사람이 그렇게 토닥거리는 동안 어느새 적벽이 물러가고 강동(江東)의 군사 요충지라 불리는 육구(陸口)가 눈에 들어왔다.

육구는 삼국 시대 때 오나라의 군량 기지였다.

적벽대전 당시, 조조가 대군을 이끌고 이곳으로 쳐들어오자 오나라의 젊은 장수였던 육손(陸遜)이 피 튀는 혈전 끝에 조조를 물리쳤다고 해서 그 지명마저 육구라 불리게 된 곳이었다. 그리고 육구 인근을 지나는 강 이름이 육수라 불리게 된 것도 마찬가지 이유에서였다.

아무튼 그런 사연을 간직한 군사 요충지다 보니 육구 부근엔 자연히 수군 기지가 있었다.

곽무한 일행이 막 육구로 진입할 무렵, 널따란 부채꼴 모양의 하구(河口)를 막아놓은 크고 완만한 제방에서 수십 척의 전함이 나타났다.

수군이었다.

수군이 나타나자 모두의 안색이 딱딱하게 굳어갔다.

수군은 화포를 겨눈 채 깃발로 배를 멈추라는 신호를 보내왔다.

군웅들의 시선은 자연히 곽무한을 향했다.

"이 일을 어찌하면 좋겠나?"

운봉 선사가 곤혹스런 표정으로 묻자 곽무한은 별것 아니라는 투로 대답했다.

"무시하고 그대로 돌파하면 됩니다."

"무, 무시하자고?"

운봉 선사가 놀란 표정을 짓자 곽무한은 웃으며 고개를 끄덕였다.

"어차피 지금 상황은 전쟁이나 마찬가집니다. 전시에 이것저것 따지다가는 될 일도 안 되지요."

"음… 그 말도 일리는 있지만… 어, 어, 이보게?"

곽무한은 벌써 저만치 걸어가 수하들에게 명을 내리고 있었다.

"뭐야? 저놈들이 감히 대항하겠다는 거야?"

장강수로채들이 일제히 전투 태세를 갖추자 수군 도독은 놀란 표정으로 눈꼬리를 떨었다.

비록 승진에 눈이 멀어 놈들을 막아섰지만, 저 어마어마한 선단을 무슨 수로 상대한단 말인가?

그런 그의 귓전으로 쩌렁쩌렁한 호통 소리가 들려왔다.

"비켜라! 비키지 않으면 모두 수장시켜 버리겠다!"

곽무한의 호통 소리에 수군 도독은 슬며시 오기가 치밀었다. 수하들이 모두 지켜보고 있는 가운데 무시를 당한 기분이 들어서였다.

"저런 발칙한 놈이 있나? 감히 군(軍)을 뭘로 보고?"

수군 도독이 격노하여 수하들에게 발포를 명하려 할 때였다.

"잠시만요!"

갑자기 허공에서 청아한 음성이 들려오더니 하늘빛 경장의 면사소녀가 표표히 갑판으로 내려섰다.

수군 도독은 그녀를 보고 황급히 고개를 숙였다.

그녀가 거두절미하고 신패부터 내보인 때문이었다.

"소신 왕 아무개가 삼가 명을 기다립니다."

수군 도독이 신패에 새겨진 아홉 마리의 용을 보고 급히 고개를 숙이자 군웅들은 어리둥절한 표정으로 소녀를 쳐다봤다.

도대체 저 소녀가 누구기에 대명의 장수가 중인환시리에 고개를 숙이나 싶어서였다.

잠시 후, 수군이 뱃머리를 돌리고 사라지자 그녀가 훌쩍 몸을 솟구쳐 지휘선으로 날아왔다. 그리고 곽무한을 비롯한 정파연합 수뇌들 앞에서 면사를 걷어 보이자 몇 군데에서 아! 하는 탄성이 흘러나왔다.

“연아야?”

“아가씨?”

그랬다. 그녀의 정체는 바로 은화연이었다.

그녀가 천추신검령과 함께 갑자기 나타난 것이었다.

오랜만에 만난 은화연은 한결 성숙해 보였다.

그녀는 이채 어린 눈빛으로 설아를 쳐다보다가 만감이 어린 눈빛으로 곽무한에게 서찰을 건넸다.

“신검께서 보내신 서찰이에요.”

곽무한은 잠시 은화연에게 사의를 표한 뒤 곧바로 운봉 선사에게 서찰을 넘겼다.

운봉 선사는 서찰을 읽으며 환한 미소를 지었다.

서찰은 간단했다. 북방은 자신이 책임질 테니 염려 말고 강호의 일에 전념해 달라고 적혀 있었다. 그리고 천추신검령을 빌려줄 테니 유용하게 써달라는 말도 첨부되어 있었다.

운봉 선사가 큰 목소리로 서찰을 읽어주자 군웅들은 모두 환호성을 터뜨렸다.

“와아아! 역시 호영신검이시다!”

“이제 아무 걱정 없이 놈들과 싸울 수 있게 됐어!”

그렇게 모두의 사기가 하늘을 찌를 때였다.

저 뒤쪽 선단에서 몇십 명의 그림자가 은밀히 움직였다. 그리고 그들에 의해 수십 명이 소리없이 죽어갔다.

눈 깜짝할 사이에 배 한 척을 장악한 그들은 조용히 앞쪽으로 나아갔다. 그리고 이전과 마찬가지 방법으로 다음 배를 덮쳤다.

또다시 수십 명이 소리없이 죽어갔고, 그들은 또다시 앞쪽으로 나아갔다.

'이 정도면 되겠나?'

키가 무려 팔 척에 달하는 괴인, 탁탑존자가 조심스런 표정으로 매부리코의 늙은이에게 물었다.

고수는 고수를 알아본다고, 더 이상 앞으로 나아갔다가는 곽무한에게 들킬지도 모른다는 생각이 든 것이었다.

'이 정도면 됐어.'

매부리코의 늙은이, 무형음마는 고개를 끄덕이며 가부좌를 틀었다. 그리고 품 안에서 거무튀튀한 피리를 꺼내 들었다. 그러자 탁탑존자를 비롯한 서른여섯 명의 집법사자들이 일제히 알약을 집어삼켰다. 음공에 대비하기 위해서였다.

잠시 후, 무형음마가 입에 피리를 갖다 대자 날카로운 음파가 대기를 뒤흔들었다. 동시에 탁탑존자의 신형이 허공을 박차 올랐고 집법사자들이 그 뒤를 따랐다.

그들은 공간을 가로질러 눈 깜짝할 사이에 곽무한을 덮쳤다.

"앗?"

군웅들 사이에서 경악성이 터져 나왔다. 그러나 누구도 몸을 움직이지 못했다. 무형음마의 피리 소리에 일시지간 심맥이 뒤틀려 버린 것이었다.

사정은 곽무한 역시 비슷했다.

상상을 초월한 공격. 그것도 원거리에서 날아든 무형음마의 피리 소리에 순간적으로 아찔한 현기증을 느낀 것이다. 그리고 퍼뜩 공력을 모으는 순간, 이미 눈앞에 탁탑존자의 선장이 날아들고 있었고, 집법사자들의 날카로운 공세가 전후좌우에서 날아들고 있었다.

그 절체절명의 순간,

디리링!

귓전으로 부드러운 비파음이 들려왔고, 그 비파음을 듣자마자 곽무한은 퍼뜩 정신을 차렸다. 그와 동시에 곽무한의 전신에서 서릿발 같은 광채가 피어 올랐다.

슈가각!

"끄, 끄흑… 이, 이럴 수가……."

당연한 결과였지만, 혈뢰도가 번쩍이자 탁탑존자의 목이 어디론가 날아가 버렸다. 동시에 목 잃은 탁탑존자의 신형이 피를 쾰쾰 쏟으며 곽무한을 공격 하던 자세 그대로 기우뚱, 무너져 내렸다.

무형음마의 신세도 별반 다르지 않았다.

그는 설아가 비파를 탄주하자 갑자기 벼락을 맞은 듯 사지를 부들부들 떨 더니 이내 피리를 불던 자세 그대로 즉사하고 말았다.

"휴……."

군웅들은 그제야 안도의 한숨을 내쉬었다. 그만큼 무시무시한 피리 소리 였기 때문이다. 그 피해도 엄청났다. 설아가 재빨리 대응했지만 이미 천 명 에 이르는 군웅들이 피리 소리에 당해 칠공에 피를 흘리며 죽어갔다. 그리고 구사일생으로 곽무한의 공격을 피한 몇몇 집법사자들이 갑자기 몸을 돌려 군 웅들을 덮치는 바람에 또다시 수백 명이 목숨을 잃고 말았다.

다행히 사해어옹과 나소추 등이 나서 그들을 처치했지만, 찰나 간에 벌어 진 기습치고는 피해가 상당했던 것이다.

군웅들은 그 일련의 상황을 겪고 난 뒤 저마다 안색을 굳혔다.

이번 기습을 통해 암흑마교와의 싸움이 결코 쉽지 않으리라는 것을 예감 한 때문이었다.

제112장
경천동지

"뭣이라? 놈들이 이곳으로 오고 있다고?"

초극패는 보고를 받자마자 어이가 없었다.

비록 무형음마를 비롯한 집법사자들의 실패가 의외이긴 했지만 그 정도야 별 충격적인 소식도 아니다. 아직도 이곳엔 무형음마에 버금가는 노마거효(老魔巨梟)들이 수두룩하고, 또 곳곳에 죽음의 기관이 설치되어 있으니.

그런데 하룻강아지 범 무서운 줄 모른다고, 감히 이곳으로 몰려와?

사정 모르는 사람들이야 칠대봉공의 대부분이 죽거나 외부로 나가 있어 전력에 큰 차질이 있을 거라고 생각하지만, 천만의 말씀이다.

이곳은 암흑마교의 절대자인 자신, 전륜암왕 초극패가 거하는 곳이다. 그러니 암흑마교의 숨겨진 힘이 모두 모여 있다고 해도 과언이 아니다. 그리고 설령 이곳에 있는 모든 수하들이 죽어 나자빠진다 해도 아무 상관이 없었다. 그깟 놈들쯤이야 혼자로도 충분했다. 이미 자신은 미증유의 능력을 갖고 있었으니……

"후후후. 그래, 문을 활짝 열어줄 테니 자신있다면 마음껏 들어와 봐라."

초극패는 음산한 눈빛으로 저 성벽 너머를 쳐다봤다. 그러자 초극패의 시선에 닿은 강물이 거대한 물기둥을 이루며 하늘로 치솟았다.

촤아아…….

석양빛이 뱃머리에 흔들렸다.

곽무한과 정파연합은 어느새 암흑마교의 본거지가 있는 무호에 이르렀다.

일렁이는 강물 너머로 석양에 감싸인 거대한 전각군이 보인다.

하늘을 향해 우뚝 치솟은 탑과 수많은 고루거각들.

그리고 상상을 초월하는 인공 가산에 하늘을 가릴 듯한 수목들.

거기다 철갑을 두른 듯 칙칙한 담장과 성문을 방불케 하는 육중한 문.

대단한 위용이었다.

먼발치로 보고 있음에도 그 규모가 짐작이 되지 않으니 차라리 성이라고 부르는 게 나을 것 같았다.

그러나 그곳에선 인기척이 전혀 느껴지지 않았다.

전체적으로 괴괴한 느낌이 드는 가운데 입구마저 활짝 열려 있었다.

"음… 도대체 무슨 생각인지 모르겠군. 분명히 우리가 온다는 걸 알고 있을 텐데……."

호호신타가 침중한 표정으로 중얼거리자 사해어옹이 고개를 끄덕였다.

"그러게 말일세. 마치 자신있으면 들어와 보라고 큰소리치는 것 같군."

"아무래도 저곳 수괴는 자존심이 하늘을 찌르는 모양이야."

나소추까지 인상을 찌푸리자 당무운이 품속에서 뭔가를 꺼내 들었다.

"어디, 놈들이 무슨 꿍꿍이속인지 한번 찔러나 볼까?"

그 말과 함께 당무운은 어른 주먹만 한 구슬을 집어 던졌다. 당가가 자랑하는 화기, 건곤파천탄이었다.

당무운의 손을 벗어난 화탄이 바람을 가르며 성벽에 부딪치자 천지를 뒤흔드는 굉음과 함께 성벽이 와르르 무너져 내렸다.

그러나 잠시 기다려 봐도 아무 반응이 없었다. 혹시나 했던 기관 장치조차 발동되지 않았다.

"혹시 놈들이 모두 도망간 거 아냐?"

그러나 그럴 리는 없다. 아무리 놈들이 전란의 한 축을 맡고 있다지만 본거지까지 비워놓고 움직일 리는 없었다.

"예감이 좋지 않구려. 다들 조심해서 움직이기 바라오."

운봉 선사의 명에 따라 군웅들이 하선했다.

구대문파를 비롯한 각 세가의 무인들이 앞장서고 이름없는 무인들이 그 뒤를 따랐다.

군웅들이 암흑마교 쪽으로 몰려가는 동안 곽무한은 수하들에게 포위망을 형성하라고 했다. 그리고 수하들이 포위망을 구축하는 동안 뱃머리 위에서 전체 상황을 지켜봤다.

어느새 손톱만큼 작아진 군웅들.

그들이 몇 개의 진형을 이루며 성 입구 쪽으로 들어섰다.

성은 거대한 괴물처럼 그들을 모두 집어삼키려 했다.

그러나 정파연합의 수뇌들이 바보가 아닌 이상 한꺼번에 들여보낼 리 없다. 백 명씩 조를 짜 차례로 들어가기 시작한 것이었다.

선봉은 소림사가 맡았다.

선장과 계도를 든 소림사의 고수들이 성문 안으로 사라지자 장내엔 팽팽한 긴장이 흘렀다.

그러나 암흑마교는 여전히 침묵을 지켰다.

그 다음으로 무당파가 들어갔다. 여전히 아무 반응이 없었다.

그때부터 군웅들의 움직임이 빨라졌다. 점창과 청성을 비롯한 구대문파들이 속속 성안으로 들어갔고, 뒤이어 개방과 백마산장 등이 움직였다.

그렇게 군웅들의 반 이상이 들어갔을까?

이제 몇몇 군소문파들과 이름없는 무인들이 성안으로 들어가려는 찰나,

번쩍! 쿠콰콰콰콰앙!!

갑자기 성안에서 지축을 뒤흔드는 폭발이 일어났다. 뒤이어 시커먼 연기가 치솟아오르는 가운데 아련한 비명 소리와 병장기 소리가 들려왔다.

드디어 놈들이 본색을 드러낸 모양이었다.

군웅들은 폭발음에 흥분해 일제히 성안으로 몰려갔고, 이제 입구 부근에는 폭발로 인한 시커먼 버섯구름과 황량한 바람만 불고 있었다.

곽무한은 잠시 심호흡을 했다.

이제 자신들이 움직일 차례였다.

애초에는 놈들이 맞받아칠 거라고 예상해 이중삼중의 포위망을 펼쳤지만 상황으로 보아 승부는 저 안에서 끝날 것 같았다. 그러니 최소한의 인원을 제외하고는 저 안으로 들어가 함께 싸우는 게 좋을 것 같았다. 이왕 여기까지 온 마당에 강 건너 불 구경하듯 싸움이 끝나길 기다린다는 것도 낯부끄러운 일이니.

수하들도 마찬가지 생각인지, 성을 노려보며 모두 낯빛을 굳히거나 병장기를 만지작거리고 있었다.

곽무한은 천천히 옆을 돌아봤다.

어느새 비파를 둘러멘 설아가 자신을 향해 고개를 끄덕이고 있었다.

두 사람은 천천히 손을 마주 잡았다. 그리고는 두둥실 허공으로 날아올랐다.

그 모습을 보며 이탁이 호령을 내렸다.

"가자! 총공격이다!"

"와아아아! 돌격!"

쩌렁쩌렁한 함성과 함께 노한 파도가 일어나듯 수룡채들이 병장기를 뽑아 들며 일제히 앞으로 나아갔다. 다른 수채들도 병장기를 뽑아 들며 그 뒤를 따 랐다.

은화연 역시 분위기에 취해 검집을 끌렀다.

벌써 까만 점으로 화하고 있는 곽무한과 설아를 보며 잠시 한숨을 내쉬던 은화연은 이내 몸을 솟구쳤다.

강변은 이미 장강수로채들에게 짓밟혀 버렸고, 성질 급한 이들은 벌써 성 안으로 뛰어들고 있었다.

근 오만에 달하는 이들.

제아무리 괴물 같은 성이 입을 벌리고 있다 하나 그들을 단번에 삼켜 버리 기엔 역부족일 것 같았다.

"와아아!"

"모두 최선을 다해 살아남아라!"

"암흑마교 따위가 다 무어냐? 이 몸은 바로 장강의 이름 높으신 호걸이니 라!"

"아무렴! 놈들에게 장강 호걸들의 힘을 보여주자구!"

강변에는 장강수로채들의 고함 소리가 끝없이 이어졌다.

곽무한은 성안으로 들어서자마자 먼저 높다란 전각 지붕을 찾았다. 전황 을 한눈에 살피기 위해서였다.

전각에 올라 주위를 살펴보니 이미 성안은 거대한 전쟁터로 변해 있었다.

사방에서 시커먼 연기가 치솟아오르는 가운데, 곳곳에서 격한 고함 소리와 비명 소리, 치열한 병장기 부딪치는 소리 등이 마구 뒤섞여 나왔다. 그리고 주인 잃은 병장기들이 이리저리 나뒹굴고 있고, 그 주위로 흉물스런 시체들 이 널브러져 있었다.

그중에서도 시체들이 가장 많이 몰려 있는 곳은 성 중간쯤에 있는 전각 주변이었다.

그곳에서 폭발이 일어난 듯, 수많은 전각들이 부서지거나 허물어졌고, 새카맣게 불타 버린 시체들이 돌무더기나 흙더미 사이에 깔려 있었다. 그리고 그 주변에 있는 정원에서도 많은 시체들을 볼 수 있었는데, 대부분 기관 장치나 매복에 당한 듯 시신들이 흉측하게 난자되어 있었다. 그로 인해 부러진 나뭇가지나 꽃들이 핏빛으로 흩어져 있어 예전의 모습을 전혀 찾아볼 수 없었다.

곽무한은 시야를 좀 더 넓혀, 현재 전투가 가장 치열하게 벌어지고 있는 곳이 어디인지를 찾아봤다.

그곳은 중앙에 있는, 하늘을 향해 우뚝 치솟은 탑 근처였다.

탑 뒤로 거대한 인공 가산이 조성되어 있고, 그 앞쪽으로 몇 채의 전각이 세워져 있었다. 그리고 전각들 사이에는 화려한 정자를 갖춘 인공 연못이 만들어져 있고, 전각과 탑 사이에는 거대한 초지가 형성되어 있었다.

그 탑과 전각, 초지 주변에서 치열한 격전이 벌어지고 있었는데, 수많은 군웅들이 흑의인들과 뒤엉킨 가운데 암기와 화탄이 작렬하고 시커먼 독무가 하늘을 뒤덮었다.

곽무한은 그 모든 광경을 보며 잠시 생각에 잠겼다.

아무래도 놈들을 괴멸시키기 위해서는 저 탑 근처까지 가야 할 것 같았다.

그런데 문제는 저곳까지 가기 위해서는 많은 희생이 뒤따른다는 점이었다. 왜냐하면 탑 가까이 가기 위해서는 우선 그 앞을 막아서고 있는 수많은 전각과 담장들을 지나야 했다. 그런데 많은 전각들이 파괴되긴 했지만, 아직도 많은 전각들이 미로 같은 담장을 갖춘 채 앞을 가로막고 있었다.

어떤 곳은 담장 사이가 협곡처럼 좁아 두세 사람이 겨우 어깨를 맞대야 지나갈 수 있을 정도였고, 어떤 곳은 전각과 담장 사이에 시커먼 구덩이가 패어 있어 기관 장치가 매설되어 있음을 짐작케 했다.

그래서 자기 혼자 움직인다면 단숨에 탑 가까이로 날아가면 되겠지만 뒤따르는 수하들이 있어 고민이 된 것이었다.

그러나 어쩔 도리가 없었다.

이미 군웅들도 엄청난 희생을 치르고 지나간 길이었다. 그리고 그들이 지나가면서 많은 곳을 파괴해 놓았기에 그나마 희생을 덜 치를 수 있었다.

곽무한은 마음을 가다듬은 뒤 수하들에게 명을 내렸다.

수룡채는 맞은편 전각 쪽으로, 동정수채는 좌측에 있는 전각 쪽으로, 한수채는 우측에 있는 담장 쪽으로, 파양수채는 좌측에 있는 어느 곳으로, 저장채는 우측에 있는 또 어느 곳으로…….

곽무한이 명을 내리자 장강수로채들은 지시에 따라 일사불란하게 움직였다.

장강수로채들이 함성을 지르며 일시에 나아가자 전각과 담장 이곳저곳에서 치열한 전투가 벌어졌다. 드디어 장강수로채와 암흑마교 사이에도 혈투가 시작된 것이었다.

놈들의 무위는 막강했다.

그리고 기관 장치 역시 무시무시했다.

장강수로채들은 단말마의 비명을 지르며 짚단처럼 쓰러져 갔다.

그러나 인해전술이 달리 인해전술이던가?

수만 마리의 벌 떼가 달려드는 것처럼, 수천만 마리의 메뚜기가 달려드는 것처럼 장강수로채들은 생사를 도외시한 채 앞으로 돌진했다. 그 기세는 가히 폭풍이었고 해일이었다.

그들의 발길이 이르는 곳마다 전각이 무너지고 담장이 허물어졌다. 그들의 손길이 닿는 곳마다 기관 장치가 해체되고 암기가 빛을 잃었다. 그리고 그때부터 암흑마교들의 시체가 산처럼 쌓여가기 시작했다.

당연한 결과였다.

말이 쉬워 오만 명이지, 그 어마어마한 숫자가 일시에 달려든다고 생각해 보라. 어느 누가 간담이 서늘하지 않겠는가?

따라서 장강수로채들의 함성이 드높아질수록 군웅들은 더욱 힘을 냈고, 암흑마교들은 점점 위축되어 갔다.

그러나 그런 장강수로채들조차 감히 접근할 수 없는 곳이 있었다.

그곳은 강호십대고수들과 암흑마교의 전대 거마들이 격투를 벌이고 있는 곳이었다.

세간에서는 흔히 일당백의 고수니 일당천의 고수니 하며 떠들어댄다. 그러나 그런 고수들은 결코 흔하지 않다. 왜냐하면 그 정도 경지에 이르기 위해서는 먼저 그가 어떤 상황에서도 흔들리지 않는 부동심을 지녀야 했고, 또 필설로는 형용할 수 없는, 자기 손아래 죽어가는 많은 이들의 죽음과, 그 죽음들이 주는 어마어마한 정신적인 충격을 이겨내야 하기 때문이다.

그런데 여기, 그 모든 것을 이겨낸 고수들이 있었다.

그들의 격투는 실로 상상을 초월했다.

지축이 흔들리거나 대기가 요동치는 건 기본이었고, 격전 중에 흘러나오는 기의 소용돌이가 사방으로 휘몰아쳐 주변에 있는 모든 것들을 초토화시켜 버렸다.

그렇게 이미 정, 기, 신의 합일을 이뤄 경천동지할 격투를 벌이고 있는 이들. 그중에서도 암흑마교 전대 거마들의 무위는 막강했다.

맨 처음 그들과 맞붙은 소림사의 사대금강 중 두 사람이 허무하게 목숨을 잃어버렸고, 뒤이어 무당 장로 세 사람이 속절없이 폐인이 되고 말았다. 그 뒤로 그들에게 목숨을 잃은 사람은 일일이 열거하기도 힘들 정도였다. 그러다 보니 자연히 강호십대고수들이 그 앞을 막아서게 되었다. 그 와중에 벌써 곡현 진인은 한 팔을 잘려 비틀거리고 있었고, 만상 진인은 갈비뼈가 부러진 채 한쪽 구석에서 피를 울컥울컥 토하고 있었다. 경혜 사태 역시 콧등이 부러지고 턱이 으스러진 채 망연자실한 표정으로 땅바닥에 주저앉아 있었다.

그나마 신위를 발휘하고 있는 사람은 세 명의 전대 거마를 맞아 여유롭게 검을 뿌리고 있는 청송 진인과, 두 명의 전대 거마를 맞아 강맹한 권력을 뿌리고 있는 운봉 선사였다. 나머지는 대부분 막상막하의 격투를 벌이고 있었다.

그러나 엄밀히 말하면 강호십대고수들이 밀리고 있었다.

그 이유는 머리수에서 밀린 때문이었다.

원로원의 전대 거마는 모두 스물여덟 명.

그중 세 명이 목숨을 잃고, 일곱 명이 중상을 입어 한쪽으로 물러나 있었지만 아직도 열여덟 명이 건재한 상태였다. 그러다 보니 시간이 흐를수록 강호십대고수들이 열세를 보이기 시작했다.

그나마 그들이 애써 버틸 수 있었던 건 당무운 덕분이었다.

호호신타나 경진 사태 등이 위기에 처한다 싶으면 어느새 암기를 날리거나 독장을 뿌려 전대 거마들을 주춤거리게 만든 것이다.

그러나 그런 당무운의 노력도 점점 빛을 잃고 있었다.

아예 작심을 한 듯 전대 거마들 중 세 명이 당무운을 품(品) 자형으로 에워싸 버린 때문이었다. 그로 인해 이젠 당무운마저 숨결이 점점 거칠어지기 시작했다.

또 그들만큼은 아니지만, 보는 이로 하여금 전율을 금치 못하게 만들며 장강수로채들의 발길을 주춤거리게 만드는 이들이 있었다.

그들은 암흑마교 각 전(殿)의 전주들과 호교사자들이었다.

암흑마교 각 전의 전주들은 이번 결전에서 옥쇄를 다짐하기라도 한 듯 쇠뇌와 암기, 폭약 등으로 무장한 수하들과 함께 필사적으로 탑 입구를 막아서고 있었다.

그리고 평소 초극패의 안전을 최우선으로 여긴다는 백팔십 명의 호교사자들. 그들은 역천십팔참(逆天十八斬)이란 열 개의 진법을 펼쳐, 이미 죽은 이의 목을 한 번 더 베어버리는 잔혹한 수법으로 보는 이의 손발을 떨리게 만들었다.

각 세가의 가주들과 구대문파의 명숙들, 그리고 그 휘하의 무인들은 그들을 뚫고 탑 안으로 들어가기 위해 사력을 다하고 있었으나, 기세에 밀리고 진법에 밀려 애꿎은 희생자만 늘어날 뿐이었다.

곽무한은 냉정한 눈빛으로 생각을 정리했다.

벌써 승부의 윤곽이 드러나고 있어, 이제 대세를 뒤집을 만한 특별한 변수는 보이지 않았다.

이미 탑 주변을 제외한 암흑마교의 요지를 수하들이 모두 장악하고 있어, 남은 곳이라고는 저 발아래 보이는 두어 곳의 격전지와, 이천여 명의 암흑마교들이 필사적으로 막아서고 있는 구층 규모의 탑뿐이었다.

'아마 저곳에 놈들의 우두머리가 숨어 있겠지⋯⋯.'

가능성은 희박하지만 만약 마지막 변수가 남아 있다면 바로 저 탑일 것이다.

곽무한은 천천히 고개를 돌려 설아를 쳐다봤다.

자신이 나서겠다는 뜻이었다.

설아는 잠시 망설이다가 고개를 끄덕였다.

곽무한은 설아를 가볍게 안아준 뒤, 곧바로 몸을 솟구쳤다.

아직도 아비규환의 비명 소리가 흘러나오고 있는 탑 주변을 향해서였다.

"타아압!"

곽무한이 쩌렁쩌렁한 기합성을 토하며 전장으로 뛰어내리자 군웅들은 일제히 반색한 표정을 지었다.

곽무한이 동정호에서 선보인 그 가공할 무위를 떠올린 것이었다.

곽무한은 그들의 기대를 실망시키지 않았다.

"물러가라!"

콰아앙!

곽무한이 대갈일성으로 진각을 내딛자 지면이 암흑의 무저갱을 내보이며 양쪽으로 쩍 갈라져 버렸다. 놈들이 그에 놀라 사지를 후들후들 떠는 사이, 혈뢰도가 횡으로 바람을 갈랐다.

고오오오오…….

갑자기 떠오른 태양 빛에 천지가 일순간 환해지듯, 도극에서 뿌려진 노을 빛이 순식간에 놈들을 덮쳐 갔다.

"모두 피해!"

누군가가 그 광채를 보고 놀란 표정으로 소리쳤지만, 이미 빛살 같은 광채가 사방을 휩쓸어 버렸다.

쿠콰콰콰콰쾅!

뒤늦게 번천지복의 굉음이 터지고, 잠시 후 후폭풍까지 가라앉자 목불인견의 참상이 드러났다. 놈들이 모두 어육덩어리로 변해 버린 것이다.

그 광경을 보고 몇몇 간담이 약한 자들은 선 자리에서 그대로 기절해 버렸지만, 곽무한은 손을 멈추지 않았다.

이미 승부를 끝내기로 작정한 이상, 망설일 필요가 없었기 때문이다.

곽무한의 안광이 호교사자들을 향했다. 뒤이어 혈뢰도에서 하얀 빛이 일었다.

꽈르르르릉!

그건 도법이 아니었다.

천신이 무자비한 손길로 뿌려대는 뇌전(雷電)이었다.

호교사자들이 미처 진을 발동하고 자시고 할 사이도 없이 일도에 세 개의 진이 괴멸되어 버렸다.

그러나 곽무한은 놈들에게 놀랄 시간조차 주지 않았다.

콰아아아아아아아!

곽무한의 손에서 빛이 번쩍였다.

"이, 이기어도?"

그렇게라도 말할 수 있는 사람은 각 세가의 가주들이나 구대문파 명숙들 뿐이었다. 그들 외에는 모두 눈을 부릅뜬 채 경악에 잠겨 있었다.

잠시 후, 사방을 휩쓸던 돌개바람이 사라지자 어디선가 쥐어짜는 듯한 목소리가 흘러나왔다.

"최, 최, 최고다!"

너무 놀라 말하던 사람의 목구멍이 막혀 버렸다. 그러나 그렇게라도 목소리를 쥐어짜 낸 사람은 이곳 군웅들을 이끌고 있던 형산파의 장로, 절검자 운학 도장이었다.

"와아아! 최고다!"

"단 삼 초 만에 놈들을 괴멸시켜 버렸어!"

뒤늦은 군웅들의 환호성 소리를 들으며 곽무한은 재차 도를 뿌렸다.

탑의 입구를 향해서였다.

콰아앙!

육중한 철문이 종잇장처럼 찢겨 나갔다.

곽무한은 성큼성큼 탑 안으로 걸어 들어갔다.

군웅들은 함성을 지르며 그 뒤를 따랐다.

설아는 전각 위에 가부좌를 틀었다.

저 아래에서 자신의 시중조부와 사부, 그리고 정인(情人)의 사부가 힘겹게 싸우고 있었다.

설아는 조용히 마음을 가다듬었다.

그러자 설아의 얼굴에 투명한 살얼음이 얼었다.

태청현단공이 극성으로 발동된 것이었다.

설아는 천천히 비파 위에 손을 얹었다.

디리잉!

가는 선율이 일어났다.

가볍게 현을 고르듯, 조용한 선율이었다.

그러나 그 결과, 장내는 경악의 도가니에 빠져 버렸다.

갑자기 노마들의 장력이 엉뚱한 곳으로 향하거나 심맥이 꼬여 자세가 엉거주춤해 져버린 것이다. 그중 기력이 탈진하거나 내공이 처지는 몇 사람은 마치 폭풍에라도 휘말린 듯 저 뒤로 튕겨나 담장을 뚫고 이승을 하직해 버렸다.

그 황당한 결과에 놀라 얼이 빠져 버린 노마들.

그러나 찰나의 순간이 지나자 이 사태의 주범이 누군지 알아차렸다.

"이익, 요망한 년!"

몇몇 노물이 눈에 불을 켜고 설아를 덮쳐 왔다.

그러나 설아의 눈에서 신광이 폭사되는가 싶더니, 가볍게 손짓을 팔랑인다.

"커헉!"

"끄윽!"

소리도 빛도 없는 공격.

노물들이 설아의 심장을 꿰뚫으려는 찰나, 한줄기 봄바람 같은 기류가 생겨나더니 미증유의 압력으로 그들의 사지를 조여 버린 것이다.

"끄으윽!"

"이이익!"

노물들은 허공에서 몸부림을 쳤다.

그러나,

스팟!

설아의 손가락에서 한 가닥 광채가 피어오르자 노물들은 맥없이 바닥으로 추락하고 말았다. 순식간에 내공을 전폐당한 것이었다.

"세, 세상에, 어떻게 이런 일이?!"

노물들이 망연자실해하는 순간, 어디선가 검이 날아왔다.

서거걱!

"끄르륵……."

세 개의 머리가 날아가고, 드디어 혈투가 끝났다.

나소추는 일검으로 노물들을 처치한 뒤, 기진맥진한 표정으로 설아에게 사과의 뜻을 표했다. 저들에게 너무 많은 이들이 죽어 도저히 용서할 수 없었다는 뜻이었다.

설아는 말없이 고개를 숙여 보였다.

그런데 바로 그때,

우르르릉! 쿠콰콰콰콰콰콰쾅!

갑자기 천지를 뒤흔드는 굉음이 터져 나왔다.

탑 쪽이었다.

설아는 일순간 멍한 표정을 지었다. 그리고 곧 설아에게서 피를 토하는 듯한 부르짖음이 터져 나왔다.

"가가!"

설아는 절규성을 터뜨리며 신형을 박찼다.

실로 엄청난 폭발이었다.

사방으로 자욱한 먼지가 피어오르는 가운데 탑이 아래에서부터 일시지간에 허물어져 내린 것이다.

그 엄청난 광경을 보고 모두 망연자실해하고 있을 때,

"크카카카카카카!"

기괴한 웃음소리와 함께 한 사람이 허공에 나타났다.

초극패였다.

초극패는 신광이 이글거리는 눈으로 좌우를 둘러봤다.

"바보 같은 것들. 결국 내가 나서야 한단 말인가?"

"지존이시여……."

초극패가 나타나자 살아남은 암흑마교들은 일제히 바닥에 머리를 찧었다. 그들 머리 위로 정파인들의 칼날이 떨어지고 있었지만, 암흑마교들은 석상이라도 되어버린 듯 꼼짝을 않았다.

군웅들은 어쩔 수 없다는 듯 손을 멈췄다. 그리고는 고개를 들어 초극패를 쳐다봤다.

초극패는 허공에서 양 팔짱을 낀 채 광오한 표정으로 군웅들을 노려봤다. 그러자 초극패와 눈이 마주친 군웅들마다 눈을 움켜쥐며 미친 듯이 비명을 질렀다.

그 옆에 있던 사람들이 보니 그들의 눈자위가 어느새 퀭하니 뚫려 있고, 그 사이로 시커먼 피가 콸콸 흘러내리고 있었다.

그 광경을 보고 모두 아연실색하는 순간, 초극패가 가볍게 손을 휘저었다. 그러자 수많은 군웅들이 그의 손짓 한 번에 우르르 쓰러졌다. 그리고 두 번 다시는 일어나지 못했다.

장내에 일순간 정적이 감돌았다.

모두 공황 상태에 빠져든 것이었다.

초극패의 시선이 다시 움직였다.

사해어옹과 당무운 등을 향해서였다.

바로 그때,

"멈춰요!"

만년빙동에서 흘러나오는 목소리로 설아가 그 앞을 막아섰다.

초극패를 노려보는 설아의 눈엔 어느새 눈물이 가득했다.

탑 안으로 들어간 곽무한의 기운이 전혀 느껴지지 않아서였다.

설아는 입술을 바르르 떨며 원독 어린 눈길로 초극패를 노려봤다.

지금 이 순간, 설아의 심정은 그 어떤 말로도 표현할 수 없을 만큼 비통했다.

그러나 초극패는 피식 웃으며 설아를 향해 가볍게 손을 휘저었다.

순간, 설아가 입술을 앙다물며 현을 튕겼다.

따앙!

이전과는 전혀 다른 음률이었다.

설아의 비통한 심정이 그대로 스민, 천지를 허물어뜨리고도 남을 가공할 음파가 오로지 초극패 한 사람을 향해 쏘아졌다.

그러나,

티잉…….

초극패의 손짓 한 번에 현이 끊어지고 설아가 울컥 피를 토했다.

"요망한 것."

초극패는 싸늘한 눈빛으로 설아를 노려봤다.

그런 그의 입가에 가는 핏줄기가 흘러내리고 있었는데, 내색은 않아도 설아의 비파음에 약간의 내상을 입은 모양이었다.

초극패는 한동안 설아를 노려보다가 재차 그녀를 향해 손을 휘저었다. 그러자 설아가 낯빛을 굳히며 양손으로 원을 그렸다. 순간 찬란한 광채가 설아를 감쌌고, 무형의 기운이 그 위를 덮쳤다.

쿠콰콰콰콰쾅!

먹먹한 굉음이 중인들의 고막을 뒤흔들었다.

"아……!"

누군가가 안타까운 신음을 흘렸다.

그 소리에 놀라 군웅들이 고개를 들어보니 설아가 실 끊어진 연처럼 뒤로 튕겨나고 있었고, 초극패의 신형이 귀신같이 움직여 어느새 설아 앞에 이르러 있었다.

"안 돼!"

누군가가 외쳤지만 초극패의 손은 벌써 설아를 향하고 있었다.

그러나 설아도 만만치 않았다.

입가에 피를 줄줄 흘리면서도 냉막한 표정을 유지하고 있는 설아. 초극패가 손가락을 꼿꼿이 세운 채 심장 부위를 향해 가공할 경력을 날려오자 곧바로 검지와 중지를 모으더니 아래에서 위로 살짝 치켜들었다. 그러자 갑자기 지면이 풀썩 솟구쳐 오르며 초극패의 앞을 막아섰다.

"이것 봐라?"

초극패가 입술을 씰룩이는 순간, 설아가 손을 움직였다. 그러자 이번에는 하늘빛이 심상찮게 변하더니 갑자기 거센 회오리바람이 내려와 초극패의 전신을 휘감아버렸다.

초극패가 놀란 표정으로 회오리바람에 대항하는 순간,

"사악한 사람! 당신을 소멸시켜 버리겠어요!"

설아가 차디찬 음성으로 양손을 가슴 앞에 모았다. 그러자 초극패가 회오리바람 속에서 비릿한 조소를 흘렸다.

"요사한 계집! 본좌는 이미 마음의 탑을 쌓아 천문을 뚫고 허공계에 이르렀다. 그러니 네년이 아무리 발악을 해봤자 내겐 통하지 않는다!"

설아가 싸늘히 되받아쳤다.

“탑의 높이는 아무 의미가 없어요. 마음의 탑은 원래 쌓았다 허물어졌다 하는 법이니까요.”

“이, 이년이?”

초극패는 순간적으로 마음의 벽에 금이 가는 것을 느꼈다. 동시에 초극패의 안광에서 무시무시한 불길이 피어오르기 시작했다.

“이년! 네년이 감히 본좌를 시험하려 드느냐?”

악마의 호곡성 같은 고함 소리와 함께 초극패가 양손을 활짝 벌렸다.

끼아아아아아!

갑자기 초극패의 등 뒤로 거대한 아수라 형상이 솟구치더니 빛살 같은 속도로 설아를 덮쳤다.

설아는 입술을 앙다물며 가슴 앞에 모았던 양손을 활짝 펼쳐 보였다. 그러자 설아에게서도 눈부신 광채가 튀어나왔다.

두 줄기 기운이 중간에서 맞부딪쳤다.

그러나 아무 소리도 나오지 않았다.

인간의 영역을 넘어선 소리였기에, 굉음이 터져 나오는 대신 하늘이 일시지간 어두컴컴해졌다. 그리고 중인들이 눈을 두어 번 깜짝이고 나자 아득한 허공에서부터 엄청난 광풍이 불어왔다.

콰아아아아아아!

광풍의 여파는 실로 무시무시했다.

거대한 폭풍이 천지를 휩쓸어 버리듯 광풍에 휘말린 전각마다 모래성처럼 허물어지고, 담장이 순식간에 해체되어 사방으로 날려가는 등, 사방에 돌무더기가 휘날려 수많은 군웅들이 비명조차 못 지르고 죽어갔다.

그 여파가 잠잠해지고 바닥에 엎드렸던 군웅들이 겨우 몸을 일으킬 무렵, 설아의 신형이 맥없이 지면으로 추락했다.

“설아야!”

"아가야!"

그 광경을 보자 몇몇 사람이 대경실색한 표정으로 몸을 날렸다.

경진 사태와 당무운, 그리고 사해어옹이었다.

초극패의 눈빛이 이번에는 그들을 향했다. 그리고 초극패의 손이 다시 치켜들리는 찰나,

우르르르, 쿠콰콰쾅!

갑자기 무너진 탑 아래에서 엄청난 굉음이 터져 나왔다. 뒤이어 자욱한 흙먼지를 일으키며 돌무더기가 사방으로 튀어 오르는 가운데 한 사람의 신형이 불쑥 허공으로 솟구쳤다.

곽무한이었다.

곽무한의 전신은 이미 피투성이로 변해 있었다.

그러나 그 두 눈엔 신광이 이글거리고 있었고, 힘줄이 불룩 솟은 팔뚝엔 용암 같은 불길을 토해내고 있는 혈뢰도가 쥐어져 있었다.

폭발이 일어나기 직전, 곽무한은 힘겹게 탑을 오르고 있었다.

한 층, 한 층… 빛 한 점 들어오지 않는 어둡고 음습한 공간을 지날 때마다 희생자가 속출했다.

초극패가 암흑마교 최후의 힘이라고 자부하는 곳, 마탑(魔塔).

그곳엔 인간 같지도 않은 괴물들이 도사리고 있었다.

일층엔 동영의 인자술과 배교의 술법을 동시에 익힌 특급 살수들이.

이층엔 시뻘건 두 눈에 진득한 살광을 흘리는 흡혈강시들이.

삼층엔 이름조차 알 수 없는 기괴한 독인들이.

사층엔 삼대마공을 익히다가 주화입마에 빠진 괴물들이 웅크리고 있었다.

그런 식으로 하나하나 튀어나오는 괴물들을 깨부수고 짓밟으며 팔층에 이르자 그야말로 상상을 초월하는 괴물들이 튀어나왔다.

그들은 모두 쇠사슬에 손발이 묶이거나 비파골이 꿰인 자들이었는데, 모두 어찌나 나이가 들었던지 피부가 온통 짓무른 가운데 백발이 치렁치렁하니 땅바닥에 닿았다.

그들의 정체는 과거 초극패를 직접 가르친 명종, 암종, 파천마종의 절대고수들이었다. 그들이 모든 힘을 초극패에게 넘겨준 뒤 독물과 약물로 그 생명을 이어나가고 있다가 곽무한을 보자마자 진원지기를 격발해 가공할 무위로 동귀어진의 초식을 펼쳐 온 것이었다.

사투 끝에 간신히 그들을 물리치고 힘겹게 구층에 오르니, 갑자기 매캐한 화약 냄새와 함께 엄청난 폭발이 일어났다.

곽무한은 폭발 순간 본능적으로 전신공력을 일으켰다.

그러나 엄청난 섬광이 전신을 덮쳐 와 그만 혼절하고 말았다. 그리고 끝없는 어둠 속에서 삶과 죽음의 경계를 헤매고 있는데, 갑자기 설아의 음성이 들려왔다.

비탄 어린, 애간장이 끊어지는 것 같은, 도저히 말로 형용할 수 없는 너무나 슬픈 음성이었다.

그 음성을 듣자마자 정신을 차린 곽무한은 모든 잠력을 격발시켜 아득한 죽음의 구렁텅이 속에서 벗어난 것이었다.

곽무한은 설아를 보자마자 머릿속이 하얗게 변해 버렸다.

눈앞에서 창백한 표정으로 피를 흘리고 있는 설아.

그 광경을 보자 곽무한의 안광에서 시뻘건 핏빛이 뿜어지고 머리카락이 한올한올 하늘로 치솟기 시작했다.

또다시 사랑하는 사람을 눈앞에서 잃어버릴 순 없다!

순간, 곽무한의 전신에서 폭발적인 마기가 뿜어져 나왔다.

아수라의 힘을 이어받았다는 초극패조차 흠칫 놀랄 정도였다.

그리고,

"우아아아아아!"

어떻게 움직였는지 모른다.

어떻게 손을 썼는지도 모른다.

그저 시뻘겋게 타오르는 눈동자로 곽무한이 손을 휘두르자 혈뢰도가 일순간 용틀임을 하듯 허공으로 치솟더니, 어느 순간 빛살 같은 속도로 내려와 초극패의 머리를 부수고 저 땅속으로 자취를 감추어 버렸다.

그건 실로 눈 깜짝할 사이에 벌어진 일이었다.

초극패 같은 초능력자가 곽무한의 일도조차 감당하지 못하다니?

"이기어도! 이기어도다!"

군웅들은 저마다 환호성을 터뜨렸다.

기적이 일어난 것이다.

도저히 믿기지 않는 기적 같은 일이 눈앞에서 벌어진 것이다.

군웅들은 저마다 열렬한 함성을 질렀다.

그러나 엄밀히 말해 곽무한이 펼친 것은 이기어도가 아니었다.

인간으로서는 도저히 익히기가 불가능하다는, 그래서 무공이 신의 경지에 이르러야 가능하다는 마음의 무예, 심즉살(心卽殺) 혹은 의형살인(意形殺人)이라 부르는 수법이었다.

마음이 일면 천하의 그 누구라도 죽일 수 있고, 뜻이 일면 상대는 이미 죽어 있다는 적막과 초월경(超越境)을 벗어난 지고무상한 경지였다. 그러니 이 자리에서 곽무한의 수법을 알아볼 수 있는 사람은 설아뿐이었다.

설아는 곽무한이 도를 날리기 전, 이미 곽무한의 눈빛에서 가공할 살기가 뿜어져 나와 초극패의 두 눈동자를 꿰뚫고 그의 후두부를 부숴 버린 것을 심안으로 똑똑히 볼 수 있었다.

"와아아!"

　군웅들의 열렬한 환호성을 들으며 곽무한은 천천히 지면으로 내려섰다. 그리고 뭇 군웅들이 바닷물이 갈라지듯 양편으로 쫙 갈라선 가운데 격정적으로 설아를 끌어안았다.

　자신을 걱정하는 정인의 눈물.

　곽무한의 굵은 눈물방울이 뺨 위로 떨어지자 설아의 눈동자가 한없는 파문을 일으켰다.

제113장
수룡왕, 그 후의 이야기

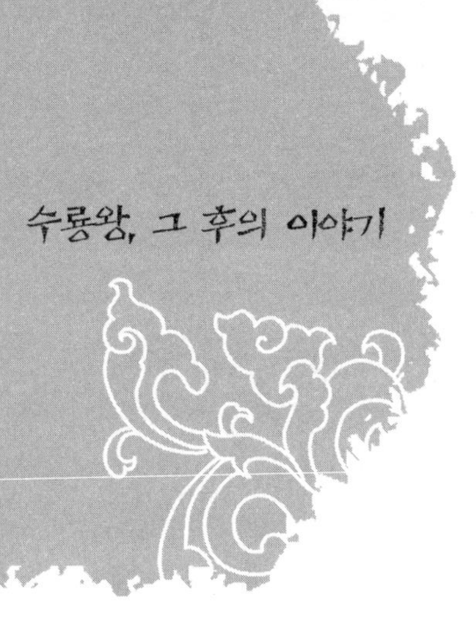

삼가 모십니다.

동장군(冬將軍)이 날로 위세를 더하는 이때, 아미의 백의신녀와 본 채의 총채주께서 혼인 예식을 거행하게 됐소. 공사(公事)에 바쁘신 줄 알지만 부디 참석해 주길 바라오.

나직한 음성으로 서찰을 읽어가던 사람이 피식 웃었다.

그리고 그 미소의 주인공이 천천히 고개를 들었다.

세월이 만든 주름살과 희끗한 머리카락.

그러나 티없이 맑고 부드럽기만 한 눈이 웃으며 옆을 돌아보았다.

"이건 청첩장이 아니라 마치 협박장 같구려. 사매에게 듣기로, 매우 멋진 후배라고 들었는데… 이 청첩장만 볼 때는 도저히 그렇게 여겨지지가 않는구려. 동장군이 위세를 떨치는데, 병석에 누운 백의신녀와 장강수로채 총채주의 혼인이라… 어째 강제 결혼 같기도 하고, 누가 봐도 딱 오해하기 좋은 청첩장인 것 같지 않소?"

그 말에 오뚝한 콧망울이 '피!' 하며 인상을 썼다.

"이건 그가 쓴 게 아니라 그 수하들이 쓴 거예요. 그리고 청첩장 형식이야 어떻든 천하에 이만한 배포를 지닌 사내가 어디 있어요? 잠깐 알아보니 저희 뿐만 아니라 구대문파의 장문인을 비롯해, 흑도의 기라성 같은 고수들에게도 전부 청첩장을 보냈더군요."

그가 멋쩍게 웃었다.

"사매는 아직도 우리끼리 몰래 혼인을 올린 것에 대해 화가 나 있는 모양 이구려."

그러자 오뚝한 콧망울이 휙 눈꼬리를 치켜떴다.

"오라버니는 이름처럼 멍해서 자꾸 그 일을 잊어버리는지는 몰라도 저는 평생 못 잊을 거예요. 세상에, 천하의 군룡문 문주께서 대철마성 성주를 야밤 삼경에 납치해 도둑 결혼을 하자고 꼬드기다니! 거기 감격해 덜컥 넘어가 버 린 제가 바보지요."

"참, 나… 그땐 상황이 그렇게 될 수밖에 없었잖소?"

"상황이 아무리 그래도 그렇지, 전 내심 이 녀석처럼 성대한 결혼식은 몰 라도 한 번 더 결혼식을 치러주겠지, 생각했었다구요."

"하하하… 세상에 결혼식을 두 번 올리는 사람이 어딨소?"

"왜 없어요? 찾아보면 강가의 모래알처럼 널렸어요. 치! 괜히 해주기 싫으 니까……."

"참, 나. 사매는 어째 예나 지금이나 계속 투정만 부리는지……."

"어머머? 이게 왜 투정이에요? 이건 정당한 항의라구요!"

갑작스런 청첩장을 받고 때 아닌 사랑싸움을 벌이는 두 사람.

그들은 바로 강호의 전설이라 불리는 천외천의 양 당사자, 호영신검 소명 현과 철담마후 아화였다.

두 사람이 갑작스럽게 청첩장을 받게 된 이유는 다름 아닌 철담마후 때문
이었다.

그때, 설아는 기식이 엄엄했다.

곽무한은 설아를 끌어안은 채 눈물만 뚝뚝 흘리고 있었다.

그런 곽무한 곁에 당무운이 다가왔다.

"방법이, 방법이 없겠습니까?"

곽무한의 물음에 당무운은 침중한 낯빛으로 고개를 설레설레 흔들었다.

"으아아아아!"

곽무한은 하늘을 우러러보며 절규했다.

설아는 곽무한의 뺨을 어루만지며 그를 위로했다.

가뜩이나 영력이 소모된 설아, 곽무한이 죽은 줄 알고 무리하게 초극패를
상대하다가 영력을 다 써버린 것이다. 그로 인해 이젠 도저히 돌이킬 수 없는
상태.

그때 어디선가 탄성이 들려왔다.

"어머? 사부님께서 어떻게 여기에?"

은화연의 목소리였다.

그 목소리에 혹시나 싶어 고개를 돌려보니 과연 철담마후였다.

설아에게 영약을 구해주기 위해 운남과 청해를 거쳐 지금쯤 양주에 가 있
을 철담마후가 백표와 함께 갑자기 이 자리에 나타난 것이었다.

은화연이 반색한 표정으로 철담마후를 반기는 동안 백표들은 은화연을 젖
혀두고 설아 곁에 다가가 재롱을 부렸다.

"아가들아, 오랜만이구나……."

설아는 희미한 미소로 백표들을 반겼다.

그때 철담마후가 설아 곁에 다가왔다.

"내가 좀 보겠네."

다짜고짜 그 말을 내뱉은 철담마후는 곽무한에게서 설아를 넘겨받아 차분히 맥을 짚기 시작했다.

모두의 눈길은 자연히 철담마후에게 쏠렸고, 철담마후는 한동안 설아를 진맥한 뒤 아미 장문인인 경료 사태에게 나직한 귀엣말을 건넸다. 그리고는 곁에 있던 곽무한에게 몇 가지 물건을 건넨 후, 올 때와 마찬가지로 바람처럼 떠나갔다.

잠시 후, 경료 사태는 곤혹스런 표정으로 사해어옹을 불렀다.

"마후께서 영약을 주셨습니다. 그리고 약효를 보기 위해선 서둘러 음양…화합을 가져야 한다는군요…….

그러자 곁에 있던 경진 사태가 깜짝 놀라 소리쳤다.

"말도 안 돼! 장문사매, 이건 말도 안 됩니다! 윗사람들의 의견도 들어보지 않고 이러는 법이 어디 있습니까?'

"아니, 저 할망구가?'

호호신타가 경진 사태를 보며 인상을 썼지만 경진 사태는 망연자실한 표정으로 혼잣말을 중얼거렸다.

"우리 설아가 어떤 아이인데, 우리 설아가 어떤 아이인데…….

경진 사태가 계속 그 말만 되뇌자 보다 못한 당무운이 소리쳤다.

"우리 무한이가 어디가 어때서? 자네도 눈이 있다면 방금 우리 무한이가 어떤 활약을 펼쳤는지 보지 않았던가? 그리고, 저 두 아이는 이미 둘이 아닌 하날세. 보고도 모르겠나? 그러니 윗사람 된 도리로 축하를 해줘야 마땅하거늘 이 무슨 망발인가?'

"아이고, 설아야!"

그러나 경진 사태는 여전히 탄식만 터뜨렸다.

곽무한은 그제야 철담마후가 무슨 말을 남겼는지 알게 됐다.

예전에 자신만 쏙 빼놓고 자기들끼리만 치료 방법을 의논하던 철담마후와 설아. 나중에 물어봐도 설아가 한사코 도리질만 쳤던 이유를 이제야 알게 된 것이다.

곽무한은 한동안 설아의 뺨을 어루만지다가 주먹을 움켜쥐었다.

"이탁! 게 있느냐?"

"예, 총채주!"

"혼인식을 준비하라. 세상 그 어떤 혼인식보다 화려하고 웅장하게!"

"호, 혼인식 말입니까?"

"그렇다!"

"조, 존명!"

이탁이 놀란 얼굴로 뛰어가자 장강 호걸들이 어리둥절한 표정을 지었다. 그러다가 이내 상황을 눈치 챈 그들은 한목소리로 만세를 불렀다.

물론 상황에 전혀 어울리지 않는 뜬금없는 만세 소리였지만, 장강 호걸들의 마음을 읽은 군웅들, 함께 만세를 부르며 앞 다퉈 축하를 보냈다.

그러는 동안 혼인 준비는 일사천리로 진행되었다.

물론 일사천리로 진행되었다고 해서 번갯불에 콩 볶아먹듯 그 자리에서 바로 혼례를 치른 건 아니었다.

우선 수백 명의 수룡채들이 달려들어 근사한 가마를 만들었고, 거기에 설아를 태운 뒤 일단 수룡채로 향했다.

그리고 당시의 결혼 예법인 육례(六禮)를 다 지키진 못했지만, 남자 쪽에서 신부 쪽에 예물을 바치는 납채(納采)를 아미파에 보낸 뒤, 경진 사태야 어찌 나오든 청혼이 받아들여졌다고 생각해, 남자 쪽에서 홍첩(紅帖)을 써서 예물과 함께 여자 쪽에 보내고 여자 쪽의 성명과 사주를 받아오는 문명(問名) 과정을 생략하고, 이후 설아의 성명과 사주를 가지고 점을 치는 납길(納吉) 과정도 생략, 이후 또 예물을 보내 정식으로 청혼하는 과정인 납정(納定)도 또 생략, 그저 남자 쪽에서 길일을 택해 신부 측에 알리는 청기(請期) 과정만 거쳤다.

그리고 결혼 당일, 신랑이 중매인과 함께 예물을 가지고 신부 집을 방문하는 친영(親迎) 과정은 설아가 아픈 관계로 수룡채에서 치르기로 하고, 곧바로 강호에 청첩장을 날린 것이다.

드디어 결혼식 당일.

수룡채는 인산인해로 변해 발 디딜 틈조차 없었다.

경계를 서는 사람만 해도 수룡채 총채의 정예들을 비롯해 소림사, 무당파, 아미파, 형산파, 점창파, 청성파, 개방, 사천당가, 백마산장 등의 고수들이니, 그 인원만 해도 벌써 수룡채가 꽉 차버릴 정도였다.

그러니 각 성을 주름잡는 관리들, 오대세가의 문주들, 그리고 장강수로채의 각 채주들이라고 해도 본채가 내려다보이는 절벽 위에서 혼인식을 구경할수밖에 없었다. 그리고 나머지 고만고만한 방파의 수장들이나 소문을 듣고 온 일반 무인들은 그저 삼협 부근에서 발만 동동 구를 수밖에 없었다.

"만약 이 혼인식 과정에서 소란을 부리는 자가 있다면 그자는 곧바로 무림 공적이 될 것이다!"

이런 흉흉한 엄포가 사방에서 흘러나오는 가운데, 먼저 신랑을 맞이하는 행영서례(行迎壻禮)가 거행되었다.

사모관대(紗帽冠帶)에 관복묵화(官服墨靴)를 입은 곽무한이 등장하자 장내에 우레 같은 함성이 터져 나왔다.

"와아! 신랑 멋지다!"

"휘이익! 과연 신태비범하고 헌헌앙앙(軒軒昻昻)한 인중지룡이로고!"

군중들이 와자한 고함을 지르는 동안, 혼인 예식을 돕는 시자(侍者)가 곽무한을 자리로 안내하며 안고 있던 기러기를 건넸다.

곽무한이 기러기를 소반에 올려놓고 일어서자 신랑이 신부를 맞이하는 행친영례(行親迎禮)가 거행되었다.

병색 완연하지만 그 찬란한 미모를 감출 길 없는 설아.

머리엔 오색 구슬이 반짝이는 붉은 화관을 쓰고, 봉황이 그려진 떨잠에 금빛과 자줏빛이 어울린 댕기를 우아하게 늘어뜨렸다. 그리고 옥 같은 얼굴에 분홍빛 연지곤지를 바르고, 타는 듯한 붉은 대례복에 하얀 사포(紗布)를 소매에 두르고 얼굴을 보여줄 듯 말 듯 사뿐사뿐 걸어오니, 그 미모와 자태에 군중들은 일제히 넋을 잃어버렸다.

발밑에 밟히는 하얀 천.

식장으로 향하는 그 부드러운 감촉을 느끼며 설아는 두 눈에 눈물을 글썽였다.

잠시 후, 초례상(醮禮床)을 중앙에 두고 마주 선 두 사람이 상대방에게 백년해로를 약속하는 교배례(交拜禮)를 교환했다.

설아가 먼저 두 번을 절하며 기어코 눈물을 떨어뜨리자 곽무한 역시 벌겋게 충혈된 눈으로 답례를 했다.

그리고 부부의 화합을 다짐하는 술잔을 나누며 두 사람은 서로 눈빛을 교환하며 부끄러운 미소를 지었다.

드디어 주례자가 천지신명에게 두 사람이 부부가 되었음을 선포하는 순간, 펑! 펑! 퍼퍼펑!

"와아아! 총채주! 축하합니다!"

"부디 아들딸 구별 말고 백 명만 낳으십시오!"

"와하하하! 밤일 하다가 우리 총채주 허리가 휘겠구나!"

장강수로채들의 걸쭉한 환호성과 함께 형형색색의 폭죽이 하늘을 수놓았다. 그리고 오색 꽃비가 눈송이처럼 사방에 휘날렸다.

"와아아!"

보옥이는 혼례를 치르는 엄마, 아빠의 멋진 모습을 보고, 또 하늘을 수놓는 폭죽과 뺨에 내려앉는 꽃비를 보고 까르르 웃음을 터뜨리며 양팔을 치켜들고 곽무한에게 안겼다가 설아에게 안겼다가 저 혼자 신이 나 사방으로 마구 뛰어다녔다.

폐백은 그날 저녁 곧바로 바로 이어졌다.

보통 신부 집에서 혼례를 치르고 이삼 일이 지난 후 시댁으로 가서 인사를 드리는 게 예의였으나 상황이 상황인지라 곧바로 수룡채에서 거행하게 된 것이다.

대청에는 이미 대추와 밤, 과자 등이 제자리를 잡았고, 중앙에 놓인 병풍을 중심으로 당군혜가 중간에 앉았고, 사해어옹과 경진 사태는 왼쪽에, 당무운과 당장명 등은 오른쪽에 앉아 자신들에게 절을 올리는 곽무한과 설아를 보며 흐뭇한 미소를 지었다.

물론 중간에 보옥이가 냉큼 끼어들어 세 사람이 함께 드리는 인사가 되어 버렸지만, 좌중은 만면에 웃음을 드리운 채 덕담을 건넸다.

당군혜는 두 사람이 드디어 혼례를 올리게 되자 감격한 표정으로 '잘살아야 한다. 그저 잘살아야 한다' 소리만 되뇌며 연신 눈시울을 적셨다.

경진 사태는 처음엔 고개를 획 돌린 채 냉랭한 표정을 짓고 있다가, 설아가 '사부님, 저희들 행복하게 잘살게요' 하는 소리를 듣고 그만 눈물을 펑펑 쏟으며 설아와 곽무한을 끌어안았다.

그렇게 웃고 우는 가운데 드디어 두 사람이 신방에 들게 되었다.

물론 그전에 신랑을 잡겠다며 몇몇 십대고수들과 동정용왕, 곽패, 추단 등이 곽무한을 대들보에 매달고, 보기에도 무시무시해 보이는 쇠몽둥이를 들고 발바닥을 두들겨 팼지만 어디 곽무한이 그 정도 매질에 눈 하나 깜짝할 사람인가?

결국 구경꾼들이 재미없다며 푸념을 하자 곽패와 추단 등은 곽무한에게 술이나 진탕 먹인 뒤 방으로 들여보냈다.

물론 신방은 안이 훤히 들여다보이는 허허벌판이나 다름없었다.

대부분 노총각투성이인 수하들이 문에 얼마나 구멍을 뚫어놓았는지, 도무지 첫날밤을 치를 수 없을 정도였다.

"이놈들아, 잠도 없냐? 제발 잠 좀 자자!"

곽무한이 호통을 쳤지만 눈 하나 깜짝하는 놈이 없다.

할 수 없이 곽무한은 당무운을 협박해 사방에 몽혼약을 뿌리게 만들었다.

그제야 겨우 곯아떨어지는 수하들.

벌써 먼동이 뿌옇게 뜨려 한다.

그래도 이만하길 다행이다 싶어 곽무한은 설아의 족두리를 벗기고 대례복을 벗겼다. 그리고 속옷만 남았을 무렵,

"꿀꺽!"

"호호호……."

어디선가 숨죽인 웃음소리, 침 삼키는 소리가 들려온다.

깜짝 놀라 고개를 돌리니 놈들이 서로 머리를 들이밀며 자신들을 훔쳐보고 있다.

"맙소사! 이 노인네가?"

그제야 당무운이 엉터리 약을 뿌렸다는 걸 알아차린 곽무한, 뒤늦게 길길이 날뛰었지만 어쩌랴?

이미 놈들이 설아의 몸매를 훔쳐보고 말았다.

그나마 속살이라도 안 보여준 게 천만다행이라지만, 금쪽같은 설아의 몸매를 저 흉측한 놈들에게 보여주고 말았으니 곽무한으로선 그야말로 통탄할 일이었다.

아무튼 어찌어찌하여 겨우 수하들을 쫓아 보낸 후, 뒤늦게라도 밤일(?)을 치르려던 두 사람.

그러나 이번엔 보옥이가 칭얼거리며 신방으로 찾아왔다.

당군혜 옆에서 자다가 엄마가 보고 싶어 줄행랑을 친 모양이었다.

"휴… 도대체 뭐가 이리 힘들어?"

웃으며 보옥이를 안아주는 설아를 보며 곽무한은 내심 초극패와 싸울 때보다 설아와 첫날밤을 보내는 게 더 힘들다고 느꼈다.

그렇다고 집념의 화신인 곽무한이 첫날밤을 포기할 리 없다.

번개같이 보옥이의 수혈을 짚은 뒤, 드디어 설아와 합방하는 데 성공한 것이다.

그러나 딱 한 번밖에 못했다.

보옥이 녀석이 금방 깨어나 버린 것이었다.

녀석의 몸이 금강불괴나 다름없다는 걸 깜빡 잊어버린 것이다.

그렇다고 하나뿐인 아들을 자기 욕심 채우자고 무리하게 점혈할 수도 없고.

곽무한이 땅이 꺼져라 한숨만 푹푹 내쉬고 있을 때였다.

귓전으로 부드러운 설아의 음성이 들려왔다.

"자장자장 우리 아기. 예쁘고도 예쁜 아기. 밤하늘에 달님들도, 밤하늘에 별님들도, 하나같이 잠드는데……."

그렇게 설아가 자장가를 불러주자 '잉… 보옥이도 잠 있쩌…' 하며 녀석이 드디어 잠을 청한다.

그 모습을 보며 곽무한은 눈을 번쩍 떴다.

"한 번 더!"

곽무한은 잠든 보옥이를 침대 밑에 내려놓은 뒤 번개같이 설아의 품속으로 뛰어들었다. 그리고 두 사람은 행복한 꽃잠에 빠져들었다.

＊　　　＊　　　＊

“아기를 낳으면 이름을 뭐로 지을 거요?”

곽무한의 물음에 설아는 활짝 웃으며 뒤돌아섰다.

“아들이면 하늘, 딸이면 구름이라고 지을래요.”

“하늘과 구름?”

“예…….”

곽무한은 고개를 갸웃거렸다.

“아들에게 하늘이라고 이름을 지어주는 이유는 알겠는데, 딸에게는 왜 구름이란 이름을 지어주는 거요?”

“후훗, 그건요…….”

설아는 살짝 웃으며 등을 돌렸다.

“저 흘러가는 구름에게 물어봐요.”

설아가 발을 굴러 뛰어든 하늘엔 맑았다 찌푸려졌다를 반복하는 구름이 하늘을 상대로 마냥 장난을 치고 있었다.

그로부터 일 년 뒤, 설아는 아들을 낳았다.

곽무한과 설아는 아기 이름을 천하(天河)라고 지었다.

엄마는 하늘처럼 큰 사람이 되라고, 아빠는 물처럼 부드러운 사람이 되라고 각자 한 자씩 합쳐 곽천하(郭天河)라고 지은 것이다.

보옥이는 처음엔 천하를 무척 싫어했다.

엄마와 아빠가 자신을 젖혀두고 동생만 신경 쓰는 듯하자 어린 마음에 질투가 난 것이었다. 그러다 보니 그 질투심은 가끔 엉뚱한 행동으로 표출되었다.

설아가 천하를 안고 깜빡 잠이 들라 치면 살금살금 까치발로 다가와 천하의 뺨을 쓰다듬어 주는 척하면서 콱! 꼬집어 버린다.

천하의 울음소리에 설아가 잠을 깨면 보옥이는 언제 그랬냐는 듯 방실방실 웃으며 시치미를 뗀다.

그러나 아기 뺨에 시퍼런 멍이 들어 있으니 설아가 몰라볼 리 없다.

"요 녀석이? 동생을 아껴줘야지 왜 그래?"

설아가 살짝 고함지르는 흉내라도 내면 왕! 하며 방 모서리에 콕 처박혀 서러운 울음을 터뜨린다.

그러면 당군혜가 버선발로 달려와 짐짓 설아를 나무라는 척하면서 보옥이를 달랜다. 그제야 기분 좋은 표정으로 방긋방긋 웃는 보옥이.

그러니 설아 입에선 나오느니 한숨뿐이었다.

그러나 보옥이가 항상 천하를 미워한 것만은 아니었다.

가끔은 무슨 마음이 들었는지 천하 볼에 입을 맞춰주기도 하고 천하의 손가락, 발가락을 신기한 듯 만져 보기도 했다.

또 가끔은 설아 몰래 천하를 업어주려 하다가 제 힘을 못 이겨 방바닥에 천하를 처박아 버려 설아에게 혼이 나기도 했다.

그래도 엄마의 사랑을 빼앗긴 보옥이의 질투심은 꽤 오래갔다.

어느 날 보옥이와 천하가 사라져 사방을 찾아보면,

"쉭쉭! 물어, 물어, 쉭쉭!"

마당 한쪽에서 보옥이의 혀 짧은 목소리가 들려온다.

또 무슨 일인가 싶어 가보면, 보옥이가 청랑과 산왕에게 천하를 물어버리라고 협박을 한다.

그러나 언감생심.

두 녀석이 꿈쩍을 않자 보옥이가 영악하게도 행동으로 본을 보인다.

"요것들이? 잘 봐. 물어, 왕, 이렇게 물어!"

"으아앙!"

“앗! 큰일 났다.”

제 풀에 놀라 쩔쩔매는 보옥이를 보고 기가 막혀 쳐다보면 화들짝 놀란 표정으로 얼른 시치미를 뗀다.

“제가 안 그래쩌요. 얘가 그랬쩌요.”

애꿎은 청랑과 산왕을 가리키는 보옥이. 그 꼴을 보니 그저 기가 막힌다.

“에휴. 요 말썽꾸러기 녀석.”

그뿐이 아니다.

어떨 땐 아기 머리카락을 휙 잡아당겨 버리고 제 녀석이 설아의 젖을 먹으려고 들질 않나, 또 어떨 땐 이유없이 천하의 코를 깨물어 버리고는 후다닥 문밖으로 가출 아닌 가출을 하질 않나. 아무튼 보옥이의 질투심으로 인해 곽무한이나 설아나 애간장을 졸였다.

그러나 조금 가슴 아픈 이야기지만, 언젠가부터 보옥이는 천하를 끔찍이 아끼기 시작했다.

그 첫 계기는 제 녀석이 그날따라 동생이 귀여워 보였는지 천하를 업어주게 되었다. 그러다가 침대 밑에 앉아 있던 청랑의 꼬리를 밟아 미끈둥, 결국 천하를 침대 모서리에 쿵! 떨어뜨려 버렸다. 그로 인해 천하의 머리에서 피가 펑펑 나고, 녀석은 아빠와 엄마에게 혼이 났다.

녀석은 제 눈앞에서 피를 철철 흘리는 천하를 보고 충격을 받았는지 한동안 새파랗게 얼어 있더니, 그날 밤새도록 천하를 간호했다.

그리고 두 번째 계기.

그건 곽무한과 설아, 당군혜 등 모두의 가슴에 깊은 상처가 된 날이었다.

“콩, 콩, 콩!”

갑자기 천하가 새된 기침을 터뜨리더니 피를 토하기 시작한 것이었다. 설아는 깜짝 놀라 천하의 맥을 살피다가 그만 울음을 터뜨리고 말았다.

그동안 밤낮없이 우려하던 결과가 드디어 나타나 버린 것이다.

선천성칠음절맥증.

과거, 영력을 무리하게 소진해 버린 자신으로 인해 아기에게 그 후유증이 나타난 것이다.

인체의 주요 혈맥 중 음기를 관장하는 일곱 개의 혈맥이 까닭도 이유도 없이 서서히 굳어가는 병이었다.

그건 인간의 능력을 벗어난 불치의 병이어서 천하명의인 설아라 해도 어쩔 수 없었다. 그저 녀석의 경맥이 굳어가는 속도를 늦추기 위해 날마다 침을 놓고 약을 먹이고 뜸을 뜨는 수밖에 없었다.

그러니 설아의 마음이 오죽할까?

날마다 눈물로 밤을 지새우기 일쑤였다.

곽무한 역시 마찬가지였다.

밤이 되거나 보름달만 뜨면 새파랗게 얼어가는 아들을 보며 조심조심 추궁과혈을 하고 뒤돌아서서 펑펑 눈물을 흘렸다.

그 모습을 보고 보옥이는 또 한 번 충격을 받았다.

어린 제 녀석이 보기에도 심상치 않은 병이라 예전에 자기가 한 짓 때문에 그런가 싶어 그날부터 보옥이는 날마다 천하 옆에 붙어살다시피 했다.

천하가 기침을 터뜨리면 녀석은 눈시울을 붉혔고, 천하가 고열에 시달리면 녀석 역시 뜬눈으로 밤을 지샜다.

그때부터 보옥이는 항상 가슴속에 천하에 대한 죄책감을 지니고 있었다. 곽무한과 설아가 아무리 아니라고 해도 어린 마음에 한이 되어버린 것이다.

아무튼 그런 이유로 보옥이는 언젠가부터 천하를 제 목숨보다 더 끔찍이 여기게 되었다.

곽무한과 설아는 그런 형제지간을 보면서 그나마 위로를 받았다.

그리고 언제쯤이었을까? 천하의 두뇌가 범인의 상상을 뛰어넘는다는 것을 알고는 그때부터 또 한시름을 놓게 되었다.

천하의 몸이 약한 것은 안타까웠지만, 설아의 신묘한 의술과 곽무한의 정순한 내공이 있으니 천하에 드문 불치병이라 해도 완치는 못 시킬지언정 남들만큼 살도록 해줄 자신은 있었다.

물론 그러자면 천하의 고통이 엄청나겠지만, 그래도 지켜본 결과 녀석의 심성이 온유하면서도 인내심이 강해 보여 잘 견뎌내리라 생각한 것이다.

아무튼 그런 기쁨과 아픔을 겪으면서 가족 간의 사랑은 더욱 깊어만 갔다.

그리고 곽무한 가족과 별개의 이야기로, 설아가 천하를 낳은 지 얼마 되지 않아 은화연도 시집을 가게 되었다.

그녀는 황실 소속의 젊은 무장과 결혼했는데, 그 외모나 성격이 곽무한과 완전 판박이였다.

아무래도 곽무한을 향한 정이 그에게 그대로 옮겨진 모양이었다.

곽무한은 설아와 함께 은화연의 결혼식에 참석해 진심으로 그녀의 행복을 빌었다.

그런 곽무한을 보며 동정용왕은 귀엣말로 투덜거렸다.

"영웅은 삼처사첩도 마다 않는 법인데… 에잉!"

동정용왕은 딸의 결혼식 당일까지도 곽무한을 사위 못 삼아 안달이었다.

또 다른 소녀 이야기.

삼화상단의 외동딸, 화영령은 곽무한의 결혼식에 참석해 하염없이 눈물을 흘렸다.

그녀는 곽무한이 남겨준 내공비급으로 인해 드디어 혼자 힘으로 걷고 뛰고 달릴 수 있게 됐다.

그녀는 그동안 후계자 수업을 받으며 항상 강호의 소식에 귀를 기울였는데, 어느 날 우연히 곽무한이 장강수로채의 총채주가 됐다는 소식을 듣고 수룡채를 찾았다가 헛걸음을 하고 말았다.

그땐 곽무한이 형강의 아홉 구비에서 치열한 전투를 벌이고 있었기 때문이다.

그 뒤로 암흑마교와의 결투 소식을 듣고 무호를 찾았으나 그때도 곽무한을 만나지 못했다. 장강수로채들이 삼엄한 포위망을 구축해 그 누구도 들여보내지 않은 때문이었다.

그리고 마침내 듣게 된 곽무한의 결혼 소식.

화영령은 천지가 무너지는 기분으로 결혼식에 참석했다.

멋들어진 예복을 입고 혼인식장에 들어서는 곽무한을 보며 화영령은 가슴을 두근거렸고, 곽무한 맞은편에 서 있는 설아를 보며 강렬한 질투심에 사로잡혔다. 만약 설아가 서 있는 저 자리에 자신이 대신 서 있을 수 있다면 얼마나 행복할까 싶어 화영령은 하루 종일 눈물을 펑펑 쏟았다.

그런 딸의 마음을 헤아렸는지 몇 달 뒤, 삼화상단의 단주인 화무진은 딸아이와 함께 선물을 한 아름 안고 수룡채를 방문했다.

그날 화영령은 설아와 많은 대화를 나누게 되었고, 그날 이후 설아에 대한 질투심을 완전히 던져 버리게 됐다. 그날 긴 대화 끝에 설아가 마지막으로 한 이야기 때문이었다.

"화 소저, 그대가 만약 열여덟 살이 되는 그 순간까지도 도저히 가가를 못 잊겠다면 내가 가가와 둘만의 자리를 만들어줄게."

설아가 눈을 찡긋거리며 건네온 그 이야기를 듣는 순간, 화영령은 하늘 위를 붕 나는 기분이 들었다. 그래서 그날 밤 곽무한을 쫓아낸 뒤 설아 옆에 달라붙어 함께 잠을 잤고, 다음날 환히 웃으며 집으로 돌아갔다.

과연 화영령은 열여덟 살이 될 때까지도 다른 남자가 전혀 눈에 들어오지 않을까?

＊　　　＊　　　＊

세월은 물처럼 흐른다.

행복을 꿈꾸는 사람들에겐 행복하게, 불행을 곱씹으며 사는 사람들에겐 불행하게 흐른다.

곽무한은 그동안 불행 속에서 살면서도 희망을 잃지 않았다.

설아는 힘들게 살면서도 미소를 잃지 않았다.

그 두 사람이 한 가정을 이룬 지금.

곽무한은 여전히 불행한 반면 설아는 행복한 나날을 보내고 있었다. 그 이유는 수하들이고 자식들이고 모두 곽무한보다 설아를 더 따른 때문이었다.

'이러다 배곯아 죽지……'

곽무한은 날이면 날마다 하늘을 쳐다보며 투덜거렸다.

그럴 만한 사연이 있었다.

암흑마교와의 혈투가 끝나자 강호는 한동안 평화로웠다.

대륙도 마찬가지였다. 그토록 소란스러웠던 전란도 한 달 만에 끝나, 모두가 오랜만의 평화를 만끽하고 있었다.

그러나 웃는 사람이 있으면 우는 사람이 있게 마련.

강호가 평화롭고 대륙이 평화로우니 장강수로채들은 의외로 힘든 나날을 보낼 수밖에 없었다.

원래 수중호걸들은 난리가 나야 제 세상을 만난다. 난리가 나면 육로가 막혀 자연히 물길을 이용할 수밖에 없기 때문이다.

그런데 몇 년 전, 장강수로채들은 모두가 대박 날 그런 절호의 기회를 자진해서 포기해 버렸다. 대신 암흑마교와의 싸움에 전력을 투구했다. 그 결과, 뭇 강호인들에게 인정을 받고 또 백성들에게 영웅호걸 소리를 듣게 되었지만 실익은 전혀 없었다.

암흑마교와의 혈전이 끝난 후, 어떻게 물질이라도 나서면 대부분이 아는 놈들이다. 다들 암흑마교와 싸울 때의 안면을 내세워 선처를 부탁하니 어찌 통행세를 넉넉히 받을 수 있겠는가?

그렇다고 지나가는 작은 상선을 건드리자니 백성들이 자신들을 보자마자 '아이고, 호걸님', '아이고, 협사님' 하며 오히려 반색을 하니 그들을 털 수도 없는 노릇이고.

할 수 없이 지나가는 관선이라도 털어보려 했지만, 설아의 생명을 구해준 은인, 철담마후의 남편 되는 사람이 황실을 수호하는 천추신검령 령주인데다, 물길 인근에 있는 대부분의 고위 관리마다 이미 곽무한의 혼인식 때 얼굴을 내비친 안면이 있으니 그도 못할 짓이고.

또 주변에 있는 사파 놈들을 족쳐 보려 해도 대부분 백마산장과 이런저런 연줄로 얽혀 있고.

결국 하나둘 사정을 봐주다 보니 다들 형편이 궁핍해진 것이다.

그렇게 굶는 날이 많아지자 곽패가 한 가지 건의를 했다.

"도저히 안 되겠습니다. 이대로는 모두 피죽 끓여 먹게 생겼으니 황하수로채라도 칩시다!"

그러나 곽무한은 피식 웃으며 고개를 내저었다.

"예로부터 강물은 우물물을 건드리지 않는다고 했다. 자존심이 있지 어찌 그런 피라미들을 건드려?"

그 소문을 들은 황하수로채가 발끈했다. 그러나 항의 사절로 온 채주 두 명이 곽패의 발길질에 코뼈가 부러진 뒤로는 다들 쥐 죽은 듯 조용했다. 그리고 나중에 황하수로채의 총표파자란 자가 찾아와 곽무한과 형제의 연을 맺었다.

"나이 오십 먹은 동생이라, 기분이 참 묘하군……."

그가 떠나고 난 뒤 곽무한은 피식 실소를 흘렸지만 추단이나 곽패 등은 이마에 핏줄을 세웠다.

고작 동정용왕에도 못 미치는 작자를 동생으로 받아들인 이유가 뭐냐는 것이었다. 그러나 곽무한이 그 한 사람을 보고 그런 게 아니라 황하수로채 전체를 보고 그리 한 것이라는 설명에 다들 입을 다물고 말았다. 그러나 모두 한동안 불만 어린 표정을 지우지 않았다.

그렇다고 장강수로채들이 정말로 궁핍했느냐 하면 그건 또 아니었다.

사실 구대문파와 오대세가, 그리고 백마산장 등이 맡기는 물량만 해도 엄청났다.

뿐인가? 가만히 앉아 있어도 황금덩어리가 막 굴러 들어온다는 장강 하류까지 휘하에 거느리고 있었으니 흥청망청 써대지만 않는다면 장강수로채들이 배곯을 일은 없었다.

그러나 그 흥청망청 써대는 주인공이 바로 장강수로채 안에 있었다.

그것도 장강 호걸들의 공동 연인이나 마찬가지인 설아였다.

그녀가 홍수만 났다 하면, 그리고 흉년만 들었다 하면, 그리고 어디에서 전염병만 돌았다 하면 버선발로 달려가 백성들에게 마구 퍼주는 바람에 수입이 제아무리 많아도 항상 밑 빠진 독에 물 붓기였다.

그렇게 허리띠를 졸라맨 지 몇 년.

"도저히 안 되겠다!"

이번에는 곽무한이 자리를 박찼다.

추단과 곽패 등은 눈을 빛내며 곽무한을 쳐다봤다.

곽무한은 수하들을 보며 진지한 표정으로 말했다.

"이 기회에 황궁을 털어보는 게 어때?"

그 말에 곽패 등은 모두 거품을 물었다.

그러나 얼마쯤 지나자 정말 황궁으로 갈 일이 생겼다.

갑자기 황제가 성지를 내린 것이었다.

황군을 대신해 나라 일을 좀 도와달라고.

곽무한은 그 말을 듣자마자 자리에서 벌떡 일어났다.

"드디어 봉을 잡았다!"

곽무한은 그 말과 함께 낚싯대를 둘러메고 성큼성큼 황궁으로 향했다. 물론, 추단과 곽패 등은 뜨악한 표정으로 곽무한의 뒷모습만 쳐다봤다.

〈大尾〉

드디어 장강수로채가 그 막을 내렸습니다.

그동안 성원해 주신 독자님들께 진심으로 감사드립니다.

돌이켜보면 어느 날 문득 스치듯 떠오른 장면 하나.

천둥번개가 휘몰아치는 날, 거센 풍랑 속에서 자신의 운명에 분노하며 시뻘건 눈빛으로 하늘을 향해 거친 포효성을 터뜨리는 한 청년의 모습을 떠올린 뒤, 지난 2년 7개월 동안 오직 이 한 작품 속에서 울고 웃으며 보낸 세월들이었습니다.

그러다 보니 그 감회가 남다를 수밖에 없군요.

장강수로채.

곽무한과 설아.

그리고 그 두 사람의 사랑을 이어주는 보옥이…….

쉽지 않은 스토리에 쉽지 않은 캐릭터였습니다. 거기다 작가의 지나친 욕심으로 인해 자칫 꼬여 버릴 뻔한 이야기였습니다.

그러나 그 모든 것을 감내해 주신 독자님들의 성원이 있어 완결에까지 이를 수 있었다고 생각합니다.

그 고마움을 어찌 말로 다 표현할 수 있겠습니까?

제가 독자님들의 성원에 보답해 드릴 수 있는 길은 오직 하나, 최선을 다하는 것.

그 생각 하나로 大尾란 글자까지 써 내려갔습니다만, 뒤돌아보니 그저 얼굴만 붉어지는군요.

작가 스스로야 문장 하나, 토씨 하나, 장면 하나 나름대로 심혈을 기울인다고 기울였지만, 한 권 한 권 다시 읽어보니 온통 실수투성이요, 과욕투성이요, 날림투성이여서 그저 한스럽기만 합니다.

물론 쓰는 동안 보람도 있었고 또 얻은 것도 많다고 생각하지만, 권이 늘어날수록 부족한 문장들, 반복되는 표현들, 엉성한 장면 등이 떠올라 밤잠 못 이룬 적이 한두 번이 아니었습니다.

그런 고민들로 번민하다 보니 마지막에는 출판 주기까지 늘어져 버려 이러다가 필을 놓아버리게 되는 게 아닌가 하는 두려움까지 들었습니다.

그러나 그 모든 시간들을 뒤로하고 이제 이 작품을 떠나보내야 한다고 생각하니 갑자기 만감이 교차해 이런 넋두리를 늘어놓게 되는군요.

아무튼, 작가 후기란 형식을 빌어 우선 독자님들께 사과부터 드리겠습니다.

독자님들의 과분한 성원에도 불구하고, 장강수로채에서는 이런 부분에서 오류가 있었습니다.

우선, 장강수로채의 주무대가 된 삼협. 그중에서도 수룡채의 총채인 적취협의 위치가 잘못 서술되어 있습니다.

원래의 적취협은 대녕하에서 배로 서너 시간 더 들어간 곳에 위치하고 있습니다. 그러나 장강수로채에선 대녕하와 뚝 떨어진 곳으로 묘사되어 있습니다. 그래서 완결권에 즈음하여 이 부분을 따로 밝히고 독자님들께 사죄를 청합니다.

두 번째는 정말 어이없는 실수인데, 2권에서 묘사된 산왕의 성별이 7권에서 바뀌어 버렸습니다. 이 부분은 독자님들께도 죄송하지만, 멋진 노총각에서 갑자기 궁상맞은 아기 엄마로 변해 버린 산왕 군에게 심심한 위로를 보내는 바입니다. ㅠ.ㅠ

세 번째로는 8, 9, 10권에서 등장인물들의 이름이나 지명이 오기된 경우가 간혹 있었습니다.
8권에서는 모중생이 장가덕으로, 9권에서 당장욱이 당무운으로 오기 되었습니다. 그리고 강소가 복건으로 오기 되었습니다.
또한 9권에서 서너 줄의 비슷한 문장이 반복되었습니다. 출판사와 원고 교환 과정에서 수정 부분의 색조가 변환되지 않은 때문입니다. 이 역시 독자님들께 정중히 사과를 드립니다.

네 번째로, 문피아(www.munpia.com) 연재분에서는 미리 알렸지만, 달단의 침입이 원래의 역사보다는 한 달 정도 늦춰졌습니다. 그리고 장강수로채에서 제 첫 작품인 무림문파의 몇몇 인물들이 카메오로 등장하기에, 당시의 시대 설정과, 그리고 실제 역사와 20년 정도의 오차가 있습니다. 이 부분은 독자님들께 양해를 구합니다.

다섯 번째로, 몇몇 독자님들이 항상 문의하시는 것들입니다.

우선, 제 첫 작품인 무림문파의 뒷이야기에 대한 집필 계획.

당장은 어렵겠지만 몇 년 뒤에는 반드시 시작하겠습니다.

그리고 제 두 번째 작품인 하오배 추룡의 후속권 출판 계획.

아쉽게도 이 부분은 어떻게 답변을 드리기 힘들게 됐습니다.

당시의 출판사가 부도가 나버려, 어떻게 출판하고 싶어도 방법이 없기 때문입니다. 그러나 향후 여건이 마련된다면 반드시 후속권을 집필, 출판하도록 하겠습니다.

제가 출판사에 양해를 구하고, 또 짧으나마 작가 후기란 형식을 빌어 제가 쓴 글의 오류를 밝혀 드리는 이유는, 비록 상상 속의 세계를 그려내는 무협이라지만 그 특성상 과거의 역사나 지형을 참조하고 반영하기에, 혹시나 하는 마음으로 이 작품에서의 잘못된 부분을 밝혀 독자님들의 혼동이나 오해가 없기를 바라기 때문입니다.

그러니 부디 넓으신 아량으로 이 모든 부분들을 양해해 주시기 바랍니다.

그리고 이왕 후기를 쓰는 김에, 그동안 이런저런 사정으로 작업실에 쿡 처박혀 있다 보니 많은 분들께 제대로 인사를 못 드렸습니다. 그래서 간략하나마 이 지면을 빌어 그동안의 마음을 전하고자 합니다.

먼저, 끝없이 늘어나 버린 집필 속도로 인해 매 권마다 마음고생을 겪으셨던 문혜영 편집부장님께 한없는 감사를 표합니다. 그리고 함께 고생하신 편집 기자님들과 영업부 직원분들께도 진심으로 감사를 드립니다.

또한 말없는 격려로, 그러나 따스한 눈길로 지켜봐 주신 사장님과, 잦은 안부전화와 방문으로 늘 힘이 되어준 김율 실장님에게도 제 고마움을 전합니다.

그리고 늘 후배들을 위해 아낌없는 조언과 격려를 보내시는 금강님과 화통한 웃음으로, 넉넉한 마음으로 제 투정을 다 받아주신 초우 형님, 그리고 늘 제게 힘이 되어주시는 장경 형님과 천애 형님, 이소 형님, 황기록 형님, 윤하 형님.

그리고 격의없는 조언으로, 가슴 찡한 격려로 절 위로해 준 별도, 박신호, 노기혁, 정상수 등의 문우들.

또 장난 어린 구박으로, 그러나 힘이 되는 응원으로 제 마음을 적셔준 조돈형, 한성수, 백준, 송현우, 김광수, 박정수, 손제호, 초, 발렌, 이훈영, 우각, 백연, 프로즌, 김강현, 남궁훈, 전혁, 권용찬, 이상민, 송하원 등의, 먼저 데뷔했지만 나이에 밀려 동생이 되어버린 선배들과 내 사랑하는 후배들.

그리고 따스한 위로의 손길로 말없이 형을 도와준 김운영, 양강, 권태용, 사우, 한가, 가람검 등의 후배들.

그리고 내 마음속 최고의 친구인 무섭지광 배성훈과 내 작업실에서 함께 동고동락하며 장르의 내일을 꿈꿨던 백두, 연쌍비, 동선, 무글, 법성, 이동수 등의 후배들.

그리고 작가들을 먼저 나열하는 바람에 억울하게 뒤로 밀려 버린 용블루와 블루스카이 누나, 이지, 진신두, 무우수 형님, 이쁜난이 등, 이 작품을 위해 많은 조언과 격려를 보내 준 내 사랑하는 분들.

그 외에도 지면 관계상 제 마음속에만 기억되어 버린 수많은 분들과, 또 제가 미처 기억하지 못하는 많은 분들께, 여러분들이 제 곁에 있어 정말 감사하고 행복하다고 되뇌어 봅니다.

이제 곧 한 해의 마지막이 다가옵니다.

연말이나 연초쯤, 마도천하(魔道天下)로 다시 인사드릴 때까지 다들 건강 유의하시고, 날마다 행복한 하루 되시길 바라며 긴 넋두리를 이만 마치겠습니다.

그동안 장강수로채를 애독해 주셔서 진심으로 감사합니다.

2006년 저물어가는 가을의 끝자락에

박현(朴晛) 拜上

청어람 판타지의 재도약!!

혁신과 참신함으로 무장한
새로운 판타지 전문 브랜드의 탄생!

판타지계의 커다란 근간을 이뤄온 청어람 판타지 소설!
새로운 브랜드 「알바트로스」라는 커다란 날개를 달고
거대한 웅비를 시작합니다.

알바트로스는 판타지의, 판타지를 위한 개척자이자 도전자로 존재하겠습니다.

알바트로스는 형식적이고 나태해진 판타지계의 구습을 벗어나겠습니다.

알바트로스는 판타지계의 도약을 위한 든든한 날개 역할을 묵묵히 수행합니다.

알바트로스는 변화와 혁신을 통해 새롭게 태어날 환상 공간입니다.

알바트로스는 판타지를 아끼고 사랑하는 이들을 향한 청어람의 굳은 약속입니다.

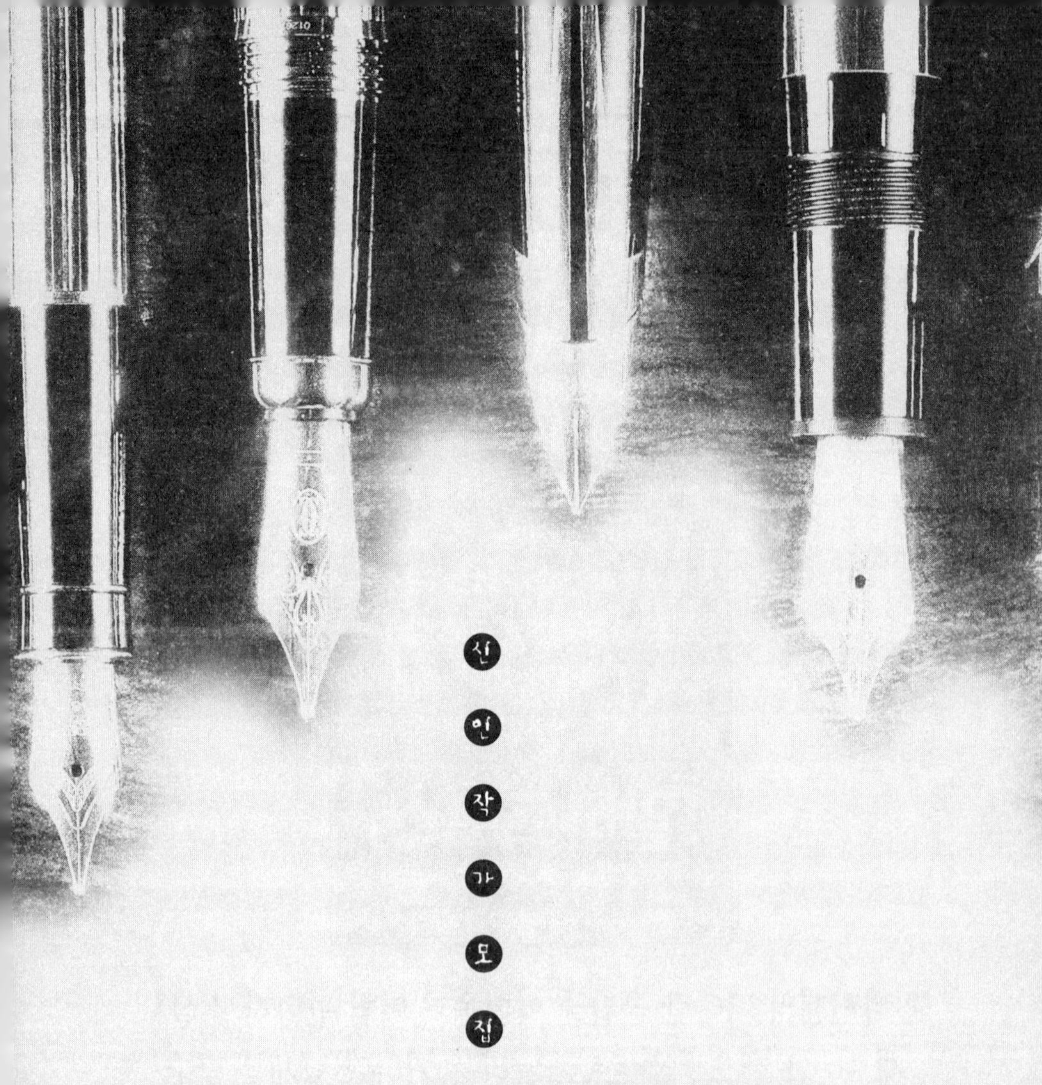
신
인
작
가
모
집

시작이 반이라고 했습니다.
작가의 길에 대한 보이지 않는 벽을 과감히 깨뜨리십시오!
청어람은 작가 지망생 여러분들의
멋진 방향타가 되어드리겠습니다.

저희 도서출판 청어람에서는
소설 신인 작가분들을 모집합니다.
판타지와 무협을 사랑하시는 분들의 많은 참여를 바랍니다.
소정의 원고(A4용지 150매)를 메일이나 우편으로 보내주시면
검토 후 출판 여부를 알려드리겠습니다.

주소:경기도 부천시 원미구 심곡1동 350-1 남성B/D 3F 우편번호420-011
TEL:032-656-4452 · FAX:032-656-4453
http://www.chungeoram.com
e-mail:chungeoram@chungeoram.com